Quo Vadis

AF194025

Der polnische Autor Henry Sienkiewicz wurde weltweit berühmt mit dem historischen Roman Quo Vadis, der die Christenverfolgung unter dem römischen Kaiser Nero thematisiert. Er erhielt „auf Grund seiner großartigen Verdienste als epischer Schriftsteller" den Nobelpreis für Literatur.

In der Buchreihe „Historical Diamond" werden die Juwelen bedeutender klassischer Autoren in einer qualitativ hochwertigen, aber preiswerten Buchausgabe in ungekürzter Fassung neu herausgegeben. Das Themenspektrum umfasst spannende Romane, u. a. historische Romane, Krimis, Fiktion, Abenteuer und Entdeckungsreisen.

HISTORICAL DIAMOND

Henryk Sienkiewicz

Quo Vadis

Historienepos vom Nobelpreisträger

Herausgeber
Klaus-Dieter Sedlacek

Band 17

Bibliografische Information Der Deutschen Bibliothek:
Die Deutsche Bibliothek verzeichnet diese Publikation
in der Deutschen Nationalbibliografie; detaillierte
bibliografische Daten sind im Internet über
http://dnb.ddb.de
abrufbar.

Herstellung und Verlag: BoD – Books on Demand, Norderstedt.
ISBN: 9783752889246

1.

Petronius erwachte gegen Mittag, fühlte sich aber noch sehr ermattet, denn er hatte gestern ein Gastmahl bei Nero mitgemacht, das bis tief in die Nacht gewährt hatte. Jedoch das Frühbad und das sorgsame Kneten des Körpers durch eigens hierzu geübte Sklaven beschleunigten bald den Lauf seines trägen Blutes und ermunterten ihn, so daß er nach einiger Zeit aus der letzten Prozedur des Bades wie von den Toten auferstanden, mit glänzenden Augen, geistreichem Wesen und Frohsinn, verjüngt, voll Lebensgeist hervorging. Man nannte ihn ja auch mit Recht den Arbiter elegantiarum.

Nach diesem Gastmahl, bei dem ihn die Narrenpossen des Vatinius und Nero, Lucanus und Seneka gelangweilt und er auch an der gelehrten Abhandlung, ob auch die Frau eine Seele habe, sich beteiligt hatte – stand er spät auf und nahm, wie gewöhnlich, ein Bad. Zwei riesige Badediener betteten ihn auf ein mit schneeweißem ägyptischen Byssus bedecktes Lager von Zypressenholz und begannen mit ihren in wohlriechendes Olivenöl getauchten Händen den wohlgestalteten Körper einzureiben – er aber wartete mit geschlossenen Augen, bis die Wärme des Schwitzbades und die Wärme ihrer Hände auf ihn wirkte und die Mattigkeit verscheuchte.

Plötzlich rief der Sklave, der die Namen der ankommenden Gäste melden mußte, durch den Vorhang, daß der junge Markus Vinicius soeben aus Kleinasien zurückgekehrt und zum Besuch eingetroffen sei. Petronius befahl, den Gast sofort hereinzulassen. Vinicius war der Sohn von Petronius' älterer Schwester, die vor Jahren mit Markus Vinicius, der unter Tiberius die Würde eines Konsularis bekleidete, sich vermählt hatte. Der junge Markus diente gegenwärtig unter Corbulo gegen die Parther und war nach beendetem Feldzug in die Stadt zurückgekehrt. Petronius hatte für ihn jene Schwäche, die an Anhänglichkeit grenzt, denn Markus war ein schöner, athletischer Jüngling, der zugleich feine Umgangsformen besaß, was Petronius über alles schätzte.

»Gruß dem Petronius,« sagte der junge Mann, elastischen Schrittes eintretend, »mögen dir die Götter gewogen sein!«

»Sei gegrüßt in Rom, und die Ruhe sei dir süß nach dem Kampfe,« versetzte Petronius, die Hand aus den Falten des weichen Gewebes, das ihn umhüllte, herausstreckend. – »Was hört man in Armenien? Kamst du auch während deines Aufenthalts in Asien nach Bithynien?«

Petronius war einst in Bithynien Statthalter gewesen und hatte sein Amt mit Umsicht und Gerechtigkeit verwaltet. Sein Charakter war aus den widersprechendsten Eigenschaften zusammengesetzt, und da er allgemein für sehr verweichlicht und prunkliebend galt, erinnerte er sich gern jener Zeiten, weil sie den Beweis dafür erbrachten, daß er auch tätig und energisch sein konnte, wenn es ihm beliebte.

»Ich kam unter anderem auch nach Herakleia,« entgegnete Vinicius. »Corbulo sandte mich dorthin, Verstärkungen zusammenzuziehen.«

»Erzähle mir, was man von den parthischen Grenzen hört! Mich langweilen sie zwar alle, diese barbarischen Völker, die in ihrer Heimat, wie der junge Arulamus erzählt, noch auf allen Vieren kriechen und nur uns gegenüber sich für Menschen ausgeben. Jetzt sind sie ein beliebter Gesprächsstoff in Rom, schon deshalb, weil es gefährlich ist, von anderen Dingen zu sprechen.«

»Dieser Krieg steht schlecht, und wenn Corbulo nicht wäre, könnte man sich auf eine völlige Niederlage gefaßt machen.«

»Corbulo! Beim Bacchus! Der reine Kriegsgott! Ein gewaltiger Heerführer, und zugleich feurig und rechtlich und einfältig. Ich habe ihn schon deshalb gern, weil Nero ihn fürchtet.«

In diesem Augenblick traten zwei Sklaven ein, welche sich um Petronius bemühten und ihm die Härchen der Arme und Hände herauszogen, während Markus das Unterkleid abwarf und auf die Aufforderung des Petronius hin in ein lauwarmes Bad stieg.

Petronius schaute auf den Jüngling mit dem befriedigten Auge eines Künstlers.

Als Markus fertig war und sich seinerseits den Haarauszupfern überließ, trat ein Vorleser ein, der eine Bronzebüchse umgehängt trug, in der eine Papyrusrolle steckte.

»Willst du zuhören?« fragte Petronius.

»Wenn es dein eigenes Werk ist, gern!« versetzte Vinicius. »Wenn nicht, möchte ich mich lieber mit dir unterhalten. Heutzutage fangen die Dichter ihre Zuhörer an allen Straßenecken ab.« »Und ob! Man kommt an keiner Basilika, weder bei den Thermen noch bei einer Bibliothek oder einem Buchladen vorbei, ohne auf einen Dichter zu stoßen, der sich wie ein Affe gebärdet. Als Agrippa aus dem Osten hierherkam, hielt er diese Leute für Besessene. Aber das liegt jetzt so in der Zeit. Wenn der Kaiser Verse schreibt, müssen natürlich alle seinem Beispiel folgen. Nur bessere Verse darf niemand schreiben als der Kaiser, und deshalb schreibe ich nur Prosa, womit ich aber weder mich selbst noch andere behellige. Nein, das, was der Vorleser vortragen soll, ist ein Buch des Fabricius Veiento, das jetzt überall leidenschaftlich gelesen wird, weil es unendlich viel Klatsch und Skandal enthält. Es sucht jedermann in dem Buche sich selbst mit Besorgnis, Bekannte aber mit stillem Vergnügen. In dem Buchladen des Arvinus wird das Buch von hundert Schreibern nach einer Vorlage geschrieben, und der Erfolg ist sicher.«

»Deine Streiche sind dort nicht zu haben?«

»O doch, aber der Verfasser ist fehlgegangen, denn ich bin viel schlechter und weniger fade, als er mich dort schildert. Siehst du, wir haben hier schon längst das Gefühl für das Würdige und Unwürdige verloren, mir geht es selbst so, obwohl Seneka, Musonius und Traseas es zu erkennen glauben. Mir ist auch alles gleichgültig, über Herkules rede ich, was ich denke. Aber dennoch habe ich den Vorzug vor andern, daß ich weiß, was häßlich und was schön ist; dies versteht zum Beispiel unser kupferbärtiger Dichter, dieser Fuhrmann, dieser Gassensänger, dieser Tänzer, nicht.«

»Dennoch tut es mir um Fabricius leid! Er war ein guter Gesellschafter.«

»Seine Eigenliebe hat ihn verdorben. Jeder mißtraute ihm, niemand wußte etwas Rechtes, aber er selbst konnte nichts behalten und erzählte alles nach allen Richtungen hin unter dem Siegel der Verschwiegenheit. Hörtest du schon die Geschichte des Rufinus?«

»Nein.«

»So gehen wir hinüber ins Frigidarium. Während wir uns abkühlen, erzähle ich dir die Geschichte.«

Beide begaben sich in den Baderaum, in dessen Mitte ein Springbrunnen in hellrosa Farben sprudelte und einen Veilchenduft verbreitete. Dort setzten sie sich in Nischen, die mit Seide ausgepolstert waren, und genossen die Kühle. Es herrschte einen Augenblick Stille.

»Du liebst den Krieg,« begann Petronius, »was ich von mir nicht sagen kann, denn unter den Zelten werden die Fingernägel brüchig und verlieren ihre rosige Färbung. Übrigens hat jeder seine Liebhaberei, so wie der Kupferbärtige den Gesang liebt, besonders seinen eigenen. Übrigens, sage mir, schreibst du auch Verse?«

»Nein. Ich habe noch niemals einen Hexameter fertiggebracht.«

»Spielst du die Laute und singst dazu?«

»Nein.«

»So bist du vielleicht Meister im Wagenlenken?«

»Seinerzeit habe ich mich an den Wettfahrten in Antiochia beteiligt, aber ohne Erfolg.«

»Dann bin ich deinetwegen beruhigt. Zu welcher Partei gehörst du auf der Rennbahn?«

»Zu den Grünen.«

»Dann bin ich völlig beruhigt, besonders da du zwar ein hübsches Vermögen besitzest, aber doch nicht so reich bist wie Pallas und Seneka. Du mußt wissen, daß es bei uns von Vorteil ist, wenn einer dichtet, zur Laute singt, deklamiert und sich im Zirkus an den Wettfahrten beteiligt, besser aber ist es und vor allem ungefährlicher, wenn einer nicht dichtet, nicht die Laute schlägt, nicht singt und nicht an den Wettfahrten im Zirkus teilnimmt, am besten aber ist es, wenn man alles anzustaunen versteht, was der Feuerbart tut. Du bist ein hübscher junger Mann und daher der Gefahr ausgesetzt, daß Poppäa dich liebgewinnt. Doch nein – sie ist darin schon zu erfahren. Sie hat an der Seite ihrer beiden ersten Gatten genug Liebe genossen, und jetzt als Neros Gemahlin denkt sie an ganz andere Dinge.«

»Du wolltest mir ja die Geschichte des armen Rufinus erzählen.«

»Im Salbraum sollst du sie hören.«

Aber im Salbraum wurde die Aufmerksamkeit des Vinicius schnell auf etwas anderes gelenkt, nämlich auf die ungewöhnlich schönen Sklavinnen, die auf die Männer warteten und sich anschickten, ihren Leib mit köstlichen arabischen Salben einzureiben.

»Beim wolkentürmenden Zeus,« rief Markus Vinicius. »Schönere Sklavinnen kann auch der Feuerbart nicht besitzen.« Mit einer freundschaftlichen Gutmütigkeit sagte Petronius: »Du bist ja mein Blutsverwandter, und ich bin weder so ungefällig wie Bassus noch so ein Kleinigkeitskrämer wie Aulus Plautius.« Als Vinicius diesen letzten Namen hörte, hob er rasch das Haupt und fragte: »Wie kommst du jetzt auf Aulus Plautius? Weißt du, daß ich etliche Tage in seinem Hause zubrachte, als ich mir vor der Stadt den Arm

6

verstauchte? Zufällig kam gerade Plautius des Weges gefahren, als mir der Unfall zustieß, und weil er mich leidend sah, nahm er mich zu sich, wo mich sein Sklave, der Arzt Merion, behandelte und ich bald gesundete. Gerade davon wollte ich mit dir sprechen.«

»Warum? Hast du dich gar in Pomponia verliebt? In diesem Falle müßte ich dich bedauern: nicht mehr jung, dagegen tugendhaft! Eine schlimmere Vereinigung könnte ich mir gar nicht vorstellen.«

»In Pomponia nicht – nein!« sagte Vinicius.

»In wen denn?«

»Ja, wenn ich's nur selber wüßte, in wen! Ich weiß auch nicht einmal genau, wie sie heißt: Lygia oder Callina. Im Hause wird sie Lygia genannt, weil sie dem Lygiervolke entstammt, sie hat aber auch noch ihren Babarennamen Callina. Es ist dies ein merkwürdiges Haus, dieses Haus des Plautius. Mehrere Tage hindurch ahnte ich nicht, welch göttliches Wesen es bewahrt, bis ich es eines Morgens vor Sonnenaufgang erblickte, als es sich an dem Gartenbrunnen wusch. Von dieser Zeit an sah ich sie noch zweimal, und seither weiß ich nicht mehr, was Ruhe ist; ich habe keine andere Sehnsucht mehr; nichts, was die Stadt mir bieten könnte, kann mich locken; ich begehre weder Gold noch korinthisches Erz, weder Bernstein noch Perlen, noch Wein und Festgelage, nur Lygia will ich. Ich sage dir offen, Petronius, ich sehne mich nach ihr Tag und Nacht.«

»Wenn sie eine Sklavin ist, so kaufe sie doch!«

»Sie ist keine Sklavin.«

»Was ist sie denn? Eine Freigelassene des Plautius?«

»Ich weiß es nicht; eine Königstochter oder etwas Ähnliches.« »Du machst mich sehr neugierig, Vinicius.«

»Wenn du mich nun anhören willst, werde ich gleich deine Neugierde befriedigen. Die Geschichte ist nicht sehr lang. Du kanntest vielleicht gar persönlich den König der Sueven, Vannius, der, aus seinem Reiche vertrieben, sich lange Zeit in Rom aufhielt. Kaiser Drusus brachte ihn wieder auf seinen Thron. Vannius war ein tüchtiger Mann, regierte anfangs gut und führte glückliche Kriege, später fing er jedoch an, nicht nur die Nachbarn, sondern auch seine eigenen Untertanen zu schinden. Um diese Zeit beschlossen Vangio und Sido, Söhne des Vibilius, Königs der Hermunduren, ihren Onkel Vannius zu zwingen, wieder nach Rom zu flüchten.«

»Ganz recht, ich erinnere mich, es ist ja noch gar nicht so lange her, es war zu Claudius' Zeiten.«

»Nun brach der Krieg aus. Vannius rief die Jazygen zu Hilfe, seine beiden Schwiegersöhne dagegen die Lygier, welche von den Reichtümern des Vannius gehört hatten und, herbeigelockt in der Hoffnung auf reiche Beute, in so großer Anzahl kamen, daß selbst der Kaiser Claudius für die Ruhe seiner Grenzen fürchtete. Claudius wollte sich in einen Krieg mit den Barbaren nicht einmischen und schrieb an Atelius Hister, den Führer der Donaulegionen, daß er ein wachsames Auge auf den Verlauf des Krieges richte und über den Frieden jener Gegenden wache. Hister verlangte nun von den Lygiern, daß sie sich verpflichten, die Grenzen nicht zu überschreiten; dies wurde nicht nur bereitwillig zugesagt, sondern auch Geiseln gestellt, unter denen sich die Frau und Tochter ihres Heerführers befanden... also ist meine Lygia die Tochter jenes Heerführers.«

»Woher weißt du das alles?«

»Dies erzählte mir alles Aulus Plautius selbst. Die Lygier haben zwar nicht die Grenzen überschritten; aber die Barbaren kommen wie ein Unwetter und verschwinden ebenso; so verschwanden auch sie samt ihren Auerochshörnern, die sie auf den Köpfen trugen. Sie schlugen den Vannius und seine Verbündeten, jedoch fiel ihr König, und sie machten sich mit dem Raube davon und ließen die Geiseln in den Händen des Hister. Kurz darauf starb die Mutter, und das Kind sandte Hister an Pomponius, der damals Statthalter von Germanien war. Pomponius kehrte nach Beendigung des Krieges mit den Chatten nach Rom im Triumph zurück. Die Jungfrau ging hinter dem Triumphwagen des Siegers. Nach beendeter Einzugsfeier wußte Pomponius selbst nicht, was er mit der Geisel, die er nicht gut als Gefangene behandeln konnte, anfangen sollte, und schenkte sie seiner Schwester Pomponia Graecina, der Frau des Plautius. In diesem Hause, wo alles – vom Herrn angefangen bis zum Federvieh – tugendhaft ist, wuchs sie heran und ist ebenso tugendhaft wie Graecina selbst und so schön, daß selbst Poppäa neben ihr wie eine herbstliche Feige neben einem Hesperidenapfel sich ausnehmen müßte.«

»Und nach dieser Jungfrau sehnst du dich?«

»Ja, ich will Lygia haben. Ich will sie mit meinen Armen umschlingen und an meine Brust drücken und ihren Atem fühlen. Ich will sie in meinem Hause haben, immerzu, bis mein Haupt weiß ist wie der Gipfel des Soracte im Winter.«

»Sie ist keine Sklavin, gehört aber schließlich doch zur Familie des Plautius und wird wohl, da sie eine verlassene Waise ist, als Pflegling betrachtet werden müssen. Plautius könnte sie dir abtreten, wenn er wollte.«

»Da kennst du aber Pomponia Graecina nicht. Schließlich haben sich beide an sie gewöhnt, als wäre Lygia ihr eigenes Kind.«

»Ob ich Pomponia kenne! Die reinste Zypresse! Wäre sie nicht des Aulus Ehefrau, könnte man sie als Klageweib verdingen. Auch Aulus Plautius kenne ich, und ich glaube, daß er eine gewisse Schwäche für mich hat, obwohl er mit meiner Lebensweise nicht einverstanden ist. Sicher schätzt er mich höher als all die andern, wie zum Beispiel Domitius Afer, Tigellinus und den übrigen Freundestroß Feuerbarts, da ich mich niemals zum Angeber hergegeben habe. Neros Ausführung hat schon oft mein Mißfallen erregt, wenn Seneka und Burrhus noch durch die Finger sahen. Glaubst du, daß ich beim Plautius etwas für dich erreichen könnte, so stehe ich dir zu Diensten.«

»Ich glaube, daß du es kannst. Du hast Einfluß auf ihn und besitzest großen Scharfsinn. Wenn du mit Plautius sprechen wolltest...«

»Du hast zwar eine große Meinung von meinem Einfluß und meiner Klugheit, und wenn es sich um sonst nichts handelt, so will ich mit Plautius reden, sobald er in die Stadt übergesiedelt ist.« »Sie sind schon seit zwei Tagen hier.«

»So wollen wir in das Triklinium gehen, wo das Frühstück unser harrt, und dann lassen wir uns neugestärkt zu Plautius tragen.« »Du warst mir immer lieb,« rief Vinicius lebhaft, »jetzt aber möchte ich am liebsten hier in diesem Raume deine Bildsäule aufstellen – so schön wie diese hier – und ihr Opfer darbringen.« So sprechend wandte er sich den Statuen zu, welche eine Seitenwand der duftdurchschwängerten Lichthalle zierten, und wies mit der Hand auf eine Bildsäule des Petronius, die ihn als Hermes mit einem goldenen Stab in der Hand darstellte.

Dann sagte er weiter: »Beim Lichte des Helios, wenn der göttliche Alexander dir ähnlich gewesen ist, dann kann man sich über Helena nicht wundern.«

Dieser Ausruf enthielt ebensoviel Wahrheit als Schmeichelei, denn Petronius, wenn auch älter und minder athletisch gebaut, war noch schöner als Vinicius. Die Frauen in Rom bewunderten an ihm nicht nur die geistige Gewandtheit und den seinen Geschmack,

der ihm den Beinamen Arbiter elegantiarum eingebracht hatte, sondern auch die Wohlgestalt seiner Erscheinung. Tiefe Bewunderung drückte sich auf den Gesichtern der Mädchen aus Kos aus, welche jetzt die Falten seiner Toga ordneten, von denen besonders eine, Eunike mit Namen, ihm voll Demut und Entzücken in die Augen schaute; liebte sie ihn doch insgeheim.

Er achtete jedoch nicht darauf sondern lächelte Vinicius zu. Dann schlang er seinen Arm um seinen Nacken und führte ihn in den Speisesaal.

Im Unctuarium blieb nur Eunike zurück, hob den mit Bernstein und Elfenbein kunstvoll eingelegten Stuhl, auf welchem Petronius gesessen, und rückte ihn vorsichtig bis zu dessen Bildsäule. Sie bestieg den Stuhl, und als sie in gleicher Höhe mit der Bildsäule war, schlang sie plötzlich die Arme um den Hals, dann warf sie ihr Goldhaar zurück, schmiegte ihren rosigen Leib an den weißen Marmor und preßte voll Leidenschaft ihren Mund auf die kalten Lippen des Petronius.

2.

Nach dem Frühstück schlug Petronius einen kleinen Schlummer vor. Seiner Ansicht nach war es noch zu früh, um Besuche zu machen. Am geeignetsten erschienen ihm dazu die Nachmittagsstunden, aber nicht eher, als bis die Sonne den Tempel des Kapitolinischen Zeus überstiegen hatte und die Strahlen schräg auf das Forum fielen. Inzwischen könnten sie, meinte er, ruhig ein Schläfchen machen. Es sei so angenehm, im Atrium dem Geplätscher des Brunnens zu lauschen und nach den üblichen tausend Schritten in dem rötlichen Lichte, welches durch den purpurnen, halb zugezogenen Vorhang drang, vor sich hinzuträumen.

Vinicius gab Petronius recht, und sie begannen auf und ab zu schreiten, über die neuesten Vorkommnisse in der Stadt und auf dem Palatinus plaudernd oder auch philosophische Bemerkungen austauschend. Hierauf begab sich Petronius in das Schlafzimmer, schlief jedoch nicht lange. Schon nach einer halben Stunde kam er wieder zum Vorschein, ließ sich Verbenaöl bringen und rieb sich damit Hände und Schläfen ein.

»Du glaubst nicht, wie sehr das belebt und erfrischt,« bemerkte er. »So, jetzt bin ich fertig.«

8

Die Sänfte stand schon längst bereit; sie stiegen ein und ließen sich nach dem Vicus Patricius, ins Haus des Aulus, tragen. Das Haus des Petronius lag an dem südlichen Abhang des Palatinus, unfern des von den reichsten Leuten bewohnten Stadtteils Carinae. Der kürzeste Weg dahin führte unterhalb des Forums, aber Petronius wollte noch beim Juwelier Idomen vorsprechen und befahl, über den Vicus Apollinis und über das Forum gegen den Vicus Sceleratus zu gehen, an dessen Ecke sich die mannigfachsten Verkaufsläden befanden.

Riesige Mohren hoben die Sänfte und setzten sich in Bewegung, voraus gingen Sklaven, pedisequi genannt. Petronius hielt die nach Verbenaöl duftenden Finger vor die Nasenlöcher und schien nachzusinnen, dann sagte,er: »Es fällt mir eben ein, daß deine Waldnymphe, wenn sie keine Sklavin ist, das Haus des Plautius verlassen und in das deine übersiedeln könnte. Du müßtest sie natürlich mit Liebesbeweisen, mit Reichtümern überhäufen, wie ich meine vergötterte Chrysotemis, die ich, unter uns gesagt, mindestens schon ebenso satt habe wie sie mich.«

Markus schüttelte das Haupt.

»Also nicht?« fragte Petronius. »Du würdest bei dieser Angelegenheit schlimmstenfalls eine Stütze am Kaiser finden, und du kannst versichert sein, daß unser Feuerbart, infolge meines Einflusses, auf deiner Seite wäre.«

»Du kennst Lygia nicht!« versetzte Vinicius.

»So gestatte mir die Frage: Kennst du sie anders als vom Sehen? Hast du mit ihr gesprochen? Hast du ihr deine Liebe gestanden?«

»Ich sah sie zuerst am Springbrunnen, und dann traf ich nur zweimal mit ihr zusammen. Du mußt wissen, daß ich während meines Aufenthaltes auf dem Landsitze des Aulus in einer Seitenvilla wohnte, welche für Gäste bestimmt ist, und da ich den Arm verstaucht hatte, konnte ich an den gemeinschaftlichen Mahlzeiten nicht teilnehmen. Erst am Vorabend meines Weggangs traf ich Lygia bei der Mahlzeit, konnte jedoch kein Wort mit ihr sprechen. Ich mußte anhören, was mir Aulus von seinen in Britannien erfochtenen Siegen erzählte und dann von dem Niedergang der kleinen Leute in Italien, welchem zu steuern sich Licinius Stolo bemühte. Dann sah ich Lygia wieder bei der Zisterne im Garten; sie hielt ein eben ausgerissenes Schilfrohr in der Hand, dessen Kolben sie ins Wasser tauchte, um die im Umkreise wachsenden Irisblumen damit zu besprengen. Beim Schilde des Herakles, ich sage

dir, meine Knie zitterten nicht, als die heulenden Parther wie ein finsteres Gewölk auf unsere Schlachtreihen losstürmten, aber sie zitterten bei jener Zisterne. Verwirrt wie ein Knabe flehte ich nur mit den Augen um Erbarmen. Lange vermochte ich kein Wort hervorzubringen.«

Petronius warf dem jungen Mann einen Blick zu, in dem etwas wie Neid lag. »Du Glücklicher!« rief er aus. »Welt und Leben mögen schlecht sein wie sie wollen, eines in ihnen bleibt doch ewig gut: die Jugend!« Nach einer Weile fragte er wieder: »Und du hast sie nicht angesprochen?«

»O doch! Ich rang nach Fassung, und als ich wieder zur Besinnung gekommen war, sprach ich mit ihr. Aus Asien, sagte ich ihr, sei ich zurückgekehrt und habe mir ganz nahe vor der Stadt den Arm verstaucht. Große Schmerzen habe ich erdulden müssen; da aber die Zeit gekommen sei, dieses gastliche Haus verlassen zu sollen, sei ich zu der Einsicht gekommen, daß es besser sei, hier zu leiden, als anderswo zu genießen. Sie hörte mich an, gleichfalls verwirrt, mit gesenktem Köpfchen, während sie mit dem Schilf etwas in den safrangelben Sand zeichnete. Dann blickte sie flüchtig empor, ließ ihre Augen von den gemachten Zeichen zu mir schweifen, als wollte sie etwas fragen – und entfloh dann plötzlich.«

»Sie muß schöne Augen haben.«

»Wie das Meer – ich versenkte mich in sie wie in ein Meer. Nach wenigen Augenblicken kam der kleine Plautius auf mich zu und wollte etwas fragen. Ich aber verstand nicht, um was es sich handelte.«

»O du Frühlingsknöspchen am Baum des Lebens! Du erstes, grünes Ästchen an der Weinranke! Ich sollte dich eigentlich statt zum Plautius in das Haus des Gelocius bringen lassen, wo eine Schule für lebensunkundige Knaben ist.«

»Ja, was willst du denn eigentlich?«

»Und was schrieb sie denn in den Sand? War es vielleicht ein von einem Pfeile durchbohrtes Herz oder ähnliches? Wie konntest du solche Zeichen unbeachtet lassen!«

»Länger trage ich die Toga, als du glaubst, und ehe noch der kleine Plautius dazukam, hatte ich die Zeichen längst geprüft. Ich wußte auch, daß die griechischen und römischen Jungfrauen oft ein Geständnis in den Sand graben, das sie nicht aussprechen wollen ... Aber errate, was sie zeichnete!«

9

»Wenn es etwas anderes ist, als ich vermute, so rate ich nicht.«

»Einen Fisch!«Der Fisch war eines der symbolischen Erkennungszeichen der ersten Christen. Die einzelnen Buchstaben des griechischen Wortes bilden die Anfangsbuchstaben der griechischen Worte für Jesus Christus Gottes Sohn, Erlöser

»Wie sagst du?«

»Einen Fisch, sagte ich. Sollte dies vielleicht bedeuten, daß in ihren Adern bisher noch kaltes Blut fließt? Ich weiß es nicht. Du aber, der du mich eine Frühlingsknospe am Baum des Lebens nanntest, wirst dieses Zeichen gewiß besser verstehen.«

»O Teuerster! Über solche Dinge frage Plitius. Er ist Kenner von Fischen. Würde der alte Apicius noch leben, der könnte dir ebenfalls noch etwas erzählen. Dieser hat in seinem Leben mehr Fische gegessen, als ihrer mit einem Male in der Bucht von Neapel Platz haben.«

Das weitere Gespräch ward unterbrochen, denn sie kamen jetzt in belebte Straßen, wo der Menschenlärm es übertönt hätte. Bei dem Vicus Apollinis wendeten sie sich nach dem Boarium und dann nach dem Forum Romanum, wo an schönen Tagen vor Sonnenuntergang sich eine dichte Volksmenge zu versammeln pflegte. Die Leute strömten durch die Säulenhalle, um Neuigkeiten auszutauschen, sie betrachteten die Sänften vornehmer Persönlichkeiten, die vorüber getragen wurden, oder sie drängten sich vor den Gewölben der Händler zusammen. Die eine Hälfte des Forums, die dicht unter den hervorspringenden Felsen des Kastells lag, war schon in Schatten getaucht, während die Säulen der höher gelegenen Tempel in goldenem und bläulichem Schimmer erglänzten. Die tieferstehenden warfen lange Schatten auf die Marmorplatten. Das Forum war derart mit Säulen bebaut, daß das Auge sich darin wie in einem Walde verlor. Häuser und Säulen schienen zusammengehäuft, sie türmten sich übereinander; sie strebten teils der Höhe zu, teils klebten sie an der Felswand des Kapitols.

Von den breiten Stufen des »dem höchsten Gott« geweihten Tempels kam ein neuer Menschenstrom. Auf den Rednerbühnen ließen sich verschiedene Redner hören. Hie und da ertönten Rufe der Verkäufer, die Früchte, Wein oder mit Feigensaft gemischtes Wasser feilboten, von Quacksalbern, die wunderbare Heilmittel anpriesen, von Wahrsagern, die verborgene Schätze zu entdecken versprachen, und von Traumdeutern. Da und dort hörte man Töne einer ägyptischen Sistra, ei-

ner Sambuke oder einer griechischen Flöte; durch den ohrenbetäubenden Tumult sah man Kranke, Fromme, Betrübte, die Opfergaben nach den Tempeln trugen; Taubenschwärme flogen über die Köpfe der Menge und ließen sich auf einem freien Plätzchen des Marktes nieder, gierig die Körner aufpickend, die man ihnen hinwarf, um gleich wieder aufzufliegen, wenn jemand kam. Zwischen den zahlreichen Gruppen drängten sich zeitweise Abteilungen von Soldaten und Wachen durch, welche für Straßenordnung zu sorgen hatten. Die griechische Sprache hörte man überall ebenso oft wie die lateinische, und jede andere Sprache wurde geduldet.

Vinicius, der lange nicht in der Stadt gewesen war, betrachtete mit einer gewissen Neugierde den Menschenschwarm und das Forum Romanum, das die Welt beherrschte, aber zugleich ganz überflutet schien von Menschen fremder Abstammung und Sprache. In der Tat verschwand das heimische Element fast in dieser Masse, die aus den verschiedenartigsten Rassen und Nationen zusammengesetzt war. Man sah hier Äthiopier und blonde Riesen aus dem fernen Norden, Britannier, Gallier und Germanen; man sah Mongolen mit ihren geschlitzten, schiefstehenden Augen, Leute vom Euphrat, Männer vom Indus mit ziegelrot gefärbten Bärten, Syrer von den Ufern des Orontes mit schwarzen, sanftblickenden Augen; knochendürre Wüstenbewohner Arabiens, Juden mit eingefallenem Brustkorb, Ägypter mit dem ewig gleichgültigen Lächeln auf den Gesichtern, Numidier und Afrikaner; Griechen aus Hellas, welche gleich den Römern über die Stadt herrschten, die aber wegen ihres Wissens, ihrer Kunst, ihres Verstandes und ihrer Verschlagenheit zu solcher Macht gekommen waren, Griechen von den kleinasiatischen Inseln, aus Ägypten, aus Italien und dem narbonnensischen Gallien. Bei der großen Schar von Sklaven mit durchlöcherten Ohren mangelte es auch nicht an freigelassenen, müßigen Leuten, welche der Kaiser unterhielt, nährte, sogar kleidete. Es fehlte auch nicht an Schacherern und Priestern der Isis, auf deren Altar mehr Opfer dargebracht wurden als in dem Heiligtum des Zeus auf dem Kapitol – es mangelte nicht an Priestern der Kybel, die goldene Maisähren in der Hand trugen, an Priestern der Wandergötter, an morgenländischen Tänzerinnen, die grellfarbige Mitra auf dem Haupt, an Amulettenhändlern, an Schlangenbändigern und chaldäischen Magiern, endlich an Leuten ohne irgendwelche Beschäftigung, die sich jede Woche in den diesseits des Tiber gelegenen Getreidespeichern meldeten, sich um Lotterielose in den Zirkussen schlu-

10

gen, die Nächte in den jeden Augenblick mit Einsturz drohenden Häusern des jenseits des Tiber gelegenen Stadtteils verbrachten, die sonnigen und wärmeren Tage aber in den Kryptoportiken, in den schmutzigen Garküchen der Vorstädte oder vor den Häusern der Reichen, von wo ihnen zuweilen die Reste vom Tische der Sklaven zugeworfen wurden.

Petronius war bei der Menge wohlbekannt. An Vinicius' Ohr drang fortwährend der Ruf: Das ist er! Das ist er! Man liebte ihn wegen seiner Freigebigkeit, und seine Popularität hatte sich noch gesteigert, als man erfuhr, daß er sich vor dem Kaiser gegen das Todesurteil ausgesprochen hatte, welches über die ganze Familie des Präfekten Pedanius Secundus, ohne Unterschied des Alters und Geschlechts, verhängt worden war, weil einer von ihnen in einem Anfall von Verzweiflung den Tyrannen getötet hatte. Petronius erklärte zwar öffentlich, daß ihm die Sache höchst gleichgültig sei und er sich nur in seiner Eigenschaft als Arbiter elegantiarum dagegen ausgesprochen habe, weil sich sein ästhetisches Gefühl durch das barbarische Urteil beleidigt fühle, das vielleicht roher Skythen, niemals aber römischer Männer würdig sei. Das über dieses Blutbad aufgeregte Volk liebte Petronius seit dieser Zeit trotzdem.

Aber er achtete nicht darauf, denn er erinnerte sich, daß dieses Volk auch den Britannicus geliebt, welchen Nero vergiften, und Agrippina, welche er ermorden ließ, und Octavia, die man erwürgte, nachdem man ihr vorher im heißen Dampfbade die Adern geöffnet, Rubelius Plautius, der ausgewiesen wurde, und Traseas, dem schon der morgige Tag das Todesurteil bringen konnte. Die Liebe des Volkes konnte eigentlich als schlechte Vorbedeutung gelten, und der skeptische Petronius war abergläubisch. Zudem verachtete er die Menge als Aristokrat und als Ästhetiker. Diese Leute, die in dem bauschigen Teil ihres Gewands geröstete Bohnen bei sich trugen, nach denen sie rochen, diese Leute, die fortwährend heiser und schweißtriefend waren durch das Moraspiel. Ein Spiel, in dem man mit einem Blick erraten muß, wieviel Finger einer in die Höhe gehoben hat. Ein noch jetzt in Italien beliebtes Spiel an den Straßenecken und in den Säulengängen, verdienten in seinen Augen nicht Menschen genannt zu werden.

Ohne daher die Beifallsrufe und Kußhände, die ihm da und dort zugeworfen wurden, zu beachten, erzählte er dem Markus die Geschichte des Petanius und spottete über die Wandelbarkeit des Straßenpöbels, der am Tage nach einem drohenden Aufruhr dem Nero auf sei-

ner Fahrt zum Tempel des Jupiter Stator zugejubelt hatte.

Vor dem Buchladen des Arvinus ließ Petronius halten und kaufte ein zierliches Manuskript, welches er Vinicius überreichte. »Ein Geschenk für dich«, erklärte er.

»Danke dir!« versetzte Vinicius, und mit einem Blick auf den Titel bemerkte er fragend:

»Satirikon? Das ist etwas Neues. Von wem denn?«

»Von mir, doch will ich nicht in die Fußstapfen des Rufinus treten, dessen Geschichte ich dir erzählen wollte, noch in die des Fabricius Veiento, ich bitte dich also, mich nicht zu verraten, denn kein Mensch weiß davon.«

»Aber du sagtest doch, du schriebst keine Verse?« fragte Vinicius, einen Blick in das Manuskript werfend. »Hier aber finde ich die Prosa stark mit Versen durchflochten.«

»Wenn du es lesen wirst, richte deine Aufmerksamkeit vor allem auf das Gastmahl des Trimalchion. was die Verse anlangt, so sind sie mir von dem Augenblick an verleidet, seit Nero ein Epos schrieb. Aber ich wollte dir ja die Geschichte des Rufinus erzählen, um dir zu zeigen, was Autoreneitelkeit ist.«

Doch ehe er noch begonnen hatte, bogen sie in den Vicus Patricius ein und befanden sich gleich darauf vor der Behausung des Aulus. Ein junger, kräftiger Türhüter öffnete ihnen die Tür, über der eine in einem Käfig eingeschlossene Elster in einem Bauer hing, die die Angekommenen mit einem lauten »Salve!« begrüßte.

Auf dem Wege aus der zweiten Vorhalle in das Atrium sagte Vinicius: »Hast du bemerkt, daß der Türhüter hier keine Ketten trägt?«

»Ein merkwürdiges Haus«, versetzte halblaut Petronius. »Es ist dir gewiß bekannt, daß Pomponia Graecina im Verdachte steht, Bekennerin eines Aberglaubens zu sein, der aus dem Osten kommt und auf der Verehrung eines gewissen ›Christos‹ beruht. Crispinilla ist die Urheberin dieses Verdachts gegen Pomponia. Jene kann es ihr nicht verzeihen, daß sie sich mit einem Manne für ihr ganzes Leben begnügte. Eine Schüssel eßbarer Pilze aus Noricum dürfte heutzutage leichter zu haben sein, als eine zweite derartige Frau zu finden. Man hat sogar Hausgericht über sie abgehalten...«

»Du hast recht, es ist ein merkwürdiges Haus. Später erzähle ich dir noch, was ich gesehen und gehört habe.«

So sprechend waren sie im Atrium angelangt. Der die Aufsicht darüber führende Sklave, der Atriensis, sandte den Nomenklator weg, um die Gäste anzumelden, während die andern Diener Sessel und Fußschemel für sie zurechtstellten. Petronius, der sich vorstellte, in diesem Hause herrsche ewig Trübsinn – da er nie in diesem Hause verkehrte –, blickte mit einem gewissen Staunen, ja, mit einem Gefühl der Enttäuschung umher, denn das Atrium machte einen durchaus heiteren Eindruck.

Aus der Höhe drang durch die zweite Öffnung eine helle Lichtgarbe, die an dem Springbrunnen in tausend Funken zerstäubte. Der viereckige Teich, in dessen Mitte der Springquell emporsprudelte, war von Anemonen und Lilien umgeben. Besonders für Lilien schien eine Vorliebe im Hause zu herrschen; es gab deren ganze Büsche; weiße und feuerfarbige Lilien und violette Irisblumen, deren zarte Blütenblätter unter dem zerstäubenden Wasser wie versilbert erschienen. Durch das feuchte Moos, mit welchem die Lilienblätter bedeckt waren, und durch die Blätterbüschel sah man Bronzestatuetten hervorschimmern, welche Kinder und Wasservögel darstellten. An einer Ecke stand, gleichfalls aus Bronze, eine Hirschkuh, die ihren durch die Feuchtigkeit von Rost grünlich gewordenen Kopf gegen das Wasser neigte, als ob sie trinken wollte. Der Fußboden des Atriums war aus Mosaik, die Wände, teils mit rotem Marmor ausgelegt, teils mit Bäumen, Fischen, Vögeln und Greifen bemalt, erfreuten das Auge durch ihre Farbenpracht. Die Füllungen an den zu den anstoßenden Räumen führenden Türen waren teils mit Schildkröt, teils mit Elfenbein verziert; an den Wänden, zwischen den Türen, standen die Statuen der Vorfahren des Aulus. In allem verriet sich eine gewisse gediegene Wohlhabenheit, frei von jedem Luxus, aber überall ein vornehmes Selbstbewußtsein.

Petronius, der zwar viel prächtiger eingerichtet war, fand hier doch nichts, was seinen Geschmack beleidigt hätte, und er wollte sich gerade mit einer Bemerkung darüber an Vinicius wenden, als der Türsteher den Vorhang zur Seite schob, welcher das Atrium von dem Tablinum trennte, und aus der Tiefe des Hauses sich Aulus Plautius eiligen Schritts näherte.

Aulus war ein in vorgerückten Jahren stehender Mann mit schon ergrauten Haaren; aber er war noch sehr rüstig und frisch, und sein etwas zu kurzes Gesicht mit dem an einen Adler erinnernden Profil deutete auf einen energischen Charakter. Jetzt aber malte sich etwas wie Erstaunen, ja wie Unruhe auf seinen Zügen über den unerwarteten Besuch des Freundes, Gefährten und Vertrauten Neros.

Petronius war zu sehr Weltmann und zu scharfsinnig, als daß er dies nicht bemerkt hätte. Nach den ersten Begrüßungen versicherte er daher auch mit aller Unbefangenheit und Liebenswürdigkeit, die ihm zu Gebote stand, daß er gekommen sei, für die freundliche Pflege, die seinem Schwestersohn in diesem Hause zuteil geworden, zu danken. Sein Besuch, zu dem er sich übrigens durch seine lange Bekanntschaft mit Aulus berechtigt gefühlt habe, sei einzig und allein auf diesen Grund zurückzuführen.

Aulus versicherte seinerseits, daß er ihm ein lieber Gast sei, und was die Dankbarkeit beträfe, so hege er selbst etwas dergleichen für Petronius, wenn auch dieser vielleicht den Grund nicht erraten würde.

»Du hast nämlich dem Vespasian, den ich schätze und liebe, das Leben gerettet, als er das Unglück hatte, bei einer Vorlesung der Gedichte des Kaisers einzuschlafen.«

»Ein Glück für ihn,« versetzte Petronius, »denn auf die Art hat er sie wenigstens nicht gehört. Ich will auch zugeben, daß die Sache für ihn hätte unglücklich ausfallen können. Der Feuerbart wollte durchaus einen Centurio zu ihm schicken, mit dem freundschaftlichen Auftrag, er möchte sich die Adern öffnen.«

»Du aber, Petronius, lachtest ihn aus.«

»So ist es, oder vielmehr ich sagte ihm, wenn Orpheus durch seinen Gesang die wilden Tiere eingeschläfert habe, sei sein Triumph kein geringerer, wenn es ihm gelang, Vespasian einzuschläfern. Man darf ja den Feuerbart tadeln, vorausgesetzt, daß der Tadel sich auch als Schmeichelei auffassen läßt. Unsre huldreiche Augusta Poppäa versteht dies ausgezeichnet.«

»Ja, leider, das sind jetzt schlimme Zeiten,« erwiderte Aulus. »Mir fehlen zwei Vorderzähne, die mir ein von Britannenhand geschleuderter Stein einschlug, und seither zische ich; aber die glücklichste Zeit meines Lebens habe ich doch in Britannien zugebracht.«

»Weil es eine siegreiche Zeit war,« warf Vinicius ein.

Petronius befürchtete, der alte Feldherr möchte von seinen Schlachten berichten, und änderte schnell den Gesprächsgegenstand. Er erzählte, daß Landleute bei Präneste einen toten jungen Wolf mit zwei Köpfen gefunden hätten, daß der Blitz einen Eckpfeiler des Lunatempels beschädigt habe, und daß einige Priester das für ein böses Zeichen hielten und den Untergang Roms prophezeiten.

Aulus hörte aufmerksam zu und sagte, daß man solche Zeichen nicht so leicht aufnehmen dürfe. Die Götter können über die Greueltaten erzürnt sein, dies wäre auch nicht zu verwundern – und in so einem Falle wären die Opfer angebracht.

Petronius begann nunmehr die Besitzung des Plautius sowie auch den guten Geschmack, der sich in der ganzen Ausstattung verriet, zu loben.

»Ein alter Familiensitz ist das,« versetzte Plautius, »in welchem ich seit meiner Inbesitznahme nichts geändert habe.«

Der Vorhang zwischen dem Atrium und dem Tablinum wurde nunmehr zurückgeschoben, und man konnte durch mehrere Räume hindurch in den Garten blicken, der in der Ferne wie ein helles Bild in dunklem Rahmen aussah. Fröhliches Kinderlachen drang von dort bis ins Atrium.

»O Feldherr,« rief Petronius, »gestatte uns, dieses fröhliche Lachen in der Nähe anzuhören, es ist eine Seltenheit heutzutage.«

»Recht gern,« sagte Plautius, sich erhebend. »Mein kleiner Aulus und Lygia ergötzen sich beim Ballspiel. Was aber das Lachen anbelangt, Petronius, so glaubte ich, dein ganzes Leben ginge unter Lachen dahin.«

»Das Leben ist des Lachens wert, deshalb lache ich,« entgegnete Petronius, »jedoch klingt dies Lachen anders.«

»Petronius«, fügte Vinicius hinzu, »lacht weniger bei Tage, aber um so mehr bei der Nacht.«

So plaudernd durchschritten sie das Haus und gelangten in den Garten, wo Lygia und der kleine Aulus mit Bällen spielten, welche von ausschließlich zu dieser Unterhaltung bestimmten Sklaven, Spheristae genannt, vom Boden aufgelesen und immer wieder den Spielenden überreicht wurden. Petronius warf einen raschen Blick auf Lygia, während der kleine Aulus, als er Vinicius erblickte, auf diesen zulief. Der junge Mann aber neigte im Vorüberschreiten das Haupt vor dem lieblichen Mädchen, das, den Ball in der Hand, mit etwas gelösten Haaren noch ganz atemlos und errötend dastand.

In der von Efeu, wildem Wein und Geißblatt überschatteten Gartenhalle saß Pomponia Graecina, und die Männer gingen, sie zu begrüßen. Obwohl Petronius nie das Haus des Plautius besuchte, war sie ihm be-

kannt, denn er war schon häufig bei Antystia, der Tochter des Rubelius Plautius, und im Hause des Seneka und bei Polliona mit ihr zusammengetroffen. Er konnte nun ihrem ernsten und trotzdem schönen Gesicht, der Vornehmheit ihrer Gestalt, ihren Bewegungen und ihrer Redeweise seine Bewunderung nicht versagen. Pomponia verwirrte seine Anschauung vom Weibe derart, daß der in Grund und Boden verderbte und wie kein zweiter in Rom selbstbewußte Mann ihr gegenüber nicht nur eine gewisse Achtung empfand, sondern auch ein wenig seine gewohnte Sicherheit verlor. Während er ihr jetzt für die dem Vinicius gewidmete Fürsorge dankte, begann er sogleich sein Bedauern darüber auszusprechen, daß sie sich nirgends blicken lasse, daß man sie weder im Zirkus noch im Amphitheater sehe, worauf sie, ihre Hand in die ihres Gatten legend, ruhig erwiderte: »Wir beide werden alt und lieben immer mehr die häusliche Einsamkeit.«

Petronius wollte einen Einwand machen, allein Aulus Plautius fügte in dem ihm eigentümlichen zischenden Tone hinzu: »Wir fühlen uns immer fremd unter den Menschen, welche sogar unsern römischen Göttern griechische Namen beilegen.«

»Seit einer gewissen Zeit werden ja die Namen der Götter nur als Redefiguren gebraucht,« entgegnete Petronius gleichgültig, »und da die Griechen uns in der Redekunst unterwiesen haben, wird es mir zum Beispiel auch leichter, Hera statt Juno zu sagen.« Darauf blickte er auf Pomponia, als wollte er sagen, daß er in ihrer Gegenwart an keine andre Gottheit denken könne, und versuchte jetzt zu widerlegen, was sie über ihr Alter gesagt hatte: »Die Menschen altern schnell, und besonders diejenigen, welche ein ganz anderes Leben führen, und zudem gibt es Gesichter, die Saturn zu vergessen scheint.«

Petronius sagte dies mit einer gewissen Aufrichtigkeit, denn obwohl Pomponia Graecina den Mittag ihres Lebens überschritten hatte, war ihre Gesichtsfarbe ungewöhnlich frisch geblieben, und da ihr Kopf klein und die Züge zart waren, machte sie zuweilen trotz der schwarzen Gewänder und des tiefen Ernstes ihrer Züge den Eindruck einer noch jungen Frau.

Inzwischen näherte sich der kleine Aulus dem Vinicius, mit welchem er schon auf dem Landsitze Freundschaft geschlossen hatte, und forderte ihn zum Ballspiel auf. Nach dem Knaben betrat auch Lygia das Triklinium. Unter den Efeugehängen und den über ihr Gesicht gleitenden Lichtstrahlen erschien sie jetzt Petronius noch schöner als beim ersten Blick. Da er sie bisher noch nicht gesprochen hatte, erhob er sich von seinem Sitze, neigte das Haupt vor ihr und sagte statt der üblichen Begrüßung die Worte, mit denen Odysseus die Königstochter Nausikaa begrüßte:

»Dich grüß' ich, Hohe der Göttinnen oder der Jungfrauen!
Bist du der Sterblichen eine,
die rings umwohnen das Erdreich?
Dreimal selig dein Vater und deine treffliche Mutter,
Dreimal selig die Brüder zugleich ...«

Selbst Pomponia fand Gefallen an der Gewandtheit des Weltmanns. Was Lygia betrifft, so lauschte sie verwirrt, errötend und wagte nicht die Augen aufzuschlagen. Allmählich aber zuckte es um ihre Mundwinkel, ein mutwilliges Lächeln zeigte sich auf ihren Lippen, und in ihrem Gesicht kämpfte mädchenhafte Scheu sichtlich mit dem Wunsche, eine Antwort zu geben. Offenbar trug dieser Wunsch den Sieg davon, denn sie erhob plötzlich den Blick zu Petronius und antwortete mit den Worten Nausikaas fast in einem Atemzug und als sage sie eine eingelernte Lektion her:

»Keinem geringeren Manne,
noch törichten gleichst du, o Fremdling!«

Dann wandte sie sich um und entfloh, einem verscheuchten Vögelchen gleich. Nun war die Reihe an Petronius, sich zu wundern, hatte er doch nicht erwartet, Homerische Verse aus dem Munde eines Mädchens zu hören, von dessen nordischer Abstammung er durch Vinicius unterrichtet worden war.

Er blickte fragend zu Pomponia hinüber, doch konnte ihm diese keine Auskunft geben, weil sie sich eben lächelnd an dem Stolze weidete, der das Antlitz des alten Aulus verklärte.

Er aber verstand es nicht, diesen Stolz zu verbergen. Er liebte Lygia wie sein eigenes Kind, und dann fühlte er sich in seinen altrömischen Vorurteilen zwar oft veranlaßt, gegen die griechischen Sitten und deren Verbreitung zu donnern, trotzdem hielt er sie aber für den Gipfelpunkt aller feinen Bildung. Er selbst hatte sich eine solche Bildung niemals aneignen können, was ihn insgeheim schmerzte. Daher freute er sich, daß der gewandte Weltmann und Dichter, der sicherlich nur allzu geneigt war, sein Haus für ein barbarisches anzusehen, eine Antwort in der poetischen Sprache Homers erhalten hatte.

»Wir haben in unserm Hause einen Griechen,« sagte Aulus zu Petronius gewendet, »der unsern Knaben unterrichtet, und das Mädchen wohnt den Lehrstunden

bei. sie ist noch eine rechte Bachstelze, eine liebe Bachstelze, an die wir uns beide recht gewöhnt haben.«

Petronius warf jetzt durch die Efeu- und Geißblattgewinde einen Blick in den Garten und beobachtete die Spielenden. Vinicius hatte die Toga abgeworfen, und nur mit der Tunika angetan, warf er den Ball der ihm gegenüberstehenden Lygia zu, die ihn mit hocherhobenen Armen aufzufangen suchte. Anfangs hatte das Mädchen keinen großen Eindruck auf Petronius gemacht. Es schien ihm gar zu schmächtig. Doch schon in dem Augenblick, da er sie im Triklinium genauer ansah, verglich er sie im Geiste mit der Morgenröte, und als Kenner bemerkte er dann sehr wohl, daß in ihrem ganzen Wesen etwas Ungewöhnliches liege. Jede Einzelheit wurde von ihm wahrgenommen und gehörig gewürdigt; das zarte, rosige Gesicht, die frischen Lippen, die himmlischen, wie das Meer blauen Augen, die alabasterweiße Stirn, die Fülle des dunklen Haares, das in den Windungen wie Bernstein oder korinthisches Erz schimmerte, der schlanke Hals, die herrlich herabfallenden Schultern und die ganze geschmeidige, zarte, maienjunge und frisch erblühte Gestalt.

Petronius wandte sich an Pomponia Graecina, und nach dem Garten zeigend, sagte er: »Jetzt begreife ich, Domina, daß ihr mit diesen beiden euer Haus dem Zirkus und den Gelagen auf dem Palatinus vorzieht«

»So ist es,« antwortete Pomponia, ihren Blick auf den kleinen Aulus und Lygia richtend.

Die jungen Leute hatten nunmehr ihr Spiel beendet und wandelten auf den mit Sand bestreuten Wegen des Gartens, wobei sie sich wie weiße Bildsäulen von dem dunklen Hintergrunde der Myrten und Zypressen abhoben. Lygia hielt den kleinen Aulus bei der Hand. Als sie sich eine Weile ergangen hatten, ließen sie sich auf einer Bank in der Nähe des Fischweihers, die die Mitte des Gartens einnahm, nieder. Den kleinen Aulus litt es aber da nicht lange; er machte sich auf, um die Fische aufzuscheuchen, die in dem kristallhellen Wasser des Teiches umherschwammen, und Vinicius fuhr in der Rede fort, welche er schon während des Spaziergangs begonnen hatte.

»Ja,« sagte er mit tiefer, etwas bebender Stimme, »kaum hatte ich die Knabentoga abgeworfen, als ich bei der asiatischen Legion eingereiht wurde. Ich kannte weder die Stadt und deren Freuden, noch das Leben, noch die Liebe. Von Anakreon und Horaz kann ich wohl einige Gedichte auswendig, aber niemals ver-

14

möchte ich es, Verse zu sprechen, wenn der Geist vor Bewunderung sprachlos wird und keine eigenen Worte findet. Als ich noch ein Knabe war, besuchte ich die Schule des Musonius, der uns lehrte, daß unser Glück stets darauf beruhe, zu wollen, was die Götter wollen, und daß es daher nur an uns selbst liege, glücklich zu sein. Ich glaube aber, daß es noch ein anderes großes und unendliches Glück gibt, das nicht von unserm Willen abhängt, weil nur die Liebe es uns gewähren kann. Selbst die Götter fühlen dieses Glück, und auch ich, o Lygia, der ich die Liebe erst jetzt kennengelernt habe, sehne mich nach dem Glück, das sie allein zu geben vermag...«

Er schwieg und eine Zeitlang vernahm man nur das leise Gurgeln des Wassers, welches der kleine Aulus mit Steinen bewarf, um die Fische aufzuscheuchen.

Nach einer Weile begann Vinicius von neuem mit noch weicherer, leiserer Stimme: »Du kennst doch Titus, den Sohn des Vespasian? von dem sagt man, er habe sich, kaum dem Knabenalter entwachsen, so leidenschaftlich in Berenice verliebt, daß die Sehnsucht ihn fast verzehrte... Lygia! Auch ich wäre einer solchen Liebe fähig. Reichtum, Ruhm, Macht – sie sind ein leerer Rauch! Ein Nichts! Der Reiche trifft immer wieder einen Reicheren, der Ruhmreichere wird durch den größeren Ruhm eines Fremden in Schatten gestellt, der Mächtige durch den Mächtigeren bezwungen.... Aber kann selbst der Cäsar, kann sogar irgendein Gott eine größere Wonne empfinden oder glücklicher sein als ein gewöhnlicher Sterblicher, wenn die Heißersehnte an seiner Brust ruht? Die Liebe macht uns den Göttern gleich, o Lygia!«

Das junge Mädchen lauschte mit einer gewissen Unruhe und Verwunderung, etwa so, wie sie dem Klang einer griechischen Flöte oder einer Zither gelauscht hätte. Ihr war, als singe Vinicius eine seltsame Weise, die ihrem Ohr schmeichelte, die ihr Herz mit ohnmächtiger Furcht und zugleich mit unbegreiflicher Freude erfüllte. Ihr war auch, als ob er etwas ausspräche, was sie schon zuvor empfunden, wovon sie sich aber keine Rechenschaft hatte geben können. Sie fühlte, daß er etwas in ihr erweckte, was bisher geschlummert hatte und nun wie ein unklares Traumgebilde eine immer deutlichere und anziehendere Form annahm.

Die Sonne hatte sich inzwischen längst über die Tiber gewälzt und stand niedrig über dem Janiculushügel. Auf die regungslosen Zypressen fiel ein rötlicher Lichtschein, die ganze Luft war davon durchtränkt. Lygia hob die blauen, wie eben aus dem Schlummer erwachenden Augen zu Vinicius empor, und jetzt da er sich mit einer zitternden Bitte im Blick über sie neigte, erschien er ihr schöner als alle Menschen, ja selbst schöner als die griechischen und römischen Götter vor den Tempeln. Er aber umfing leicht ihr Handgelenk und fragte: »Errätst du nicht, Lygia, weshalb ich dir dies sage?« »Nein!« flüsterte sie so leise, daß er es kaum verstand.

Doch er glaubte ihr nicht, und ihre Hand immer fester umschließend, hätte er vielleicht, von seiner Leidenschaft übermannt, das liebliche Mädchen an sein klopfendes Herz gezogen und noch feurigere Worte an sie gerichtet, wenn nicht auf dem von Myrten umsäumten Fußpfade der alte Aulus erschienen wäre. Indem er nähertrat, rief er ihnen zu: »Die Sonne geht unter, hütet euch vor der gefährlichen Abendkühle. Wir sind hier nicht in Sizilien, wo man sich des Abends im Freien ergeht und Chorgesänge singt.«

Er begann jetzt, von Sizilien zu erzählen, wo seine landwirtschaftlichen Besitzungen lagen, die ihm sehr ans Herz gewachsen waren. Der Gedanke sei ihm schon häufig gekommen, erklärte er, ganz nach Sizilien überzusiedeln und dort in beschaulicher Ruhe sein Leben zu enden. Genug habe er des winterlichen Reifes, denn auch sein Haupt sei ja schon weiß. Noch trügen zwar die Bäume ihre Blätter, noch lache über die Stadt ein blauer Himmel, aber wenn die Weinranke gelb werde, wenn der Schnee auf dem Albanergebirge falle, wenn die Götter die Campania mit heftigen Stürmen heimsuchten, dann vielleicht ziehe er mit dem ganzen Hause auf seinen stillen ländlichen Wohnsitz.

»Wie? Du hättest Lust, Rom zu verlassen, Plautius?« sagte Vinicius plötzlich beunruhigt.

»Schon lange habe ich diesen Wunsch,« antwortete Aulus, »denn dort ist es ruhiger und gefahrloser.«

Und er begann aufs neue seine Obstgärten und seine Herden zu rühmen – das im Grün versteckte Haus und die Berge, wo der Thymian und das Pfefferkraut wuchs, von Bienen umsummt. Vinicius hatte keinen Sinn für diese begeisterte Schilderung, er dachte nur daran, daß Lygia ihm entrissen werden könnte, und blickte zu Petronius hinüber, als wenn er von diesem Hilfe erwartete.

Petronius, der an Pomponias Seite saß, labte sich an dem Anblick der untergehenden Sonne, an dem Garten und an der am Fischweiher stehenden Menschengruppe. Er empfand den hier herrschenden Seelenfrieden sofort, und prüfend betrachtete er die Hausbewohner. Ein ihm fremder Ausdruck lag auf den Zügen Pomponias, des alten Aulus, des Knaben und Lygias, ein Ausdruck, den er auf den Gesichtern andrer niemals wahrgenommen hatte, die ihn tagtäglich oder vielmehr jede Nacht umgaben. Welch friedliches, heiteres Leben schienen diese Menschen hier zu führen! Und mit einer gewissen Verwunderung gestand er sich, daß es wohl eine Lebensführung geben müsse, deren Schönheit, deren Anmut er nie kennengelernt hatte, er, der doch stets im Leben nach Schönheit und Anmut strebte. Diesem Gedanken Worte verleihend, wandte er sich an Pomponia und sagte: »Ich erwäge im Geiste, wie verschieden doch eure Welt ist von der, über die Nero regiert.« Pomponia aber richtete ihren Blick zum Abendhimmel empor und erwiderte schlicht: »Nicht Nero regiert die Welt, sondern Gott.« –

Ein kurzes Schweigen trat ein. Auf dem zum Triklinium führenden Wege wurden die Schritte des alten Heerführers, des Vinicius, Lygias und des kleinen Aulus hörbar, aber ehe diese nahetraten, fragte Petronius: »Du glaubst demnach an die Götter, Pomponia?«

»Ich glaube an Gott, der einzig, gerecht und allmächtig ist,« antwortete das Weib des Aulus Plautius.

3.

Petronius hatte Vinicius versprochen: »In wenigen Tagen schon wird die göttliche Lygia unter deinem Dach von deinem Brote essen.«

Er hielt sein Versprechen. Tags darauf schlief er ununterbrochen bis zum Abend, ließ sich dann nach dem Palatinus tragen und hatte mit Nero eine vertrauliche Unterredung. Die Folge davon war, daß schon am dritten Tage ein Centurio an der Spitze einer Abteilung der prätorianischen Leibwache vor dem Hause des Plautius erschien.

Die Zeiten waren unsicher und schrecklich. Boten dieser Art waren häufig Verkünder des Todes. Als daher der Centurio mit dem Hammer an das Tor des Aulus pochte und der Oberaufseher des Atriums die Kunde brachte, daß Söldlinge in der Vorhalle sich befänden, herrschte Bestürzung im ganzen Hause. Die Angehörigen versammelten sich alsbald um den alten Krieger, denn niemand zweifelte, daß vornehmlich ihm Gefahr drohe. Pomponia umklammerte seinen Hals mit ihren Armen, schmiegte sich innig an ihn, und ihre blassen Lippen bewegten sich rasch, unverständliche Worte murmelnd. Lygia, weiß wie ein Tuch,

bedeckte seine Hand mit Küssen, und der kleine Aulus klammerte sich an die Toga des Vaters.

Nur der alte Kriegsmann selbst, der dem Tod unzähligemal ins Antlitz geschaut hatte, blieb ruhig, und sein kurzes Adlerprofil schien wie aus Stein gemeißelt. Sanft schob er seine Gattin von sich und trat ins Atrium, wo der Centurio seiner harrte. Es war der alte Cajus Hasta, sein ehemaliger Untergebener und Gefährte aus den britannischen Kriegen.

»Sei gegrüßt, mein Feldherr,« sagte er. »Ich bringe dir einen Befehl und die Grüße des Kaisers. Hier sind die Täfelchen zum Zeichen, daß ich in seinem Namen komme.«

»Ich bin dem Kaiser dankbar für seine Grüße, und dem Befehl werde ich Folge leisten,« erwiderte Plautius. »Sei mir gegrüßt, Hasta, und sprich: welchen Auftrag hast du zu überbringen?«

»Aulus Plautius,« begann Hasta, »der Kaiser hat in Erfahrung gebracht, daß in deinem Hause die Tochter des Lygierkönigs weilt, die dieser König noch zu Lebzeiten des göttlichen Claudius den Römern als Geisel dafür übergab, daß die Grenzen des Reiches niemals durch die Lygier verletzt werden sollten. Der göttliche Nero ist dir dankbar, mein Feldherr, weil du ihr so viele Jahre hindurch Gastfreundschaft gewährtest, doch will er nicht, daß sie dir länger zur Last falle, auch ist er der Meinung, daß das Mädchen, als eine Geisel, unter den Schutz des Kaisers und des Senats gehöre, und deshalb befiehlt er dir, sie in meine Hände auszuliefern.«

Aulus war zu sehr Soldat und zu sehr Römer, als daß er sich diesem Befehl gegenüber einen Ausruf des Bedauerns, ein unnützes Wort oder eine Klage erlaubt hätte. Aber eine Falte des Zorns und des Schmerzes grub sich plötzlich in seine Stirn. Vor diesem Zucken der Wimpern hatten einst die britannischen Legionen gezittert, und jetzt in diesem Augenblick malte sich auf Hastas Gesicht ein jähes Erschrecken. Doch Aulus Plautius fühlte sich diesem Befehl gegenüber machtlos. Einige Zeit blickte er auf die Täfelchen und die Schriftzüge, dann hob er den Blick zum alten Centurio und sprach mit ruhiger Stimme: »Warte hier im Atrium, Hasta, bis die Geisel dir ausgeliefert werden kann.«

Nach diesen Worten begab er sich an das andere Ende des Hauses in den Ökus genannten Saal, wo Pomponia Graecina, Lygia und der kleine Aulus ihn voll Angst und Unruhe erwarteten.

16

»Keinem von uns droht der Tod noch Verbannung auf ferne Inseln,« sagte er, »und dennoch ist der Bote des Kaisers ein Unglücksbote. Um dich handelt es sich, Lygia.«

»Um Lygia?« rief Pomponia erstaunt.

»So ist es,« antwortete Aulus. Und zu dem Mädchen gewendet sagte er: »Lygia, du bist in unserem Hause aufgewachsen wie unser leibliches Kind, und wir beide, Pomponia und ich, lieben dich wie eine Tochter. Aber du weißt, daß du nicht unsre Tochter bist. Als Geisel bist du Rom von deinem Volke übergeben worden, und dem Kaiser gebührt die Obhut über dich. Daher nimmt dich der Kaiser aus unserem Hause.«

Der alte Kriegsmann sprach ruhig, aber mit seltsamer, fremd klingender Stimme. Lygia hörte ihn mit weit offenen Augen an, als ob sie nicht recht verstehe, um was es sich handelte, und die Wangen Pomponias bedeckten sich mit Todesblässe.

»Aulus!« schrie Pomponia entsetzt und umschlang das Mädchen mit ihren Armen, als ob sie es schützen wollte. »Besser wäre ihr der Tod.«

Lygia hatte sich an ihre Brust geworfen und wiederholte immer nur das Wort: »Mutter! Mutter!«, denn sie brachte nichts anderes hervor.

Auf des Aulus Zügen zeigten sich Zorn und Schmerz. »Wäre ich allein auf der Welt,« sagte er finster, »gäbe ich sie nicht lebend hin. Aber ich habe kein Recht, dich und unsern Knaben ins Verderben zu stürzen; er kann vielleicht noch bessere Zeiten erleben. Heute noch will ich zum Kaiser gehen und ihn anflehen, daß er den Befehl widerrufe. Ob er mich vorlassen wird, weiß ich freilich nicht. Jetzt aber lebe wohl, Lygia! Pomponia und ich haben immer den Tag gesegnet, an dem du einen Platz an unserm Herd einnahmst.«

Hierauf wandte er sich rasch um und kehrte ins Atrium zurück, um der in ihm aufsteigenden, eines Römers und Feldherrn unwürdigen Rührung Einhalt zu tun. Pomponia aber führte Lygia ins Schlafzimmer und suchte sie zu beruhigen, zu trösten und ihr Mut zuzusprechen.

»Jetzt ist die Zeit der Prüfung gekommen,« sagte sie. »Das Haus des Kaisers ist eine Lasterhöhle, ein Haus der Schande und des Verbrechens. Aber Lygia, die neue Lehre, der wir anhängen, erlaubt uns nicht, Hand an uns zu legen, sie erlaubt uns nur, gegen Schmach und Schande uns zu verteidigen, selbst wenn wir dafür Marter und Tod erleiden müßten. Die Erde ist ein Jammertal, aber zum Glück währt das Leben nur einen Augenblick, und es gibt ein Auferstehen aus dem Grabe, ein Jenseits, wo nicht mehr Nero, sondern die ewige Barmherzigkeit waltet, wo statt des Schmerzes ewige Freude und statt der Tränen ewiger Jubel herrscht.«

Und sie drückte das Köpfchen des jungen Mädchens noch inniger an ihre Brust. Lygia aber ließ sich zu ihren Füßen nieder, und die Augen in den Falten von Pomponias Gewand verbergend, verharrte sie eine Zeitlang schweigend. Als sie sich endlich erhob, zeigte das junge Gesicht schon etwas mehr Fassung.

»Ich scheide schwer von euch, von dir, Mutter, vom Vater und vom Bruder, aber ich weiß, daß jeder Widerstand vergeblich wäre und euch allen Verderben brächte. Ich gelobe dir jedoch, im Kaiserpalast deiner Worte nie zu vergessen.«

Einmal noch schlang sie die Arme um den Hals Pomponias, und als sie beide in den Ökus zurückgekehrt waren, nahm sie Abschied vom kleinen Plautius, von dem greisen Griechen, beider Lehrer, von der Gewandhüterin, von der sie als Kind gewartet worden war, und von allen Sklaven.

Einer von ihnen, ein hochgewachsener, breitschultriger Lygier, den man im Haus Ursus, den Bären, hieß und der seinerzeit mit Lygia, deren Mutter und anderen Dienern ins römische Lager gekommen war, fiel zu den Füßen des jungen Mädchens nieder, beugte auch die Knie vor Pomponia und rief: »O Domina! Laßt mich meine Herrin begleiten, damit ich ihr im Kaiserpalast dienen und sie beschützen kann.«

»Du bist nicht unser Diener, sondern Lygias,« erwiderte Pomponia Graecina. »Aber wird man dir auch den Eintritt gestatten? Und wie willst du über sie wachen?«

»Das weiß ich nicht, Domina, ich weiß aber, daß Eisen in meinen Händen wie Holz bricht.« –

Als Aulus Plautius, der jetzt zurückkehrte, von der Bitte des Lygiers erfuhr, erklärte er, man habe gar kein Recht, ihn zurückzuhalten, da er zum Gefolge Lygias gehöre. Auf seinen Rat wurden noch einige Sklavinnen zur Bedienung mitgegeben. Pomponia wählte dazu nur Bekennerinnen des neuen Glaubens, und da auch Ursus diesem Glauben seit mehreren Jahren angehörte, konnte sie auf die Treue dieser Diener zählen, sich aber auch mit dem Gedanken trösten, daß nun ein Saatkorn der neuen Lehre im Hause des Kaisers ausgestreut werde.

17

Durch einige Zeilen, die sie niederschrieb, stellte sie dann noch Lygia unter den Schutz Aktes, der Freigelassenen Neros. Bei den Versammlungen der Glaubensbekenner war Akte zwar nie anwesend, aber Pomponia hatte von andern gehört, daß Akte den Christen nie ihre Hilfe versage und eifrig in den Briefen des Paulus von Tarsos lese. Sie hatte auch vernommen, daß die junge Freigelassene, die in stiller Trauer dahinlebte, ganz anders war als die andern Frauen in Neros Hause und sie für den guten Geist des Palastes galt.

Hasta versprach, Akte den Brief einzuhändigen, und machte nicht die mindesten Schwierigkeiten, die Sklaven mitzunehmen, denn er hielt es für selbstverständlich, daß eine Königstochter ihr eigenes Dienergefolge haben müsse; ja, er wunderte sich sogar über die geringe Anzahl. Nur bat er um Eile, weil er sonst fürchten müsse, in den Verdacht zu kommen, die Erfüllung des kaiserlichen Befehls mit Saumseligkeit betrieben zu haben.

Die Stunde der Trennung war gekommen. Pomponias und Lygias Augen füllten sich abermals mit Tränen, Aulus legte noch einmal die Hand auf das Haupt des Mädchens – und von den Klagerufen des kleinen Aulus begleitet, der, um die Schwester zu schützen, den Centurio mit den kleinen Fäusten bedrohte, führten die Söldlinge Lygia in den Kaiserpalast.

Der alte Krieger befahl, seine Sänfte bereit zu halten, dann schloß er sich mit Pomponia in ein Zimmer ein und sagte zu ihr: »Höre mich an, Pomponia. Ich gehe zum Kaiser, obwohl ich fürchte, daß es vergeblich sein wird, und auch zu Seneka, dessen Wort aber leider nicht mehr viel vermag. Heut haben Sofonius Tigellinus oder Vatinius mehr Geltung... Was den Kaiser selbst anbelangt, so hat er wahrscheinlich niemals in seinem Leben irgend etwas vom Stamme der Lygier gehört; wenn er also die Auslieferung Lygias als Geisel fordert, so tut er es nur, weil jemand ihn dazu überredet hat, und es ist leicht zu erraten, wer dies ist.«

Pomponia hob rasch den Blick empor: »Petronius.«

»So ist es.«

Eine kurze Pause folgte, dann fuhr der Feldherr fort: »Das hat man davon, wenn man einen dieser Menschen ohne Ehre und Gewissen über die Schwelle läßt. Verflucht sei die Stunde, in welcher Vinicius mein Haus betrat. Er ist es, der uns Petronius zuführte. Wehe über Lygia! Denn nicht die Geisel suchen sie in ihr, sondern die Buhlin.«

Erregt ging er auf dem Mosaikboden des Gemachs hin und her. Er hing doch mehr an Lygia, als er selbst wußte. Als es ihm endlich gelungen war, den ersten heftigen Zorn zu bändigen, der ihm die Gedanken verwirrte, sagte er: »Ich glaube nicht, daß Petronius sie für den Kaiser selbst bestimmt hat, denn er wird sich kaum Poppäa zur Feindin machen wollen. Also entweder für sich selbst oder für Vinicius. Heut noch will ich mir Klarheit darüber verschaffen.«

Bald darauf ließ er sich in seiner Sänfte nach dem Palatinus tragen. Pomponia, welche allein- zurückblieb, begab sich zum kleinen Aulus, dessen Tränen um die Schwester noch nicht versiegt waren und der fortwährend Drohungen gegen den Kaiser ausstieß.

4

Aulus hatte richtig vermutet, er wurde im Kaiserpalast nicht vorgelassen. Man bedeutete ihm, daß der Kaiser beschäftigt sei, mit dem Lautenschläger Ternops einen Gesang einzuüben, und daß er überhaupt nur jene zu empfangen pflege, die er selbst berufe. Mit andern Worten: Aulus möge auch in Zukunft nicht versuchen, ihn zu sehen.

Seneka hingegen, obwohl er gerade am Fieber litt, empfing nichtsdestoweniger den alten Feldherrn mit aller ihm gebührenden Ehrfurcht. Doch als er hörte, um was es sich handle, lächelte er und sagte: »Ich kann dir nur einen Dienst erweisen, edler Plautius, indem ich dem Kaiser niemals zeige, daß mein Herz Anteil an deinem Schmerze nimmt, oder daß ich dir helfen möchte. Denn der geringste Argwohn des Kaisers in dieser Hinsicht würde ihn abhalten, dir Lygia zurückzugeben, und wäre es auch nur aus dem Grunde, mir einen Possen zu spielen.«

Er riet auch davon ab, sich an Tigellinus, an Vatinius oder Vitellius zu wenden. Möglicherweise ließe sich da mit Geld etwas ausrichten, vielleicht würden diese auch gern Petronius einen Possen spielen, dessen Einfluß sie zu untergraben suchten, das Wahrscheinlichste aber war, daß sie dem Kaiser verraten würden, wie teuer Lygia dem Plautius sei, und dann werde Nero sie erst recht nicht mehr freigeben. Die Worte des alten Weisen nahmen eine beißende Schärfe an, die er gegen die eigene Person kehrte: »Du hast geschwiegen, Plautius, viele Jahre lang geschwiegen, und der Kaiser liebt die Schweigenden nicht! Weshalb zeigtest du dich nicht begeistert von seiner Schönheit, seiner Jugend,

18

seinem Gesang, über seine Deklamation, seine Kunst als Wagenlenker und über seine Verse? Wie konntest du den Tod des Britannicus nicht rühmen, weshalb hieltest du keine Lobreden zu Ehren des Muttermörders; weshalb brachtest du nicht deine Glückwünsche zur Erdrosselung seiner Gemahlin Oktavia dar? Dir gebricht es an der Vorsicht, Aulus, welche wir, die wir so glücklich sind, am Hofe zu leben, in entsprechendem Maße besitzen.« So sprechend, ergriff er den Becher, welchen er um den Leib gegürtet trug, schöpfte Wasser aus der Fontäne des Impluviums und sagte, nachdem er den trockenen Gaumen erfrischt hatte: »Ach, Nero hat ein dankbares Herz! Er liebt dich, weil du Rom gedient und seinen Ruhm bis an die Grenzen der bewohnten Welt getragen hast, und er liebt mich, weil ich der Lehrer seiner Jugend war. Und darum, siehst du, trinke ich ruhigen Gemüts von diesem Wasser, denn ich weiß, daß es kein Gift enthält. Über den Wein in meinem Hause könnte ich nicht so sicher urteilen, aber Wasser kannst du gefahrlos trinken, wenn du durstig bist. Von dem Albanergebirge führt es uns die Wasserleitung zu, und wer es vergiften wollte, würde alle Brunnen in Rom vergiften. Wie du siehst, kann man sogar in dieser Welt unbesorgt sein und ein ruhiges Alter genießen. Ja, ja, krank bin ich, doch nicht so sehr am Körper als an der Seele.«

Er sprach die Wahrheit. Senekas Leben war nichts als eine Reihe von Konzessionen, die er dem Verbrechen machte. Er fühlte und wußte es selbst, daß er einen anderen Weg zu gehen hatte, und deshalb litt er mehr, als er den Tod fürchtete.

Der alte Feldherr unterbrach nun die bitteren Ausfälle. »Edler Annäus,« sagte er, »ich weiß, wie dir der Kaiser die Fürsorge lohnt, die du ihm in seinen Jugendjahren angedeihen ließest. Doch Petronius ist schuld, daß uns das Kind entrissen wurde. Weise mir einen Weg, um ihm beizukommen, sage mir, welchen Einflüssen er zugänglich ist.«

»Petronius und ich,« antwortete Seneka, »wir gehören zwei ganz entgegengesetzten Lagern an. Ich weiß nichts, was auf ihn einwirken könnte, und Einflüsse, denen er zugänglich wäre, gibt es nicht. Es mag ja sein, daß er bei all seiner ganzen Verderbtheit noch mehr wert ist als all die Schufte, mit welchen Nero sich jetzt umgibt, aber ihm zu beweisen, daß er ein Unrecht begangen hat, hieße nur die Zeit verlieren. Setze ihm auseinander, wie häßlich sein Verhalten war, dann wird er sich schämen. Sobald ich ihn wiedersehe, sage ich ihm: Deiner Handlungsweise nach müßtest du

ein Freigelassener sein! – Wenn das nicht hilft, dann gibt es keine Hilfe mehr.«

»Auch dafür danke ich dir,« sagte der Feldherr.

Nun ließ er sich zu Vinicius tragen, der sich gerade mit dem Lanisten des Hauses im Fechten übte. Als Aulus sah, mit welcher Ruhe sich der junge Mann seinen Fechtübungen hingab, nachdem der Anschlag gegen Lygia zur Ausführung gebracht worden war, übermannte ihn der Zorn, der sich auch, nachdem der Vorhang hinter dem Lanisten gefallen war, alsbald in bitteren Vorwürfen und Schmähungen Luft machte. Doch als Vinicius erfuhr, man habe Lygia entführt, erbleichte er so furchtbar, daß Aulus ihn nicht mehr im Verdacht haben konnte, an dem Anschlag sich beteiligt zu haben. Aulus erwähnte den Namen des Petronius, und nun zuckte wie ein Blitz der Verdacht durch den Kopf des jungen Kriegers, Petronius habe sein Spiel mit ihm getrieben und entweder Lygia dem Kaiser zum Geschenk gemacht, um sich aufs neue dessen Gunst zu erringen, oder auch, daß er sie für sich selbst behielt. Es schien ihm kaum denkbar, daß einer, der Lygia gesehen, sie nicht auch zugleich begehren sollte.

Der in seiner Familie erbliche Jähzorn gewann solche Macht über ihn, daß er wie ein wildes Pferd tobte. »Mein Feldherr!« stammelte er. »Kehre in dein Haus zurück und erwarte mich dort. Wisse, wenn Petronius mein eigener Vater wäre, so würde ich Lygias Schmach dennoch an ihm rächen. Weder Petronius noch der Kaiser sollen sie besitzen.« Bei diesen Worten sprang er auf, stürmte wie wahnsinnig aus dem Atrium und eilte zu Petronius, sich rücksichtslos auf der Straße seinen Weg bahnend.

Aulus aber kehrte etwas beruhigter nach Hause zurück, denn er glaubte, daß Vinicius entweder Lygia rächen und sie durch den Tod vor der Schande bewahren würde, oder daß er sie gar zurückbringen werde. Er beruhigte auch Pomponia, und beide verbrachten die Zeit damit, auf Nachricht von Vinicius zu warten. Sobald die Schritte eines Sklaven im Atrium laut wurden, dachten sie, daß es Vinicius sei, der ihnen das geliebte Kind zurückbringe, und sie segneten die beiden aus tiefster Seele. Aber die Zeit verrann, und es kam keine Nachricht. Erst abends klopfte der Hammer ans Tor.

Gleich darauf trat ein Sklave ein und brachte Aulus ein Schreiben. Trotz seiner gern geübten Selbstbeherrschung griff er mit zitternder Hand danach, und die Augen flogen so hastig über die Zeilen, als ob es sich um das Wohl und Wehe seines ganzen Hauses handele. plötzlich verfinsterte sich sein Antlitz, wie unter dem Schatten einer vorüberziehenden Wolke. »Lies,« sagte er, sich an Pomponia wendend.

Pomponia nahm den Brief und las wie folgt:

»Markus Vinicius grüßt Aulus Plautius.
Was geschah, geschah auf des Kaisers Befehl.
Neiget Euer Haupt vor seinem Willen
wie ich und Petronius.«

Darauf trat eine lange Pause ein.

5.

Petronius war zu Hause, als Vinicius bei ihm eintraf. Der Türhüter wagte den jungen Mann nicht zurückzuhalten, der wie ein Sturmwind ins Atrium einbrach, und als er erfahren, daß der Hausherr in der Bibliothek sei, ohne Aufenthalt weiterstürmte. Er traf Petronius schreibend an. Ohne weiteres riß er ihm das Rohr aus der Hand, brach es entzwei, warf die Stücke auf die Erde, grub seine Finger geradezu in den Arm und stieß, Gesicht an Gesicht, mit heiserer, rauher Stimme die Worte hervor: »Was hast du mit ihr gemacht? Wo ist sie?«

Da ereignete sich etwas Merkwürdiges. Der schmächtige und verweichlichte Petronius faßte zuerst die in sein Fleisch gekrallte Hand des jungen Athleten mit festem Griffe, hierauf die zweite, und beide Hände in einer der seinen wie mit Eisenzangen zusammenpressend, sagte er: »Ich bin nur des Morgens ein Schwächling, des Abends gewinne ich die frühere Spannkraft wieder. Versuche es, dich zu befreien. Ein Weber, so dünkt mich, hat dich Gymnastik gelehrt und ein Schmied die Sitten.« Seine Züge verrieten kaum eine Spur von Ärger; nur in den Augen zuckte ein fahler Abglanz von Mut und Energie. Endlich ließ er die Hände des jungen Mannes los, welcher gedemütigt, beschämt und wutschnaubend vor ihm stand.

»Wo ist Lygia?« fragte er endlich, als er sich etwas beruhigt hatte.

»Im Wolfskäfig – beim Kaiser.«

»Petronius!«

»Willst du dich nicht setzen? Ich bat den Kaiser um zwei Dinge, die er mir gewährte: erstens Lygia dem Aulus zu nehmen, und zweitens sie dir zu geben. Ich sagte zu ihm: Mein Schwestersohn Vinicius hat sich in ein mageres Mädchen, das beim Aulus Plautius aufgezogen wurde, so sterblich verliebt, daß er sein ganzes

Haus durch sein Seufzen in ein Dampfbad verwandelt hat. Der Bursche war immer ein Dreifuß, und jetzt ist er ganz verdummt.«

»Petronius!«

»Wenn du nicht einsiehst, daß ich das nur sagte, um Lygia zu schützen, muß ich fast annehmen, daß ich wahr gesprochen. Ich habe dem Feuerbart eingeredet, daß er als Mann von feinem Geschmack ein solches Mädchen unmöglich für eine Schönheit halten kann, und Nero, der sich bis jetzt nicht getraut, irgend etwas mit anderen Augen anzusehen als ich, wird daher nichts Schönes an ihr finden und sie nicht begehren. Außerdem wird auf diese Weise Poppäa weit eher als Nero die körperlichen Reize Lygias entdecken und sie so rasch als möglich aus dem Palast zu entfernen suchen. So beiläufig sagte ich dann zum Feuerbart: ›Wie wär's, wenn du Lygia dem Aulus abfordern würdest, um sie dem Vinicius zu geben? Das Recht dazu hast du, denn sie ist eine Geisel, und wenn du es tust, spielst du dem Aulus einen Possen.‹ Dies leuchtete ihm ein. Weshalb hätte es ihm nicht einleuchten sollen, da ich ihm eine Gelegenheit verschaffte, anständige Leute zu kränken. Man wird dich also in aller Form zum Hüter der Geisel einsetzen und diesen lygischen Schatz in deine Hände ausliefern. Der Kaiser behält Lygia, um den Schein zu wahren, einige Tage im Palast, und dann schickt er sie dir ins Haus. Übrigens ist morgen Gastmahl beim Nero. Ich habe dir einen Platz an Lygias Seite ausgewirkt.«

»Cajus, verzeihe mir meine Übereilung,« sagte Vinicius. »Ich dachte, du habest sie für dich oder für den Kaiser entführen lassen.« »Die Übereilung kann ich dir verzeihen, weit schwerer fällt es mir, dein pöbelhaftes Betragen und das rohe Geschrei zu vergessen, das mich an die Moraspieler erinnert. So etwas liebe ich nicht, Markus, und davor mußt du dich hüten! Des Kaisers Kuppler ist Tigellinus, das merke dir – und lasse dir gesagt sein, daß ich, wenn ich das Mädchen selber begehren würde, dir einfach sagen würde: Vinicius! Ich nehme dir deine Lygia weg und werde sie behalten, solange sie mich nicht langweilt.«

Bei diesen Worten richtete er seine nußfarbenen Augen mit einem so kühnen und kühlen Ausdruck auf Vinicius, daß dieser immer mehr außer Fassung geriet.

»Ich sehe es ein, ich habe gefehlt,« sagte er. »Du bist gut und rechtschaffen, und ich danke dir aus ganzer Seele. Erlaube mir nur noch die Frage: Warum ließest du Lygia nicht lieber gleich in mein Haus bringen?«

20

»Weil der Kaiser den Schein wahren will. Man wird in Rom natürlich viel darüber reden, und Lygia, die in ihrer Eigenschaft als Geisel ausgeliefert wurde, muß also ein paar Tage im Palast bleiben. Der Feuerbart ist ein feiger Hund. Er weiß, daß seine Macht grenzenlos ist, und doch sucht er bei jeder Gelegenheit den Schein zu wahren. Wozu diese Mühe? Meiner Ansicht nach sind zwar Bruder-, Mutter- und Gattenmord Dinge, vielleicht eines kleinen asiatischen Königs würdig, niemals aber eines römischen Kaisers, und doch, wenn sie zufällig mir passiert wären, so hätte ich sicher keine Briefe an den Senat gerichtet ... Doch Nero schreibt Briefe.«

Vinicius hörte kaum noch auf die Worte des Petronius. Er dachte an die Geliebte und sagte:»Morgen werde ich Lygia sehen, dann bleibt sie immer in meinem Hause bis zum Tode.«

»Ja, du wirst deine Lygia haben, und ich habe dafür Aulus Plautius auf dem Halse. Er wird die Rache sämtlicher Götter der Unterwelt auf mich heraufbeschwören.«

»Aulus war bei mir, und ich versprach, ihm Nachricht über Lygia zukommen zu lassen.«

»Schreibe ihm, daß des göttlichen Kaisers Wille das höchste Gesetz sei und daß dein erster Sohn Aulus heißen soll. Einen Trost muß man dem Alten doch lassen. Ich bin übrigens bereit, bei dem Feuerbart eine Einladung für Plautius zu dem morgigen Gastmahl zu erbitten; dann kann er dich im Triklinium an Lygias Seite sehen.«

»Tue es nicht,« sagte Vinicius, »Mir ist es doch leid um die beiden, besonders um Pomponia.«

6.

Vor Akte hatten seinerzeit die Mächtigsten von Rom das Haupt geneigt. Aber selbst damals hatte sie sich nie in die öffentlichen Angelegenheiten gemischt, und wenn sie je von ihrem Einfluß über Nero Gebrauch machte, so geschah es nur, um Gnade für irgend jemand zu erflehen. Demütig und still gewann sie sich die Dankbarkeit vieler, ohne sich auch nur einen zum Feinde zu machen, selbst ihre Neider betrachteten Akte als ganz ungefährlich. Poppäa selbst sah in ihr nur eine still waltende Dienerin, die ihr so ungefährlich erschien, daß sie sich nicht einmal die Mühe gab, sie aus dem Palast zu entfernen.

Doch weil der Kaiser sie einst geliebt und ohne Kränkung in einer ruhigen, fast freundschaftlichen Weise mit ihr gebrochen hatte, beobachtete man immer noch gewisse Rücksichten ihr gegenüber. Nero hatte sie freigelassen, ihr im Palast eine Wohnung eingeräumt und auch einige Leute zu ihrer persönlichen Bedienung zuweisen lassen. Bisweilen wurde Akte zur Tafel geladen, weil ihre anmutige Erscheinung jedem Feste zur Zierde gereichte. Auf die Auswahl der Gäste nahm der Kaiser übrigens längst keine Rücksicht mehr. An seiner Tafel befanden sich stets Leute aus den verschiedensten Ständen, aus allen möglichen Berufszweigen zusammen. Es waren da Senatoren, jedoch vornehmlich solche, die sich gefallen ließen, zeitweise zum besten gehalten zu werden; da waren Patrizier, alte und junge, die sich nach Genuß, Freudenfesten und Wohlleben sehnten. Daneben machte sich das größte Gesindel breit, zusammengesetzt aus Sängern, Mimen, Musikern, Tänzern, Tänzerinnen, aus Poeten und hungerleidenden Philosophen. Hierzu kamen noch berühmte Wagenlenker, Gaukler, Wundertäter, kurz alle möglichen Abenteurer, und manche trugen lange Haare, um ihre durchlöcherten Ohren, das Zeichen der Sklaverei, zu verdecken.

Die vornehmeren Gäste nahmen sofort an der Tafel Platz, die geringeren dienten während des Essens als Zeitvertreib und warteten voll Spannung auf den Augenblick, in dem sie sich mit Erlaubnis der Dienerschaft auf die Überreste der Speisen und Getränke stürzen durften. Der Kaiser hatte eine Vorliebe gerade für diese Gesellschaften, in welcher er sich am ungebundensten fühlte. Der am Hof herrschende Luxus vergoldete zudem alles mit seinem schimmernden Glanz.

An diesem Tage sollte auch Lygia am Gastmahl teilnehmen. Furcht, Unsicherheit und Bestürzung regten sich in ihr neben dem Wunsche, Widerstand zu leisten. Sie fürchtete sich vor dem Kaiser, vor fremden Menschen, vor dem ganzen Palast, dessen Getriebe und Lärmen sie betäubte; sie fürchtete sich vor dem Gastmahl, hatte sie doch schon durch Pomponia Graecina, durch Aulus und durch ihre Freunde gehört, welche Schandtaten dabei verübt wurden. So jung sie war, war sie doch nicht unerfahren, denn selbst zu kindlichen Ohren drang in jener Zeit die Kunde von der allgemeinen Verderbtheit. Sie wußte genau, daß ihr im Palast Gefahr drohe, zumal Pomponia Graecina sie beim Scheiden noch besonders darauf aufmerksam gemacht hatte.

Das junge Mädchen war noch unberührt von der Verderbnis und erfüllt von der erhabenen, ihr von der Pflegemutter eingepflanzten Lehre. Sie hatte das Gelöbnis abgelegt, gegen die ihr drohende Gefahr sich zu verteidigen, sie hatte es der Mutter, sich selbst und dem göttlichen Meister gelobt, an den sie nicht nur glaubte, sondern den sie mit ihrem Kinderherzen liebte, um der Heiligkeit seiner Lehre, um der Betrübnis seines Todes, um der Herrlichkeit seiner Auferstehung willen.

So erwog sie denn bei sich, ob es nicht besser sei, der Einladung keine Folge zu leisten, auch wenn das ihr Marter und Tod bringen würde. Sie wußte, daß viele Anhänger des neuen Glaubens sich nach einem solchen Tode sehnten, und hatte sich schon öfter halbkindliche Visionen vorgezaubert, in denen sie sich als Märtyrerin, weiß wie der Schnee, mit Wunden an Händen und Füßen, in überirdischer Schönheit prangend und von lichtumstrahlten Engeln zum blauen Himmelszelte emporgetragen sah.

Doch als sie Akte davon Mitteilung machte, blickte diese auf, als vernehme sie Fieberphantasien. Sich gegen den Willen des Kaisers auflehnen? Von allem Anfange seinen Zorn herausfordern? Um so etwas zu wollen, mußte man ein Kind sein, das nicht wußte, was es sprach. Dem Kaiser habe es gefallen, sie zu sich zu nehmen, und er werde weiter über sie verfügen. Von nun an stehe sie unter seinem Willen, der allmächtig sei auf der ganzen Erde.

»Wohl habe auch ich des Paulus Briefe aus Tarsos gelesen,« sagte Akte weiter, »und auch ich weiß, daß es über der Erde einen Gott gibt und einen Sohn Gottes, der auferstanden ist von den Toten, auf der Erde aber herrscht nur der Kaiser. Dies bedenke, Lygia! Und wenn dir auch deine Lehre gebietet, eher den Tod zu wählen als die Schande, so reize doch den Kaiser nicht. Im entscheidenden Augenblick, wenn dir keine andre Wahl mehr bleibt, magst du handeln, wie deine Lehre es gebietet, aber fordere nicht mutwillig das Verderben heraus und erzürne um eines nichtigen Vorwandes willen nicht den irdischen und dabei so grausamen Gott!«

Die von tiefstem Mitleid eingegebenen Worte Aktes klangen förmlich begeistert, und weil sie kurzsichtig war, näherte sie ihr süßes Gesicht dem Antlitz Lygias, um zu sehen, was für einen Eindruck ihre Worte gemacht hatten.

Lygia aber schlang im kindlichen Vertrauen die Arme um den Hals Aktes und sagte: »Du bist gut, Akte.«

Unendlich gerührt durch das hingebende Vertrauen Lygias, zog Akte das junge Mädchen an ihre Brust und sagte, sich allmählich ihren Armen entwindend: »Für mich gibt es kein Glück und keine Freude mehr, aber böse bin ich nicht.« Ihre Augen füllten sich mit Tränen.

Ein längeres Schweigen trat ein. Als ihr Antlitz den gewohnten Ausdruck stiller Trauer angenommen hatte, sagte sie: »Sprechen wir von dir, Lygia. Du darfst nicht einmal daran denken, dem Kaiser Trotz zu bieten. Es wäre Wahnsinn. Doch beruhige dich. Hätte Nero dich für sich begehrt, so hätte man dich nicht auf den Palatin gebracht. Hier herrscht Poppäa, und seit sie ihm eine Tochter geboren, steht Nero mehr unter ihrem Einfluß denn je. Nein! Nero hat bisher noch nicht nach dir gefragt. Vielleicht hat er deine Auslieferung nur verlangt, um Aulus und Pomponia zu kränken ... Petronius schrieb an mich und empfahl dich meinem Schutze; da auch, wie du weißt, Pomponia an mich schrieb, geschah dies wohl im gegenseitigen Einverständnis.

»Ach, Akte,« erwiderte Lygia, »Petronius war bei uns, kurz ehe man mich holte, und meine Mutter glaubt fest, Nero habe meine Auslieferung auf seine Veranlassung verlangt.«

»Das wäre schlimm,« sagte Akte. Nach einem kurzen Nachdenken fügte sie hinzu: »vielleicht hat aber auch Petronius bei irgendeinem Nachtmahl dem Nero gegenüber nur erwähnt, er habe bei Aulus eine lygische Geisel gesehen, und Nero, der stets eifersüchtig seine Macht behauptet, deine Auslieferung nur deshalb verlangt, weil jede Geisel dem Kaiser gehört. Vielleicht kennst du aber sonst jemand, der willig wäre, für dich einzutreten. Sahst du bei Aulus niemand, der dem Kaiser nahestände?«

»Vespasian und Titus sah ich oft.«

»Diese liebt der Kaiser nicht.«

»Und Seneka.«

»Wenn Seneka einen Rat gibt, tut Nero stets das Gegenteil.«

Tiefe Röte überflog das zarte Antlitz Lygias... »Und Vinicius.«

»Den kenne ich nicht.«

»Dieser ist ein Verwandter des Petronius und erst kürzlich aus Armenien zurückgekehrt ...«

22

»Glaubst du, daß Nero ihm zugetan ist?«

»Vinicius haben alle gern.«

»Und er würde sich für dich verwenden?«

»Ja!«

Akte lächelte gerührt und sagte: »Dann wirst du ihn gewiß beim heutigen Gastmahl sehen. Teilnehmen mußt du – schon deshalb, weil du nicht anders kannst. Komm, Lygia... Hörst du den Lärm im Palast? Die Sonne senkt sich, und die Gäste werden bald ankommen.«

»Du hast recht, Akte,« erwiderte Lygia, »ich werde deinem Rate folgen.«

Was alles bei diesem Entschluß mitwirkte, der Wunsch, mit Vinicius und Petronius zusammenzutreffen, die weibliche Neugierde, zu erfahren, wie es bei einem solchen Gastmahl zugehe, das Interesse, den Kaiser, die berühmte Poppäa, die anderen Schönen und all diese unerhörte Pracht sehen zu können, von der man in Rom Wunder erzählte, darüber legte sich Lygia keine Rechenschaft ab. Wohl merkte sie aber, daß Akte in ihrer Art recht hatte. Sie mußte gehen, denn außer der geheimen Versuchung trat auch noch die Notwendigkeit hinzu.

Akte führte Lygia in ihr eigenes Unktuarium, um sie zu salben, zu schminken und umzukleiden. Obwohl es im Hause des Kaisers an Sklavinnen nicht mangelte, kleidete sie doch selbst das junge Mädchen, dessen Schönheit und Unschuld ganz ihr Herz eingenommen hatte. Dabei konnte sie sich eines Ausrufs des Staunens nicht erwehren beim Anblick dieser zugleich vollen und schlanken Gestalt, die in ihrer Zartheit aus Perlen und Rosen geschaffen zu sein schien.

»Lygia!« rief sie. »Du bist ja hundertfach schöner als Poppäa.« Das junge Mädchen, in dem strengen Hause der Pomponia aufgewachsen, wo auch im Verkehr der Frauen untereinander die größte Sittsamkeit beobachtet wurde, stand da wie ein Werk des Praxiteles und errötete sichtlich über das Benehmen Aktes.

Als Lygia noch ihr Haar löste, trat Akte näher, half die Haarnadeln entfernen und sagte weiter: »Und welch schönes Haar du hast. Goldpuder streue ich dir nicht darauf, denn von Natur schon schimmern sie golden. Nur ein ganz klein wenig, nur ganz leicht, will ich dem Schimmer nachhelfen, als ob ein Sonnenstrahl ihn erfrischt hätte ... Wunderbar muß euer Lygierland sein, wo solche Mädchen geboren werden.«

»Ich erinnere mich meiner Heimat nicht mehr,« versetzte Lygia, »doch Ursus erzählte mir, daß es bei uns nur Wälder, nichts als Wälder gäbe.«

»In diesen Wäldern blühen Blumen,« bemerkte Akte, während sie ihre Hand in eine Vase mit Verbenaöl tauchte und Lygias Haar damit benetzte.

Nach Beendigung dieser Arbeit salbte sie das junge Mädchen leicht mit duftendem Öl aus Arabien und bekleidete sie dann mit einer weichen, goldfarbenen Tunika ohne Ärmel, über welche ein schneeweißes Peplon kommen sollte. Doch da zuerst Lygias Haare geordnet werden mußten, warf sie ihr ein weites Gewand, Syntesis genannt, um, hieß sie in einen Armstuhl niedersetzen und übergab sie auf kurze Zeit den Händen von Sklavinnen, um selbst, etwas entfernt, das Frisieren zu überwachen. Zwei andere Sklavinnen zogen gleichzeitig Lygia weiße, purpurrot bestickte Schuhe an, welche sie über ihren alabasternen Knöcheln mit goldenen, kreuzweise gebundenen Bändern befestigte.

Als schließlich die Frisur beendet war, wurde ihr Peplon in kunstgerechte, weiche Falten gelegt, Akte schlang eine Perlenschnur um ihren Hals, bestäubte mit Goldpuder leicht die Wellen ihres Haares, befahl den Sklavinnen, sie nun auch anzukleiden und blickte dabei unverwandt auf die Lygierin.

Akte war schnell fertig, und als sich die ersten Sänften vor dem Haupttor zeigten, begaben sie sich in einen seitwärts gelegenen Kryptoportikus, von wo aus man einen guten Ausblick auf das Haupttor, die inneren Galerien und den von Säulen aus numidischem Marmor umschlossenen großen Hof genoß.

In immer größeren Scharen traten die Gäste unter den hohen Torbogen. Lygias Augen waren geradezu von dem Anblick geblendet, denn das bescheidene Haus des Aulus konnte ihr nicht die geringste Andeutung solcher Pracht geben. Es war dies kurz vor Sonnenuntergang, und die letzten Strahlen fielen auf den gelben numidischen Marmor der Säulen, der bald wie Gold aufflammte, bald rosenfarben schimmerte. Zwischen den Säulen und neben den weißen Statuen der Danaiden und andern Götter- und Heldengestalten aus Marmor wandelten Menschenscharen, Männer und Frauen, die, in ihre kunstreich geordneten, in weichen Falten bis zur Erde niederwallenden Togen und Mäntel gehüllt, über welche die erlöschenden Strahlen der untergehenden Sonne hinzitterten, wandelnden Statuen glichen. Akte wußte viele von diesen Männern und Frauen beim Namen zu nennen und fügte diesen oft

23

die schrecklichsten Erläuterungen hinzu, die Lygia mit Staunen und Angst erfüllten. Es war für sie eine fremde Welt, deren Schönheit ihre Augen reizte, deren Widersprüche ihr kindlicher Geist aber nicht zu lösen vermochte. Anscheinend waren alle diese prächtig geschmückten Menschen glückliche, sorglose Halbgötter, aber Aktes Worte enthüllten ein schreckliches Geheimnis nach dem andern, das sich an den Palast und an diese Menschen knüpfte. Während sie lächelnd zum Fest gingen, wurde ihr Herz von Angst verzehrt, denn vielleicht waren sie morgen schon zum Tode verurteilt. Lygia konnte dies alles gar nicht fassen, und eine unaussprechliche Sehnsucht überkam sie nach der geliebten Pomponia Graecina, nach dem Hause des Aulus, wo die Liebe herrschte und nicht die Sünde.

Von dem Vicus Apollinis her strömten inzwischen wieder neue Gäste herbei. Der Hof und die Säulenhallen waren von einer Unzahl kaiserlicher Sklaven und Sklavinnen überflutet, von kleinen Knaben und von prätorianischen Söldlingen, denen die Wache im Palast oblag. Zwischen den weißen und dunklen Gesichtern konnte man auch schwarze Gesichter der Numidier sehen, die einen Helm mit großen wallenden Federn und große goldene Ringe in den Ohren hatten. Einige der Sklaven trugen Lauten und Zithern, andre Handlampen von Gold, Silber und Kupfer, oder trotz des Spätherbstes Sträuße künstlich gezogener Blumen. Lauter und lauter mischte sich der Lärm der Sprechenden in das Geplätscher der Springbrunnen, deren Strahl, durch den Glanz der untergehenden Sonne rosafarben schimmernd, aus der Höhe auf den Marmor niederstürzte und wie unter Klagetönen zerstiebte.

Akte war mit ihren Erzählungen zu Ende, Lygia aber schaute jetzt fortwährend umher, wie wenn sie jemand in dem Gedränge suchte. Da plötzlich überzog eine tiefe Röte ihr Antlitz. Aus einer der Säulenhallen traten Vinicius und Petronius hervor und schritten, in ihren weiten Togen und in ihrer ruhigen Schönheit den Halbgöttern gleich, dem großen Triklinium zu. Beim Anblick dieser bekannten Gesichter, besonders aber beim Anblick des Vinicius war es Lygia zumute, als ob ihr eine schwere Last vom Herzen falle. Sie fühlte sich augenblicklich weniger einsam. Das unsägliche Sehnen nach Pomponia und dem Hause des Aulus, das noch vor wenigen Minuten ihr ganzes Wesen erschüttert hatte, milderte sich mehr und mehr. Der Wunsch, Vinicius zu sehen und ihn zu sprechen, erstickte jede Besorgnis in ihr. Sie sehnte sich nach seiner weichen, angenehmen Stimme, die ihr von heißer Liebe, von einem göt-

tergleichen Glück gesprochen, die wie Gesang an ihr Ohr getönt hatte.

Doch plötzlich erschrak sie über dieses sehnsüchtige Gefühl. Sie dachte an die neue reine Lehre, in der sie und Pomponia unterrichtet waren. Durfte sie dieser untreu werden! Sie fühlte sich schuldig und unwürdig. Es erfaßte sie eine Verzweiflung, und das Weinen war ihr nahe. Wäre sie allein gewesen, hätte sie sich auf die Knie geworfen, an die Brust geschlagen und ausgerufen: Mea culpa, mea culpa! Akte ergriff Lygias Hand, um sie durch die inneren Gemächer in das große Triklinium zu geleiten, wo das Festmahl stattfinden sollte. Dem Mädchen dunkelte es vor den Augen, ihre Pulse flogen, mühsam rang sie nach Atem. Wie im Traum sah sie auf den Tischen und an den Wänden Tausende von Lampen flimmern, wie im Traum hörte sie die Rufe, mit welchen man Nero begrüßte, wie durch einen Nebel erblickte sie ihn selbst, den Kaiser. Verwirrt von der Überfülle dieser Eindrücke ließ sie sich von Akte zu ihrem Sitz führen und nahm halb besinnungslos neben ihr Platz.

Nach einer kleinen Weile ließ sich eine wohlbekannte Stimme neben ihr vernehmen: »Sei gegrüßt, du schönste aller Jungfrauen der Erde, du lieblichste unter dem Sternenzelt! Sei gegrüßt, göttliche Callina!«

Lygia, die wieder etwas mehr Gewalt über sich gewonnen hatte, blickte auf und sah an ihrer Seite Vinicius lagern.

Er war ohne Toga, denn Sitte und Bequemlichkeit geboten, sie zum Festmahl abzulegen. So trug er nur eine scharlachfarbige, ärmellose Toga, die mit silbernen Palmen bestickt war. Die Arme waren nackt, nach orientalischer Sitte mit zwei breiten, goldenen Armringen geschmückt, auf dem Haupt trug er einen Kranz von Rosen. Mit den über der Nase zusammengewachsenen Brauen, den wundervollen Augen und dem gebräunten Antlitz war er die Verkörperung der Jugend und Kraft.

Lygia, die ihre erste Verwirrung überwunden hatte, fand ihn so schön, daß sie sich kaum zu der Antwort aufraffen konnte: »Sei mir gegrüßt, Markus!«

Er aber sprach weiter: »Glücklich sind meine Augen, weil sie dich sehen, glücklich meine Ohren, weil sie deine Stimme gehört, lieblicher als Flöten- und Kitharaklang! Ich wußte, daß ich dich in dem Hause des Kaisers treffen würde,« fuhr er nach kurzem Schweigen wieder fort, »und doch konnte ich das Glück kaum fassen, so sehr erschütterte dein Anblick mein ganzes Wesen.«

24

Lygia, die allmählich ihre Besinnung wiedergewonnen hatte und zu Vinicius ein tiefes Vertrauen fühlte, fragte ihn nach allem, was sie innerlich bedrückte. Warum befand sie sich hier im Hause des Kaisers? Warum konnte sie nicht zu Pomponia zurückkehren? Und woher wußte er denn, daß er sie hier treffen würde?

Vinicius legte ihr dar, daß Aulus selbst ihm von ihrer Auslieferung an den Kaiser Mitteilung gemacht habe. Warum sie hier sei, wisse er nicht. Der Kaiser gebe keinem Menschen Rechenschaft über seine Entschlüsse und Befehle. Aber sie möge nur unbesorgt sein, denn er, Vinicius, sei bei ihr und werde bei ihr bleiben. Eher wolle er seine Augen einbüßen, als sie nicht sehen, lieber das Leben verlieren, als sie verlassen. Da sie sich im Hause des Kaisers ängstige, werde sie nicht mehr lange darin bleiben, das schwöre er ihr zu.

Obwohl seine Worte eigentlich nur Ausflüchte waren, klangen sie doch warm und überzeugend, denn sie entsprangen einem echten, innigen Gefühl. Aufrichtiges Mitleid erfüllte ihn, und als sie ihm dankte, als sie ihm versicherte, Pomponia werde ihm ewig zugetan bleiben für seine Güte, sie selbst aber werde sich ihm ihr ganzes Leben verpflichtet fühlen, da übermannte ihn die Rührung, und er fühlte, daß sie ihm unendlich teuer war.

Ringsum wurde der Lärm immer größer. Er aber rückte immer näher an sie heran und flüsterte ihr gute, süße, aus der Tiefe seiner Seele kommende Worte ins Ohr, wohllautend wie Musik und berauschend wie Wein.

Und er berauschte sie. Inmitten dieser fremden Menschen schenkte sie seinen Worten immer mehr Glauben, erschien er ihr immer liebenswürdiger, dünkte ihr seine Ergebenheit mehr und mehr vertrauenerweckend. Er hatte sie zu beruhigen gesucht, er hatte ihr versprochen, sie aus dem Palast zu befreien, sie nicht zu verlassen, sein Leben für sie einzusetzen. Im Hause des Aulus hatte er ihr zwar schon von der Liebe gesprochen, von dem Glück, das sie zu geben vermöge, jetzt aber sagte er ihr rückhaltlos, daß er sie liebe, daß sie ihm die Liebste und Teuerste sei.Zum ersten Male hörte Lygia solche Worte aus dem Munde eines Mannes, und während sie lauschte, war es ihr, als ob sie aus einem Traum erwache, als ob ihr ein Glück zuteil werde, das unermeßliche Wonne, aber auch unermeßliches Leid in sich berge. Ihre Wangen glühten, ihr Herz pochte ängstlich und ihre Lippen öffneten sich verwundert. sie erschrak, als sie solche Dinge hörte,

und doch hätte sie um nichts in der Welt ein Wort dabei verlieren mögen.

Es war in Rom üblich, bei den Festgelagen zu liegen, doch in ihrem bisherigen Heim hatte Lygia den Platz zwischen Pomponia und dem kleinen Plautius. Jetzt aber lagerte neben ihr der junge, starke und von Liebe entbrannte Vinicius; sie fühlte dessen Glut und empfand ein schamhaftes Wonnegefühl. Eine Ohnmacht, Mattigkeit und Selbstvergessenheit kam über sie, sie war im Traum.

Aber auch ihre Nähe wirkte mehr und mehr auf Vinicius ein. Todesblässe überzog sein Antlitz, seine Gedanken begannen sich zu verwirren; durch seine Adern floß Feuer, das er vergeblich mit Wein zu löschen suchte. Schließlich faßte er ihren Arm über dem Handgelenk, wie er dies schon einmal im Hause des Aulus getan hatte, und er flüsterte, sie zu sich ziehend, mit bebenden Lippen: »Ich liebe dich, Callina ... du meine Göttin!« »Lasse mich los, Markus!« sagte Lygia.

Er aber sagte weiter mit leidenschaftlich erregtem Blick: »Meine Göttliche! Liebe mich!«

Doch in diesem Augenblick machte sich die Stimme Aktes vernehmlich, die an Lygias anderer Seite ruhte: »Der Kaiser sieht auf euch.«

Ein jäher Zorn über den Kaiser wie über Akte erfaßte den Jüngling. Aktes Worte hatten den Zauber gebrochen. Selbst die Stimme des Freundes hätte in diesem Augenblick den Groll des jungen Mannes erregt, bei Akte setzte er jedoch auch noch voraus, sie wolle ihn in seinem Gespräch mit Lygia stören.

Aber er blickte doch beunruhigt nach der Seite, wo der Kaiser saß, und auch Lygia, die Nero während ihres Gesprächs mit Vinicius nicht beachtet hatte, wendete ihm nun auch ihre erschrockenen Augen zu. Akte hatte sich nicht getäuscht. Der Kaiser neigte sich nach vorne über den Tisch, drückte ein Auge zu und beobachtete sie durch seinen runden geschliffenen Smaragd, dessen er sich immer bediente. Während eines Moments begegnete sein Blick dem Lygias, und das Herz des jungen Mädchens krampfte sich entsetzt zusammen. Wie ein erschrockenes Kind haschte sie nach des Vinicius Hand, und wirre Gedanken kreuzten sich in ihrem Hirn.

Also das war er? Der Schreckliche, der Allmächtige? Sie hatte ihn bisher nie gesehen und sich ihn anders vorgestellt. Ein furchtbares Antlitz mit grausamen, starren Zügen war ihr vorgeschwebt, und was erblickte sie nun? Einen ungewöhnlich großen,

25

auf einem Stiernacken sitzenden Kopf, der eher lächerlich wirkte als schrecklich, weil er von fern dem Kopf eines Kindes ähnelte. Die amethystfarbige Tunika, die den gewöhnlichen Sterblichen zu tragen verboten war, warf einen bläulichen Abglanz auf sein breites, kurzes Gesicht. Das dunkle Haar trug er kurz, in vier Lockenreihen geordnet. Seinen Bart hatte er vor kurzem dem Jupiter geopfert, wofür ihm ganz Rom Danksagungen darbrachte, obwohl man sich im geheimen zuflüsterte, dies sei nur geschehen, weil sein Bart, wie bei allen Familienmitgliedern, feuerrot zu werden drohte. Auf der über den Augen kräftig hervortretenden Stirn lag aber doch etwas Übermenschliches. Die zusammengezogenen Brauen verkündeten das Bewußtsein von Allmacht; doch unter der Halbgottstirn lag ein Gesicht, das eher einem Affen glich und an einen Komödianten, einen Trunkenbold erinnerte. Trotz der Jugend war das Gesicht von wechselnden Begierden durchwühlt, schon fett und sah kränklich und verfallen aus. Lygia erschien es unheilverkündend, aber vor allem höchst widerwärtig.

Nach einer Weile legte er den Smaragd hin, und Lygia konnte seine hervorstehenden blauen Augen sehen, die unter dem strahlenden Glanze des Lichtmeers beständig blinzelten und einen gläsernen, gedankenlosen Ausdruck hatten, wie die Augen eines Toten.

Zu Petronius gewendet, sagte er in diesem Augenblick: »Ist das jene Geisel, in die Vinicius verliebt ist?«

»Sie ist es,« versetzte Petronius. »Vinicius findet sie hübsch?«

»Hülle einen morschen Stamm eines Ölbaumes in das Gewand eines Weibes, und Vinicius wird ihn schön finden. Doch auf deinen Zügen, du unvergleichlicher Kenner, lese ich schon dein Urteil über sie. Bemühe dich nicht, es auszusprechen! Ganz richtig, sie ist viel zu mager und armselig, der reine Mohnkopf auf schlankem Stengel! Ich habe schon viel von dir gelernt, aber den sicheren Blick wie du besitze ich noch nicht!«

Die Lustbarkeit bei dem Festgelage steigerte sich mehr und mehr. Eine Schar von Sklaven trug fortwährend neue Gerichte auf; aus den großen, efeuumkränzten und schneegefüllten Gefäßen wurden alle Augenblicke kleinere Behälter ausgehoben, welche die verschiedensten Weingattungen enthielten. Es wurde übermäßig viel getrunken. Langsam fielen von der Decke Rosen auf die Tafel und die Gäste.

Petronius bat jetzt Nero, das Fest durch seinen Gesang zu verherrlichen, ehe sich die Gäste vollends be-

trunken hätten. Ein Chor von Stimmen unterstützte seine Worte, aber Nero weigerte sich. Nicht nur seine Befangenheit verbiete ihm, dem allgemeinen Wunsche zu willfahren, erklärte er, sondern noch ein anderer Grund. Zwar koste es ihn immer eine große Überwindung, öffentlich aufzutreten, und er tue dies überhaupt nur, weil er diese Göttergabe, seine Stimme, mit der ihn Apollo beglückt habe, nicht verkümmern lassen dürfe. Er begreife sogar, daß er in dieser Beziehung gegen das Reich Verpflichtungen habe. Jetzt sei er aber tatsächlich heiser, so daß er sich mit dem Gedanken trage, nach Antium zu reisen, um wieder einmal Seeluft zu atmen.

Aber der Dichter Lukanus beschwor ihn nun, im Namen der Kunst und der Menschheit nachzugeben. Erst durch seinen Gesang stemple er das Fest zu einem wirklichen Fest. Ein so guter Herrscher wie Nero dürfe seine Untertanen nicht um eine solche Freude bringen. »Sei nicht grausam, Cäsar!« schloß Lukanus seine Rede.

»Sei nicht grausam, Cäsar!« wiederholten alle, die in der Nähe saßen.

Nero breitete die Hände aus, zum Zeichen, daß er nachgeben müsse, und aller Augen wendeten sich mit dem Ausdruck des Dankes auf ihn. Doch er ließ noch vorher Poppäa benachrichtigen, daß er singen werde; sie hatte sich zwar, wie er erzählte, eines Unwohlseins wegen vom Mahl fern gehalten, aber da ihr keinerlei Arznei je so helfe wie sein Gesang, wolle er ihr die Gelegenheit zugute kommen lassen.

Poppäa erschien unverzüglich. Obwohl sie Nero noch völlig beherrschte, wußte sie doch, daß es gefährlich war, ihn zu reizen, wenn seine Eitelkeit als Sänger, Wagenlenker oder Dichter ins Spiel kam. Schön wie eine Göttin trat sie alsbald ein; sie war wie Nero in ein amethystfarbiges Gewand gehüllt, trug ein prächtiges Perlenhalsband und sah mit ihrem Goldhaar und dem sanften Blick noch völlig mädchenhaft aus.

Sie wurde mit lebhaften Zurufen als »göttliche Augusta« begrüßt.

Lygia hatte noch niemals in ihrem Leben eine solche Schönheit gesehen, und kaum traute sie ihren Augen. Nur zu wohl wußte sie, daß Poppäa Sabina eines der verworfensten Weiber der Welt war. Sie wußte von Pomponia, daß sie es war, die den Kaiser zur Ermordung der Mutter und Gattin bewogen hatte. Und doch dünkte es ihr beim Anblick dieser berüchtigten Frau, in der die Anhänger Christi die Verkörperung alles Bösen und Sündhaften sahen, als ob die Engel und himmli-

26

schen Geister nicht anders aussehen könnten. Unwillkürlich entrang sich ihren Lippen die Frage: »Ach, Markus, kann dies möglich sein?«

Aber er, bereits etwas berauscht und zudem ungeduldig, weil so viele Dinge ihre Aufmerksamkeit von ihm und seiner Unterhaltung abwendeten, sagte: »Ja, sie ist schön, aber du bist hundertmal schöner! Schau nicht mehr hin. Wende den Blick zu mir! Berühre diesen Becher mit deinen Lippen, dann presse ich auf dieselbe Stelle die meinen.«

Er rückte ihr näher, sie aber zog sich gegen Akte zurück. Doch in diesem Augenblick gebot man Stille, denn der Kaiser war aufgestanden. Der Sänger Diodor reichte ihm eine Laute, Delta genannt, während Terpnos, der den Gesang des Kaisers mit seinem Spiele begleiten sollte, sich ihm mit seinem Instrument näherte. Nero stützte seine Laute auf den Tisch und richtete seine Blicke in die Höhe. Lautlose Stille herrschte im Triklinium, nur das Geräusch der von der Decke fallenden Rosen war von Zeit zu Zeit hörbar.

Nun fing er an zu singen, oder vielmehr er trug in einem sangesähnlichen rhythmischen Tone seinen Hymnus an die Liebesgöttin vor, unter Begleitung zweier Lauten, weder die Stimme, obwohl sie etwas verschleiert klang, noch die Verse waren schlecht, und der armen Lygia erschien der Hymnus, trotzdem er an eine unreine, heidnische Göttin gerichtet war, sogar sehr schön, weshalb ihr auch der Kaiser viel weniger abstoßend vorkam wie zu Beginn des Festes.

Kaum hatte er geendet, brachen die Gäste in einen wahren Beifallssturm aus. Der Ruf: »O welche Götterstimme!« erscholl ringsum; einige Frauen hatten die Hände erhoben und behielten diese Stellung zum Zeichen ihrer Verzückung auch nach Beendigung des Gesanges bei; andre fuhren sich mit der Hand über die tränenfeuchten Augen; im ganzen Saale herrschte ein Summen wie im Bienenkorb. Poppäa aber hatte das goldig schimmernde Haupt geneigt und Neros Hand an ihre Lippen gezogen, worauf sie seine Finger lange schweigend in den ihren hielt.

Nero richtete seine Blicke jedoch begierig auf Petronius, um dessen Lobsprüche es ihm am meisten zu tun war, und dieser sprach: »Was die Musik betrifft, so muß Orpheus jetzt gerade so gelb vor Neid sein wie unser Lukanus hier, und was die Verse anbelangt, so bedaure ich nur, daß sie nicht schlechter sind, weil ich dann doch vielleicht passende Worte zu ihrem Preise fände.«

Da Petronius ein erstaunliches Gedächtnis besaß, so wiederholte er einige Absätze des Hymnus und hob die schönsten Wendungen hervor, während Lukanus, der wegen des Hinweises auf seine Eifersucht gar nicht zürnte, sein Schicksal beklagte, das ihn neben einen so großen Dichter gestellt hatte. Auf Neros Antlitz spiegelte sich stille Wonne und bodenlose Eitelkeit, die nicht nur an Dummheit grenzte, sondern ihr schon ganz ähnlich war. Er fing nun selbst an, die Verse hervorzuheben, die ihm als die schönsten erschienen, und tröstete schließlich sogar Lukanus; er sprach ihm Mut zu und sagte, daß jeder nur das sei, als was er geboren werde.

Darauf erhob er sich, um Poppäa hinauszugeleiten, die sich in der Tat unwohl fühlte und sich zurückzuziehen wünschte. Er befahl den Festteilnehmern, Platz zu behalten, seine Rückkehr ankündend. Wirklich erschien er auch bald wieder, um sich an dem ihm gestreuten Weihrauch zu berauschen und sich an den weiteren Festvorstellungen zu ergötzen, die von ihm, von Petronius oder von Tigellinus zur Verherrlichung des Festes vorbereitet waren.

Von der Decke fielen fortwährend Rosen herab, und der halb trunkene Vinicius sprach zu Lygia: »Ich sah dich im Hause des Aulus an der Fontäne, und ich liebte dich. Götter und Menschen suchen Liebe! Birg dein Haupt an meiner Brust und drücke die Augen zu!«

Lygia erschrak, sie glaubte in einen Abgrund zu versinken, Vinicius, von dem sie Rettung erhofft hatte, er selber war es, der sie in diesen Abgrund zog. Eine unendliche Bangigkeit ergriff sie, und wenn es ihr auch war, als flüstere ihr Pomponias Stimme zu, sie solle sich retten und fliehen, so sah sie sich doch vergebens nach einer Möglichkeit um, von hier zu entfliehen. Sie wußte, daß unter Androhung kaiserlicher Ungnade niemand sich erheben durfte, ehe der Kaiser vom Tisch aufstand, aber wenn auch dem nicht so gewesen wäre, so hätte sie nicht mehr die Kraft dazu besessen.

Das Gastmahl war indessen noch lange nicht beendet, Sklaven trugen immer neue Gerichte auf und füllten unermüdlich die Becher, und vor dem in Hufeisenform aufgestellten Tisch erschienen zwei Athleten, um vor den Gästen einen Ringkampf aufzuführen.

Gleich begann der Ringkampf. Die muskulösen, von Öl glänzenden Gestalten der Ringenden schienen beim Ringkampf einen einzigen Klumpen zu bilden; die Glieder knackten unter der eisernen Umarmung, aus den zusammengepreßten Kinnladen drang ein unheilverkündendes Knirschen. Mit Kennerblick und voll

Entzücken folgten die Augen der Römer dem Spiele der schauerlich angespannten Rücken-, Waden- und Armsehnen. Doch der Kampf währte nicht lange, denn Kroton, der Meister und Vorsteher der Gladiatorenschule, galt nicht umsonst für den stärksten Mann im ganzen Reiche, sein Gegner begann immer rascher zu atmen, dann röchelte er, das Gesicht nahm eine bläuliche Farbe an; er warf Blut aus und sank wie leblos zu Boden.

Ein Beifallssturm belohnte das Ende des Kampfspiels, und Kroton stützte den Fuß auf den Rücken des gefallenen Gegners, kreuzte die mächtigen Arme über der Brust und ließ den triumphierenden Blick im Saale umherschweifen. Nach ihm traten Tier- und Tierstimmen-Nachahmer auf, Gaukler und Possenreißer, die aber nur wenig Beachtung fanden, denn der Wein begann den Blick der Zuschauer zu trüben. Das Gastmahl artete allmählich in ein wüstes Trinkgelage, in eine wahre Orgie aus.

Petronius war noch nüchtern. Nero jedoch, der anfangs aus Rücksicht auf seine »Götterstimme« nur wenig getrunken hatte, leerte schließlich Becher auf Becher und berauschte sich ganz und gar. Umsonst versuchte er nochmals einige Strophen aus seiner Dichtung vorzutragen, aber er hatte alles vergessen. Auch die ihn begleitenden Musiker fanden keinen Takt mehr, und allmählich waren alle am Tische, Männer und Frauen, schwer berauscht.

Vinicius war nicht minder betrunken als die andern. Zu der aufflammenden Begierde gesellte sich die Händelsucht, wie immer, wenn er das Maß überschritt, sein bräunliches Antlitz war bleich und seine Zunge unsicher, als er in lautem, befehlendem Tone sagte: »Reiche mir deine Lippen zum Kuß! Heute oder morgen, das ist gleich! Der Kaiser nahm dich dem Aulus, um dich mir zu schenken, verstehst du? Morgen in der Dämmerstunde sende ich um dich, verstehst du?... Reiche mir deine Lippen! ... Du mußt mein sein!«

Er umschlang sie mit seinen Armen, aber Akte schützte sie, und auch Lygia verteidigt sich mit dem Rest ihrer Kräfte. Doch umsonst mühte sie sich, mit ihren Händen seine Arme von sich fernzuhalten. Sein nach Wein riechender Atem fauchte sie an, und sein Gesicht kam dem ihren schon ganz nahe. Sie fühlte sich verloren, doch in diesem Augenblick wurden die Arme des Vinicius von des Mädchens Nacken mit einer Leichtigkeit losgelöst, als ob es die Arme eines Kindes wären, er selbst aber wurde zur Seite geschoben wie ein dürres Zweiglein oder ein welkes Blatt.

Vinicius rieb sich die erstaunten Augen, schaute empor und sah die Riesengestalt des Lygiers Ursus vor sich stehen, der ihm vom Hause des Aulus her bekannt war. Der Lygier stand ruhig und sah mit seinen blauen Augen Vinicius so sonderbar an, daß dem jungen Manne das Blut in den Adern stockte. Dann nahm der Sklave sein Königskind auf den Arm und verließ mit gleichen, ruhigen Schritten das Triklinium. Akte folgte gleich nach.

Vinicius saß einen Augenblick wie versteinert, dann aber sprang er auf, um ihm nachzueilen. Doch überwältigt von seiner Trunkenheit begann er zu schwanken. Er strauchelte und stürzte zu Boden.

Der größte Teil der Gäste lag schon unter den Tischen. Andre lagen schlafend auf den Polstern an der Tafel und schnarchten. Und auf diese ganze bekränzte und betrunkene Menge, auf diese allmächtige und doch schon dem Untergange geweihte Welt fiel aus dem goldenen Netz an der Decke Rose auf Rose herab. Draußen graute der Tag.

7.

Niemand hielt Ursus auf, niemand fragte nach seinem Tun. Die Gäste, die noch nicht unter dem Tische lagen, nahmen längst ihre Plätze nicht mehr ein, und als daher die Dienerschaft den Riesen mit einer Festteilnehmerin auf dem Arm erblickte, hielt man ihn für einen Sklaven, der seine ihrer Sinne nicht mehr mächtige Herrin hinweg trug Zudem ging Akte mit ihnen, und deren Anwesenheit ließ vollends jeden Verdacht schwinden.

Inzwischen waren sie bis in das kleine Atrium gelangt, das zu Aktes Wohnung gehörte. Hier ließ Ursus das erregte Mädchen auf einer Marmorbank in der Nähe des Springbrunnens nieder, und Akte bemühte sich, sie zu beruhigen, sie davon zu überzeugen, daß ihr hier keine Gefahr drohe, da die betrunkenen Gäste sicher bis zum Abend schlafen würden. Doch Lygia wollte sich lange nicht zufrieden geben; sie preßte beide Hände gegen die Schläfen und wiederholte wie ein Kind immer wieder: »Nach Hause zu Aulus und Pomponia!«

Ursus war bereit. Bei den Toren standen zwar Prätorianer, aber er kam schon durch. Die Soldaten hielten ja die Fortgehenden nicht auf. Vor den Toren waren Sänften, und die Leute begannen scharenweise heim-

28

zuziehen. Niemand würde sie zurückhalten. Sie konnten sich unter die Menge mischen und direkt nach Hause zurückkehren. Was die Königstochter befahl, das mußte geschehen. Dazu war er ja hier.

Doch Akte mußte für beide Überlegung haben. Hinauskommen würden sie wohl leicht, und niemand dächte daran, sie aufzuhalten. Aber es war nicht gestattet, aus dem Hause des Herrschers zu entfliehen, und wer es tat, beleidigte seine Majestät. Hinaus konnten sie wohl, doch schon am Abend würde ein Centurio dem Aulus das Todesurteil überbringen und Lygia in den Kaiserpalast zurückschleppen, wonach es keine Rettung mehr für sie gab.

Mutlos ließ Lygia ihre Hände sinken. Ach, es gab keinen Ausweg! Sie hatte nur zu wählen zwischen dem Verderben der Pflegeeltern und ihrem eigenen. Als sie zum Festmahl ging, hatte sie noch Hoffnung, daß Vinicius und Petronius sich für sie verwenden und Pomponia zurückgeben würden. Nun wußte sie genau, daß gerade diese beiden den Kaiser überredet hatten, sie von Pomponia wegzunehmen. Nur ein Wunder konnte sie dem drohenden Abgrund entreißen.

»Akte,« sagte sie verzweifelt, »hast du gehört, was mir Vinicius sagte? Der Kaiser habe mich ihm zum Geschenk gemacht und er werde noch vor Abend seine Sklaven senden, um mich zu sich holen zu lassen!«

»Ich habe es gehört,« erwiderte Akte, »aber im Palast des Kaisers droht dir nicht weniger Gefahr als bei Vinicius. Gib dich zufrieden mit deinem Schicksal.«

Doch Lygia barg das Gesicht mit ihren Händen und rief: »Niemals! Ich bleibe weder hier noch gehe ich zu Vinicius!«

Akte war von diesem leidenschaftlichen Ausbruch überrascht. »Ist dir Vinicius so sehr verhaßt?« fragte sie. Doch Lygia konnte diese Frage nicht beantworten, sie brach statt dessen in Tränen aus. Akte zog sie an ihre Brust und suchte sie zu trösten. Ursus atmete schwer und ballte die riesigen Fäuste, denn er liebte seine Königstochter mit der Treue eines Hundes und vermochte die Tränen nicht zu ertragen. Mit seinem lygischen, halb kindlichen Herzen wäre er am liebsten in den Saal zurück gestürzt, um Vinicius und im Notfalle selbst den Kaiser zu erwürgen, aber er wollte seine Herrin keinen Augenblick verlassen; dann war er auch mit sich nicht einig, ob ein Bekenner des Gekreuzigten so etwas tun dürfe.

Die Freigelassene sagte weiter: »Ich frage dich, weil du mir leid tust, weil ich Mitleid mit der guten Pompo-

nia und Aulus und deren Kind empfinde. Lange schon lebe ich hier in dem Palast, und sehr wohl ist mir bekannt, was der Zorn des Kaisers deutet. Nein! Dir steht nicht das Recht zu, von hier zu fliehen. Nur ein Ausweg bleibt dir offen: flehe Vinicius an, er möge dich zu Pomponia zurückführen!«

Doch Lygia sank in die Knie, um einen andern anzuflehen. Ursus ließ sich neben ihr nieder, und sie beteten beide im Kaiserpalast beim ersten Morgenrot.

Akte war zum ersten mal Zeugin eines solchen Gebets. Sie vermochte die Augen von Lygia nicht abzuwenden, die, das Profil ihr zugekehrt, zum Himmel emporblickte, von dorther Rettung erwartend. Das Morgenlicht fiel auf ihr Haar und auf das weiße Gewand und spiegelte sich in ihren Augen; von Glanz umflutet, sah sie selber aus wie das Licht. Aus dem erblaßten Antlitz, den geöffneten Lippen, den erhobenen Augen und Händen sprach überirdische Begeisterung. Akte betrachtete die Betende voll Verwunderung. Noch vor einem Augenblick hatte sie gedacht, daß es für Lygia keine Rettung geben könne, jetzt aber fing sie an zu glauben, es werde etwas Außergewöhnliches geschehen und plötzlich eine Hilfe kommen, die so mächtig war, daß nicht einmal der Kaiser etwas dagegen vermochte.

Akte hatte schon von vielen Wundern gehört, die sich unter den Christen ereignet haben sollten, und jetzt, nachdem sie dem Gebete Lygias beigewohnt, glaubte sie fest an die Wahrheit dieser Wunder. Lygia erhob sich endlich mit hoffnungsfreudigem Antlitz. »Gott segne Pomponia und Aulus!« sprach sie. »Ich darf sie nicht ins Verderben stürzen, und so darf ich sie nicht mehr sehen.«

Dann wandte sie sich an Ursus und sagte ihm, daß sie jetzt niemand mehr habe als ihn, und daß er von nun an ihr Beschützer, ihr Vater sein müsse. Er solle sie aus dem Palast bringen, aus der Stadt führen und ein Versteck für sie ausfindig machen, wo weder Vinicius noch dessen Diener sie finden würden, sie wolle überall mit ihm gehen, selbst über das Meer, über die Berge zu den Barbaren, wo man kein römisches Wort mehr höre und wohin des Kaisers Macht nicht mehr reiche.

Der Lygier war sofort zu allem bereit, aber Akte hielt auch diesen Fluchtplan für gefährlich, da der Kaiser sich in jedem Fall an den Ihrigen rächen werde. Besser sei es, aus dem Hause des Vinicius zu fliehen. Dann würde Nero es nicht für eine Majestätsbeleidigung halten und sich nicht rächen.

29

Doch Lygia hatte auch schon einen Plan, weder Aulus noch Pomponia sollten erfahren, wo sie sei, erklärte sie, nur wollte sie nicht erst nach dem Hause des Vinicius, sondern schon auf dem Wege dahin fliehen. Er hatte ihr in seiner Trunkenheit verraten, daß er gegen Abend seine Sklaven um sie senden werde. Augenscheinlich war er allein oder mit Petronius vor dem Gastmahl beim Kaiser gewesen und hatte von diesem die Zusicherung erhalten, er bekomme sie am folgenden Tage ausgeliefert.

Unterwegs würde Ursus sie retten, denn niemand könne ihm widerstehen, selbst nicht jener gewaltige Ringkämpfer, der in dem Triklinium gesiegt hatte. Da jedoch Vinicius vielleicht eine große Zahl Sklaven senden werde, möge Ursus zu dem Bischof Linus gehen, um dessen Rat und Hilfe zu erbitten. Der Bischof würde sicher seinen Christen befehlen, dem Ursus zu helfen und sie aus der Stadt zu geleiten.

Aus Lygias Wangen malten sich Mut und Zuversicht. Plötzlich warf sie sich Akte an den Hals und flüsterte: »Du wirst uns nicht verraten, Akte – nicht wahr?«

»Beim Schatten meiner Mutter,« antwortete die Freigelassene, »ich verrate euch nicht; bitte nur deinen Gott, daß es Ursus gelingen möge, dich zu befreien.« Die blauen Kinderaugen des Lygiers strahlten vor Glück. Er wollte zum Bischof gehen, weil der vom Himmel ablas, was geschehen solle und was nicht; Christen hätte er auch allein in genügender Anzahl zusammengebracht. Hatte er doch genug Bekannte unter den Sklaven, den Gladiatoren und den Freien – in der Sabura und jenseits der Brücken. Jedenfalls würde er mit hundert Verbündeten der Sänfte auflauern. Und mochten selbst Prätorianer die Begleitung bilden, er werde sein Königskind befreien. Keinem aber rate er, ihm unter die Fäuste zu kommen, selbst eine eiserne Rüstung werde ihn nicht schützen.

Doch mit tiefem und kindlichem Ernst hob Lygia den Finger in die Höhe: »Ursus, du sollst nicht töten!« sagte sie.

Der Lygier legte seine keulenförmige Hand an den Hinterkopf und begann murrend den Nacken in großer Verlegenheit zu kraulen Er mußte sie doch retten, und er wollte sich in acht nehmen, so gut es ging. Aber wenn es unabsichtlich geschah, was dann? Er mußte sie doch retten!

Auf seinen Zügen malte sich heftige Rührung, und um diese zu verbergen, bückte er sich tief und sagte: »Ich gehe zum heiligen Bischof.«

Akte aber umschlang Lygias Hals und brach in Tränen aus. Aufs neue regte sich in ihr die Ahnung, daß es eine Welt gebe, die mitten im Leiden ein größeres Glück zu geben vermöge als aller Überfluß und alle Wonnen des Kaiserpalastes. Noch einmal tat sich eine Pforte, die zum Lichte führte, vor ihr auf, aber sie fühlte sich unwürdig, die Schwelle zu überschreiten.

8.

Lygia empfand Herzeleid bei dem Gedanken an Pomponia Graecina, die sie von ganzer Seele liebte, und doch war sie jetzt nicht mehr verzweifelt. Süß war es ihr, für die Wahrheit Überfluß und Bequemlichkeit hinzugeben und ein unbekanntes Wanderleben zu beginnen, vielleicht wirkte dabei ein klein wenig die kindliche Neugierde mit, wie sich ihr Leben wohl in fernen Landen unter wilden Tieren und bei den Barbaren gestalten werde. Sie war fest überzeugt, nach dem Willen des göttlichen Meisters zu handeln, und hoffte mit Bestimmtheit, daß fortan er selbst über sie wachen werde, wie über ein treues, folgsames Kind. Die Leiden, welche ihr vielleicht drohten, schreckten sie nicht, ja, sie fühlte sich beinahe glücklich und erzählte Akte von ihrem Glücke, das diese jedoch nicht so recht begreifen konnte. Sie wußte, welcher Gefahr, welchem Abenteuer das junge Mädchen entgegenging. Akte war eine ängstliche Natur und dachte voll Bangen daran, was der Abend bringen werde. Lygia ihre Befürchtungen mitzuteilen, dazu konnte sie sich nicht entschließen, und da es inzwischen Tag geworden war und die Sonne ins Atrium schien, beredete sie das Mädchen, nach der schlaflos verbrachten Nacht die nötige Ruhe zu suchen. Beide legten sich auch hin, doch vermochte Akte trotz Ermüdung nicht einzuschlafen.

Seit langer Zeit war sie immer traurig und freudlos, jetzt aber fühlte sie sich noch von einer Unruhe ergriffen, die sie früher nicht gekannt. Bisher war ihr das Leben nur schwer und hoffnungslos erschienen, heute kam es ihr auch ehrlos vor.

Ihr Kopf ward immer wirrer. Bald glaubte sie einen Ausweg aus diesem Labyrinth gefunden zu haben, bald geriet sie immer tiefer hinein. Bald öffnete sich das Pförtchen zum Licht, bald fiel es wieder zu. Und doch ahnte sie, welch unendliches Glück ihr dies Licht zu gewähren vermöge, ein solch unermeßliches Glück, im Vergleich zu dem alles andre erblassen müßte, im Vergleich zu dem es ihr sogar als nichtig erschienen wäre, wenn der Kaiser Poppäa verlassen und sich ihr, Akte, zugewendet hätte. Plötzlich kam ihr der Gedanke, daß dieser Cäsar, den sie liebte und den sie unwillkürlich als einen Halbgott betrachtete, ebenso beklagenswert wie jener Sklave, und daß sein Palast mit den Säulen aus numidischem Marmor einem Steinhaufen gleich zu achten sei. Von den widersprechendsten Empfindungen beherrscht, über die sie sich keine Rechenschaft abzulegen vermochte, sehnte sie sich nach Ruhe, nach Schlaf; jedoch die wirren Gedanken verscheuchten den Schlummer.

Lygia schlief ruhig, und Akte betrachtete das Kind, das lieber fliehen wollte, als die Geliebte des Vinicius zu werden, das Elend und Not der Schande, das Verbannung den Prunkgemächern, den prächtigen Gewändern, den Festgelagen, der Musik vorzog. Warum dies? fragte sich Akte.

Sie schaute auf Lygia, als wollte sie von deren Stirn die Antwort ablesen, sie betrachtete ihr reines, zartes Antlitz, die schön gezeichneten Augenbrauen, die dunklen Wimpern, den halbgeöffneten Mund, ihre von leisem Atem sich hebende Brust, und sie dachte aufs neue: Wie verschieden ist sie im Vergleich zu mir! Als Lygia erwachte, war die Mittagszeit schon vorüber, und erstaunt blickte sich das Mädchen im Cubiculum um. Offenbar wunderte sie sich, nicht im Hause des Aulus zu sein.

»Du bist es, Akte?« sagte sie schließlich, im Dämmerlicht das Gesicht der Griechin erblickend.

»Ja, Lygia.«

»Ist es schon Abend?«

»Nein, Kind, aber Mittag ist schon vorbei.«

»Und Ursus ist noch nicht zurück?«

»Ursus versprach doch nicht zurückzukehren, nur wollte er abends mit seinen Christen der Sänfte auflauern.«

»Ach ja! Du hast recht!«

Hierauf verließen sie das Cubiculum und begaben sich ins Bad, von wo Akte sie zum Frühstück führte, und dann in die Palastgärten. Hier war voraussichtlich keine gefährliche Begegnung zu befürchten, weil der Kaiser und seine Höflinge noch schliefen. Lygia sah zum ersten mal die prächtigen Gärten mit ihren Zypressen, Pinien, Eichen, Ölbäumen und Myrten, jene Riesengärten, wo ein ganzes Volk weißer Bildsäulen an ruhigen Wasserspiegeln stand; wo Rosengehege blühten, vom Springquellstaub übersprüht; wo Efeu

und Wein den Eingang von Zaubergrotten überwucherten; wo auf den Wassern Silberschwäne schwammen und zwischen den Bildsäulen und Bäumen zahme Gazellen aus Afrikas Wüsten umherwandelten und bunte Vögel flatterten, die aus allen damals bekannten Ländern nach Rom zusammengetragen worden waren.

Die Gärten waren fast menschenleer; nur hier und dort arbeiteten Sklaven mit ihren Spaten und sangen mit halblauter Stimme dazu. Akte wandelte mit Lygia ziemlich lange umher, um ihr all die Wunder der Gärten zu zeigen, und trotz der inneren Unruhe, die Lygia erfüllte, war sie doch noch zu sehr Kind, um nicht das größte Interesse und Entzücken, die vollste Bewunderung an den Tag zu legen und sich zu sagen, daß der Kaiser, wenn er ein guter Mensch wäre, in einem solchen Palast, inmitten solcher Gärten doch sehr glücklich sein müßte.

Etwas ermüdet ließen sie sich endlich auf eine Bank nieder, die im Zypressendickicht versteckt lag, und plauderten von dem, was ihnen am meisten am Herzen lag, nämlich von Lygias Flucht. Zuweilen kam Akte das Unternehmen geradezu unsinnig vor, und ihr Herz schwoll in Mitleid, sie dachte, daß der versuch, Vinicius umzustimmen, doch hundertmal ratsamer wäre. Sie erkundigte sich, wie lange Lygia den jungen Mann kenne, und fragte, ob sie nicht glaube, daß er sich erweichen und sie zu Pomponia zurückbringen würde?

Doch Lygia schüttelte traurig das dunkle Köpfchen. »Nein! Im Hause des Aulus ist Vinicius ein anderer gewesen, dort war er gut, aber seit gestern fürchte ich mich vor ihm und will lieber zu den Lygiern fliehen.«

Akte fragte weiter: »Aber im Hause des Aulus war er dir lieb?« »Ja,« erwiderte Lygia, das Haupt neigend. »Du bist doch keine Sklavin, wie ich es war,« ergriff Akte nach kurzem Sinnen wieder das Wort, »Vinicius könnte dich zu seinem Eheweibe machen! Wenn du willst, gehe ich zu ihm hin und sage ihm, daß cr dich zu Aulus und Pomponia zurückbringt, um dich nachher als seine Gattin in sein Haus zu führen.«

Aber das Mädchen erwiderte abermals, und zwar so leise, daß Akte es kaum verstand: »Ich will lieber zu den Lygiern fliehen.« Und zwei Tränen rollten unter ihren gesenkten Lidern hervor. Das Gespräch wurde durch das Geräusch nahender Schritte unterbrochen, und ehe Akte noch Zeit gefunden hatte, sich zu überzeugen, wer da komme, wurde Sabina Poppäa mit einem kleinen Gefolge von Sklavinnen sichtbar. Zwei von ihnen, hielten Straußwedel, die an goldenen Stäben befestigt waren, über ihrem Haupt, um die noch

31

brennenden Strahlen der Herbstsonne abzuwehren, vor ihr aber schritt eine wie Ebenholz schwarze Äthiopierin; diese trug ein Kind auf den Armen, das in reich mit Goldfransen besetzten Purpur gehüllt war. Akte und Lygia erhoben sich rasch, obgleich sie der Meinung waren, daß Poppäa an der Bank vorübergehen werde; allein sie blieb stehen und sagte: »Akte, die Glöckchen, die du an die Puppe genäht hast, waren schlecht befestigt; das Kind riß eins davon ab und steckte es in den Mund; ein Glück, daß Lilith es rechtzeitig bemerkte.«

»Verzeihe, Göttliche,« entgegnete Akte, die Arme über die Brust kreuzend und den Kopf neigend.

Doch Poppäa fing an, Lygia zu betrachten, »was ist das für eine Sklavin?« fragte sie nach einer Pause.

»Das ist keine Sklavin, göttliche Augusta, sondern ein Pflegekind der Pomponia Graecina und Tochter des Königs der Lygier, welche einst den Römern als Geisel übergeben wurde.«

»Und sie ist auf Besuch zu dir gekommen?«

»Nein, Augusta. Seit vorgestern wohnt sie im Palast«

»Hat sie gestern an dem Festmahle teilgenommen?«

»Ja, sie hat teilgenommen.«

»Auf wessen Befehl?«

»Auf Befehl des Kaisers.«

Prüfenden Blickes schaute abermals Poppäa auf Lygia, die gesenkten Hauptes vor ihr stand, die strahlenden Augen bald neugierig erhebend, bald mit den Lidern bedeckend. Plötzlich zeigte sich eine tiefe Falte zwischen den Augenbrauen der Augusta. Eifersüchtig besorgt um ihre Macht, lebte sie in der steten Sorge, eines Tages von einer glücklichen Nebenbuhlerin verdrängt zu werden, wie sie selbst Oktavia verdrängt hatte. Daher erweckte jedes hübsche Gesicht im Palast ihren Verdacht. Sie musterte mit Kennerblicken Lygias Gestalt, jede Einzelheit ihres Gesichts, und erschrak. Nero hatte sie vielleicht noch nicht gesehen oder, weil er sie durch den Smaragd betrachtet, nicht richtig erkannt. Aber wie, wenn er sie, dieses Wunderwerk der Natur, bei Tage, in hellem Sonnenlicht sehen würde, was dann?

Sie wendete sich zu Lygia und fragte scheinbar ruhig: »Warum willst du lieber hier sein als bei Aulus und Pomponia?«

»Ich bin gegen meinen Willen hier, hohe Frau, Petronius beredete den Kaiser, mich von Pomponia fort-

zunehmen, um mich dem Vinicius als Sklavin auszuliefern, aber verwende du dich für mich und sende mich den Meinen zurück!«

»Also Petronius hat den Kaiser überredet, dich dem Aulus abzufordern und dem Vinicius zu geben?«

»So ist es, hohe Frau, Vinicius soll noch heute seine Sklaven um mich senden, aber du, Gute, erbarme dich meiner!« So sprechend, neigte sie sich, und den Saum von Poppäas Gewand erfassend, harrte sie klopfenden Herzens auf ein Wort.

Poppäa betrachtete sie mit einem bösen Lächeln und sagte dann langsam: »Ich verspreche dir also, daß du noch heute – des Vinicius Sklavin werden sollst.«

Darauf entfernte sie sich wie ein böses Traumgebilde. An Lygias und Aktes Ohren schlugen nur noch die Schreie des Kindes, das aus unbekannter Ursache zu weinen angefangen hatte.

Auch in Lygias Augen hatten sich Tränen gesammelt, aber nach einer Weile ergriff sie Aktes Hand und sprach:

»Gehen wir! Hilfe darf man nur von dort erwarten, woher sie kommen kann.«

Sie kehrten ins Atrium zurück, das sie bis zum Abend nicht mehr verließen. Als es dunkelte, trugen Sklaven vierflammige Lampen herbei. Ihr Gespräch stockte jeden Augenblick, und immer wieder lauschten sie, ob jemand nahe. Lygia versicherte zwar Akte, wie schwer es ihr auch werde, von ihr zu gehen, so wünsche sie doch schon um Ursus' willen, der ja in der Dunkelheit ihrer harren müsse, daß sich alles noch in den nächsten Stunden entscheiden möge, allein ihr lauter, rascher Atem verriet nur zu wohl ihre innere Erregung. Akte raffte in fieberhafter Eile so viele Kleinodien wie nur möglich zusammen, band sie in einen Zipfel von Lygias Mantel und flehte letztere an, diese Gabe und dieses Mittel zur Flucht nicht zurückzuweisen.

Plötzlich bewegte sich der Vorhang am Eingang und ein großer, dunkler, blatternarbiger Mann tauchte wie ein Geist im Atrium auf. Sogleich erkannte Lygia in ihm Atacinus, den Freigelassenen des Vinicius, der auch in das Haus des Aulus gekommen war. Akte schrie auf, Atacinus verbeugte sich aber tief und sprach: »Grüße der göttlichen Lygia von Markus Vinicius, der dich in seinem festlich bekränzten Hause erwartet.«

Mit bleichen Lippen antwortete Lygia: »Ich komme!«

Und sie schlang zum Abschied die Arme um Aktes Hals.

9.

In der Tat war das Haus des Vinicius festlich geputzt. Efeu und Myrtengewinde schmückten Wände und Türen, mit Rebenranken waren die Säulen umwunden. Im Atrium, über welches man zum Schutze gegen die nächtliche Kühle eine purpurne Wolldecke gespannt hatte, war es taghell erleuchtet. Acht- und zwölfarmige Leuchter in Form von Gefäßen, Bäumen, Tieren, Vögeln oder lampentragenden Statuen, mit wohlriechenden Ölen gefüllt, aus Alabaster, Marmor und vergoldetem korinthischen Erz entfalteten ein wohltuendes Licht. Überall verbreitete sich Nardenduft, an den sich Vinicius während seines Aufenthaltes im Osten gewöhnt und den er liebgewonnen hatte. Im Triklinium stand ein gedeckter Tisch. Außer Vinicius und Lygia sollte noch Petronius an dem Mahle teilnehmen.

Vinicius befolgte in allem die Worte des Petronius, der ihm geraten hatte, Lygia nicht selbst abzuholen, sondern Atacinus um sie zu schicken und das Mädchen im Hause zu erwarten, und zwar höflich, mit allen Zeichen von Ehrerbietung zu empfangen. »Gestern warst du betrunken«, sagte er zu ihm. »Ich habe dich beobachtet; du hast dich ihr gegenüber wie ein Steinklopfer aus dem Albanergebirge betragen, sei nicht zu ungestüm, Markus, und bedenke, daß man guten Wein langsam trinken soll. Und lasse dir gesagt sein, daß es süß ist, zu begehren, aber noch süßer, begehrt zu werden. Bemühe dich, ihr Vertrauen zu erlangen, heitere sie auf, sei großmütig gegen sie. Ich mag beim Mahle keine traurigen Gesichter sehen. Schwöre ihr auch beim Hades, daß du sie zu Pomponia zurückschickst, und es ist dann ganz deine Sache, ob sie morgen bleibt oder geht.«

Vinicius' Herz schlug heftig unter dem bunten Gewand, das er zum Empfang Lygias angelegt hatte.

»Jetzt müssen sie schon den Palast verlassen haben«, sagte er, wie zu sich selbst redend.

»Gewiß!« entgegnete Petronius. »Aber soll ich dir noch inzwischen über die Prophezeiungen des Apollonius aus Tyana berichten, oder dir die Geschichte des Rufinus erzählen, ein Vorsatz, der – ich weiß nicht warum – mir nie gelingen wollte?« Aber was kümmerten Vinicius die Prophezeiungen des Apollonius aus Tyana oder die Geschichte des Rufinus? Seine Gedanken waren bei Lygia, und er bereute fast, sie nicht selbst abgeholt zu haben. Dann säße er jetzt neben ihr in der Doppelsänfte.

»Jetzt biegen sie gegen die Carinae ein,« sagte er nach einer Weile.

Seine Nasenflügel bewegten sich und er schnaubte, worüber Petronius, der es bemerkte, seine Achseln zuckte.

»In ihm steckt kein Philosoph, nicht für eine Sesterze,« sagte er, »und nie wird es mir gelingen, aus diesem Marssohn einen Menschen zu machen.«

Vinicius hörte gar nicht darauf und sagte: »Sie sind schon bei der Carinae!«

Tatsächlich bog auch jetzt der Zug gerade in die Carinae ein. Die Fackelträger schritten voran, die Ehrenbegleitung ging zu beiden Seiten der Sänfte, während Atacinus, den Zug bewachend, folgte.

Sie kamen jedoch nur langsam vorwärts, denn trotz der Fackeln war in der gänzlich unbeleuchteten Stadt der Weg schwer zu finden. Die Straßen in der Nähe des Palastes waren anfangs wie ausgestorben, je weiter sie sich aber davon entfernten, desto belebter wurde es um sie her. Beinahe aus jeder Quergasse traten Leute zu dreien oder zu vieren hervor, alle ohne Fackeln, alle in dunkle Mäntel gehüllt. Einige mischten sich unter die Sklaven und schlossen sich so dem Zug an, andre, in kleine Haufen zusammengedrängt, kamen dem Zug entgegen, wieder andre taumelten wie Betrunkene umher. Zeitweise wurde es dem Zuge so schwer, vorwärts zu kommen, daß die Fackelträger ausrufen mußten: »Platz für den edlen Tribun Markus Vinicius!«

Plötzlich erscholl an der Spitze des Zuges ein Schrei; im nächsten Augenblick waren alle Fackeln erloschen. Ein heftiger Tumult, ein wirrer Kampf entspann sich um die Sänfte.

Atacinus wußte sofort, was das zu bedeuten hatte: es war ein Überfall. Bei diesem Gedanken wurde er starr vor Schreck. Es war allgemein bekannt, daß der Kaiser sich oft zu seiner Belustigung im Kreise der Augustianer in der Subura und andern Stadtteilen herumtrieb und solche Überfälle ausführte, ja, man erzählte sich sogar, daß er bei solchen nächtlichen Ausflügen nicht selten Beulen und blaue Flecke davontrug, doch wer es wagte, sich zu verteidigen, war des Todes, selbst wenn er Senator gewesen wäre. Der Tumult um die Sänfte wurde immer heftiger; die Leute rangen miteinander, schlugen um sich, rissen sich zu Boden, traten sich mit den Füßen. In Atacinus blitzte der Gedanke auf, vor allem Lygia und sich selbst in Sicherheit zu bringen und das übrige dem Schicksal zu überlassen. Im Nu zerrte er sie aus der Sänfte, hob sie auf seine Arme und suchte in der Dunkelheit mit ihr zu entkommen.

Doch Lygia rief laut: »Ursus! Ursus!« Sie war weiß gekleidet und leicht zu erkennen. Atacinus suchte mit der freien Hand seinen Mantel um sie zu schlagen, als es sich plötzlich wie eine schreckliche Zange um sein Genick legte und eine riesige zermalmende Masse wie ein Stein auf sein Haupt fiel.

Sofort stürzte er nieder, wie ein vor dem Altar des Jupiter mit dem Beile gefällter Ochse.

Größtenteils lagen die Sklaven auf dem Boden oder retteten sich, indem sie in der tiefen Dunkelheit hinter den Mauervorsprüngen verschwanden. Auf dem Platze blieb nur die zertrümmerte Sänfte zurück. Ursus trug Lygia gegen die Subura zu, seine Begleiter zogen ihm nach, doch zerstreuten sie sich nach und nach auf dem Weg in allen Richtungen.

Vor dem Hause des Vinicius hatten sich inzwischen dessen Sklaven versammelt, um zu beratschlagen. Sie wagten nicht einzutreten. Nach kurzer Besprechung kehrten sie an den Platz zurück, wo der Zusammenstoß stattgefunden hatte. Sie stießen auf einige tote Körper, darunter Atacinus. Dieser bewegte sich noch, aber nach einem krampfhaften Zucken streckte er sich und rührte sich nicht mehr.

Sie hoben ihn empor und hielten, zurückkehrend, abermals vor dem Hause an. Sie mußten doch ihrem Herrn verkünden, was geschehen sei.

»Gulo soll es tun,« flüsterten einige Stimmen. »Das Blut rinnt ihm vom Gesicht gerade wie uns, und der Herr liebt ihn; Gulo läuft weniger Gefahr als ein anderer.« Der Germane Gulo, ein alter Sklave, der Vinicius einst gewartet hatte und diesem von seiner Mutter, der Schwester des Petronius, vererbt worden war, sagte: »Ich will es ihm verkünden. Aber wir wollen alle gehen, daß sich sein Zorn nicht über mich allein ergießt.«

Vinicius fing nun an, ganz ungeduldig zu werden, Petronius lachte ihn aus, er aber durchmaß raschen Schrittes das Atrium, indem er unablässig wiederholte: »Sie müßten schon da sein! – Sie müßten schon da sein!«

Da plötzlich hörte man Schritte in der Vorhalle und die ganze Schar der Sklaven stürzte ins Atrium herein.

Dann blieben sie an der Mauer stehen, erhoben die Hände und stießen klägliche Rufe des Jammers aus.

Vinicius sprang auf sie zu. »Wo ist Lygia?« rief er mit schrecklicher, veränderter Stimme.

Da trat Gulo mit seinem blutüberströmten Antlitz hervor und rief in hastigem und wehklagendem Tone: »Hier ist Blut, o Herr! Wir wehrten uns! Hier ist Blut, o Herr! Hier ist Blut!«

Er konnte nicht mehr sagen, denn Vinicius hatte einen Bronzeleuchter ergriffen und zerschmetterte mit einem Schlage den Schädel des Sklaven, dann faßte er sich mit beiden Händen am Kopfe, zauste seine Haare und rief in heiserem Ton: »Ich Unglücklicher! Ich Unglücklicher!«

Sein Antlitz wurde leichenblaß, die Augen sanken tief in ihre Höhlen, und Schaum trat vor seinen Mund.

»Ruten!!« brüllte er endlich mit einer nicht mehr menschenähnlichen Stimme.

»O Herr, erbarme dich!« ächzten die Sklaven

Petronius erhob sich und verließ mit einem Ausdruck von Widerwillen in seinen Zügen das Atrium.

In dem mit Efeu geschmückten, zum festlichen Mahle bereiteten Hause ertönten Klagerufe der gepeitschten Sklaven bis zum frühen Morgen.

10.

In dieser Nacht legte sich Vinicius gar nicht nieder. Einige Zeit, nachdem Petronius sich entfernt hatte, als die Wehrrufe der gepeitschten Sklaven weder seinen Schmerz noch seine Wut zu besänftigen vermochten, berief er eine Schar andrer Diener zu sich und eilte an ihrer Spitze noch spät in der Nacht fort, um Lygia zu suchen. Er durchforschte fast die ganze Stadt und einen Teil der Vororte, ohne eine Spur der Gesuchten zu finden, und kehrte erst bei Tagesanbruch nach Hause zurück. Dort befahl er, die Sklaven, denen Lygia entrissen worden war, nach dem Sklavengefängnis zu bringen, eine Strafe, die fast furchtbarer war als der Tod. Schließlich warf er sich im Atrium auf ein Ruhebett und begann darüber nachzudenken, wie er Lygia finden und sich ihrer bemächtigen könnte.

Der Gedanke schien ihm unfaßbar, daß er sie verlieren und niemals mehr sehen sollte, diese Idee allein machte ihn schon fast wahnsinnig. Die eigensinnige Natur des jungen Kriegers stieß zum ersten mal auf

Widerstand, er konnte es nicht fassen, daß es jemand wagte, seinem Wunsche geradezu entgegen zu handeln. Vinicius hätte eher die ganze Welt und die ganze Stadt in Trümmer gehen sehen, als daß er von seinem Vorhaben zurückgetreten wäre. Es schien ihm, daß sich etwas Außergewöhnliches ereignet habe, was nach göttlichem und menschlichem Recht Rache fordere.

Aber vorläufig war er außerstande, sich mit seinem Schicksal auszusöhnen, denn noch niemals in seinem Leben hatte er eine solche Sehnsucht empfunden wie jetzt nach Lygia. Er glaubte ohne sie nicht leben zu können. Mitunter ergriff ihn eine solche Wut auf sie, daß er sich vornahm, sie an den Haaren in sein Haus zu schleppen. Dann wieder fühlte er eine solche Sehnsucht beim Ausrufen ihres Namens, daß er sich gerne ihr zu Füßen geworfen hätte, schließlich kamen immer wieder seine Gedanken darauf zurück, daß kein anderer als Aulus sich ihrer bemächtigt haben könnte, und Aulus müsse jedenfalls wissen, wo sie sich verborgen halte. Er raffte sich auf, um sich in das Haus des Aulus zu begeben. Würde das Mädchen ihm nicht ausgeliefert, fruchteten seine Drohungen nichts, dann wollte er zum Cäsar gehen, den alten Feldherrn wegen Ungehorsam anklagen und auf diese Weise das Todesurteil über ihn erwirken. Zwar hatte man ihn aufgenommen und gepflegt, – aber das bedeutete wenig oder nichts, das jetzt angetane Unrecht befreite von jeder Verpflichtung gegen sie. Sein rachsüchtiger und verbissener Charakter weidete sich schon in Gedanken an der Verzweiflung der Pomponia Graecina, wenn der Centurio dem alten Aulus das Todesurteil überbringen werde. Daß er dieses erlangen werde, dessen war er sicher, und gewiß half ihm auch Petronius dabei. Zudem schlug ja der Kaiser seinen Freunden, den Augustianern, nichts ab, es sei denn, daß er sich durch persönliche Gründe oder Abneigung dazu veranlaßt sah.

Aber plötzlich erstarrte ihm das Blut in den Adern, als eine furchtbare Idee sich ihm aufdrängte. Wie, wenn der Kaiser das Mädchen für sich selbst beanspruchte?

Jedem war es bekannt, daß der Kaiser selbst häufig durch nächtliche Überfälle Zerstreuung suchte. Sogar Petronius beteiligte sich an diesem Zeitvertreib. Ihr Hauptzweck dabei war, Frauen aufzugreifen und diese so lange auf einem Kriegermantel emporzuschnellen, bis sie ohnmächtig wurden. Diese Nachtausflüge nannte Nero selbst den »Perlenfang«, und gerade in den entlegeneren Stadtteilen, wo die ärmere Bevölkerung wohnte, fing man manche wahre Perle an Anmut und

Kindheit. Nach dem Emporwerfen der »Perlen« auf dem Soldatenmantel wurden die armen Opfer entweder nach dem Palatinus oder in eine der unzähligen Villen verschickt, oder an die kaiserlichen Freunde verschenkt. Und so konnte es auch mit Lygia geschehen sein. Der Kaiser hatte sie beim Festmahl betrachtet, und Vinicius zweifelte nicht einen Augenblick daran, daß sie dem Kaiser als die schönste der Frauen erschienen war, die er jemals gesehen. Es konnte nicht anders sein! Zwar war sie schon in Neros Hause auf dem Palatinus gewesen und er hätte sie ohne weiteres zurückhalten können. Aber Petronius hatte recht, der Kaiser war zu feige, um offen ein Verbrechen zu begehen, und stets darauf bedacht, den Schein zu wahren. Diesmal mochte auch die Furcht vor Poppäa ihn dazu veranlaßt haben. Vinicius kam jetzt auf den Gedanken, daß Aulus es schwerlich gewagt hätte, ihm das vom Kaiser geschenkte Mädchen zu entführen, wer hätte so etwas wagen können? Vielleicht nur jener ungeheure, blauäugige Lygier, der verwegen genug war, ins Triklinium einzudringen, um sie auf seinen Armen vom Feste wegzutragen! Jedoch, wo verbarg er sich mit ihr? Wohin konnte er sie gebracht haben? Folglich hatte es niemand anders als der Kaiser getan.

Bei diesem Gedanken ward es Vinicius schwarz vor Augen und Schweißtropfen bedeckten seine Stirn. In dem Falle war Lygia auf immer für ihn verloren. Jedem andern hätte er sie entreißen können, dem Kaiser aber nicht! Jetzt konnte er mit größerem Recht als zuvor ausrufen: weh mir Unglücklichen!

Bei dem Gedanken, daß jetzt Nero die Geliebte besitzen könnte, ergriff ihn ein solcher Schmerz, daß er sich fast dem Wahnsinn nahe fühlte. Er wußte, er würde wahnsinnig werden, wenn ihm nicht eine Hoffnung bliebe – die Rache. Dieser Gedanke verschaffte ihm etwas Erleichterung. Wie Cajus Chaerea den Caligula getötet hatte, so würde er Nero töten. Nach einer Weile nahm er Erde aus den Blumenvasen, die das Impluvium umgaben, und schwur den furchtbaren Eid, daß er seine Rache ausführen werde.

Er hatte einen Trost. Er hatte wenigstens etwas, wofür er leben, womit er sich Tag und Nacht beschäftigen konnte. Nachdem er den Vorsatz, sich zu Aulus zu begeben, fallen gelassen hatte, ließ er sich auf den Palatinus tragen. Zuweilen durchfuhr es ihn wie ein Hoffnungsstrahl, daß er vielleicht Lygia im Palast treffen werde, und bei diesem Gedanken zitterte er förmlich. Er hatte zunächst keine Waffe mit sich genommen, da ihn heute die Wachen möglicherweise untersuchen

35

könnten; er wollte zunächst mit Akte sprechen, da er von ihr Aufklärung über alles hoffte.

Vor dem Torbogen nahm er seine ganze Geistesgegenwart zusammen, denn er sagte sich beim Anblick der prätorianischen Leibwache, daß es ein Beweis sei für Lygias Anwesenheit im Palast, wenn man ihm die mindesten Schwierigkeiten beim Eintritt bereite. Doch der erste Centurio lächelte ihm freundlich entgegen und sagte, einige Schritte vortretend: »Sei gegrüßt, edler Tribun! Wenn Du dem Kaiser deine Ehrerbietung bezeigen willst, dann hast du einen ungünstigen Zeitpunkt gewählt, und ich weiß nicht, ob du ihn wirst sehen können.«

»Was ist geschehen?« fragte Vinicius.

»Die göttliche kleine Augusta ist seit gestern erkrankt. Der Kaiser und die Augusta Poppäa sind bei ihr mit den Ärzten, die aus der ganzen Stadt zusammengerufen wurden.«

Dies war ein wichtiges Ereignis. Als dem Kaiser diese Tochter geboren wurde, war er beinahe wahnsinnig vor Entzücken, mit übermenschlicher Freude nahm er sie auf. Nero, der in nichts maßzuhalten verstand, liebte das Kind grenzenlos, und der Poppäa war es um so teurer, als es ihre Stellung befestigte und ihr einen unumschränkten Einfluß verschaffte.

Von der Gesundheit und dem Leben der kleinen Augusta konnte das Schicksal des ganzen Reiches abhängen, doch Vinicius war so völlig mit sich selbst beschäftigt, daß er der Nachricht des Centurio kaum Aufmerksamkeit schenkte und nur sagte: »Ich möchte Akte sehen.« Damit ging er vorüber.

Doch Akte war gleichfalls um das Kind beschäftigt und er mußte lange auf sie warten. Erst gegen Mittag erschien sie mit müdem, bleichem Antlitz, das beim Anblick des Vinicius noch mehr erblaßte.

»Akte,« rief er, ihre Hand ergreifend und sie in die Mitte des Atriums ziehend, »wo ist Lygia?«

»Eben das wollte ich dich fragen,« versetzte sie mit einem vorwurfsvollen Blicke.

Vinicius hatte sich vorgenommen, Akte ruhig auszuforschen, jetzt aber preßte er nur die Schläfen zwischen die Hände und rief, das Antlitz von Schmerz und Wut verzerrt: »Sie ist fort. Dann hat man sie mir auf dem Wege zu mir geraubt. Akte... wenn dir das Leben lieb ist, wenn du nicht die Ursache eines Unglücks sein willst, dessen Furchtbarkeit du dir nicht einmal vorstellen kannst, so sage die Wahrheit: Hat der Kaiser sie entführt?«

»Der Kaiser hat gestern den Palast nicht verlassen. Seit gestern ist die kleine Augusta krank, und Nero hat ihre Wiege noch nicht verlassen.«

Vinicius atmete auf. Das, was ihm als das Schrecklichste erschienen war, bewahrheitete sich also nicht.

»Dann«, sagte er, sich auf eine Bank niederlassend und die Fäuste ballend, »hat sich ihrer Aulus und Pomponia bemächtigt! Dann wehe ihnen!«

»Aulus Plautius war heute morgen hier. Er konnte jedoch mit mir nicht sprechen, weil ich bei dem Kind beschäftigt war, aber er fragte Epaphrodit und andre kaiserliche Diener nach Lygia und wollte wiederkommen, um mit mir zu sprechen.«

»Er wollte damit nur den Verdacht von sich ablenken. Wenn er nicht gewußt hätte, was mit Lygia geschah, so hätte er sie zuerst bei mir gesucht.«

»Er ließ für mich einige Worte auf einem Täfelchen zurück, aus dem du entnehmen kannst, daß er erst hier erfuhr, was sich ereignet hatte.«

So sprechend, holte sie aus dem Cubiculum das Täfelchen, das Aulus zurückgelassen hatte.

Vinicius verstummte, als er gelesen, und Akte, die eine Zeitlang in seinen düsteren Zügen zu lesen schien, sagte endlich: »Nein, Markus. Es geschah nur, was Lygia selbst gewollt hatte.«

»Du wußtest, daß sie fliehen wollte?« flammte Vinicius auf.

Sie sah ihn mit ihren trüben Augen an, strenge beinahe. »Ich wußte, daß sie nicht deine Geliebte werden wollte.«

Vinicius entrüstete sich aufs neue. Der Kaiser habe ihm Lygia geschenkt, und er würde sie finden, selbst wenn sie sich unter der Erde verberge. Ja, sie sollte seine Geliebte werden, und er wolle sie peitschen lassen, so oft es ihm gefiel. Und wenn er ihrer überdrüssig sei, dann würde er sie dem letzten seiner Sklaven schenken.

Akte sah, daß der junge Mann außer sich war vor Zorn und Qual. Sie hätte vielleicht Mitleid mit ihm gehabt, aber ihre Geduld war erschöpft, so daß sie schließlich Vinicius fragte, weshalb er denn zu ihr gekommen sei?

Vinicius fand nicht gleich eine Antwort. Er sei gekommen, sagte er nach einer kurzen Pause, um mit ihr zu sprechen, weil er geglaubt habe, er könne etwas von ihr erfahren, eigentlich sei er aber zum Kaiser gekommen und habe sie aufgesucht, weil er von diesem nicht

36

vorgelassen worden sei. Durch ihre Flucht habe sich Lygia dem Willen des Kaisers widersetzt, deshalb wolle er diesen anflehen, den Befehl zu erteilen, in der ganzen Stadt und im ganzen Lande nach ihr zu suchen.

Darauf erwiderte Akte: »Hüte dich, Markus, damit du sie nicht für immer verlierst, wenn der Kaiser nach ihr forschen läßt!«

Vinicius runzelte die Brauen, »Was soll das heißen?« fragte er.

»Höre mich, Markus! Gestern war ich mit Lygia in den Palastgärten, wo wir Poppäa begegneten, und mit ihr die Mohrin Lilith, die kleine Augusta auf den Armen. Abends erkrankte das Kind, und Lilith behauptet nun, daß es behext worden sei, und zwar von der Fremden, der sie im Garten begegnet. Wird das Kind gesund, so vergißt man die Sache, im entgegengesetzten Falle aber wird Poppäa die erste sein, die Lygia der Zauberei anklagt, und es gibt dann keine Rettung mehr für sie, wenn man sie findet.«

Eine kurze Pause folgte, dann sagte Vinicius: »Vielleicht hat sie das Kind verzaubert – auch mich hat sie verzaubert!«

Akte betrachtete ihn mehrere Augenblicke hindurch zögernd, als wolle sie ihn prüfen, dann sagte sie: »O, du Jähzorniger und Verblendeter, sie hat dich geliebt!«

Vinicius sprang bei diesen Worten wie wahnsinnig auf. »Das ist nicht wahr, sie haßt mich!«

Woher sollte dies Akte wissen? Sollte ihr Lygia schon am ersten Tage der Bekanntschaft ein Geständnis abgelegt haben? Und was sei das nur für Liebe, wenn Lygia es vorziehe, von Schmach und Armut bedrängt, umherzuirren, wenn sie ein unsicheres Los, sogar den Tod im Elend dem bekränzten, festlich geschmückten Hause, in dem der Geliebte ihrer harrte, vorziehe? Nein, sie hasse ihn, sie habe ihn immer gehaßt und werde auch mit diesem Hasse im Herzen sterben.

Aber Akte, die schüchtern und sanft zugleich war, fragte jetzt ganz entrüstet, auf welche Weise er denn Lygia zu gewinnen versucht habe? Anstatt bei Aulus und Pomponia um Lygia anzuhalten, habe er den Eltern das Kind durch List genommen. Er habe sie in dieses Haus des Verbrechens, der Schande geführt, er habe ihre unschuldigen Augen mit dem Anblick eines ehrlosen Gastmahls verletzt. Er habe wohl vergessen, wer Aulus und Pomponia seien, die Lygia aufgezogen haben. Nein! Lygia habe ihr kein Geständnis abgelegt, aber ihr gesagt, daß sie von ihm, von Vinicius, Rettung

erwarte, daß sie hoffe, er erwirke ihr vom Kaiser die Erlaubnis, zu Pomponia zurückzukehren. Und während Lygia davon gesprochen habe, sei sie errötet wie ein Mädchen, das liebt und hofft. Lygias Herz schlage für ihn, aber er habe sie geängstigt, beleidigt, empört, und jetzt möge er sie durch die Söldlinge des Kaisers suchen lassen, dabei aber nicht außer acht lassen, daß, falls das Kind stürbe, Lygias Verderben unvermeidlich sei.

Der Zorn und der Schmerz des Vinicius fing an, der Rührung zu weichen. Die Nachricht, daß er von Lygia geliebt wurde, erschütterte sein Gemüt aufs äußerste. Er erinnerte sich, wie sie bei Aulus im Garten errötend seinen Worten gelauscht hatte, die Augen voll strahlenden Lichtes. Er sagte sich, daß er sie allmählich hätte erringen können, dann wäre sie seine Gattin und an seiner Seite glücklich geworden. Aber dieses Glück hatte er sich nun verscherzt, und wenn er sie auch fand, dann war es nur zu ihrem Verderben. Aufs neue geriet er in Zorn, aber diesmal gegen Petronius. Dieser war an allem schuld. Wäre er nicht, so brauchte Lygia jetzt nicht umherzuirren, sie wäre jetzt vielleicht seine Braut.

»Zu spät!« stöhnte er.

Mechanisch die Toga um sich schlagend, wollte er sich entfernen, als die Vorhänge zwischen Vorhalle und Atrium sich bewegten und Pomponia Graecina plötzlich sichtbar wurde.

Offenbar hatte auch sie von dem Verschwinden Lygias gehört, und in der Meinung, es werde ihr leichter werden als Aulus, Akte zu sprechen, kam sie nun, Erkundigungen einzuziehen.

Als sie jedoch Vinicius erblickte, wendete sie ihm ihr zartes, bleiches Antlitz zu und sagte: »Markus! Gott verzeihe dir das Unrecht, das du uns und Lygia zugefügt hast.«

Er stand vor ihr mit gesenktem Haupt im Bewußtsein seines Unglücks und seiner Schuld, ohne zu begreifen, welcher Gott ihm verzeihen sollte und konnte, noch warum Pomponia von Vergebung sprach, während sie doch eher an Rache denken sollte. Schließlich entfernte er sich, ratlos, voll trüber Gedanken und Sorgen.

Im Hofe und in den Säulengängen standen erregte Menschengruppen. Unter den Sklaven des Palastes erblickte man Ritter und Senatoren, die gekommen waren, sich nach dem Befinden der kleinen Augusta zu erkundigen, um sich im Palast zu zeigen, um ihre Teilnahme zu bekunden, wenn auch nur vor Neros Sklaven. Die Kunde von der Erkrankung der »Göttlichen« hatte sich rasch verbreitet, und einige Besucher hielten Vinicius an, weil sie von ihm etwas Neues zu erfahren hofften. Aber er antwortete niemand und schritt weiter, bis Petronius ihn fast anstieß und ihn zurückhielt.

Sicher wäre Vinicius beim Anblick des Petronius in Wut geraten und hätte sich sogar im Kaiserpalast zu irgendeiner unüberlegten Handlung hinreißen lassen, wenn er nicht in so zerknirschter, niedergedrückter Stimmung von Akte weggegangen wäre, daß sich nicht einmal sein angeborener Jähzorn in ihm regte. Er schob Petronius beiseite und wollte vorübergehen, doch jener hielt ihn fast gewaltsam zurück.

»Wie geht es dem göttlichen Kind?« fragte er harmlos.

Aber dieser Zwang reizte Vinicius aufs neue, und sein Ingrimm machte sich endlich Luft. »Mag die Unterwelt dies Kind und dieses ganze Haus verschlingen!« antwortete er zähneknirschend.

»Schweig, Unglückseliger!« rief Petronius, und vorsichtig umblickend, fügte er hinzu: »Wenn du etwas über Lygia erfahren willst, so komm! Nein! Hier sage ich nichts! In der Sänfte will ich dir meine Vermutungen mitteilen.«

Und seinen Arm um die Schultern des jungen Mannes legend, führte er ihn rasch aus dem Palast hinweg.

Als sie in der Sänfte Platz genommen hatten, sagte er: »Ich habe meine Sklaven zu allen Stadttoren geschickt, nachdem ich ihnen eine genaue Beschreibung des Mädchens und des Riesen gegeben, der es vom Feste wegtrug, denn es unterliegt keinem Zweifel, daß er es ist, der sie entführte. Höre mich! Es kann sein, daß Aulus sie auf einer seiner ländlichen Besitzungen verbergen will, dann werden wir wissen, nach welcher Gegend sie entführt worden ist.«

»Aulus und Pomponia wissen nicht, wo sie ist,« erwiderte Vinicius.

»Bist du deiner Sache sicher?«

»Ich habe mit Pomponia gesprochen. Auch sie suchen nach ihr.«

»Gestern konnte sie die Stadt nicht mehr verlassen. Zwei meiner Leute umkreisen jedes Tor. Einer hat Lygia und dem Riesen zu folgen, der zweite aber sogleich zurückzukehren, um uns Nachricht zu geben.«

Vinicius vermochte nun nicht länger seinen inneren Aufruhr zurückzuhalten, und ohne Zorn, aber schmerzerfüllt, mit bebender Stimme erzählte er Petronius, was er von Akte gehört hatte, und welche neue Gefahr für Lygia drohe, eine Gefahr, die so furchtbar sei, daß man Lygia, sobald sie aufgefunden würde, sorgfältig vor Poppäa verbergen müsse. Dann machte er Petronius bittere Vorwürfe wegen seines Rates. Ohne ihn wäre alles ganz anders ausgefallen. Lygia befände sich noch im Hause des Aulus, er, Vinicius, könnte sie täglich sehen und würde sich dabei glücklicher fühlen als der Kaiser selbst. Und je länger er erzählte, desto mehr ward er von seiner Bewegung fortgerissen, bis zuletzt Tränen des Schmerzes und der Wut aus seinen Augen flossen.

11.

Als die beiden vor dem Hause des Petronius die Sänfte verließen, verkündigte ihnen der Hüter des Atriums, daß noch keiner der ausgesandten Sklaven zurück sei. Er habe ihnen etwas Nahrungsmittel zugeschickt und ihnen nochmals unter Androhung von Peitschenhieben einschärfen lassen, die Aus- und Eingehenden genau zu beobachten.

»Siehst du,« sagte Petronius, »daß sie sich noch in der Stadt befinden, und in dem Falle finden wir sie sicher! Doch befiehl auch deinen Leuten, an den Toren Wache zu halten, besonders denen, die Lygia abgeholt haben, weil diese sie leicht erkennen werden.«

»Ich gab den Befehl, sie in das Sklavengefängnis zu schicken,« erwiderte Vinicius, »doch werde ich meinen Befehl widerrufen; mögen sie an die Tore gehen.«

Nachdem er einige Worte auf ein mit Wachs überzogenes Täfelchen geschrieben hatte, übergab er es dem Petronius, der es sogleich in des Vinicius Haus sandte.

Darauf gingen sie in die innere Säulenhalle, wo sich Vinicius auf einer Marmorbank niederließ. Die goldhaarige Eunike und Iras stellten ihnen Schemel von Bronze unter die Füße, und nachdem sie einen Tisch herangerückt hatten, gossen sie aus wunderschönen enghalsigen Krügen, die aus Volaterrae und Caecinae stammten, Wein in die Schalen.

»Kennt einer deiner Leute den riesenhaften Lygier?« fragte Petronius.

»Atacinus und Gulo kannten ihn. Aber Atacinus fiel bei dem gestrigen Zusammenstoß neben der Sänfte, und Gulo habe ich erschlagen.«

»Schade um ihn,« sagte Petronius. »Er hat nicht nur dich, sondern auch mich auf seinen Armen herumgetragen.«

»Ich wollte ihn freilassen,« versetzte Vinicius; »aber lassen wir das. – Sprechen wir von Lygia! Stirbt jetzt das Kind, so wird Poppäa glauben, es sei Lygias Schuld, und auch dem Cäsar dies einreden.«

»Ja, so ist es; auch mich beunruhigt dies. Vielleicht wird aber der Wurm bald gesund. Stirbt er jedoch, so werden wir uns auf irgendeine Art zu helfen wissen.« Hier dachte Petronius ein wenig nach und fügte dann hinzu: »Poppäa bekennt sich zur Religion der Juden und glaubt an böse Geister. Auch der Kaiser ist abergläubisch, wir verbreiten die Nachricht, böse Geister hätten Lygia entführt, und da sie sich weder bei Aulus noch in den Händen des Kaisers befindet, so wird man leicht daran glauben. Du brauchst nur deinen Sklaven gegenüber davon zu sprechen, so werden sie gleich behaupten, mit eigenen Augen hätten sie solche Geister gesehen, weil sie sich dadurch dir gegenüber für gerechtfertigt halten. Mache einen Versuch, frage einen, ob er nicht gesehen habe, wie Lygia durch die Lüfte entführt worden sei, und er wird auf der Stelle schwören, er sei Zeuge davon gewesen.«

Vinicius, der gleichfalls abergläubisch war, schaute Petronius plötzlich voll Angst und Unruhe an. »wenn Ursus keine Leute zur Hilfe hatte und sie nicht allein fortbringen konnte, wer hat sie dann fortgebracht?«

Petronius aber fing an zu lachen. »Siehst du,« sagte er, »sie werden ganz sicher daran glauben, da auch du schon daran glaubst. So ist die jetzige Welt, die über die Götter spottet! Während nun alle daran glauben, bringen wir sie, fern von der Stadt, in einer unserer Villen unter.«

»Aber wer konnte ihr beistehen?«

»Ihre Glaubensgenossen,« entgegnete Petronius.

»Wer sind sie? Was für eine Gottheit wird von ihr verehrt? Ich müßte dies eigentlich besser wissen denn du.«

»Fast jedes Weib in Rom verehrt eine Gottheit. Es ist außer Zweifel, daß Pomponia das Mädchen in dem Glauben an die Gottheit erzogen hat, die sie selbst anbetet; welche dies jedoch sei, weiß ich nicht. Das ist mir auch bekannt, und noch niemals hat man sie gesehen, daß sie unsern Göttern im Tempel geopfert hätten. Man hat sie sogar beschuldigt, sie sei eine Christin, allein dies ist unmöglich, und durch ein Hausgericht wurde sie von dem Verdacht gereinigt. Von den Chri-

sten sagt man, daß sie Feinde des Menschengeschlechts sind und die schändlichsten Verbrechen begehen. Aus diesem Grunde kann Pomponia keine Christin sein, denn ihre Tugend ist bekannt, und eine Feindin des Menschengeschlechts würde mit ihren Sklaven nicht so gut umgehen, wie sie es tut.«

»In keinem Hause werden sie so gut behandelt wie bei Aulus,« unterbrach ihn Vinicius.

»Nun siehst du! Pomponia sprach einmal von einem Gott, der einzig, allmächtig und barmherzig sein muß. Ihr Gott müßte demnach ein schwacher Gott sein, wenn er nicht mehr Anhänger als Pomponia, Lygia und vielleicht noch Ursus hätte. Es muß noch mehr dieser Bekenner geben, und diese waren Lygia behilflich.«

»Dieser Glaube befiehlt zu verzeihen,« fragte Vinicius, »denn als ich Pomponia bei Akte traf, sagte sie mir: Möge dir Gott das Unrecht verzeihen, das du uns und Lygia angetan hast.«

»Offenbar ist ihr Gott sehr gemütlich. Ha! Ha! Möge er dir verzeihen und zum Zeichen der Verzeihung das Mädchen wiedergeben.«

»Morgen werde ich ihm ein Opfer bringen. Ich mag weder Essen, noch ein Bad, noch Schlaf. Ich werde einen dunklen Mantel anlegen und in der Stadt umherschweifen, vielleicht treffe ich sie in der Verkleidung. Ich bin krank!«

Petronius sah ihn mitleidig an. Vinicius sah wirklich aus wie ein Kranker mit seinen fieberglühenden, eingefallenen Augen.

»Höre mich an,« sagte Petronius. »Ich weiß zwar nicht, was der Arzt dir verschreiben würde, aber ich weiß, was ich an deiner Stelle tun würde.«

Er ließ sein Auge zu Iras und Eunike schweifen, worauf er die Hand auf die Schultern der goldhaarigen Griechin legte. »Ich mache sie dir zum Geschenk, da, nimm sie!«

Die goldhaarige Eunike wurde blaß wie ein Tuch, und mit erschrockenen Augen zu Vinicius emporblickend, schien sie atemlos auf dessen Antwort zu warten.

Er sprang auf und sagte: »Nein! Nein! ... Ich danke dir! Ich gehe lieber in die Stadt, Lygia zu suchen. Laß mir einen gallischen Mantel mit Kapuze geben. Ich gehe über den Tiber ... Wenn ich doch wenigstens Ursus sehen könnte!«

Damit eilte er fort, und Petronius versuchte nicht, ihn zurückzuhalten. Weil er aber nicht wollte, daß seine Großmut ihren Zweck verfehle, sagte er, zu der Sklavin gewendet: »Eunike, du wirst dich baden, salben und umkleiden, dann aber in das Haus des Vinicius gehen.«

Sie aber fiel vor ihm auf die Knie nieder und flehte ihn mit gefalteten Händen an, sie nicht aus dem Hause zu schicken. Sie gehe nicht zu Vinicius. Sie wolle nicht! Sie könne nicht! Er möge sie täglich peitschen lassen, wenn er sie nur nicht aus dem Hause schicke!

Petronius hörte sie verwundert an. Eine Sklavin, die einem Befehl nicht gehorchte, war in Rom etwas Unerhörtes. Zwar war er nicht grausam, einen solchen Widerspruch konnte er aber nicht durchgehen lassen, schon weil dadurch seine Ruhe gestört wurde. Er sah deshalb die vor ihm Kniende eine Weile an und sagte dann: »Rufe mir den Teiresias und komme mit ihm zurück.« Eunike erhob sich zitternd, mit Tränen in den Augen, und kehrte nach wenigen Augenblicken mit dem Hüter des Atriums, dem Kretenser Teiresias, zurück.

»Führe Eunike hinweg,« sagte Petronius, »und gib ihr fünfundzwanzig Rutenstreiche, aber so, daß die Haut nicht verletzt wird.«

Nach diesen Worten begab er sich in die Bibliothek und begann, vor einem Tische von rötlichem Marmor Platz nehmend, an seinem »Gastmahl des Trimalchion« zu arbeiten.

Aber Lygias Flucht und die Krankheit der kleinen Augusta nahmen seine Gedanken in Anspruch, so daß er nicht lange arbeiten konnte. Besonders die Krankheit war ein wichtiges Ereignis. Es fiel ihm ein, daß, falls der Kaiser an den Zauber glaubte, welchen Lygia gegen die kleine Augusta angewendet haben sollte, die Verantwortung auch auf ihn fallen konnte, weil er das Mädchen in den Palast gebracht hatte. Er rechnete nur darauf, daß es ihm gelingen werde, beim ersten Zusammentreffen mit dem Kaiser das Unsinnige einer solchen Vermutung zu erklären, und ein wenig rechnete er auch auf eine gewisse Schwäche, die Poppäa für ihn hegte und welche sie zwar sorgfältig zu verbergen suchte, aber doch nicht so, daß er sie nicht wahrgenommen hätte. Er beschloß ins Triklinium zu gehen, um sich zu stärken, worauf er sich nochmals auf den Palatinus und dann auf das Marsfeld tragen lassen wollte.

Auf dem Wege nach dem Triklinium beim Durchschreiten des Korridors, der für die Dienerschaft bestimmt war, erblickte er an der andern Wand unter den Sklaven die schlanke Gestalt Eunikes.

Da er vergessen hatte, daß er Teiresias bloß den Befehl gab, sie zu peitschen, runzelte er abermals die Brauen und begann sich nach ihm umzusehen.

Da er ihn nicht unter der Dienerschaft entdeckte, wandte er sich an Eunike: »Hast du die Züchtigung bekommen?«

Und zum zweiten mal warf sie sich ihm zu Füßen, preßte den Rand seiner Toga an den Mund und erwiderte: »O ja, Herr! Ich habe sie bekommen. O ja, Herr!«

In ihrer Stimme zitterten Wonne und Dankbarkeit. Offenbar war sie der Meinung, daß die Züchtigung an Stelle ihrer Entfernung aus dem Hause getreten sei, und daß sie bleiben dürfe, Petronius, der es erriet, war über den leidenschaftlichen Widerstand der Sklavin verwundert, doch war er ein zu guter Kenner der Menschennatur, um nicht zu erraten, daß nur die Liebe die Ursache des Widerstandes sein könne.

Nach einem eingenommenen Imbiß ließ er sich auf den Palatinus tragen, wo er bis in die tiefe Nacht verblieb.

Nach seiner Rückkehr befahl er, Teiresias zu rufen,

»Hat Eunike Schläge erhalten?«

»Ja, Herr. Doch erlaubtest du nicht, die Haut zu verletzen.«

»Habe ich nicht bezüglich ihrer noch einen andern Befehl erteilt?«

»Nein, Herr,« erwiderte mit einiger Unruhe der Atriensis.

»Das ist gut. Weißt du etwas über sie?«

Teiresias begann mit etwas unsicherem Ton: »Eunike verläßt niemals bei Nacht das Cubiculum, in dem sie mit der alten Akrysyona und Ifide schläft. Die übrigen Sklavinnen verlachen sie und nennen sie eine Diana.«

»Genug,« sagte Petronius. »Mein Blutsverwandter, Vinicius, dem ich Eunike heute früh schenkte, hat sie nicht angenommen, sie bleibt daher weiter im Hause. Du kannst abtreten.«

»Ist es mir erlaubt, etwas von Eunike zu sagen, Herr?«

»Ich habe dir doch befohlen, alles zu sagen, was du von ihr weißt.«

»Das ganze Haus spricht heute von der Flucht des Mädchens, die zum edlen Vinicius ins Haus kommen sollte. Nach deinem Weggang kam Eunike zu mir und sagte, daß sie jemand kenne, der das Mädchen auffinden könne.«

»Ah!« rief Petronius, »was ist das für ein Mann?«

»Ich kenne ihn nicht, Herr, doch dachte ich, daß ich dir davon Mitteilung machen müsse.«

»Gut! Dieser Mann soll morgen hier auf das Eintreffen des Tribuns warten, den du in meinem Namen bitten wirst, mich morgen früh zu besuchen.«

Der Atriensis verneigte sich und ging.

Unwillkürlich mußte Petronius an Eunike denken. Anfangs leuchtete ihm ein, daß die junge Sklavin die Auffindung Lygias herbeiwünsche, um nicht aus dem Hause gehen zu müssen. Dann aber fiel ihm ein, daß der Mann, den Eunike empfohlen hatte, vielleicht ihr Geliebter sei, und dieser Gedanke war ihm unangenehm. Es gab zwar ein einfaches Mittel, die Wahrheit zu erfahren, es genügte, Eunike rufen zu lassen, aber die Zeit war schon weit vorgerückt, Petronius war ermüdet, und es lag ihm daran, bald zur Ruhe zu kommen.

12.

Tags darauf hatte sich Petronius im Unctuarium kaum angekleidet, als Vinicius erschien, der durch Teiresias herbeigerufen worden war. Zwar wußte der junge Mann, daß noch keine neue Kunde von den Wachen gekommen war, doch beruhigte ihn diese Nachricht nicht, denn Ursus konnte das Mädchen sofort nach der Entführung aus der Stadt gebracht haben. Auch gab es noch andre außerhalb der Stadtmauern führende Pfade, die den Sklaven, welche entweichen wollten, wohl bekannt waren. In Sklavenkleidung hatte Vinicius selbst nach ihr und Ursus gesucht und war dabei auch schon mit den Dienern des Aulus zusammengetroffen, die ebenfalls jemand zu suchen schienen.

Hieraus konnte Vinicius schließen, daß es nicht Aulus gewesen, der Lygia entführt hatte, und daß auch der Feldherr ihren Aufenthaltsort nicht kannte.

Als ihm jedoch Teiresias mitteilte, daß es einen Menschen gebe, der sie auffinden wolle, eilte er zu Petronius und fragte, nur kurz grüßend, über die Angelegenheit mit jenem Manne.

»Wir werden ihn gleich sehen,« sagte Petronius, »er ist ein Bekannter Eunikes, die sogleich kommen wird,

die Falten meiner Toga zu ordnen, und uns Näheres mitteilen wird.«

In diesem Augenblick erschien auch schon Eunike. Sie nahm die Toga von dem mit Elfenbein ausgelegten Sessel, auf dem sie lag, und entfaltete sie, um sie dem Petronius über die Schultern zu werfen; ihr Antlitz war heiter und still, und die Augen strahlten vor Freude.

Petronius sah sie an und sie erschien ihm sehr schön. Als sie ihm die Toga umgelegt hatte, bückte sie sich von Zeit zu Zeit, um die Falten herabzuziehen. »Eunike! Ist der Mann gekommen, den du dem Teiresias gestern bezeichnet hast?«

»Ja, Herr.«

»Wie heißt er?«

»Chilon Chilonides, Herr.«

»Wer ist er?«

»Ein Arzt, Weiser und Wahrsager, der in den Geschicken der Menschen zu lesen versteht und die Zukunft weissagt.«

»Hat er auch dir wahrgesagt?«

Eine dunkle Röte übergoß das Antlitz Eunikes, sogar Ohren und Hals. »Ja, Herr.«

»Was hat er dir geweissagt?« »Er weissagte mir Schmerz und Glück.«

»Gestern traf dich der Schmerz aus der Hand Teiresias, jetzt müßte also noch das Glück kommen, Eunike!«

»Es ist schon gekommen, Herr!«

»Was für ein Glück?«

Sie flüsterte leise: »Ich durfte hierbleiben!«

Petronius legte die Hand auf ihr goldig schimmerndes Haupt. »Du hast heute die Falten sehr schön gelegt, Eunike, ich bin mit dir zufrieden!«

Petronius und Vinicius begaben sich in das Atrium, wo Chilon Chilonides ihrer wartete und sie mit einer tiefen Verbeugung begrüßte. Bei der Erinnerung an seine gestrige Vermutung, daß dieser Mann vielleicht Eunikes Geliebter sei, umspielte ein Lächeln des Petronius Lippen. Daß der Mann, der nun vor ihm stand, von irgend jemand geliebt ward, war undenkbar. Er war ebenso unsauber, wie seine Gestalt lächerlich. Der eingefallene Bauch und der gekrümmte Rücken ließen ihn auf den ersten Blick verwachsen erscheinen; über dem Buckel erhob sich ein ziemlich großer Kopf mit dem Gesicht eines Fuchses. Petronius mußte bei seinem Anblick unwillkürlich an den homerischen Thersites denken, und er sagte daher, seine Verneigung mit einer grüßenden Handbewegung erwidernd:

»Sei mir gegrüßt, göttlicher Thersites! was machen die Beulen, die dir Ulysses bei Troja geschlagen, und was macht er selbst in den elysäischen Gefilden?« »Edler Herr,« versetzte Chilon Chilonides, »der Weiseste unter den Toten, Ulysses, sendet durch mich seine Grüße an den Weisesten unter den Lebenden, Petronius, mit der Bitte, meine Beulen mit einem neuen Mantel zu verhüllen.«

»Fürwahr,« rief Petronius, »diese Antwort ist einen Mantel wert.«

Die weitere Unterredung unterbrach Vinicius ungeduldig und fragte:

»Weißt du auch genau, was wir von dir wollen?«

»Wenn zwei Familien in zwei stattlichen Häusern von nichts anderem sprechen und halb Rom die Neuigkeit erzählt, ist es nicht schwer zu wissen, um was es sich handelt,« versetzte Chilon.

»Gestern Nacht wurde ein Mädchen, der Pflegling des Aulus Plautius, mit Namen Lygia, oder Callina, geraubt, das deine Sklaven, o Herr, aus dem Kaiserpalast in dein Haus führen sollten, und ich unternehme es, dieses Mädchen aufzufinden und dir, edler Tribun, anzuzeigen, wohin sie geflohen ist und wo sie sich verborgen hält.«

»Gut,« sagte Vinicius, dem diese bündige Antwort gefiel, »welche Mittel willst du aber anwenden?«

Chilon lächelte schlau. »Die Mittel besitzest du, Herr, ich habe nur den Verstand.«

Petronius lächelte gleichfalls, denn er war von seinem Gast vollkommen befriedigt. Dieser Mensch kann das Mädchen finden, dachte er.

Vinicius hingegen runzelte seine Brauen und sagte: »Elender, wenn du mich in gewinnsüchtiger Absicht hintergehst, lasse ich dich mit Stöcken erschlagen!«

»Ich bin ein Philosoph, Herr, und ein Philosoph kann niemals gewinnsüchtig sein, vornehmlich wenn es sich um eine Belohnung handelt, wie die, welche du mir großmütigerweise in Aussicht gestellt.«

»Ach, du bist ein Philosoph?« bemerkte nun Petronius. »Eunike sagte mir, du wärest Arzt und Wahrsager, woher kennst du Eunike?«

»Sie kam zu mir um Rat, denn der Ruhm meines Namens war bis an ihr Ohr gedrungen.« »Zu welcher Schule gehörst du, göttlicher Weiser?«

»Ich bin ein Zyniker, Herr, denn ich habe einen zerfetzten Mantel; ich bin ein Stoiker, denn ich trage meine Armut mit Geduld; ich bin ein Periphatiker, denn ich habe keine Sänfte und wandre daher zu Fuß von einer Schenke zur andern und lasse allen denen meine Lehren zu Gute kommen, die mir einen vollen Krug versprechen.«

»Beim Krug wirst du zum großen Redner?«

»Heraklit sagte: ›alles fließt‹, und du wirst doch nicht leugnen, daß Wein eine Flüssigkeit ist?«

»Er verkündete auch, daß das Feuer eine Gottheit ist, also ist die Röte auf deiner Nase auch eine Gottheit.«

Aber Vinicius hatte keine Geduld für solche Unterhaltungsfeinheiten.

»Wann wirst du deine Nachforschungen beginnen?« fragte er, das Gespräch unterbrechend.

»Ich habe bereits begonnen,« antwortete Chilon. »Und da ich nun einmal hier bin, da ich deine wohlwollenden Fragen beantworte, muß ich wohl auch nach dem Mädchen suchen. Habe Vertrauen, edler Tribun und wisse, wenn du den Riemen von deinem Schuh verlieren würdest, wäre ich imstande, den Riemen zu finden oder den, welcher ihn auf der Straße aufgehoben hat.«

»Bist du denn schon zu ähnlichen Diensten verwendet worden?« fragte Petronius.

Den Blick emporrichtend, sagte der Grieche: »Zu niedrig werden heute Tugend und Weisheit geschätzt, als daß ein Philosoph nicht auf andere Mittel sinnen müßte, um sein Leben zu fristen.«

»Du mußt aber bisher wenig Glück bei solchen Nachforschungen gehabt haben, wenn es dir bisher nicht einmal gelungen ist, einen neuen Mantel dafür zu ersparen.«

»O Herr, mein Verdienst ist nicht gering, aber die Dankbarkeit der Menschen ist gering. Ist ein wertvoller Sklave entflohen, wer findet ihn wieder, wenn nicht der einzige Sohn meines Vaters? Wenn auf den Mauern Inschriften auf die göttliche Poppäa entdeckt worden, wer zeigt die Urheber an? Wer stöbert in den Buchläden die Verse auf den Cäsar auf? Wer kann hinterbringen, was in den Häusern der Senatoren und Ritter gesprochen wird? Wer trägt die Briefe fort, die man den

Sklaven nicht anvertrauen will? Wer hört alle Neuigkeiten, die vor den Türen der Barbiere verhandelt werden? Wem ist das Zutrauen der Sklaven zuteil geworden? Wer hat Einblick in die Häuser vom Atrium bis zu den Gärten? Wer kennt alle Straßen und Gassen und Schlupfwinkel?«

»Gut,« unterbrach ihn Vinicius. »Brauchst du noch besondere Hinweise?«

»Ich brauche Waffen.«

»Welcher Art?« fragte Vinicius voll Verwunderung.

Der Grieche hielt ihm die eine Hand hin, während er mit der andern Bewegungen machte, als ob er Geld zähle. »So sind die jetzigen Zeiten, Herr,« sagte er seufzend.

Vinicius warf ihm einen Beutel zu, den der Grieche in der Luft auffing, obwohl ihm zwei Finger an der rechten Hand fehlten. Darauf hob er stolz das Haupt und sagte: »Herr, ich weiß mehr, als du glaubst. Ich bin nicht mit leeren Händen hierher gekommen. Ich weiß, daß nicht Aulus das Mädchen entführen ließ, denn ich sprach mit seinen Dienern. Ich weiß, daß es nicht auf dem Palatinus ist, wo alles um die kranke kleine Augusta beschäftigt ist; und kann vielleicht auch erraten, warum ihr vorzieht, das Mädchen mit meiner Hilfe zu finden und nicht mit jener der kaiserlichen Wachen und Kriegsleute. Ich weiß auch, daß ein Sklave, der aus demselben Lande wie sie stammt, ihr bei der Flucht geholfen hat. Bei den Sklaven, die ja alle zusammenhalten, hätte er, weil es gegen deine Sklaven ging, keine Unterstützung gefunden. Es können ihm also nur seine Glaubensgenossen beigestanden haben.«

»Höre, Vinicius,« unterbrach hier Petronius den Griechen, »habe ich dir nicht Wort für Wort dasselbe gesagt?«

»Welche Ehre für mich!« sagte Chilon. »Das Mädchen,« fügte er hinzu, sich wieder zu Vinicius wendend, »huldigt zweifellos derselben Gottheit wie die Tugendhafteste der Römerinnen, Pomponia. Ich habe auch gehört, daß du, Herr, etliche Tage im Hause des Aulus warst, kannst du mir über ihren Glauben Auskunft geben?«

»Ich kann das nicht,« versetzte Vinicius. »Erlaube, edler Herr, noch eine Frage. Hast du dort keine besonderen Statuen, Opfer oder Zeichen entdeckt?«

»Zeichen? Warte, ja! Ich sah einmal, wie Lygia einen Fisch in den Sand zeichnete.«

»Einen Fisch! Oh! Tat sie dies einmal oder öfter?«

»Nur einmal.«

»Und weißt du bestimmt, Herr, daß es gerade ein Fisch war?«

»Natürlich,« versetzte Vinicius, neugierig geworden. »Errätst du, was das bedeutet?«

»Ob ich es errate!« rief Chilon. Und mit einer verabschiedenden Bewegung fügte er hinzu: »Möge Fortuna euch mit all ihren Gaben überschütten, edle, freigebige Herren!«

»Laß dir einen Mantel geben,« rief ihm Petronius nach.

»Ulysses dankt dir in Thersites Namen,« entgegnete der Grieche. Noch eine Verbeugung und er verschwand.

»Was sagst du zu diesem edlen Weisen?« fragte Petronius.

»Ich sage, daß er Lygia finden wird,« rief Vinicius erfreut, »aber wenn es ein Reich von Gaunern gäbe, so müßte er König in diesem Reiche sein.«

»Ganz gewiß. Ich muß noch nähere Bekanntschaft mit diesem Stoiker machen, unterdessen aber will ich das Atrium ausräuchern lassen, dessen Atmosphäre er verpestet hat.«

Chilon Chilonides warf sich indessen in den neuen Mantel und spielte unter dessen Falten mit dem von Vinicius erhaltenen Beutel, wobei er sich an dessen Wohlklang und Gewicht ergötzte. Langsam vorwärtsschreitend wandte er sich der Subura zu.

»Endlich habe ich gefunden, was ich schon lange suchte,« sagte er zu sich selbst. »Er ist jung, feurig und freigebig, obgleich sein Stirnrunzeln nichts Gutes bedeutet. Da heißt es vorsichtig sein! Also einen Fisch hat sie in den Sand gemalt? Nun, das will ich schon erfahren, was dieser Fisch bedeutet, und er soll mich für diesen Fisch noch besonders bezahlen.«

So redend, betrat er eine Weinstube und ließ sich einen Krug Dunklen geben. Doch als er den mißtrauischen Blick des Wirtes bemerkte, zog er ein Goldstück aus dem Beutel und sagte, es auf den Tisch legend: »Sporus, heute habe ich von Tagesanbruch bis Mittag mit Seneka gearbeitet, und dieses hier hat mir mein Freund dafür auf den Weg gegeben.«

Die runden Augen des Wirts wurden bei diesem Anblick noch runder, und der Wein stand schon im nächsten Augenblick vor Chilon. Dieser aber tauchte den

Finger hinein, zeichnete einen Fisch auf die bestaubte Tischplatte und fragte: »Weißt du, was das bedeutet?«

»Einen Fisch? Nun Fisch ist Fisch.«

»Du bist sehr dumm, obwohl du so viel Wasser deinem Weine beimischest, daß sehr leicht auch ein Fisch darin leben könnte. Das ist ein Symbol, welches in der Philosophensprache bedeutet: Lächeln Fortunas! Hättest du es zu deuten vermocht, dann wäre dir vielleicht auch Glück zuteil geworden. Ich sage dir, achte die Philosophie, sonst wechsele ich noch die Weinstube, wozu mich mein ganz besonderer Freund Petronius schon seit langer Zeit zu überreden sucht.«

13.

Chilon ließ sich in den nächstfolgenden Tagen nicht blicken. Seit Akte dem Vinicius verraten hatte, daß er geliebt werde, war er noch hundertmal mehr als zuvor darauf bedacht, das junge Mädchen ausfindig zu machen, und suchte auf eigene Faust nach Lygia. Den Kaiser wollte und konnte er nicht um Beistand angehen, da dieser noch immer in Angst und Sorge um die Gesundheit der kranken kleinen Augusta lebte.

Aber die Opfer in den Tempeln, die Gebete und Gelübde halfen ebensowenig als die ärztliche Kunst und alle Zaubermittel, zu welchen man schließlich seine Zuflucht genommen hatte. Nach einer Woche starb das Kind. Der Hof und ganz Rom hüllten sich in Trauer. Der Kaiser, der sich bei der Geburt vor Freude wie wahnsinnig gebärdete, war jetzt fast wahnsinnig vor Verzweiflung; er schloß sich ein, nahm zwei Tage lang weder Speise noch Trank zu sich und wollte keinen Menschen sehen. Der Senat trat zu einer außerordentlichen Sitzung zusammen, in welcher das tote Kind zur Göttin erhoben wurde. Überall wurden der kleinen Augusta Opfer dargebracht, ja, man goß aus kostbarem Metall Augustastatuen und stellte sie zur Anbetung aus. Das Begräbnis gestaltete sich zu einer großartigen Feier, bei der das Volk die maßlosen Schmerzensausbrüche des Kaisers anstaunen, mit ihm weinen und Hände nach Gaben ausstrecken, besonders aber an dem Schauspiel sich ergötzen konnte.

Petronius beunruhigte dieser Todesfall. Es war in ganz Rom bekannt, daß Poppäa ihn Zauberkünsten zuschrieb, und mit ihr behaupteten dies nicht nur die Ärzte, welche auf diese Weise die Unwirksamkeit ihrer Hilfsmittel am besten zu rechtfertigen vermochten,

sondern auch die Priester, deren Opfer sich als erfolglos erwiesen hatten, die um das eigene Leben zitternden Wahrsager und das gesamte Volk. Lygias Flucht gewährte nun Petronius große Erleichterung, denn er wünschte weder dem Aulus noch Pomponia Schlimmes, und sich selbst und Vinicius wünschte er nur Gutes. Als daher die Zypresse, die man zum Zeichen der Trauer vor dem Palatinus aufgestellt hatte, entfernt worden war, begab er sich zu dem für die Senatoren und Augustianer veranstalteten Empfang.

Er kannte den Kaiser und wußte, daß er, wennschon er nicht an Zauber glaubte, doch tun werde, als ob er daran glaubte; teils deshalb, um einen noch größeren Schmerz heucheln zu können, teils, weil er an irgend jemand Rache zu nehmen gedachte, und um der Annahme vorzubeugen, daß ihn die Götter wegen seiner Sünden strafen wollten. Nach der Meinung des Petronius hatte der Kaiser sein Kind nicht wahr und tief, sondern oberflächlich, in einer verrückten Weise geliebt; trotzdem aber zweifelte er nicht daran, Zeuge maßloser Schmerzensausbrüche sein zu müssen.

Darin irrte er sich nicht. Mit starrem Gesichtsausdruck, das Auge unverwandt auf einen Punkt gerichtet, lauschte Nero den Trostesworten der Senatoren und Ritter, und es war deutlich zu sehen, daß, wenn er tatsächlich litt, er doch stets darauf bedacht war, mit seinem Schmerz Eindruck auf die Anwesenden zu machen. Als er Petronius erblickte, sprang er auf und rief in tragischen Tönen, so daß ihn alle hören konnten: »Eheu! – Ach, du bist schuld an ihrem Tode! Auf deinen Rat kam ein böser Geist in diese Mauern, welcher mit einem Blick das Leben in ihrer Brust ertötete ... Wehe mir! Besser wäre mir wenn meine Augen das Licht der Sonne nicht mehr schauten. Wehe mir! Eheu! Eheu!«

Die Stimme noch mehr erhebend, brach er in verzweiflungsvolle Schreie aus. Da beschloß Petronius, alles auf einen Wurf zu setzen, und die Hand ausstreckend, griff er nach dem seidenen Tuche, das Nero stets um den Hals zu tragen pflegte, riß es ab und drückte es auf die Lippen des Kaisers.

»Herr!« sagte er ernst und feierlich, »magst du Rom, magst du die ganze Welt in deinem Schmerze zu Grunde richten, nur erhalte uns deine Stimme!«

Die Anwesenden staunten; einen Augenblick staunte Nero, nur Petronius allein bewahrte seine Ruhe. Er wußte, daß Terpnos und Diodor strengen Befehl hatten, den Mund des Kaisers zu berühren, wenn er, die

Stimme allzusehr erhebend, diese einer Gefahr aussetzte.

»O Cäsar!« sprach er weiter mit derselben traurigen Würde, »wir haben einen unermeßlichen Verlust erlitten, möge uns daher dieser Trost erhalten bleiben!«

Neros Antlitz zuckte und Tränen stürzten aus seinen Augen; er schlang die Arme um den Hals des Petronius, und das Haupt auf dessen Brust legend, rief er unter stetem Schluchzen: »Du allein von allen hast daran gedacht, du allein! Petronius, du allein!«

Tigellinus wurde gelb vor Neid, Petronius aber sagte: »Fahre nach Antium! Dort kam sie zur Welt, dort strömte die Wonne auf dich hernieder, dort ströme auch Beruhigung herab. Möge die Meeresluft deine Götterkehle erfrischen, deine Brust ihre salzige Feuchte einatmen! Wir Getreuen folgen dir überall hin, und wenn wir deinen Schmerz durch unsre Freundschaft zu besänftigen suchen, so besänftige du den unsern durch deinen Gesang.« »Ja!« entgegnete Nero klagend, »eine Hymne will ich dichten und in Musik setzen, die ihr Andenken verherrlichen soll.«

»Und dann suchst du die wärmere Sonne in Bajae auf.«

»Und dann – Vergessenheit in Griechenland.«

»In der Heimat des Gesangs und der Musik!«

Nach und nach wich die trübe Stimmung, und ein Gespräch entspann sich, in dem zwar noch die Trauer durchklang, in dem man aber doch schon Zukunftspläne schmiedete, sich über Reisen, über Kunstdarstellungen und über die Vorkehrungen unterhielt, die zu dem in Aussicht gestellten Besuch des armenischen Königs Tyridates getroffen werden sollten.

Petronius begab sich, als er den Palast verlassen hatte, zu Vinicius und sagte, nachdem er ihm den Vorfall mit Nero erzählt hatte: »Ich habe nicht nur die Gefahr von Aulus Plautius und Pomponia und uns beiden, sondern auch von Lygia abgewendet. Man wird sie nicht suchen, schon darum nicht, weil ich den feuerbärtigen Affen beredet habe, nach Antium zu fahren und von dort nach Neapel oder Bajae zu gehen, was er schon aus dem Grunde tun wird, weil er bisher nicht wagte, in Rom öffentlich im Theater aufzutreten, und sich schon lange vorgenommen hatte, in Neapel die Bretter zu betreten. Aber was ist dir? War unser edler Philosoph seither nicht hier?«

»Dein edler Philosoph ist ein Betrüger. Nein, er zeigte sich nicht und wird sich auch nicht zeigen.«

»Da habe ich eine bessere Meinung, nicht von seiner Ehrlichkeit, aber von seinem Verstand. Er hat schon einmal deinen Beutel bluten lassen und wird es noch einmal versuchen.«

»Er möge sich hüten, daß ich ihn nicht bluten lasse!«

»Laß das lieber, aber gib ihm kein Geld mehr, sondern versprich ihm reiche Belohnung, wenn er dir sichere Nachrichten bringt. Schreibe mir übrigens, wenn du etwas erfährst, denn ich muß nach Antium reisen.«

»Ich werde es tun!«

Raschen Schrittes ging Vinicius auf und ab. Man sah ihm an, wie sehr er seinen Schmerz zu bezwingen suchte. Schließlich traten ihm aber doch Tränen in die Augen, so daß ihn Petronius erstaunt ansah.

Gerade wollten sich die beiden verabschieden, als ihnen ein Sklave den Chilon Chilonides meldete.

Vinicius befahl, ihn sofort einzulassen, während Petronius sagte: »Habe ich es nicht gesagt? Nur Ruhe! Sonst gewinnt er die Oberhand über dich!«

»Gruß und Ehre dem edlen, ritterlichen Tribun und dir, Herr!« sprach Chilon beim Eintreten. »Möge euer Glück eurem Ruhm gleichen, der Ruhm eures Namens aber durcheile die ganze Welt, von den Säulen des Herkules bis an die Grenzen des Arsakidenreiches.«

Vinicius fragte mit erkünstelter Ruhe: »Was bringst du?«

»Neulich, o Herr, brachte ich dir die Hoffnung, heute bringe ich dir Gewißheit, daß das Mädchen sich finden wird.«

»Du willst also sagen, daß es bisher noch nicht gefunden ist?«

»So ist es, Herr; aber ich habe erfahren, was das Zeichen bedeutet, das sie dir machte; ich weiß, wer die Leute sind, die sie herausgehauen haben, und ich weiß, welche Gottheit diese Bekenner verehren.«

Vinicius, ungeduldig wie immer, wollte von seinem Sitze aufspringen, doch Petronius hielt ihn zurück, wandte sich an Chilon und sagte: »Sprich weiter.«

»Bist du deiner Sache völlig sicher, Herr, daß das Mädchen einen Fisch in den Sand zeichnete?«

»Gewiß!« rief Vinicius erregt.

»Dann ist sie also Christin – und Christen haben sie herausgehauen.«

Es entstand eine kurze Stille.

45

»Höre, Chilon,« sagte Petronius endlich, »wir wissen, daß man die Pomponia Graecina des christlichen Aberglaubens geziehen, und daß ein Hausgericht sie freigesprochen hat. Willst du von neuem die Anklage erheben? Willst du uns einreden, daß Pomponia und Lygia zu den Feinden des Menschengeschlechts, zu den Brunnen- und Quellenvergiftern und den Kindesmördern gehören, die sich den schändlichsten Ausschweifungen ergeben?«

Chilon breitete die Arme aus zum Zeichen, daß ihn keine Schuld treffe, und sagte: »Herr, sprich folgenden Satz griechisch aus: Jesus. Christus, Gottes Sohn, Erlöser.«

»Gut, ich spreche es ... Was soll aber das?«

»Jetzt nimm den ersten Buchstaben jedes Wortes und setze sie zu einem Worte zusammen.«

»Fisch!« rief Petronius verwundert.

»Deshalb also wurde Fisch zum Losungswort der Christen!« erwiderte Chilon stolz.

Alle schwiegen eine Weile. Die Beweisführung des Griechen war so schlagend, daß die beiden Freunde des Staunens sich nicht erwehren konnten.

»Vinicius,« sagte Petronius, »wir kennen beide das Haus des Aulus. Wenn also der Fisch wirklich das Losungswort der Christen ist, und wenn Pomponia und Lygia Christinnen sind, dann, bei der Göttin der Unterwelt, sind die Christen eben nicht das, wofür wir sie halten!«

»Du sprichst wie Sokrates, o Herr!« bemerkte Chilon. Wer hat je einen Christen ergründet? Wer hat ihre Lehre je kennengelernt? Als ich vor zwei Jahren von Neapel nach Rom wanderte – o warum bin ich nicht dort geblieben –, gesellte sich ein Mann namens Glaukus zu mir, von dem man sagte, daß er ein Christ sei, und ungeachtet dessen habe ich mich von seiner Güte und Tugendhaftigkeit überzeugt.«

»Ist das derselbe Gerechte, von dem du jetzt erfahren, was der Fisch bedeutet?«

»O nein, Herr! Ein großes Unglück traf uns. Auf dem Wege nach einer Herberge versetzte einer dem braven Alten einen Messerstich; sein Weib und Kind schleppten Sklavenhändler hinweg, und ich verlor diese beiden Finger bei deren Verteidigung. Da aber unter den Christen, wie man mir sagte, fortwährend Wunder geschehen, gebe ich die Hoffnung nicht auf, daß mir diese Finger nachwachsen werden.«

»Was soll das heißen? Bist du vielleicht auch ein Christ?«

»Seit gestern, Herr, seit gestern! Dieser Fisch hat mich zum Christen gemacht, welch große Kraft liegt doch in dem Symbol! In einigen Tagen schon werde ich der Eifrigste unter den Eifrigen sein, damit sie mich in ihre Geheimnisse einweihen, und haben sie mich erst in ihre Geheimnisse eingeweiht, dann weiß ich auch, wo sich das Mädchen verborgen hält. Ich habe auch Merkur gelobt, wenn er mir hilft, das Mädchen aufzufinden, ihm zwei einjährige Kalbinnen von gleicher Größe zu opfern.«

»Dein jetziges Christentum und deine frühere Philosophie hindern dich dennoch nicht, an Merkur zu glauben?«

»Ich glaube immer an denjenigen, den ich gerade brauche; das ist meine Philosophie, welche gerade nach dem Geschmack Merkurs sein sollte. Unglücklicherweise aber – ihr wißt, meine edlen Herren, was das für ein mißtrauischer Gott ist! Er traut nicht einmal den Versprechungen der unbescholtenen Philosophen und möchte sicherlich die beiden Kalbinnen schon im voraus haben – ist das aber eine Riesenausgabe für mich. Aber wenn der edle Vinicius mir von dem, was er mir versprach, einen Teil des Lohns auf Abrechnung geben wollte ...«

»Nicht einen Obolus, Chilon!« sprach Petronius, »nicht einen Obolus! Die Freigebigkeit des Vinicius soll deine Erwartungen übertreffen, aber erst dann, wenn Lygia gefunden ist, das heißt, wenn du uns ihr Versteck angegeben hast.«

»Hört mich an, edle Herren! Die Entdeckung, welche ich gemacht habe, ist bedeutend, denn obwohl ich noch nicht das Mädchen gefunden habe, so ist mir doch der Weg bekannt, auf dem sie zu suchen ist. Meine Füße sind schon wund von dem vielen Umherirren. Alle Winkel und Gassen, alle Zufluchtsorte entlaufener Sklaven habe ich durchstreift, überall zeichnete ich den Fisch und gab acht auf die Augen der Leute. Lange konnte ich nichts entdecken. Eines Tages traf ich an einem Springbrunnen einen alten Sklaven, der mit den Eimern das Wasser schöpfte und weinte. Ich näherte mich ihm und befragte ihn nach der Ursache seiner Tränen, und er erzählte mir, er habe sein ganzes Leben lang jede Sesterze gespart, um seinen Sohn loszukaufen. Doch sein Herr, ein gewisser Pausa, hat wohl das Geld gleich angenommen, aber den Sohn nicht freigegeben. Und deshalb weine ich, fuhr der Alte fort, denn obgleich ich mir sagen muß, Gottes Wille geschehe,

46

vermag ich armer Sünder meine Tränen doch nicht zurückzuhalten. Wie von einem Vorgefühl getrieben, tauchte ich den Finger in das Wasser und zog die Linien eines Fisches, und er rief aus: Auch meine Hoffnung ist in Christus! Ich fragte: Hast du an diesem Zeichen mich erkannt? Er sagte: Ja, und der Friede sei mit dir! Ich begann, ihm nun auf die Zunge zu fühlen, und der Brave verriet alles, sein Herr, ein gewisser Pausa, ist der Freigelassene des großen Pausa und schafft auf dem Tiber Steine nach Rom, die von Sklaven und gemieteten Leuten bei Nacht von den Flößen nach den Baustellen geschafft werden, damit tagsüber der Straßenverkehr nicht gehemmt werde. Viele Christen sind dabei beschäftigt, darunter auch der Sohn des Alten; doch weil die Anstrengung über die Kräfte des Jünglings geht, wollte der Vater ihn mit seinen Ersparnissen loskaufen. Pausa aber zog es vor, sowohl Geld als auch den Sklaven zu behalten. So sprechend begann er wieder zu weinen, und ich mischte meine Tränen mit den seinen. Ich fing an zu jammern, daß ich erst vor einigen Tagen aus Neapel eingetroffen, keinen der Brüder kenne, daher auch nicht wisse, wo sie sich zum gemeinsamen Gebet versammelten. Er wunderte sich, daß mir die Christen aus Neapel keine Briefe an die Brüder in Rom mitgegeben hatten, allein ich beteuerte ihm, daß man mir jene unterwegs gestohlen habe. Daraufhin forderte er mich auf, nachts an den Fluß zu kommen, wo er mich mit andern Brüdern bekannt machen wolle, die mich in die Bethäuser und zu den Ältesten der christlichen Gemeinde geleiten würden. Darüber war ich so erfreut, daß ich ihm die zum Loskaufen seines Sohnes nötige Summe in der Erwartung gab, der edle Vinicius werde sie mir doppelt zurückerstatten.«

»Chilon,« unterbrach ihn Petronius, »in deiner Erzählung sieht man die Lüge auf der Oberfläche schwimmen, wie Öl auf dem Wasser; du hast wichtige Nachrichten gebracht, das leugne ich nicht, aber du darfst deine Neuigkeiten nicht mit Lügen unterspicken. Wie heißt der Greis, von dem du erfahren, daß die Christen einander durch das Zeichen des Fisches erkennen?«

»Euricius, Herr. Armer, unglücklicher Greis! Er erinnerte mich an Glaukus, den ich gegen die Mörder verteidigte, und dadurch hat er mich gerührt.«

»Ich glaube gern, daß du ihn kennengelernt hast, aber Geld hast du ihm nicht gegeben. Keine Kupfermünze hast du ihm gegeben!«

»Herr, was könnte deinem Scharfsinn entgehen? Es ist wahr, ich habe ihm das Geld eigentlich noch nicht gegeben. Aber bedenke, wie ich mir durch eine solche Tat die Herzen aller Christen erobern würde.«

Vinicius sprach: »Ich gebe dir einen Knaben mit, der die nötige Summe überbringt. Du aber sagst Euricius, der Knabe sei dein Sklave, und vor dessen Augen zahlst du dem Alten das Geld aus. Doch weil du wichtige Nachrichten gebracht hast, erhältst du eine gleiche Summe für dich. Komm noch heute abend um den Knaben und das Geld.«

»Ein wahrhaftiger Cäsar!« rief Chilon aus. »Gestatte mir, o Herr, heute abend nur um mein Geld zu kommen. Euricius sagte mir, daß schon alle Flöße ausgeladen sind und erst in einigen Tagen andre aus Ostia eintreffen. Der Friede sei mit euch! So verabschieden sich die Christen. Fische fängt man mit der Angel und Christen mit dem Fische. Pax vobiscum! pax! pax! ... pax!«

14.

Seit zwölf Tagen war Petronius mit dem Hofstaat nach Bajae abgereist.

Chilon ließ sich längere Zeit nicht blicken, wodurch Vinicius sehr beunruhigt wurde, obwohl er sich immer wiederholte, wie vorsichtig man mit Nachforschungen zu Werke gehen müsse. Sein heißes Blut und seine gewaltsame Natur empörten sich gegen die Stimme der Vernunft. Mit gebundenen Händen ohnmächtig zu warten, zur Untätigkeit verdammt zu sein, paßte durchaus nicht zu seinem Wesen, wenn er auch, in einen dunklen Sklavenmantel gehüllt, in den Straßen der Stadt umherstreifte, so entdeckte er ebensowenig etwas wie seine Freigelassenen, die doch Männer von Erfahrung waren. Vinicius hatte von früher Jugend an seinen Willen durchzuführen gewußt, und wenn er als Soldat Kriegszucht gelernt hatte, so verlangte er um so mehr von seinen Untergebenen sklavischen Gehorsam und sah in der Flucht Lygias eine Auflehnung, die ihm unerträglich war.

Gegen seine Sklaven war er jetzt geradezu schrecklich und verhängte über sie und sogar über Freigelassene oft die grausamsten Strafen, meist ohne Grund. Sie näherten sich ihm nur noch zitternd und haßerfüllt. Vinicius merkte dies nur zu gut, fühlte seine stets wachsende Vereinsamung und rächte sich erbarmungslos dafür. Nur Chilon gegenüber suchte er sich zu beherrschen, da er in beständiger Angst lebte, der Grieche werde seine Nachforschungen einstellen. Dieser aber wußte seinen Vorteil auszunützen und wurde immer anspruchsvoller. Er versicherte wohl oft, die Angelegenheit werde rasch zu Ende geführt werden, suchte sie aber nur in die Länge zu ziehen und schützte immer neue Schwierigkeiten vor. Er verbarg auch die Tatsache nicht, daß sich die Sache in die Länge ziehen werde, hörte jedoch nicht auf, für den zweifellosen Erfolg zu bürgen.

Endlich nach langen Tagen der Erwartung, tauchte er wieder auf, aber mit so düsterem Gesicht, daß der junge Mann bei seinem Anblick erblaßte und, auf ihn zustürzend, kaum die Worte hervorbrachte: »Ist sie nicht unter den Christen?«

»Doch, o Herr,« entgegnete Chilon, »aber ich habe auch Glaukus unter ihnen gefunden.«

»Wer ist Glaukus?«

»Erinnerst du dich nicht mehr des Greises, Herr, mit welchem ich aus Neapel nach Rom wanderte, und dessen Verteidigung mir zwei Finger kostete? Sein Weib und Kind wurden ihm entrissen, ihm selbst versetzten die Räuber einen Messerstich. Ich verließ ihn sterbend in der Herberge zu Minturnae und beweinte ihn lange! Jetzt habe ich mich überzeugt, daß er noch lebt und der christlichen Gemeinde in Rom angehört.«

Vinicius, der nicht begreifen konnte, um was es sich handle, sah nur, daß dieser Glaukus der Auffindung Lygias im Wege stehe, und sagte, indem er nur mühsam seinen aufsteigenden Zorn unterdrückte: »wenn du ihn schütztest, müßte er dir dankbar sein und dir Hilfe leisten!«

»Ach, edler Tribun! Nicht einmal die Götter sind immer dankbar, geschweige die Menschen! Ja! er sollte mir dankbar sein! Zum Unglück jedoch ist er ein schwachsinniger Greis, dessen Geist durch die Jahre und den Kummer getrübt ist, und so ist er mir nicht nur undankbar, sondern, wie ich von seinen Glaubensgenossen erfuhr, beschuldigt er mich, der Urheber jenes räuberischen Überfalls und die Ursache jenes Unglücks zu sein. Das ist der Lohn für meine beiden Finger.«

»Schurke, ich bin überzeugt, daß es so ist, wie er sagt,« rief Vinicius.

»Dann weißt du mehr als er, Herr,« versetzte Chilon, »denn er setzt nur voraus, daß es so war. Gleichwohl wird er die Christen anrufen, um grausame Rache zu nehmen. Das tut er so gewiß, als die andern ihm dabei helfen werden. Zum Glück weiß er meinen Namen nicht und hat mich in dem Bethaus, wo ich ihn sah, nicht bemerkt.«

»Was liegt mir an allem? Erzähle mir, was du in dem Bethaus gesehen hast.«

»Dich kümmert's freilich nicht, o Herr, mich aber wohl, trage ich doch meine eigene Haut dabei zu Markte. Und da mir viel daran gelegen, daß meine Lehre mich überlebe, entsage ich gern der versprochenen Belohnung, wenn ich nur dadurch mein Leben erhalte.«

Da trat Vinicius mit einem Gesicht, das nichts Gutes weissagte, auf ihn zu und sagte mit halb erstickter Stimme: »Wer sagt dir, daß der Tod durch Glaukus' Hand dir sicherer ist als der von der meinen? Woher weißt du, Hund, ob ich dich nicht gleich jetzt, hier in meinem Garten, einscharren lasse?«

Chilon, der ein Feigling war, blickte auf Vinicius, und im Augenblick verstand er, daß er durch noch ein unbedachtes Wort unrettbar verloren sei.

»Ich werde sie suchen, Herr, und werde sie finden,« rief er rasch. Eine kleine Pause trat ein. Man hörte nur den rasch gehenden Atem des Vinicius, und aus der Ferne tönte der Gesang der im Garten arbeitenden Sklaven.

Erst als der Grieche den jungen Patrizier etwas ruhiger sah, begann er wieder: »Der Tod war mir nahe, und ich blickte ihm mit Ruhe ins Antlitz wie Sokrates. Nein, Herr! Ich sage nicht, daß ich die Suche nach dem Mädchen aufgebe, ich wollte nur sagen, daß diese jetzt mit großen Gefahren für mich verbunden ist.« Hier schwieg er eine Weile, trocknete sich die Tränen und fuhr fort: »Da aber Glaukus lebt, kann ich nur schlecht nach ihr forschen. Bei jedem Schritt kann er mir begegnen, und trifft er mich, dann bin ich verloren, und alle Bemühungen waren umsonst.«

»Was bezweckst du mit deinen Worten? Sprich klar und deutlich?«

»Nun, dieser Glaukus ist ein alter Mann, für ihn wäre der Tod eine Wohltat, eine Erlösung. Darum will ich Glaukus aus dem Wege räumen, denn solange er lebt, ist sowohl mein Leben als meine Unternehmung in steter Gefahr.«

»So dinge Leute, die ihn töten. Ich bezahle sie.«

»Sie werden dein Geld nehmen, Herr, und später das Geheimnis verraten. Und warum willst du deinen ehr-

48

lichen Namen solchen Halunken preisgeben. Mir aber kannst du vertrauen, denn bedenke, es handelt sich, ganz abgesehen von meiner Redlichkeit, noch um zwei andre Dinge: um meine eigene Haut und um die Belohnung, die du mir zugesagt hast.«

»Wieviel brauchst du?«

»Ich brauche tausend Sesterzen, denn ich muß trachten, ehrliche Spitzbuben zu finden, die nicht mit dem Handgeld auf Nimmerwiedersehen verschwinden. Für gute Arbeit – gute Bezahlung! Auch mir täte ein Sümmchen gut, um die Tränen zu trocknen, die ich dem Glaukus nachweinen werde. Die Götter sind meine Zeugen, wie sehr ich ihn liebe! Bekomme ich heute tausend Sesterzen, dann ist seine Seele zwei Tage später im Hades.«

Vinicius versprach ihm die verlangte Summe, wollte aber wissen, wo Chilon inzwischen gewesen sei. Dieser erzählte, daß er in zwei Bethäusern gewesen sei und dort alle Anwesenden, besonders aber die Frauen ins Auge gefaßt habe, ohne eine zu entdecken, die Lygia gleiche. Die Christen hielten ihn für einen der Ihren, seitdem er des Euricius Sohn losgekauft habe. Sie ehrten in ihm einen Menschen, der dem Beispiel ihres »Christus« folge, von ihnen habe er auch erfahren, daß einer ihrer großen Gesetzgeber, ein gewisser Paulus aus Tarsos, auf eine Anklage der Juden hin in Rom in Gefangenschaft sei; diesen kennenzulernen habe er beschlossen. Am meisten aber habe ihn die Nachricht gefreut, daß der höchste Priester der ganzen Sekte, der ein Jünger Christi gewesen sei, und dem dieser die Herrschaft über alle Christen der Welt übertragen habe, demnächst in Rom eintreffen werde. Alle Christen würden ihn natürlich sehen und seine Lehre hören wollen. Große Versammlungen würden stattfinden, bei denen er, Chilon, auch anwesend sein werde, und wohin er auch Vinicius mitnehmen wolle. Dort müßten sie Lygia bestimmt finden. Sobald Glaukus beseitigt sein werde, wäre nicht einmal eine allzu große Gefahr damit verbunden. Die Christen versuchten wohl zuweilen, sich zu rächen, doch im allgemeinen seien sie friedliche Leute.

Chilon erzählte noch, daß er niemals gesehen habe, daß die Christen sich Ausschweifungen ergäben, Quellen und Brunnen vergifteten oder Feinde des Menschengeschlechts seien. Im Gegenteil gebiete ihre Religion den Frieden und das Verzeihen. Vinicius aber erinnerte sich daran, was ihm Pomponia gesagt hatte, als er sie bei Akte traf; mit einer gewissen Freude schenkte er den Worten Chilons Gehör. Diese Freude wurde aber auch wieder teilweise durch ein unklares, beängstigendes Gefühl getrübt. Wie, wenn gerade die für ihn unbegreifliche, in ein undurchdringliches Dunkel gehüllte Verehrung ihres Christus die unüberbrückbare Kluft zwischen ihm und Lygia bildete? Und diese neue Lehre erfüllte ihn mit Zorn, zugleich aber auch mit banger Furcht.

15.

Chilon war es jetzt nur darum zu tun, den bejahrten, aber immerhin noch kräftigen Glaukus aus dem Wege zu schaffen. In dem, was er dem Vinicius erzählt hatte, steckte nur ein Körnchen Wahrheit. Wohl war er seinerzeit mit dem Arzt zusammengetroffen, allein er hatte ihm keine Hilfe gewährt, sondern ihn vielmehr verraten, an Räuber verkauft, ihn seiner Familie, seiner Habe beraubt und ihn dann schnöde seinem Schicksale überlassen. Die Erinnerung an dieses Ereignis ertrug er leicht, denn nicht in einer Herberge, sondern auf freiem Felde, nahe bei Minturnae, hatte er den mit dem Tode ringenden Mann unbarmherzig liegen lassen. Wie erschrak er daher, als er in dem Bethaus seiner gewahr wurde! Jetzt blieb ihm nur die Wahl übrig, sich dem Zorn des Glaukus oder der Verfolgung und der Rache eines mächtigen Patriziers auszusetzen. In Anbetracht dessen schwankte Chilon nicht lange und glaubte, daß es besser sei, einen kleineren als einen größeren Feind zu besitzen. Wenn er deshalb auch aus Feigheit vor einer Bluttat zurückschreckte, hatte er doch den Entschluß gefaßt, den Glaukus durch gedungene Mordgesellen umzubringen.

Es handelte sich nur noch für ihn um die Auswahl der richtigen Leute. Da er größtenteils die Nächte in den Weinschenken, inmitten obdachloser, jeder Ehre barer Menschen verbrachte, konnte es ihm nicht schwer fallen, Leute zu finden, die sich zu jeder Tat bereit erklärten. Es war aber gefährlich, sich mit ihnen einzulassen, denn wenn sie erst Gold bei ihm witterten, dann würden sie sicherlich erpresserisch gegen ihn vorgehen, unter Androhung, ihn den Wachen auszuliefern. Er beschloß nun, unter den Christen seine Werkzeuge zu suchen, und zwar sollte die Angelegenheit so dargestellt werden, daß sie die Aufgabe nicht nur des Gewinnes wegen, sondern aus heiligem Eifer unternehmen sollten.

Chilon begab sich zu diesem Zwecke des Abends zu Euricius, den er sich von ganzer Seele ergeben wußte.

Der Greis hatte, nachdem sein Sohn losgekauft worden war, einen der zahllosen Kramläden in der Nähe des Circus Maximus gemietet, in denen Oliven, Bohnen, Backware und mit Honig versüßtes Wasser an die Besucher des Circus verkauft wurde. Chilon traf ihn und seinen Sohn Quartus zu Hause an, begrüßte beide im Namen Christi und trug ihnen gleich sein Begehren vor. Da er ihnen einen so großen Dienst erwiesen habe, meinte er, dürfe er wohl auf ihren Dank rechnen. Er suche zwei bis drei kräftige Leute, um eine Gefahr abzuwenden, die nicht nur ihm, sondern allen Christen drohe. Er sei freilich fast mittellos, denn er habe ja fast alles gegeben; trotzdem wollte er die Leute bezahlen, wenn sie getreulich ausführten, was er anbefehle.

Euricius und Quartus lauschten den Worten ihres Wohltäters voll demütiger Ergebenheit und versicherten ihm, sie seien selbst bereit, alles zu tun, was er von ihnen verlange; ein so heiliger Mann, wie er, könne sie doch zu keinen Taten verleiten, die nicht mit den Lehren Christi übereinstimmten.

Chilon aber überlegte, daß Euricius ein alter, gebrechlicher Greis, Quartus aber erst sechzehn Jahre sei. Er brauchte erfahrene, kräftige Leute und lehnte deshalb ihr Anerbieten ab.

Da sagte Quartus: »Bei den Handmühlen des Bäckers Demas ist ein Mann von ungewöhnlicher Stärke beschäftigt. Ich habe ihn selbst Steine aufheben gesehen, die vier Leute nicht von der Stelle zu rücken vermochten.« wenn dies ein gottesfürchtiger Mann ist, und er fähig ist, sich für seine Brüder zu opfern, mache mich mit ihm bekannt,« sagte Chilon.

»Er ist ein Christ, Herr,« erwiderte Quartus, »denn beim Demas arbeiten zum Teil Christen. Es sind dort Tag- und Nachtarbeiter; jener gehört zu den Nachtarbeitern. Wenn wir jetzt hingehen, treffen wir sie sicher beim Nachtmahl, und du könntest mit ihm reden. Demas wohnt beim Emporium.«

Chilon war bereit und machte sich mit Quartus sofort auf den Weg. »Ich bin alt,« begann er nach einer Weile, »und leide daher zeitweise an Gedächtnisschwäche. Jawohl! Unser Christus wurde von einem seiner Jünger verraten, allein der Name dieses Verräters ist mir entfallen.«

»Judas, Herr, und hat sich selbst erhängt,« entgegnete Quartus, sich insgeheim darüber wundernd, daß man diesen Namen habe vergessen können.

»Ach ja, Judas! Ich danke dir!« warf Chilon ein.

Eine Zeitlang schritten sie schweigend nebeneinander her und erreichten bald das Emporium, an dem sie vorbeigingen. Schließlich machten sie vor einem hölzernen Gebäude Halt, aus dem das Klappern der Handmühlen drang. Quartus trat ein, während Chilon zurückblieb, da er nicht gern von vielen gesehen werden wollte und in steter Sorge lebte, mit Glaukus zusammenzutreffen.

Ich bin begierig auf diesen Herkules, der als Müllersknecht dient, sagte er bei sich, den hell leuchtenden Mond betrachtend. Ist er ein Gauner und kluger Kopf, wird mich die Sache etwas kosten, ist er aber ein tugendhafter Christ und einfältig, dann macht er alles umsonst, was ich von ihm verlange.

Sein Selbstgespräch wurde durch die Rückkehr des Quartus unterbrochen, der mit einem zweiten Mann aus dem Gebäude trat. Dieser Mann trug eine bei Arbeitern gebräuchliche Tunika, deren Schnitt die rechte Schulter und rechte Brust frei ließ. Chilon atmete befriedigt auf, als er den Ankömmling erblickte; noch nie hatte er solche Schultern und einen solchen Brustkasten gesehen. »Da ist der Bruder, Herr,« sagte Quartus, »den du zu sprechen wünschtest.«

»Der Friede Christi sei mit dir,« ließ sich Chilon vernehmen, »du aber, Quartus, kläre diesen Bruder darüber auf, ob man mir glauben und vertrauen könne, und dann kehre im Namen Gottes zu deinem ehrwürdigen Vater zurück und lasse ihn nicht lange allein.«

»Das ist ein gar heiliger Mann,« sagte Quartus, »der sein ganzes Hab und Gut hergab, um mich, einen ihm ganz Unbekannten, loszukaufen. Unser Herr und Erlöser gebe ihm dafür des Himmels Lohn.«

Der riesige Arbeiter neigte sich über Chilons Hand, als er das hörte, und küßte sie.

»Wie heißest du, Bruder?« fragte der Grieche.

»In der heiligen Taufe erhielt ich den Namen Urban, Vater.«

»Urban, mein Bruder, hast du Zeit, ruhig mit mir zu sprechen?«

»Unsere Arbeit beginnt um Mitternacht, und jetzt wird erst unser Nachtmahl bereitet.«

»Es ist also Zeit genug, an den Fluß zu gehen, wo du mich anhören sollst.«

Sie ließen sich am steinigen Uferrande nieder. Es war still ringsum; man vernahm nur das entfernte Klappern der Handmühlen und das Rauschen des Wassers.

Chilon hatte das Gesicht des Arbeiters betrachtet. Das ist der Richtige! dachte er bei sich. Ein guter, einfältiger Mensch, der ohne Anspruch auf Belohnung den Glaukus töten wird.

Chilon begann nun langsam mit halbunterdrückter Stimme von Christi Tod zu erzählen. Er sprach nicht direkt zu Urban, sondern es war, als suche er sich jenen Tod zu vergegenwärtigen, oder als vertraue er der schlafenden Stadt zu seinen Füßen das Geheimnis dieses Todes an. Darin lag etwas Rührendes, Ergreifendes. Der Arbeiter weinte, und als Chilon zu wehklagen begann, weil sich beim Tode des Erlösers niemand gefunden hatte, der ihn schützte, wenn schon nicht vor der Kreuzigung, so doch wenigstens vor den Beleidigungen der Soldaten und Juden, da ballten sich die Riesenfäuste des Barbaren vor Mitleid und unterdrückter Wut. Die Erwähnung der Todesstunde hatte ihn gerührt; bei dem Gedanken jedoch an die Menge, die des an das Kreuz geschlagenen Lammes spottete, bäumte sich alles in ihm auf, und ein wilder Rachedurst erfüllte ihn. Da fragte Chilon plötzlich: »Urban, du weißt doch, wer Judas war?«

»Ich weiß! Ich weiß! Aber er hat sich ja erhängt!« rief der Arbeiter aus. Und aus seiner Stimme klang es deutlich wie Bedauern, daß sich der Verräter selbst den Tod gegeben und so seinen Händen entschlüpft war.

»Und wenn er sich nicht erhängt hätte,« fuhr Chilon fort, »wäre nicht jeder Christ, der ihn zu Wasser oder zu Lande träfe, verpflichtet, Rache an ihm zu nehmen für die Qualen, für das vergossene Blut, für den Tod des Erlösers?«

»Wer würde dies nicht rächen, Vater!«

»Der Friede sei mit dir, gläubiger Diener des Lammes! Ja, wir müssen die Kränkungen vergeben, die uns zugefügt werden, wer aber wird die Beschimpfungen des Heilands ungestraft lassen? Aber wie die Schlange Schlangen, das Böse Böses und Verrat neuen Verrat züchtet, so ist aus dem giftigen Samen des Judas ein zweiter Verräter entstanden. So wie jener den Juden und römischen Soldaten unseren Erlöser auslieferte, so will dieser, der noch unter uns lebt, den Wölfen seine Schäfchen ausliefern. Wenn niemand dem Verrat zuvorkommt, wenn niemand vor der Zeit der Schlange den Kopf zertritt, dann wartet unser aller sicheres Verderben, und mit uns fällt die Verehrung des Lämmchens dem Untergang anheim.«

Urban war tief beunruhigt, er begriff offenbar nicht ganz, um was es sich handelte.

»Vater,« fragte er schließlich, »was ist das für ein Verräter?«

Chilon ließ das Haupt sinken. Was das für ein Verräter sei? Ein Sohn des Judas, ein Sohn seines Geifers, der sich für einen Christen ausgibt, aber die Bethäuser nur besucht, um die Brüder beim Kaiser anzuklagen. In wenigen Tagen schon sollen die Prätorianer den Befehl erhalten, Greise, Weiber und Kinder gefangenzunehmen und auf den Richtplatz zu führen. Dies alles habe jener zweite Judas auf dem Gewissen. Da sich aber niemand gefunden habe, um den ersten Judas zu strafen, wer solle diesen strafen und die Brüder und die Lehre Christi vor dem Untergang schützen?

Urban, der bisher auf dem steinigen Uferrande gesessen, sprang plötzlich auf und rief: »Ich will es tun, mein Vater!«

Chilon erhob sich gleichfalls; er ließ den Blick auf dem Antlitz des Arbeiters ruhen, das im hellen Mondschein deutlich zu erkennen war, streckte den Arm aus und legte die Hand auf dessen Haupt. »Gehe zu den Christen,« sagte er dann feierlich, »gehe in die Bethäuser und frage die Brüder nach Glaukus, dem Arzt, und töte ihn im Namen Christi.«

»Glaukus!« wiederholte der Arbeiter, um den Namen seinem Gedächtnisse einzuprägen.

»Kennst du ihn?«

»Nein, ich kenne ihn nicht. In Rom sind ja Tausende von Christen! Aber morgen, nachts, versammeln sich alle Brüder und Schwestern im Ostranium, denn der große Apostel Christi ist angekommen, der dort predigen wird, und dort zeigen mir die Brüder sicher Glaukus.«

»Im Ostranium?« fragte Chilon. »Das liegt doch außerhalb der Stadt? Also die Brüder und alle Schwestern? Des Nachts? Außerhalb der Stadt im Ostranium?«

»Ja, Vater. Das ist unser Friedhof, zwischen der Via Salaria und der Via Nomentana. Du wußtest nicht, daß dort der große Apostel lehren wird?«

»Ich war zwei Tage nicht zu Haus, habe also seinen Brief nicht erhalten. – Wo das Ostranium liegt, konnte ich deshalb nicht wissen, weil ich erst vor kurzem aus Korinth, wo ich einer Christengemeinde vorstand, eingetroffen bin. Aber da es so ist, und da Christus dich zur Tat begeistert, so begib dich ins Ostranium, mein Sohn, suche Glaukus unter den Brüdern und erschlage ihn auf dem Heimwege zur Stadt, wofür dir alle Sünden erlassen werden. Und nun, der Friede sei mit dir.«

51

»Vater!«

«Ich höre, Diener des Lammes.«

Auf dem Gesicht des Arbeiters drückte sich eine gewisse Verlegenheit aus. Vor kurzem erst habe er einen Mann, vielleicht zwei erschlagen. Ohne es zu wollen, habe er die beiden getötet, denn Gott strafte ihn mit allzu großer Körperkraft. Jetzt büße er dafür und gedenke stets voll Traurigkeit seiner Sünden. Fortwährend bete er, unzählige Tränen vergieße er. Hier aber handle es sich um die Tötung eines Verräters, und er werde es tun, doch müsse Glaukus zuerst vom Bischof oder Apostel verurteilt werden.

»Glaube mir,« entgegnete Chilon, »der Verräter wird sich dann direkt zu Cäsar begeben, und die Verurteilung kommt zu spät. Aber ich will dir ein Zeichen geben, und zeigst du dieses nach dem Tode des Glaukus dem Bischof und dem großen Apostel, so werden sie deine Tat segnen.«

So redend, zog er ein Goldstück hervor, suchte in seinem Gürtel nach einem Messer, zog damit auf der Münze das Zeichen des Kreuzes und übergab sie dem Arbeiter.

Der Arbeiter nahm das Goldstück, trotzdem ihn stets bei dem Gedanken an den schon begangenen Mord ein Gefühl des Schreckens überkam.

»Mein Vater,« sagte er mit fast flehender stimme, »nimmst du diese Tat auf dein Gewissen und hast du selbst gehört, Glaukus beabsichtige, die Brüder zu verraten?«

Chilon sah ein, daß er Beweise vorbringen, Namen nennen müsse, wenn er nicht in dem Herzen des Riesen Zweifel erwecken wollte, und plötzlich kam ihm ein glücklicher Gedanke. »Höre, Urban,« sagte er, »ich wohne zwar in Korinth, allein Kos ist meine Heimat und hier in Rom unterrichte ich ein Mädchen mit Namen Eunike, das aus meinem Lande stammt, in der Lehre Christi. Sie dient als Faltenlegerin im Hause eines Freundes des Kaisers, eines gewissen Petronius. In dem Hause habe ich gehört, daß Glaukus es unternommen hat, alle Christen auszuliefern und daß er außerdem einem Ohrenbläser des Kaisers, Vinicius, versprochen habe, für ihn unter den Christen ein Mädchen aufzufinden ...«

Hier brach er ab und blickte erstaunt auf den Arbeiter, dessen Augen plötzlich wie die eines Raubtieres funkelten, dessen Züge einen wilden, drohenden Ausdruck annahmen.

»Was ist dir?« fragte er förmlich erschrocken.

»Nichts, mein Vater; morgen töte ich Glaukus.« Der Grieche schwieg; nach einer Weile ergriff er den Arbeiter beim Arm und wendete ihn so, daß das Mondlicht gerade auf dessen Züge fiel, worauf er ihn aufmerksam betrachtete. Offenbar schwankte er, ob er ihn weiter fragen und alles gleich erforschen sollte, oder ob es besser sei, sich mit dem zu begnügen, was er schon wußte und erriet.

Schließlich siegte doch seine angeborene Vorsicht. Er legte die Hand nochmals auf das Haupt des Arbeiters und fragte feierlich und eindringlich: »In der heiligen Taufe gab man dir also den Namen Urban?«

»Ja, Vater.«

»Nun denn, der Friede sei mit dir, Urban.«

16.

Petronius weilte um diese Zeit im Gefolge des Kaisers in Bajae und schrieb von dort, daß er jetzt nach Benevent abreisen würde. Vinicius hatte kaum den Brief zu Ende gelesen, als Chilon sich leise und unangemeldet in das Bibliothekszimmer hineinschlich; die Dienerschaft hatte den Befehl, ihn zu jeder Zeit bei Tag oder bei Nacht einzulassen.

»Möge die Mutter deines erhabenen und großen Vorfahren Äneas,« rief er, »dir gnädig sein, o Herr, wie mir der göttliche Sohn der Maria gnädig war.«

»Und dies bedeutet ... ?« fragte Vinicius, vom Tisch aufspringend, an dem er saß.

Chilon blickte empor und sagte; »Ich hab's!«

Der junge Patrizier befand sich in solcher Aufregung, daß er einige Zeit kein Wort herausbringen konnte.

»Hast du sie gesehen?« fragte er schließlich.

»Nein, Herr. Ein anderer hätte sich wohl dem Lygier zu erkennen gegeben, ich tat es aber nicht, um keinen Verdacht zu erregen, was wohl einen Wechsel des Aufenthaltsortes des Mädchens zur Folge gehabt hätte. Ich, o Herr, begnügte mich damit, zu wissen, daß Ursus in der Nähe des Emporiums bei dem Müller Demas arbeitet. Ferner vermag ich mit Bestimmtheit zu sagen, daß sowohl Ursus als auch Lygia sich in der Stadtbefinden, und weiter bringe ich die Nachricht, daß sie heute wohl sicher im Ostranium sein wird und ...««Im Ostranium? Wo ist das?« unterbrach Vini-

52

cius den Griechen in einer Art, als ob er beabsichtige, sofort dorthin zu eilen.

»Es ist dies ein altes unterirdisches Gewölbe zwischen der Via Salaria und der Via Nomentana. Jener Oberpriester der Christen, den sie offenbar erst später erwartet haben, ist angekommen und wird diese Nacht im Ostranium taufen und lehren. Ursus selbst sagte, es werde heute an jener Grabstätte keine christliche Seele fehlen, und so wird auch unzweifelhaft Lygia dort sein.«

Vinicius, der bis dahin in steter Aufregung gelebt hatte, fühlte nun, da sich seine Hoffnung bald verwirklichen sollte, eine solche Ermattung, wie sie ein Mensch bei Erreichung des Zieles nach einer großen Reise empfindet. Der Grieche nahm dies gleich wahr und beschloß, seinen Nutzen daraus zu ziehen.

»Die Tore sind zwar durch Leute bewacht, Herr,« begann er, »und die Christen müssen das wissen. Allein sie benützen die Tore nicht, da es tausend andere Gelegenheiten gibt, um aus der Stadt zu kommen. Im Ostranium wirst du Lygia finden, und bestimmt ist Ursus da, um Glaukus zu töten. Dort kannst du nun den Ursus von deinen Leuten und schließlich auch Lygia ergreifen lassen. O Herr, gewähre mir nun auch in deiner Großmut die eine Bitte und gib mir jetzt schon einen Teil von dem, was du mir zugedacht hast.«

Vinicius ging an einen auf einem marmornen Untersatz stehenden Goldbehälter, nahm einen Beutel heraus und warf ihn Chilon zu. »Hier sind kleine Münzen,« erklärte er, »sobald Lygia in meinem Hause sein wird, erhältst du einen ebensolchen Beutel mit Goldmünzen.«

»Du bist ein Gott,« rief Chilon.

Vinicius runzelte die Stirn und bemerkte ungeduldig: »Iß und trink in meinem Hause, dann kannst du ruhen. Bei anbrechender Nacht begleitest du mich zum Versammlungsplatz; versuche nicht, mein Haus zu verlassen.« Bei dem Gedanken, daß er heute Lygia ergreifen würde, schwand in Vinicius' Herz aller Groll gegen sie. Auch gegen Ursus war er nicht mehr ergrimmt, er fühlte, daß er jetzt allen vergeben könnte. Nie war es ihm so zum Bewußtsein gekommen, wie sehr er Lygia liebte. Wie die wärmende Sonne im Frühling die Erde erweckt, so erweckte jetzt das freudige Hoffen in ihm ein grenzenloses Sehnen. Weder die Christen der ganzen Welt noch der Kaiser sollten ihm jetzt Lygia entreißen.

Durch das Benehmen des jungen Patriziers kühn gemacht, ließ Chilon seinem Redefluß wieder freien Lauf und gefiel sich in allerlei Ratschlägen. Vinicius stimmte ihm in allem bei, und da er sich auch des Rates, den ihm Petronius in einem Schreiben gegeben hatte, erinnerte, ließ er durch einen seiner Sklaven den Kroton holen.

Mit leichtem Herzen ließ sich Chilon zum Mahle nieder, zu dem ihn der Hüter des Atriums rief, und erzählte während des Essens den Sklaven von der wundertätigen Salbe, die, wenn die Hufe eines Pferdes damit bestrichen werden, unfehlbar zum Siege verhelfe. Er entwickelte einen erstaunlichen Appetit, lobte den Koch und versicherte, daß er sehr gern diesen dem Vinicius abkaufen möchte.

Nach einer ordentlichen Sättigung streckte er sich auf einer Ruhebank aus und legte sich seinen Mantel unter den Kopf.

Bald war er eingeschlafen und erwachte erst wieder bei der Meldung, daß Kroton gekommen sei. Sogleich begab er sich ins Atrium, wo er mit Befriedigung die mächtige Gestalt des Fechtmeisters und früheren Gladiators betrachtete. Kroton verhandelte schon mit Vinicius über die Höhe des Lohnes, den er bekommen sollte.

»Beim Herkules, es ist gut, o Herr, daß du heute nach mir geschickt hast,« erklärte gerade Kroton, »denn morgen breche ich nach Beneventum auf, wohin mich der edle Vatinius berufen hat. Dort soll ich mit Syphax, dem stärksten Neger aus Afrika, ringen. Nun stelle dir vor, o Herr, wie dessen Wirbelknochen in meinen Armen krachen werden, wie ich dessen Kinnbacken mit Faustschlägen bearbeiten werde.«

»Ich zweifle keinen Augenblick daran,« entgegnete Vinicius. »Du wirst dich vortrefflich bewähren,« rief jetzt Chilon. »Ja, ihm die Kinnbacken zerschlagen, das ist eine Idee. Inzwischen aber salbe deinen Leib mit Olivenöl und gürte dich, mein Herkules, denn du wirst es mit einem wahren Kakus zu tun haben. Der Hüter des Mädchens, für das der edle Vinicius so großes Interesse genommen hat, besitzt ungeheure Kräfte.«

»Das ist richtig,« bemerkte Vinicius, »ich sah ihn zwar noch nicht, hörte aber, daß er imstande sei, einen Stier an den Hörnern zu packen und ihn wegzutragen.«

»Ich unternehme es, edler Herr,« sagte Kroton, verächtlich lachend, »mit dieser Hand jeden hinwegzutragen, den du mir bezeichnest, und mich mit der andern Hand gegen sieben solcher Lygier zu verteidigen. Ich bringe dir das Mädchen, selbst wenn alle Christen Roms sich auf mich wie auf einen kalabrischen Wolf stürzten.«

»Gestatte dies nicht, o Herr!« rief Chilon. »Man wird Steine nach uns werfen, und was kann uns dann all seine Kraft nützen?«

»So soll es sein, Kroton,« rief Vinicius, »fünfhundert Sklaven harren auf meine Befehle!«

Darauf bedeutete er beiden, ihn zu verlassen, begab sich in die Bibliothek und schrieb an Petronius:

»Chilon hat Lygia gefunden. Heute abend gehe ich mit ihm und Kroton in das Ostranium und ergreife sie dort oder entführe sie morgen aus ihrem Hause. Mögen dich die Götter mit ihren Gaben überschütten! Lebe wohl, Teuerster! Die Freude läßt mich nicht weiterschreiben.«

Das Rohr beiseite legend, ging er mit raschen Schritten auf und ab, denn bei all der Freude, die seine Seele erfüllte, verzehrte ihn doch eine fieberhafte Unruhe.

Der Eintritt Chilons störte ihn in seinem Nachdenken.

»Herr,« begann der Grieche, »mir ist noch etwas eingefallen. Die Christen haben ihre geheimen Erkennungszeichen, ohne die niemand im Ostranium zugelassen wird. Gestatte, o Herr, daß ich mich zu Euricius begebe und ihn darüber befrage.«

»Du hast recht, edler Weiser,« entgegnete Vinicius heiter, »du bist sehr vorsichtig, dir gebührt das größte Lob; geh zu Euricius, aber zur Sicherheit lasse den Beutel hier, den du von mir erhalten hast.«

Chilon, der sich nur ungern vom Gelde trennte, machte ein verdrießliches Gesicht, allein er gehorchte und machte sich auf den Weg. Von der Carinae nach dem Circus, in dessen Nähe der kleine Laden des Euricius lag, war es nicht sehr weit, und er kehrte noch vor Anbruch des Abends zurück.

»Hier sind die Zeichen, o Herr, ohne welche wir keinen Einlaß bekommen hätten; auch den Weg kenne ich jetzt genau, und Euricius glaubt, ich sei im Auftrag meiner gläubigen Freunde gekommen.«

Als es Abend wurde, ließ Vinicus Kroton und Chilon rufen, und alle drei begannen sich umzukleiden. Sie hüllten sich in gallische Kapuzenmäntel und nahmen jeder eine Laterne. Vinicius bewaffnete sich und seine Genossen mit kurzen, krummen Waffen, und Chilon stülpte eine Perücke über den Schädel, um sich

unkenntlich zu machen. So verwandelt, eilten sie aus dem Hause, um noch vor Toresschluß die Porta Nomentana zu erreichen.

17.

Es dunkelte bereits, als die drei in die Nomentanische Straße einbogen, und da der Mond noch nicht aufgegangen war, hätten sie schwerlich den Weg gefunden, wenn nicht, wie Chilon vorausgesehen hatte, die Christen selbst denselben gewiesen hätten. Rechts, links und vor sich erblickten sie dunkle Gestalten; sie alle schienen behutsam den Sandgruben zuzusteuern. Je mehr der junge Patrizier mit den Gefährten seinem Bestimmungsorte näher kam, desto mehr Leute traf er auf dem Wege. Sein Herz begann heftig zu schlagen, als einige der Vorübergehenden sagten: »Der Friede sei mit euch!« oder: »Gelobt sei Christus!« denn er glaubte Lygias Stimme zu hören, doch sah er sich in seiner Vermutung getäuscht.

Der Weg kam Vinicius sehr lang vor. Die Gegend war ihm wohlbekannt, aber im Finstern fand er sich nicht zurecht. Alle Augenblicke kamen schmale Durchgänge, Mauerüberreste oder Gebäude, deren er sich in der Umgebung der Stadt nicht erinnerte. Endlich zeigte sich der Mond durch das angesammelte Gewölk und erhellte den Weg besser als die matten Laternen. In der Ferne flammte ein Feuerstoß auf.

Die vorsichtige, geheimnisvolle Weise, mit der sich die Glaubensgenossen Lygias versammelten, um den Lehren des großen Apostels zu lauschen, setzte Vinicius in Staunen, so daß er zu Chilon bemerkte: »Wie alle Glaubenslehren, hat auch das Christentum Anhänger unter uns; die Christen aber sind eine jüdische Sekte. Warum versammeln sie sich hier, während die Juden in ihren Tempeln jenseits des Tiber am hellen Tage Opfer darbringen?«

»Nein, Herr, die Juden sind ihre bittersten Feinde. Wie ich hörte, soll es vor der Regierung Neros fast zu einem Kampfe zwischen Juden und Christen gekommen sein, so daß sich der Kaiser Claudius veranlaßt sah, alle Juden auszuweisen. Jetzt ist das Edikt wieder erloschen. Die Christen aber trauen den Juden und der übrigen Bevölkerung nicht, die sie allerlei Verbrechen beschuldigt.«

Sie betraten jetzt eine schmale Sandgrube, welche auf zwei Seiten wie von Wällen eingeschlossen war,

54

über die sich an einer Stelle Wasserleitungsbogen wölbten. Der Mond war inzwischen hinter den Wolken hervorgetreten, und am Ende der Grube erblickte man eine Mauer, von Efeu umrankt, die im Mondschein silbern schimmerte. Hier war das Ostranium.

Des Vinicius Herz pochte.

Beim Tore nahmen zwei Totengräber die Zeichen ab. Vinicius betrat mit seinen Begleitern einen ziemlich ausgedehnten, von allen Seiten mit Mauern umgebenen Raum. Hie und da standen Grabsteine, in der Mitte aber erblickte man das eigentliche Hypogeum, die Krypta, welche in ihrem niederen Teile unter der Oberfläche lag, auf der sich die Grabhügel befanden; vor dem Eingange der Krypta sprudelte ein Springbrunnen. Da in dem Hypogeum offenbar nur eine geringe Anzahl von Personen Platz finden konnte, dachte sich Vinicius sofort, der Apostel werde unter freiem Himmel im Vorhof sprechen, in dem sich schon eine große Menschenmenge angesammelt hatte. So weit das Auge reichte, sah man Laterne an Laterne flimmern, aber es gab auch Leute, die ohne Licht gekommen waren. Nur wenige enthüllten das Haupt; die meisten blieben, sei es aus Furcht vor Verrätern, sei es der Kühle wegen, in ihre Kapuzen gehüllt, und der junge Patrizier dachte voll Besorgnis, daß es ihm bei diesem Gedränge, in dem schwachen Lichtschein, kaum möglich sein werde, Lygia herauszufinden.

Da wurden plötzlich vor der Krypta einige Pechfackeln angezündet und zu einem kleinen Stoß zusammengelegt. Es wurde heller. Die Menge begann zuerst leise, dann immer lauter eine seltsame Hymne zu singen, und dieser Gesang wirkte mächtig auf Vinicius ein: er hatte noch niemals etwas Ähnliches gehört. Es schien ein bestimmtes nächtliches, demütiges Gebet um Rettung in der Wanderschaft und Dunkelheit zu sein. Nachdem der Gesang verstummt war, trat eine solche erwartungsvolle Stille ein, daß Vinicius und seine Gefährten unwillkürlich nach den Sternen blickten, als ob sich dort etwas Ungewöhnliches ereignen müsse, als ob wirklich jemand zu ihnen herabsteigen werde. Noch nie zuvor hatte Vinicius Menschen gesehen, die mit solcher Inbrunst zu ihrer Gottheit flehten, die nicht beteten, um die vorgeschriebenen Gebräuche zu erfüllen, nein, die aus tiefstem Herzen beteten, gleich Kindern, die sich nach Vater und Mutter sehnen. Man hätte blind sein müssen, um nicht zu sehen, daß diese Schar ihren Gott nicht nur verehrte, sondern von ganzer Seele liebte.

Wie sehr auch Vinicius an Lygia dachte, so erregten die wunderbaren, außergewöhnlichen Vorgänge um ihn her doch seine Aufmerksamkeit. Man hatte neuerdings einige Fackeln auf die andern gelegt, deren rötliches Licht die Stätte erhellte und den Laternenglanz verdunkelte. Gleichzeitig trat ein Greis aus dem Hypogeum. Er trug einen Kapuzenmantel, aber sein Haupt war unbedeckt. Er bestieg einen Stein, der vor den brennenden Fackeln lag.

Unter der Menge entstand bei seinem Erscheinen eine Bewegung, und Stimmen in der Nähe des Vinicius flüsterten: »Petrus! Petrus!« Einige knieten nieder, andre streckten die Hände nach ihm aus. Es entstand eine tiefe Stille; man konnte das Herabfallen verkohlter Holzstückchen von den Fackeln hören, das Rollen der Räder auf der entfernten Nomentanischen Straße und das Rauschen des Windes in den wenigen Pinien, die um den Friedhof wuchsen.

Chilon wendete sich zu Vinicius und flüsterte: »Das ist er! Der erste Jünger Christi, ein Fischer.«

Der Greis erhob die Hände und machte das Zeichen des Kreuzes über die Anwesenden, die vor ihm in die Knie fielen. Vinicius und seine Begleiter taten dasselbe, um sich nicht zu verraten, wie einfach und doch wie außergewöhnlich erschien ihm diese greisenhafte Gestalt, deren mächtige Wirkung wohl gerade aus der Einfachheit entsprang! Der ganze Glaube spiegelte sich auf den Zügen dieses einfachen, alten, unermeßlich ehrwürdigen Greises, der aus weiter Ferne gekommen war, um Zeugnis abzulegen für eine Lehre, deren Wahrheit ihn erfüllte. Vinicius aber, der mit aller Gewalt sich dem Zauber zu entziehen versuchte, den der alte Mann auf ihn ausübte, harrte mit fast fieberhafter Spannung darauf, was dieser Jünger des geheimnisvollen Christus verkünden werde, was das für eine Lehre sei, der Lygia und Pomponia Graecina anhingen.

Inzwischen begann Petrus zu sprechen, wie ein Vater, der seine Kinder ermahnt und ihnen Ratschläge erteilt. Er gebot ihnen, Luxus und Vergnügungen zu meiden, Armut und die Wahrheit zu lieben, auf Reinheit der Sitten zu achten, Unrecht und Verfolgung geduldig zu ertragen, der Obrigkeit zu gehorchen, sich nicht des Verrats, der Heuchelei und der Verleumdung schuldig zu machen und nicht nur den Brüdern und Schwestern, sondern auch den Heiden mit gutem Beispiel voranzugehen. Vinicius dünkte jetzt, der Mann verdamme durch das Gebot, auf Reinheit der Sitten zu achten, seine Liebe zu Lygia, und er sagte sich, wenn das junge Mädchen dieser Versammlung beiwohne und diese

55

Lehre vernehme, daß sie ihn als einen Feind der heiligen Lehre betrachten müsse. Bei diesem Gedanken erfaßte ihn neuer Zorn, und er versuchte sich einzureden, daß alle diese Lehren auch von den Zynikern und Stoikern ausgesprochen würden. Aber der Greis sprach weiter. Er beschwor die lauschende Schar, gut, friedfertig, gerecht und sittenrein zu bleiben und nicht nach Reichtümern zu trachten. Er lehrte, daß es sich nicht nur um das «Erdenleben handle, nein, daß sie an das Leben in Christus nach dem Tode denken müßten, an das ewige Leben, dessen Wonne und Seligkeit niemals auf der Erde empfunden werden könne. Und der Apostel erklärte der andächtigen Gemeinde weiter, daß man Tugend und Wahrheit um ihrer selbst willen lieben müsse, denn das Gute, das von Ewigkeit her sei und in Ewigkeit dauern werde, das sei Gott; wer daher die Tugend und das Gute liebe, der liebe auch Gott und werde dadurch ein Kind Gottes. Vinicius konnte dies nicht gut begreifen, allein er hatte schon Pomponia Graecina dem Petronius sagen hören, daß nach dem Glauben der Christen dieser Gott einzig und allmächtig sei. Als er nun auch hörte, dieser Gott sei gut und gerecht, war es kein Wunder, wenn im Vergleich mit diesem Demiurgos die ganze Götterschar: Jupiter, Saturn, Apollo, Juno, Vesta und Venus als eine eitle, Lärm machende Schar erschien. Doch die größte Verwunderung erfaßte den jungen Mann, als er die Worte des Apostels hörte, Gott sei die Liebe, wer daher seine Mitmenschen liebe, der erfülle das göttliche Gebot. Es genüge jedoch nicht, nur seinen eigenen Volksstamm zu lieben, denn der Gottmensch habe sein Blut für alle vergossen und auch unter den Heiden Anhänger gefunden, zum Beispiel den Centurio Cornelius; es genüge auch nicht, die zu lieben, die uns wohltun, denn Christus habe den Juden vergeben, trotzdem sie ihn ans Kreuz schlugen. Die Lehre gebiete auch, denen zu vergeben, die uns kränken, und Böses mit Gutem zu vergelten; nur durch die Liebe allein könne man das Böse bekämpfen.

Vinicius fühlte sich innerlich immer mehr beunruhigt. Er fühlte, wenn er dieser Lehre gerecht werden wollte, müßte er einen Scheiterhaufen errichten und seinen ganzen Menschen darauf verbrennen, und ein ganz anderes Leben müßte er beginnen, wie alle Menschen, die von einer Leidenschaft völlig beherrscht werden, dachte er auch jetzt nur an Lygia, und zum ersten Male, seit er sie bei Aulus und Pomponia gesehen, hatte er die Empfindung: wenn Lygia auf dem Friedhof war, wenn sie diese Lehre bekannte, hörte und fühlte, dann konnte er sie nie gewinnen, auch wenn er

sie fand, seine Unruhe verwandelte sich in stürmischen Zorn gegen die Christen im allgemeinen und gegen den Greis im besonderen. Jener Fischer, den er im ersten Augenblick für einen einfachen alten Mann gehalten hatte, erfüllte ihn jetzt mit Angst.

Ein Totengräber legte unauffällig wieder einige Fackeln auf das Feuer; der Wind hatte aufgehört, in den Pinien zu rauschen, so daß die Flamme als gleichmäßige, schlanke Zunge zu den Sternen am wolkenlosen Himmel emporstieg. Der Greis erzählte nun vom Tode des Erlösers.

Alle hielten den Atem an. Dieser alte Mann war ein Augenzeuge gewesen, und er erzählte wie einer, dem noch jeder Moment gegenwärtig ist, der sich jeder Einzelheit erinnert. Die Anwesenden hatten zwar schon oft vom Martertode des Erlösers sprechen gehört und sie wußten, daß der Trauer Seligkeit gefolgt war; aber den Apostel selbst davon zu hören, machte einen so mächtigen Eindruck, daß sie schluchzend an ihre Brust schlugen. Erst allmählich beruhigten sie sich, als der Wunsch, noch mehr zu hören, den Sieg davontrug. Der Greis schloß die Augen, wie um die fernabliegenden Dinge besser zu sehen, und fuhr fort: »Als wir um den Toten wehklagten, stürzte Maria aus Magdala mit aufgelöstem Haar zu uns herein und rief, sie habe den Herrn gesehen. Des großen Glanzes wegen konnte sie ihn nicht erkennen und dachte, es wäre der Gärtner, er aber sprach: Maria! – Da rief sie aus: Meister! und fiel ihm zu Füßen, er aber hieß sie zu den Jüngern gehen und verschwand. – Die Jünger aber glaubten ihr nicht, und als sie vor Freude weinte, tadelten sie einige, und andere dachten, der Schmerz habe ihr die Sinne verwirrt, denn sie versicherte auch, Engel am Grabe gesehen zu haben. Als aber die Jünger zum zweiten mal dahineilten, fanden sie das Grab leer. Abends kam Kleophas, der mit den andern nach Emmaus gegangen war, und sie kamen zurück, so schnell sie konnten, und riefen: wahrhaftig, wir haben den Herrn gesehen, er ist auferstanden! – Und sie versammelten sich hinter verschlossenen Türen, aus Angst vor den Juden. Da stand er plötzlich unter ihnen, ohne daß sich die Türen bewegt hätten, und als sie erschraken, sprach er: Der Friede sei mit euch.«

»Und ich sah ihn, wie alle ihn sahen, und er war wie das Licht und wie das Glück unserer Herzen, denn wir glaubten jetzt, daß er auferstanden war, – und wir wußten, daß die Meere austrocknen werden und die Berge in Staub zerfallen. Sein Name aber wird nicht vergehen in alle Ewigkeit.«

56

»Und am achten Tage legte Thomas die Finger in seine Wunden und die Hand in seine Seite, dann fiel er ihm zu Füßen und rief: Mein Herr und mein Gott! Dieser aber sprach: Weil du mich gesehen hast, glaubst du. Selig, die nicht sehen und doch glauben! Und wir hörten diese Worte und wir sahen ihn, denn er war in unserer Mitte.«

Vinicius war von diesen Worten eigentümlich berührt. Er vergaß für einen Augenblick, wo er war, er verlor das Gefühl für Wirklichkeit, Maß und Urteil. Er konnte nicht glauben, was der Greis gesagt hatte, und doch fühlte er, daß man blind sein müßte, um zu denken, daß dieser Greis, der versicherte: Ich habe gesehen! – gelogen haben könnte. Es war dem jungen Manne zuweilen, als ob er träume. Doch ringsumher sah er die stille Menge; der brenzlige Geruch der Laternen drang ihm in die Nase; vor ihm flammten die Fackeln, und nebenan stand auf dem Stein ein alter Mann mit zitterndem Kopfe, der, Zeugnis ablegend, immer wiederholte: Ich habe gesehen!

Er berichtete weiter über alles bis zur Himmelfahrt. Manchmal ruhte er aus, denn er erzählte sehr ausführlich, aber man merkte, daß jede kleinste Einzelheit sich in sein Gedächtnis eingegraben hatte wie in einen Stein. Die Zuhörer schlugen die Kapuzen zurück, um keines seiner Worte zu verlieren. Und als der Apostel von der Himmelfahrt redete und erzählte, wie der Erlöser emporgehoben worden sei, wie ihn die Wolken endlich vor den Blicken der Apostel verhüllt hatten: da richteten sich aller Augen unwillkürlich in höchster Erwartung gen Himmel, als ob sie ihn zu sehen hofften, als ob er niedersteigen werde, um zu sehen, wie sein Jünger die ihm anvertrauten Schäflein hüte, und um den Hirten und seine Herde zu segnen.

Für diese ganze Gemeinde gab es in dem Augenblicke kein Rom, keinen wahnwitzigen Kaiser, es gab für sie keine Tempel, keine Götter, keine Heiden, nur einzig und allein Christus, der das Land, das Meer, Himmel und Welt erfüllte.

In den entfernt gelegenen Häusern an der Via Nomentana krähten die Hähne. Mitternacht war nahe. In diesem Augenblick zog Chilon den jungen Patrizier am Mantel und flüsterte ihm zu: »Herr, dort, nicht weit von dem Alten, sehe ich Urban, und neben ihm steht ein Mädchen.«

Vinicius erwachte wie aus einem Schlummer, er schaute in der von dem Griechen bezeichneten Richtung und erblickte Lygia.

18.

Jeder Tropfen Blutes erstarrte in dem jungen Krieger bei ihrem Anblicke. Er vergaß die Menge, den alten Mann, sein eigenes Staunen über das Unbegreifliche, das er vernommen hatte, er sah nur sie! Endlich nach so vieler Mühe, nach so langen Tagen der Angst und Qual hatte er sie gefunden! Zum ersten mal erkannte er, daß auch die Freude gleich einem wilden Tier auf das Herz losstürzen und es zusammenpressen kann, bis das Leben entweicht. Er, der früher angenommen, es sei eine Pflicht des Schicksals, all seine Wünsche zu erfüllen, konnte jetzt kaum seinen Augen trauen, kaum an sein eigenes Glück glauben und fragte sich, ob nicht alles nur ein Traum sei. Doch es war kein Traum; er sah Lygia wirklich, und wenige Schritte trennten ihn von ihr. Sie stand im Lichte, so daß er ihren Anblick ungehindert genießen konnte. Die Haube war von ihrem Haupt gefallen und hatte die Haare lose herabhängen lassen, während die Augen unverwandt auf dem Apostel ruhten. Spannung und Glückseligkeit lagen auf ihrem Antlitz. Gleich einem Mädchen niedriger Klasse war sie in einen wollenen Mantel gekleidet, doch nie zuvor hatte Vinicius sie so schön gefunden. Trotz seiner Erregtheit entging ihm der Adel dieses vornehmen Kopfes nicht, der sich so fremdartig von dem Anzug, der einer Sklavin geziemt hätte, abhob. Er bemerkte auch, daß sie noch schlanker geworden war. Ihre Körperfarbe schien durchscheinend, so daß sie Vinicius wie eine Blume, wie ein Geist vorkam. Doch das erregte sein Verlangen noch mehr, sie zu besitzen, weil sie von allen Weibern, die er in Rom und im Orient gesehen hatte, so unendlich verschieden war, und er war bereit, alle jene samt Rom und der ganzen Welt für diese eine hinzugeben.

So sehr war er im Anschauen Lygias versunken, daß Chilon ihn am Mantel zog, aus Furcht, der junge Krieger könne durch sein Benehmen gefahrbringend für sie werden. Die Christen fingen inzwischen an zu singen und zu beten. Dann taufte der große Apostel mit dem Wasser des Springbrunnens die, welche ihm die Presbyter als vorbereitet zum Empfang der heiligen Taufe zuführten. Vinicius dünkte es, als ob diese Nacht niemals enden wollte.

Endlich traten einige den Heimweg an, Chilon aber flüsterte Vinicius zu: »Herr, laß uns vor das Tor treten, wenn sie hinausgehen, dann folgen wir ihnen, und du kannst das Haus, in das sie hineintreten, umzingeln lassen.«

57

»Nein,« rief Vinicius, »wir folgen ihr sofort ins Haus und entführen sie. Du nimmst ja das auf dich, nicht wahr, Kroton?«

»Ich will es,« sagte der Fechtmeister, »und ich werde dein Sklave sein, wenn ich diesem Büffel, der sie hütet, nicht das Rückgrat breche.«

Doch Chilon riet davon ab und beschwor die beiden bei allen Göttern, nichts dergleichen zu wagen, warum nicht mit Sicherheit handeln? Warum sich dem Tode, warum das ganze Unternehmen dem Mißlingen aussetzen?

Obwohl Vinicius am liebsten Lygia sofort mitten im Ostranium an sich gerissen hätte, sah er ein, daß der Grieche recht habe, und würde ihm vielleicht nachgegeben haben, wäre nicht Kroton gewesen, dem der Lohn die Hauptsache war.

»Befiehl diesem alten Ziegenbock, Herr, zu schweigen,« unterbrach Kroton, »oder gestatte mir, ihn meine Fäuste fühlen zu lassen. Nicht, daß ich beabsichtigte, das Mädchen gleich hier, mitten aus der Menge, zu entführen, denn sie könnten mir Steine vor die Füße werfen, aber in ihrem Hause ergreife ich sie, wenn du willst.«

Vinicius freute sich über die Worte: »Beim Herkules, so soll es geschehen. Morgen könnten wir sie vielleicht nicht zu Hause treffen, und wenn die Christen Verdacht schöpfen, führen sie das Mädchen sicher fort.«

»Dieser Lygier besitzt Riesenkräfte,« stöhnte Chilon.

»Nicht dir befiehlt man, ihm die Hände zu halten,« erwiderte Kroton höhnisch.

Sie mußten lange am Tore warten, und die Hähne verkündeten schon den Tagesanbruch, als sie endlich Ursus mit Lygia aus der Friedhofpforte treten sahen. Einige andere Personen begleiteten sie, Chilon glaubte, den großen Apostel selbst darunter zu erkennen, und ihm zur Seite einen zweiten Greis von bedeutend kleinerem Wuchs, sowie zwei ältere Frauenspersonen und einen Knaben, der eine Laterne trug. Diesem kleinen Häuflein folgte eine Schar von etwa zweihundert Menschen; Vinicius, Chilon und Kroton schlossen sich an.

»Ja, Herr,« sagte Chilon. »Dein Mädchen steht unter mächtigem Schutz. Es ist der große Apostel, der mit ihr geht! Schaue nur, die Leute auf dem Wege knien nieder.«

Es war in der Tat so. Allein Vinicius achtete darauf nicht. Die neue Lehre und Lygia erweckten in ihm einen brennenden Schmerz. Zum ersten mal in seinem Leben war er hier einer Anschauung begegnet, die hoch über allem stand, was bisher sein Dasein ausgefüllt hatte. Immer wieder sah er die Grabesstätte vor sich, die andächtige Gemeinde, Lygia, die mit aller Hingebung den Worten des alten Mannes lauschte, als er von der Leidensgeschichte, von dem Tode und von der Auferstehung des Gottmenschen erzählte, der gekommen war, die Welt zu erlösen. Aber Chilon riß ihn jetzt aus seinen Träumereien. Der Grieche begann mit beredten Worten sein eigenes Los zu beklagen. Mit Lebensgefahr habe er sich der Aufgabe unterzogen, Lygia zu finden, wie könne man daher noch mehr von ihm fordern? Wenn ihm der hohe Herr doch wenigstens den Beutel geben wollte, den er beim Verlassen seines Hauses in den Gurt gesteckt habe! Das sei doch etwas für den Fall der Not, um die Christen zu beeinflussen.

Vinicius hörte dies, zog, ohne lange zu überlegen, den Beutel aus dem Gurt, warf diesen Chilon zwischen die Finger und sagte ungehalten: »Hier hast du und schweig!« Allein Chilon fuhr fort: »O Herr, es wäre eine Kränkung für dich, wenn ich voraussetzte, deine Freigebigkeit könne zu irgendeiner Zeit enden, aber jetzt, da du mich bezahlt hast, möchte ich nicht den Verdacht aufkommen lassen, ich habe nur meinen Vorteil im Auge. Befolge meinen Rat. Wenn du die Zufluchtsstätte der göttlichen Lygia ausgekundschaftet hast, dann entbiete deine Sklaven und eine Sänfte, lasse das Haus umzingeln und das Mädchen entführen.«

Vinicius erteilte keine Antwort, er hatte jetzt nur einen Gedanken. Er beobachtete Lygia, deren schlanke Gestalt in der beginnenden Morgendämmerung wie von Silber umflossen schien. Jetzt waren sie am Tor angelangt. Als der Apostel an den beiden Kriegern, die das Tor bewachten, vorüberging, knieten sie nieder, er aber legte die Hände auf die metallenen Helme und machte das Zeichen des Kreuzes über die beiden. Der junge Patrizier erstaunte, denn noch nie war es ihm in den Sinn gekommen, es könnten auch unter den Soldaten Christen sein.

Eine geraume Zeit dauerte es, ehe sie den Tiber erreichten, und schon ging die Sonne auf. Die kleine Schar, mit der Lygia ging, zerstreute sich immer mehr. Der Apostel, ein altes Weib und der Knabe schritten längs dem Fluß den Berg hinan, während der kleinere Greis, Ursus und Lygia in ein schmales Gäßchen einbogen, um nach ungefähr zweihundert Schritten in dem Tor eines Hauses mit Verkaufsläden für Oliven und Geflügel zu verschwinden.

»Geh,« sagte Vinicius zu Chilon, »und sieh nach, ob das Haus keinen zweiten Ausgang hat.«

Chilon sprang so rasch davon, als ob ihm plötzlich Flügel an den Knöcheln gewachsen wären, und kehrte sehr bald wieder zurück. »Nein,« sagte er, »es gibt nur einen Ausgang.« Dann faltete er aber die Hände. »Bei allen Göttern beschwöre ich dich, Herr, laß dein Vorhaben fallen ... Höre mich ...«

Doch plötzlich brach er ab, als er das erblaßte Gesicht des Vinicius sah, während seine Augen wie die Lichter eines Wolfes funkelten. Kroton versorgte seinen Brustkasten mit Luft und wiegte sein mit der Kapuze bedecktes Haupt wie ein gefangener Bär im Käfig. »Ich gehe voran!« rief er.

»Nein, du gehst hinter mir,« entgegnete Vinicius in befehlendem Tone.

Im nächsten Augenblick waren beide im dunklen Vorderhaus verschwunden.

Chilon lief bis zur Ecke des nächsten Gäßchens und blickte hinter einer Ecke hervor, der Dinge harrend, die da kommen sollten.

Erst als Vinicius im Vorhaus war, erkannte er die ganze Schwierigkeit seines Unternehmens. Das Haus war groß und mehrstöckig, eines jener Häuser, wie man deren Tausende in Rom zu Mietzwecken baute, und häufig so rasch und schlecht, daß fast kein Jahr verging, ohne daß mehrere über den Köpfen der Bewohner einstürzten. Es waren Häuser wie Bienenstöcke, hoch und schmal, in denen armes Volk in Kämmerchen und Stübchen dicht aneinandergedrängt hauste.

Vinicius und Kroton gelangten durch ein gangartiges Vorhaus in ein schmales, auf allen Seiten verbautes Höfchen, das eine Art Atrium für das ganze Haus sein sollte. An allen Wänden liefen außen Stiegen in die Höhe, teils von Stein, teils von Holz, die zu den offenen Gängen emporführten, von denen man in die Wohnräume gelangte.

Auch zu ebener Erde waren Wohnungen, entweder mit Holztüren versehen oder auch vom Vorhofe nur durch wollene, größtenteils ausgefranste und zerrissene oder geflickte Vorhänge abgeschlossen.

Ehe noch Vinicius und Kroton weiter überlegen konnten, was sie nun anfangen sollten, bewegte sich einer der Vorhänge, ein Mann mit einem Sieb in der Hand trat hervor und näherte sich dem Springbrunnen.

Der junge Mann erkannte auf den ersten Blick Ursus. »Der Lygier!« flüsterte er.

»Soll ich ihm gleich die Knochen zerschlagen?«

»Warte!«

Ursus bemerkte die beiden nicht, weil sie im Dunkel des Vorhauses standen, und wusch Gemüse in einem Sieb. Offenbar wollte er nach der im Ostranium verbrachten Nacht ein Mahl zubereiten. Als er fertig war, nahm er das nasse Sieb und verschwand bald wieder hinter dem Vorhang. Kroton und Vinicius folgten ihm in der Meinung, in Lygias Wohnung zu gelangen. Aber wie groß war ihr Erstaunen, als sie bemerkten, daß der Vorhang vom Hofe nicht eine Wohnung, sondern einen zweiten dunklen Gang abschloß, an dessen Ende ein kleines Gärtchen mit Zypressen und Myrtensträuchern sichtbar wurde, im Hintergrund aber ein kleines Haus, das an die Feuermauer eines anderen Hauses gleichsam angeklebt schien.

Beide erkannten augenblicklich, daß die Abgelegenheit dieses Häuschens ihr Unternehmen begünstigte. Ihr Plan war rasch gefaßt. Sie wollten sich zuerst des Lygiers entledigen und dann mit Lygia die Straße zu gewinnen suchen. Dort war es ein Leichtes für sie, weiterzukommen.

Ursus wollte eben das Häuschen betreten, als ein Geräusch von Tritten seine Aufmerksamkeit erregte. Er blieb stehen, legte, als er zwei Männer erblickte, das Sieb auf einen Säulenrand und wendete sich zu ihnen.

»Was sucht ihr da?« fragte er.

»Dich,« versetzte Vinicius.

Und zu Kroton gewendet, sagte er schnell und leise: »Töte ihn!« Wie ein Tiger stürzte Kroton vorwärts, und ehe der Lygier noch zur Besinnung gelangen und die Feinde erkennen konnte, umfing er ihn mit seinen stählernen Armen.

Vinicius war von Krotons außerordentlicher Stärke zu überzeugt, um das Ende des Kampfes abzuwarten; er ließ die beiden stehen und lief auf das Häuschen zu, dessen Tür er aufstieß, worauf er sich in einer ziemlich dunklen, durch das Feuer am Kamin erleuchteten Stube befand. Der Widerschein der Flammen fiel gerade auf Lygias Antlitz. Am Herde saß ein alter Mann, offenbar jener Greis, der mit Lygia und Ursus den Weg aus dem Ostranium zurückgelegt hatte.

Vinicius stürzte so plötzlich in das Zimmer, daß er, ehe Lygia ihn noch erkennen konnte, sie schon um die Mitte gefaßt hatte und, sie hoch emporhebend, mit ihr zur Tür lief. Der Greis suchte ihm freilich den Weg zu versperren, doch Vinicius drückte das Mädchen mit einem Arme fest an sich und mit der anderen ihn zur Seite. Die Kapuze glitt ihm vom Kopfe, und beim Anblick dieser wohlbekannten, in diesem Augenblick so fürchterlichen Züge stockte Lygias Blut vor Entsetzen, und die Stimme erstarb ihr in der Kehle. Sie wollte um Hilfe rufen und konnte nicht. Ebenso vergeblich haschte sie nach dem Türrahmen, um Widerstand zu leisten. Ihre Finger glitten an den Steinen ab, und sie hätte die Besinnung verloren, wenn nicht ein gräßliches Bild ihren Blick gefesselt hätte, als Vinicius mit ihr in den Garten stürmte.

Hier stand Ursus und hielt auf seinen Armen einen Mann, dessen Rückgrat gebrochen war, dessen Kopf leblos herabhing, aus dessen Munde Blut rann. Kaum aber erblickte er Vinicius mit Lygia, so ließ er noch einmal seine Faust auf den blutenden Kopf niederfallen, um dann wie ein rasendes Tier auf den jungen Römer loszustürzen.

Jetzt kommt dein Tod! dachte Vinicius. Wie im Traum hörte er nur noch Lygias Schrei: »Töte ihn nicht!« Er fühlte nur noch etwas wie einen Blitzstrahl durch seine Arme fahren; die Erde schien sich um ihn zu drehen, dann wurde es dunkel vor seinen Augen.

###

Chilon harrte hinter dem Mauervorsprung voll Ungeduld, vor Ursus ängstigte er sich nicht mehr, denn auch er war fest überzeugt, Kroton habe ihn unschädlich gemacht. Und, so berechnete er weiter, sollte ein Auflauf in den bisher menschenleeren Straßen entstehen, sollten Christen oder anderes Volk Widerstand leisten, so wollte er, Chilon, als eine Obrigkeit, als ein Beamter des Cäsar auftreten und nötigenfalls die Wachen für den jungen Patrizier um Hilfe anrufen; dies würde ihm selbst neue Gunst erwerben.

Während er noch so überlegte, sah er plötzlich, wie jemand vorsichtig in die Tür trat und nach allen seiten Umschau hielt. Das konnte nur Vinicius oder Kroton sein.

Aber plötzlich erschrak Chilon, und die wenigen Haare, die er noch auf dem Haupt hatte, sträubten sich ihm. Unter dem Tore stand Ursus mit dem toten Fechtmeister auf dem Arme, schaute nochmals prüfend umher und eilte dann die völlig leere Straße entlang, dem Fluß zu. Chilon drückte sich zähneklappernd gegen die Mauer, so daß er kaum sichtbar war.

»Ich muß suchen, ihm außer Sehweite zu kommen,« sagte er sich und rannte mit einer Schnelligkeit davon, um die ihn der jüngste Mann hätte beneiden können. »Sobald er mich erblickt, tötet er mich. Rette mich, o Zeus, rette mich, o Apollo, rette mich, Hermes, zwei Kalbinnen verspreche ich dir, rette mich, du Gott der Christen! Ich verlasse Rom, ich kehre nach Mesembrien zurück, nur rette mich vor diesem Ungeheuer.«

Und jener Lygier, der Kroton getötet, erschien ihm in diesem Augenblicke wie ein übermenschliches Wesen, als irgendein Gott, der die Gestalt eines Barbaren angenommen. Auf einmal glaubte er an alle Götter der Welt und an alle Fabeln, über die er sonst gespottet hatte. Es fiel ihm ein, der Gott der Christen könnte Kroton getötet haben, und seine Haare sträubten sich abermals bei dem Gedanken, daß er mit solcher Macht im Streite liege. Erst nachdem er durch viele Gassen geeilt war und von ferne einige Arbeiter auf sich zukommen sah, wurde er etwas ruhiger. Kaum mehr fähig zu atmen, setzte er sich auf die Schwelle eines Hauses und wischte sich mit dem Ende seines Mantels die schweißbedeckte Stirn ab.

»O ihr Götter,« dachte er. »Dieser Lygier könnte sich, wenn er ein Mensch ist, in einem Jahre Millionen von Sesterzen erwerben; denn wer kann dem widerstehen, der Kroton erwürgt wie einen jungen Hund? Für jedes Auftreten in der Arena würde man ihm soviel Gold geben, als er selbst wiegt. Aber was soll ich jetzt tun? Etwas Schreckliches ist geschehen. Wenn er die Knochen eines Mannes wie Kroton zerbrochen, dann stöhnt ohne Zweifel auch die Seele des Vinicius über jenem verwünschten Hause und harrt der Beerdigung. Aber Vinicius ist ein Patrizier, ein Freund des Cäsar, ein Verwandter des Petronius, ein Kriegstribun, ein Mann, den ganz Rom kennt. Sein Tod kann nicht ungestraft bleiben. Wenn ich ins Lager der Prätorianer oder etwa zu den Wachen der Stadt ginge?«

Hier hielt er inne und begann nachzusinnen.

»Weh mir! Wer anders führte ihn zu jenem Hause als ich? Seine Freigelassenen und Sklaven sahen mich in seinem Palast, viele von ihnen wissen auch den Zweck meines Verweilens dort, sie werden mich als die letzte Ursache seines Todes bezeichnen, und ich werde in keinem Falle der Strafe entgehen; verlasse ich aber Rom, so setze ich mich noch größerem Verdacht aus.«

Plötzlich stieg in Chilon der Gedanke auf, daß die Christen sicherlich nicht wagen würden, einen so mächtigen Mann, einen Freund des Kaisers, einen hohen militärischen Beamten zu töten; denn durch eine solche Tat würden sie sich eine allgemeine Verfolgung zuziehen. Wahrscheinlich hielten sie ihn durch eine überlegene Kraft gefangen, bis Lygia ein zweites Mal verborgen wäre. Dieser Gedanke belebte Chilons Hoffnungen aufs neue.

»Wenn dieser lygische Drache ihn nicht beim ersten Angriff schon in Stücke zerrissen hat, so lebt er und wird dann selber meine Unschuld bestätigen. Ich kann einen von Vinicius Freigelassenen, der seinen Herrn sucht, von der Sache unterrichten; er mag zum Präfekten gehen, ich tue es nicht. Ich habe Lygia gefunden, jetzt werde ich Vinicius entdecken und auch Lygia wieder auf die Spur kommen.«

Zunächst bedurfte er der Erfrischung eines Bades und der Ruhe. Der Gang zum Ostranium, die schlaflose Nacht, die Flucht vom Stadtteil jenseits des Tiber hatten ihn todmüde gemacht.

Eins tröstete ihn: er hatte zwei Börsen bei sich; die eine, die ihm Vinicius zu Hause gegeben, die andere, die er ihm auf dem Wege von der Begräbnisstätte zugeworfen hatte. Diese ermöglichten ihm, nach der überstandenen Aufregung reichlich zu essen und besseren Wein zu trinken als gewöhnlich.

Das tat er denn auch, als endlich die Weinschenken geöffnet wurden, so daß er darüber selbst des Bades vergaß. Er wünschte zu schlafen, und von Müdigkeit überwältigt, wankte er seinem Hause an der Subura zu. Eine Sklavin, von Vinicius' Geld gekauft, erwartete ihn.

In sein Schlafzimmer eingetreten, das an Dunkelheit der Höhle eines Fuchses glich, warf er sich auf sein Lager und schlief alsbald ein. Erst des Abends erwachte er oder wurde vielmehr von der Sklavin geweckt, denn es hatte jemand einer dringenden Sache wegen nach ihm gefragt.

Chilon kam sofort zu sich: er warf hastig einen Mantel um, hieß die Sklavin beiseite treten und blickte vorsichtig hinaus. Der Schrecken machte ihn starr, denn vor der Tür des Schlafzimmers stand die riesige Gestalt des Ursus. Kopf und Füße wurden ihm bei diesem Anblick eiskalt, das Herz in seiner Brust hörte auf zu schlagen, und Schauer überliefen seinen Rücken.

Anfangs war er unfähig zu sprechen, dann aber sagte oder vielmehr stöhnte er unter Zähneklappern:

»Syra, ich bin nicht zu Hause, ich kenne den guten Mann nicht!«

»Ich sagte ihm, du wärest da, schliefest aber,« antwortete das Mädchen; »er ersuchte mich, dich zu wecken.«

Aber Ursus wurde ungeduldig, näherte sich der Tür des Schlafzimmers und rief, den Kopf hineinbeugend: »O Chilon Chilonides!«

»Pax tecum, pax! pax!« antwortete Chilon. »O bester aller Christen! Ja, ich bin Chilon, aber das ist ein Irrtum – ich kenne dich nicht!«

»Chilon Chilonides,« entgegnete Ursus, »dein Herr, Vinicius, läßt dich zu sich rufen.«

19.

Über einen empfindlichen Schmerz erwachte Vinicius. Im ersten Augenblick fand er sich nicht zurecht; sein Kopf summte, und es lag wie Nebel vor seinen Augen. Doch allmählich kehrte die Besinnung wieder, und er erblickte endlich durch den Nebelschleier die Gestalten dreier um ihn beschäftigter Männer. Zwei von ihnen kannte er, es waren Ursus und jener Greis, den er weggestoßen hatte, als er Lygia hinaustrug. Der dritte, ein Unbekannter hielt seinen linken Arm und betastete ihn vom Ellbogen bis zum Schulterblatt, was ihm große Schmerzen verursachte. In der Meinung, man wolle sich an ihm rächen, stieß er durch die Zähne hervor: »Tötet mich!«

Doch die Männer schienen seine Worte nicht zu beachten. Ursus hielt lange Streifen weißes Leinen in der Hand.

Der Alte sagte eben zu dem Manne, welcher den Arm des Vinicius befühlte: »Glaukus, weißt du auch genau, daß die Kopfwunde nicht tödlich ist?« »Die Kopfwunde ist leicht, ehrwürdiger Crispus,« erwiderte Glaukus. »Zur Zeit, da ich noch als Sklave bei der Flotte diente, und später, da ich in Neapel wohnte, heilte ich viele Wunden, und mit dem Gelde, das mir diese Beschäftigung eintrug, kaufte ich mich und die Meinen frei. Als dieser Mann« – hierbei blickte er auf Ursus – »dem Jüngling das Mädchen wieder entriß und ihn an die Mauer drückte, suchte er sich offenbar mit dem Arme zu schützen: dadurch brach er ihn zwar, bewahrte sich aber vor einer tödlichen Wunde.«

»Du hast schon manchen von den Brüdern gepflegt,« erwiderte Crispus, »deshalb habe ich auch gleich Ursus um dich geschickt.« »Ursus, der mir unterwegs bekannte, daß er gestern mich töten sollte.«

»Diese Absicht gestand er mir früher; ich aber, der ich dich und deine Liebe zu Christus kenne, erklärte ihm, daß nicht du der Verräter bist, sondern jener Unbekannte, der ihn zu einem Morde überreden wollte.«

»Ich hielt ihn für einen Engel, aber er ist ein böser Geist,« bemerkte Ursus seufzend.

»Das kannst du mir später erzählen,« sagte Glaukus, »jetzt müssen wir an den Verwundeten denken.« Er neigte sich abermals über Vinicius, um dessen Arm einzurichten, wobei der Kranke in Ohnmacht fiel. Erst nachdem Glaukus mit seinen Hantierungen fertig war, erwachte er und erblickte Lygia.

Sie stand dicht an seinem Lager und hielt einen kleinen kupfernen, mit Wasser gefüllten Eimer, in welchen Glaukus von Zeit zu Zeit einen Schwamm tauchte, womit er ihm den Kopf netzte, Vinicius traute seinen Augen nicht. Ihn dünkte, er träume oder das Fieber zaubere ihm diese herrliche Vision vor; erst nach einer Weile vermochte er zu flüstern: »Lygia!«

Bei dem Tone seiner Stimme bebte das Eimerchen in ihrer Hand; aber sie wandte ihm die traurigen Augen zu. »Der Friede sei mit dir!« erwiderte sie leise.

So stand sie vor ihm, Mitleid und Kummer auf den Zügen. »Lygia,« sagte er leise, »du wolltest nicht, daß man mich töte.« »Möge dir Gott die Gesundheit wiedergeben,« sagte sie sanft. Vinicius, der nicht wußte, daß vielleicht nur die christliche Lehre sie so zu ihm sprechen ließ, fühlte, daß in ihrer Antwort eine besondere Zärtlichkeit lag. Er wurde schwach vor Rührung und Schmerz.

Glaukus kühlte die Kopfwunde mit einer heilenden Salbe, während Lygia dem Kranken eine Schale mit verdünntem Wein an die Lippen führte. Er trank gierig, worauf er große Erleichterung fühlte. Seit der Verband angelegt war, hatten die Schmerzen nachgelassen; das Bewußtsein kehrte allmählich wieder.

Crispus näherte sich jetzt dem Lager und sagte: »Vinicius, Gott gestattete dir nicht, eine schlimme Tat zu begehen, aber er erhielt dich am Leben, damit du in dich gehst Der, in dessen Hand der Mensch nur Staub ist, ließ dich wehrlos in unsere Hände fallen, aber Christus, an den wir glauben, befiehlt uns, auch unsere Feinde zu lieben. Wir haben deine Wunden verbunden und wollen Gott um deine baldige Genesung bitten, aber wir können nicht länger über dich wachen. Verhalte dich ruhig und denke nach, ob es sich für dich geziemt, Lygia noch länger zu verfolgen. Lygia, welche du schon ihrer Beschützer und des Obdachs beraubt hast – und auch uns, die wir Böses mit Gutem vergelten?«

»Wollt ihr mich verlassen?« fragte Vinicius.

»Wir müssen ein anderes Obdach suchen. Da deine rechte Hand gesund ist, so nimm Täfelchen und Griffel und schreibe deinen Dienern, daß sie dich heute abend mit der Sänfte abholen.«

Vinicius erbleichte, denn er sah, daß man ihn von Lygia trennen wollte und wenn er sie jetzt verlor, war alles aus. Er marterte seinen Geist, um ein Mittel zu finden, Lygia und ihre Beschützer zurückzuhalten. Endlich sprach er: »Hört mich, Christen! Gestern war ich mit euch im Ostranium und hörte eure Lehren vernommen, aber selbst wenn ich nie etwas davon gehört hätte, würden mich eure Taten doch davon überzeugen, daß ihr gute und redliche Menschen seid. Aber man kann mich heute nicht fortbringen, mein Arm ist krank, und ich werde mich nicht von der Stelle rühren, außer ihr schleppt mich mit Gewalt fort.«

»Herr,« sagte Crispus, »niemand wird Gewalt gegen dich anwenden, nur wir müssen eine andere Zufluchtsstätte suchen.« Der junge Mann, der so gar nicht gewohnt war, Widerstand zu begegnen, runzelte die Stirne und sagte: »So laßt mich doch zu Ende reden. Nach Kroton, den Ursus erwürgt hat, wird niemand fragen. Alle glauben, er sei nach Beneventum abgereist. Und wenn der Chilon schon den Präfekten benachrichtigt hat, dann erkläre ich diesem, ich hätte Kroton getötet und er sei es, der mir den Arm zerschmettert habe. Beim Schatten meines Vaters und meiner Mutter, das will ich tun. Deshalb könnt ihr ruhig bleiben, kein Haar soll euch gekrümmt werden. Aber, nicht wahr, ihr fürchtet, ich könnte meine Sklaven rufen, um Lygia zu entführen? Ist dem so?«

»Ja!« erwiderte Crispus streng.

»So bedenke doch, daß ich vor euch mit Chilon sprechen und den Brief schreiben werde, in dem ich meine Abreise ankündige, und daß ich später keine anderen Boten mehr haben kann als euch. Bedenke das und reize mich nicht länger.« Sein Antlitz verzog sich wie im Krampfe, und er sprach lebhaft: »Höre mich! Wenn Lygia nicht bleibt, so reiße ich mir mit der gesunden Hand den Verband ab und nehme weder Speise noch Trank – mein Tod aber komme über dich und deine Brüder. Warum hast du mich gepflegt? Warum hießest du mich nicht töten?«

Lygia, die im Nebenzimmer das ganze Gespräch angehört hatte und überzeugt war, daß Vinicius auch ausführen werde, was er voraussagte, erschrak über seine Worte. Seinen Tod wollte sie um nichts in der Welt. Sie hatte ihn gefürchtet, solange er stark und mächtig war, jetzt aber, da er schwach und krank lag, erweckte er ihr Mitleid. Sie hatte so oft für ihn gebetet in der Hoffnung, ihn für Christus zu gewinnen und seine Seele zu retten. Und ihr dünkte, der geeignete Augenblick sei gekommen, ihr Gebet sei erhört worden.

Mit begeistertem Antlitz näherte sie sich darum Crispus, und als ob eine andere Stimme aus ihr spräche, sagte sie: »Crispus, laß ihn bleiben, und wir wollen ihn nicht verlassen, bis Christus ihn wieder gesund gemacht hat.«

Der alte Presbyter liebte es, überall Gottes Eingebung zu erkennen, und dachte beim Anblick der begeisterten Jungfrau, vielleicht rede eine höhere Macht aus ihr. Ehrfürchtig beugte er sein greises Haupt und sagte: »Es geschehe, wie du sagst.« Auf Vinicius, der die Augen nie von ihr abgewendet hatte, machte Crispus' Gehorsam tiefen Eindruck. Lygia kam ihm unter den Christen als eine Art Sybille oder Priesterin vor, der man Gehorsam und Ehrerbietung erwies. Auch er empfand Ehrfurcht vor ihr. Zur Liebe gesellte sich eine Art Scheu, die ihm seine Liebe beinahe als Anmaßung erscheinen ließ. Doch konnte er sich nicht mit dem Gedanken vertraut machen, daß sein Verhältnis zu ihr ein anderes sei, daß nicht sie von ihm, sondern er von ihr abhänge; daß er krank, gebrochen hier liege und aufgehört habe, die angreifende, siegende Macht zu sein, und daß er wie ein hilfloses Kind auf ihre Pflege angewiesen sei. Seiner stolzen Natur wäre ein solches Verhältnis zu jeder anderen Person demütigend vorgekommen; ihr aber war er dankbar als seiner Königin.

Er war im tiefsten glücklich und konnte ihr nur mit den Augen danken. Diese aber leuchteten vor Freude darüber, daß er in ihrer Nähe weilen und sie sehen durfte, morgen, übermorgen, vielleicht für lange Zeit. Zu seiner Wonne gesellte sich bald eine Furcht, zu verlieren, was er schon gewonnen glaubte. So groß war sie, daß, als Lygia ihm abermals zu trinken gab und der Wunsch in ihm aufstieg, ihre Hand zu fassen, er sich nicht getraute.

20.

Aber Vinicius fürchtete auch, daß äußere Gewalt seine Freude zerstören könnte. Chilon konnte dem Stadtpräfekten oder seinen Freigelassenen sein Verschwinden anzeigen, und in diesem Falle war der Angriff gegen dieses Haus durch die Stadtwache sehr leicht möglich. Es fiel ihm zwar ein, daß er dann Lygia ergreifen und mit sich nehmen könnte, doch fühlte er zugleich, daß er einer solchen Handlungsweise nicht mehr fähig sei. In einem Ausbruch von Ärger und im Vollbesitz seiner Kraft wäre er vielleicht hierzu fähig gewesen; jetzt aber war er krank und weich gestimmt. Er fürchtete nur, es möchte sich jemand zwischen ihn und Lygia stellen.

Staunend gewahrte er, daß von dem Augenblick an, wo Lygia seine Partei ergriff, weder sie noch Crispus irgendeine Zusicherung seines Schutzes verlangten, gerade als ob sie für den Fall der Not auf die Hilfe einer übernatürlichen Macht vertrauten.

Vinicius, in dessen Geist seit der Rede des Apostels im Ostranium die Begriffe vom Möglichen und Unmöglichen verwirrt und unsicher geworden, war selber geneigt, daran zu glauben. Als er aber die Dinge nüchtern betrachtete, erinnerte er sich an den Griechen und verlangte nach Chilon.

Crispus stimmte bei und beschloß den Ursus zu senden. Vinicius bezeichnete dem Lygier den Weg und die Wohnung. Ursus kannte Chilon nicht. Er hatte ihn erst einmal bei Nacht gesehen. Zudem war jener sichere und dreiste Mann, der Ursus hatte überreden wollen, Glaukus zu töten, dem vom Schrecken jetzt doppelt gebeugten Griechen so unähnlich, daß niemand in diesen beiden dieselbe Person vermutet hätte. Als darum Chilon bemerkte, daß Ursus ihn für einen Fremden hielt, atmete er erleichtert auf. Der Anblick der von Vinicius überbrachten Täfelchen beruhigte ihn noch mehr, denn er wußte nun, daß die Christen Vinicius nicht getötet hatten.

Vinicius wird mich beschützen, dachte er, dem Tode wird er mich nicht überliefern!

Er warf einen anderen Mantel um und zog die weite Kapuze über den Kopf, aus Furcht, Ursus werde seine Züge bei heller Beleuchtung erkennen.

»Wohin führst du mich?« fragte er unterwegs.

»Jenseits des Tiber.«

63

»Ich bin noch nicht lange in Rom und war noch nicht dort, aber sicher leben auch dort Leute, welche die Tugend lieben.«

Doch Ursus, der ein naiver Mensch war, und Vinicius sagen gehört hatte, daß der Grieche mit ihm am Friedhof im Ostranium gewesen sei und hierauf gesehen habe, wie er mit Kroton unter dem Haustor verschwand, hielt den Schritt an und sprach: »Lüge nicht, Alter, du warst heute mit Vinicius im Ostranium und unter unserem Tore.«

»Ach,« sagte Chilon, »euer Haus steht also jenseits des Tiber? Ich bin noch nicht lange in Rom und weiß nicht recht, wie die verschiedenen Stadtteile heißen. Ganz richtig, mein Freund; Ich war vor eurem Tor und flehte Vinicius im Namen der Tugend an, nicht einzutreten. Ich war auch im Ostranium, und weißt du warum? Seit langer Zeit arbeite ich nämlich an des Vinicius Bekehrung und wollte daher, daß er den ältesten der Apostel höre. Möge doch Licht in seine Seele dringen und in deine! Du bist doch ein Christ und wünschest, daß die Wahrheit über die Falschheit den Sieg davontrage?«

»Ja!« antwortete Ursus demütig.

Neuer Mut beseelte Chilon. »Vinicius ist ein mächtiger Herr,« sagte er, »und ein Freund des Kaisers. Er gehorcht leider noch oft den Eingebungen des bösen Geistes, aber würde ihm auch nur ein Haar seines Hauptes gekrümmt, so würde der Kaiser dies an allen Christen rächen.«

»Eine höhere Macht waltet über uns.«

»Ganz richtig! Aber was gedenkt ihr mit Vinicius anzufangen?« fragte Chilon weiter.

»Ich weiß nicht, Christus befiehlt uns, barmherzig zu sein.«

»Das ist recht so! Gedenke stets dessen, sonst wirst du in der Hölle braten, wie eine Wurst in der Pfanne.«

Ursus seufzte, und Chilon dachte bei sich, daß er mit diesem Menschen, der im ersten Aufbrausen so fürchterlich sein konnte, immer werde machen können, was er wollte.

Von dem Wunsche getrieben, über das Vorgefallene Näheres zu erfahren, fragte er in strengem Tone: »Was habt ihr mit Kroton gemacht? Rede und halte dich streng an die Wahrheit!« Ursus seufzte zum zweiten mal: »Vinicius wird es dir sagen.« »Das heißt, daß du ihn mit dem Messer erstochen oder mit einer Keule erschlagen hast?«

»Ich war unbewaffnet.«

Der Grieche konnte sich der Verwunderung über die unmenschliche Kraft des Barbaren nicht enthalten.

»Daß dich Pluto –! Das heißt, ich wollte sagen, daß dir doch Christus verzeihen möge! Ich werde dich nicht verraten, aber hüte dich vor den Wachen.«

»Ich fürchte Christus und nicht die Wachen.«

»Und mit Recht. Es gibt keine schwerere Sünde als den Mord. Ich will für dich beten, du mußt aber auch noch das Gelübde tun, nie im Leben mehr an einen Menschen Hand anzulegen.« »Ich habe nicht absichtlich getötet,« erwiderte Ursus.

Aber Chilon, der stets für sein eigenes Leben zitterte, ließ es sich noch weiter angelegen sein, dem Lygier den Mord zu verekeln und ihn zur Ablegung eines Gelübdes aufzumuntern. In solchem Zwiegespräch legten sie den weiten Weg zurück und standen endlich vor dem Hause. Chilons Herz fing an, unruhig zu schlagen. Es kam ihm vor, als ob Ursus ihn mit einem lüsternen Blick messe.

Als sie dann durch den Flur und den Vorhof in den Korridor gelangten, der zu dem Hintergärtchen führte, drangen Töne eines Gesanges an sein Ohr.

»Was ist das?« fragte er.

»Du behauptest, ein Christ zu sein und weißt nicht, daß wir vor und nach jedem Mahle unseren Erlöser mit unseren Gesängen verehren?« erwiderte Ursus.

»Führe mich direkt zu Vinicius.«

»Vinicius ist in derselben Stube, wo die anderen sind, nebenan sind unsere Cubicula.«

Sie traten ein. In dem Raum war es dunkel; es war ein bewölkter Winterabend, und die Flammen einiger Lämpchen erhellten die Dämmerung nur unvollständig, Vinicius erriet mehr die Gestalt Chilons in dem weiten Kapuzenmantel, als er ihn erkannte. Der Grieche aber, das Lager in der Ecke und darauf Vinicius wahrnehmend, stürzte auf ihn zu, ohne die übrigen zu beachten, wie wenn er die Überzeugung hege, daß er bei ihm am sichersten sei.

»O Herr! Warum folgtest du nicht meinem Ratschlag!« rief er, die Hände faltend.

»Schweige,« sagte Vinicius, »und höre!«

Er sah Chilon scharf in die Augen und sprach langsam und eindringlich, als wolle er jedes Wort als Befehl aufgefaßt wissen und es für immer dem Gedächtnisse Chilons einprägen:

64

»Kroton warf sich auf mich, um mich zu ermorden und zu berauben, verstanden? Ich erschlug ihn, und diese Leute hier verbanden die Wunden, die ich im Kampfe mit ihm davontrug.«

Chilon hatte sofort begriffen, was Vinicius wollte, verdrehte die Augen und rief: »Das war ein abgefeimter Gauner, Herr! Ich habe dich gewarnt, ihm zu trauen!«

»Hätte ich nicht den Dolch bei mir gehabt, so wäre ich von ihm erschlagen worden,« fügte Vinicius hinzu.

»Ich segne den Moment, da ich dir riet, wenigstens ein Messer mitzunehmen.«

Vinicius warf einen forschenden Blick auf den Griechen und fragte: »Was hast du heute gemacht?«

»Ich stand gerade im Begriff, dich aufzusuchen, als jener gute Mann zu mir kam, um mich zu dir zu führen.«

»Da hast du ein Täfelchen. Damit begibst du dich in mein Haus, suchst meinen Freigelassenen auf und übergibst es ihm. Es steht darauf, ich sei nach Beneventum gereist. Mündlich kannst du Demas sagen, ich sei heute früh dahin abgereist, infolge eines dringenden Briefes des Petronius.«

»Ja, Herr, du bist abgereist. Heute früh habe ich doch bei der Porta Capena Abschied von dir genommen, und seit deiner Abreise fühle ich eine solche Sehnsucht nach dir, daß ich, wenn deine Großmut diese nicht stillt, es noch mein Tod sein wird.«

Vinicius konnte sich trotz seiner Krankheit eines Lächelns nicht erwehren. Auch war er froh, daß Chilon ihn sogleich verstand, und sagte daher: »Ich will also dazu schreiben, daß man deine Tränen trockne. Reiche mir ein Lämpchen.«

Chilon, vollkommen beruhigt, näherte sich mit eiligen Schritten dem Kamin und holte eine der brennenden Lampen.

Doch als ihm bei dieser Bewegung die Kapuze vom Kopfe glitt und das Licht auf sein Gesicht fiel, sprang Glaukus plötzlich von der Bank auf und stand, sich rasch ihm nähernd, im nächsten Augenblick vor ihm.

»Erkennst du mich nicht, Kephas?« fragte er.

In dem Tone seiner Stimme lag etwas so Schreckliches, daß alle Anwesenden zusammenschauerten.

Chilon hob das Lämpchen empor und ließ es sofort wieder zur Erde fallen, dann sank er in sich zusammen und stöhnte: »Ich bin es nicht, ich bin es nicht! Barmherzigkeit!«

Glaukus aber wendete sich zu den anderen, die beim Nachtmahl saßen, und rief: »Das ist der Mann, welcher mich und meine Familie verkaufte und ins Verderben stürzte.«

Für Ursus war dieser Augenblick im Verein mit den Worten des Glaukus wie ein Blitzstrahl in tiefer Dunkelheit. Chilon erkennend, war er mit einem Sprung bei ihm. Er packte ihn bei den Armen, bog diese zurück und rief: »Dieser ist es, der mir eingeredet hat, ich müsse Glaukus ermorden.«

»Barmherzigkeit!« stöhnte Chilon. »Herr!« rief er, den Kopf zu Vinicius wendend, »rette mich! Dir habe ich vertraut, so nimm dich meiner an ... Deinen Brief liefere ich ab ... Herr! Herr!«

Doch Vinicius, der den Vorgang gleichgültiger als alle anderen mit ansah, weil sein Herz kein Mitleid kannte, sagte: »Vergrabt ihn im Garten! Den Brief kann ein anderer besorgen.«

Diese Worte klangen Chilon wie sein Todesurteil in den Ohren. Seine Knochen zitterten unter den gewaltigen Händen des Ursus, Tränen des Schmerzes traten in seine Augen. »Bei eurem Gott! Barmherzigkeit!« rief er. »Ich bin ein Christ! – Pax vobiscum! Glaukus, das muß ein Irrtum sein. Macht mich zum Sklaven, aber tötet mich nicht! Habt Erbarmen!«

Während seine vor Schmerz erstickte Stimme immer schwächer wurde, erhob sich der Apostel Petrus von seinem Sitze, schüttelte einen Augenblick sein greises Haupt, das er auf die Brust gesenkt hatte, schlug die Augen auf und sagte laut, während ringsum eine tiefe Stille herrschte: »So aber sprach zu uns der Erlöser: So dein Bruder an dir sündigt, strafe ihn; wenn er bereut, vergib ihm. Und wenn er siebenmal des Tages an dir sündigen würde und siebenmal des Tages wiederkäme zu dir und spräche: es reut mich, so solltest du ihm vergeben!«

Es war noch stiller ringsum geworden. Glaukus stand lange Zeit da, das Antlitz in den Händen verborgen, dann ließ er diese sinken und sprach: »Kephas, möge dir Gott ebenso verzeihen, wie ich dir im Namen Christi verzeihe.«

Ursus aber ließ Chilons Arme los und sagte: »Möge mir der Erlöser ebenso barmherzig sein, wie ich dir vergebe!«

Chilon fiel zu Boden, und sich mit den Händen stützend, drehte er den Kopf wie eine in der Schlinge gefangene Bestie, um zu sehen, von welcher Seite der Tod komme. Kaum traute er seinen Augen und Ohren und wagte nicht, Vergebung zu hoffen. Seine blauen Lippen bebten vor Schrecken; langsam kehrte sein Bewußtsein wieder.

»Geh in Frieden!« sagte indes der Apostel.

Chilon erhob sich, konnte aber nicht sprechen. Er näherte sich dem Lager des Vinicius, als wollte er dort Schutz suchen; denn er hatte noch nicht Zeit gehabt, daran zu denken, daß dieser Mann, obwohl er seine Dienste benützt hatte, ihn verdammte, während jene, gegen die sie gerichtet waren, vergaben. Voller Staunen und Angst wünschte er, sich von diesen unbegreiflichen Leuten so schnell wie möglich zu entfernen, darum sagte er mit gebrochener Stimme zu Vinicius: »Gib den Brief her, Herr, gib den Brief her!«

Indem er Vinicius die dargereichte Tafel entriß, machte er den Christen eine Kniebeuge, eine zweite dem kranken Manne und eilte, an der Wand sich vorbeidrängend, zur Tür hinaus. In der Dunkelheit des Gartens befiel ihn eine neue Furcht, wieder sträubte sich sein Haar; denn er hielt es für gewiß, daß Ursus hinausstürzen und im Schutze der Nacht ihn töten würde. Mit dem Aufgebot all seiner Kräfte wäre er gern davongesprungen, aber seine Beine waren zu schwach dazu; im folgenden Augenblick versagten sie ihm geradezu den Dienst, denn Ursus stand neben ihm.

Chilon fiel mit dem Angesicht zur Erde und begann zu stöhnen: »Ursus, im Namen Christi –«

Aber Ursus sagte: »Fürchte nichts! Der Apostel befahl, dich über das Tor hinauszubegleiten, weil du dich sonst verirren konntest, und dich heimzuführen, falls dir die Kräfte mangelten.«

»Was sagst du da?« fragte Chilon, das Angesicht erhebend. »Wie, du willst mich nicht töten?«

»Nein, und wenn ich dich zu grob angefaßt und dir wehgetan habe, so verzeih mir!«

»Hilf mir aufstehen!« sagte der Grieche. »Du wirst mich nicht töten, du wirst es gewiß nicht? Bringe mich auf die Straße, dann gehe ich allein weiter!«

Ursus hob ihn auf, als wäre Chilon eine Feder, und stellte ihn auf die Füße; darauf führte er ihn durch den dunklen Gang zum zweiten Hofe und durch den Eingang nach der Straße. Im Korridor sagte sich Chilon immer wieder: Jetzt ist es um mich geschehen! Erst als er sich auf der Straße befand, erholte er sich und sprach zu Ursus: »Ich kann allein weitergehen.«

»Friede sei mit dir!«

»Und mit dir! Und mit dir! Laß mich Atem holen!«

Nachdem Ursus gegangen war, atmete er mehrmals tief auf. Er befühlte Brust und Hüften, als wollte er sich überzeugen, daß er noch lebe, und beschleunigte dann seine Schritte.

»Aber warum töteten sie mich nicht?«

Und trotz seinem Gespräch mit Euricius über die christliche Lehre, trotz seiner Unterredung mit Ursus am Fluß trotz allem, was er im Ostranium gehört hatte, konnte er sich diese Frage nicht beantworten.

21.

Auch Vinicius war aus dem Vorgefallenen nicht klug geworden, das Verfahren der Christen Chilon gegenüber überstieg sein ganzes Begriffsvermögen. Immer wieder fragte er sich: Weshalb haben sie den Griechen nicht getötet? Sie hätten es doch ungestraft tun können. Er wäre von Ursus im Garten vergraben oder in den Tiber versenkt worden, der in jener Zeit der nächtlichen vom Kaiser begangenen Verbrechen so häufig des Morgens Leichname ans Land warf, daß niemand fragte, woher sie kamen. Dabei machte es einen tiefen Eindruck auf ihn, daß die Gesichter aller Anwesenden von tiefinnerer Befriedigung strahlten, und er blickte verständnislos von einem zum anderen. Der Apostel trat jetzt zu Glaukus, legte seine Hand auf dessen Haupt und sprach: »Christus hat in dir gesiegt!«

Glaukus aber blickte empor, vertrauensvoll und heiter, als ströme ein großes, unerwartetes Glück auf ihn hernieder. Dann sah Vinicius mit innerlicher Empörung, daß Lygia ihre königlichen Lippen auf die Hand des Mannes preßte, der wie ein Sklave aussah, und es war ihm, als sei die ganze Weltordnung umgestoßen. Jetzt kehrte Ursus zurück und erzählte, wie er Chilon auf die Straße hinausgeführt und wegen der ihm möglicherweise zugefügten Verletzung um Verzeihung gebeten habe, wofür der Apostel auch ihn segnete, und Crispus erklärte, dies sei der Tag des Sieges. Als Vinicius von diesem Siege vernahm, ging ihm der Gedankenfaden völlig aus.

Doch als Lygia ihm nach einer Weile abermals einen kühlen Trunk reichte, hielt er ihre Hand für einen Augenblick fest und fragte: »Hast du mir vergeben?«

»Wir sind Christen. Es ist uns nicht gestattet, Groll im Herzen zu tragen.«

»Lygia!« sagte er hierauf, »wer auch immer dein Gott sein mag, ich will ihm hundert Rinder opfern, nur weil er der deine ist.« Sie aber antwortete: »Du wirst ihn verehren, wenn du ihn lieben gelernt haben wirst.«

»Nur darum, weil er der deine ist,« wiederholte Vinicius mit schwächerer Stimme.

Er schloß die Lider, von neuer Ohnmacht übermannt.

Lygia ging hinaus, kehrte jedoch bald wieder und beugte sich über ihn, um zu sehen, ob er schlafe, Vinicius fühlte ihre Nähe und öffnete lächelnd die Augen. Sie legte die Hand sanft auf seine Lider, um ihn zum Schlafen zu bringen. Ein wonniges Gefühl durchzuckte ihn; bald aber verschlimmerte sich sein Zustand. Die Nacht war gekommen und mit ihr ein heftiges Fieber. Schlaflos folgte er jeder Bewegung Lygias.

Die Lampe brannte trübe, man konnte aber doch alle Gegenstände im Zimmer erkennen. Die Christen saßen am Feuer und wärmten sich. In der Mitte saß der Apostel; vor seinen Knien befand sich Lygia auf einem Schemel. Um sie herum waren Glaukus, Crispus und Miriam. Zu äußerst saß auf der einen Seite Ursus, auf der anderen Miriams Sohn, Nazarius, ein hübscher Knabe mit dunklem, langem, über die Schultern herabfallendem Haar.

Lygias Blicke hingen an den Lippen des Apostels. Aller Antlitz war gegen diesen gewandt, während er leisen Tones von Christus erzählte. Er schilderte die Gefangennahme des Erlösers. »Es kam eine Rotte mit Dienern des Hohenpriesters, um ihn zu fangen. Auf die Frage des Heilands: wen sucht Ihr? antworteten sie: Jesus von Nazareth! Doch als er zu ihnen sprach: Ich bin Jesus von Nazareth! fielen sie zu Boden und wagten nicht, Hand an ihn zu legen. Erst nach der zweiten Frage nahmen sie ihn gefangen.«

Hier hielt der Apostel inne, streckte die Hand aus gegen das Feuer und fuhr fort: »Die Nacht war kalt, gleich dieser, dennoch kochte mein Blut. Ich zog mein Schwert, um ihn zu schützen, und hieb einem Diener des Hohenpriesters ein Ohr ab. Ich würde den Meister bis aufs Blut verteidigt haben. Er aber sprach: stecke dein Schwert in die Scheide. Soll ich den Kelch nicht trinken, den mein Vater mir gereicht hat? Darauf ergriffen und banden sie ihn.«

Als Petrus bis hierher berichtet hatte, legte er die Hand vor die Augen und schwieg, wie um dem Ansturm seiner Erinnerungen Halt zu gebieten. Ursus jedoch konnte sich nicht beherrschen. Er sprang auf und schürte das Feuer, bis die Funken wie ein Goldregen stoben und die Flamme hoch aufschoß; dann setzte er sich wieder und sagte: »Sei es, wie es wolle, ich ...«

Er sprach nicht weiter, denn Lygia hatte den Finger vor den Mund gelegt. Sein keuchender Atem verriet den Sturm, der in ihm tobte. Wäre er in jener Nacht mit dabei gewesen, in Splitter wären die Söldner und Diener des Hohenpriesters geflogen. Tränen traten Ursus in die Augen. Sein innerer Kampf war schwer. Denn hätte er dem Heiland geholfen, dann wäre er ihm zugleich ungehorsam geworden und hätte die Erlösung der Menschheit verhindert.

Vinicius war in einen von fieberhaften Träumen erfüllten Halbschlummer versunken. Als er erwachte, sah er den hellen Schein des Kaminfeuers, vor dem jetzt niemand mehr saß. Olivenholz verbrannte langsam unter der Asche. Pinienspäne, die offenbar kurz zuvor ins Feuer gelegt wurden, loderten empor in heller Flamme, in deren Scheine Vinicius Lygia nicht weit von seinem Lager entfernt sitzend erblickte.

Ihr Anblick rührte ihn tief. Er erinnerte sich daran, daß sie die vorige Nacht im Ostranium zugebracht und den ganzen Tag hindurch sich seiner Pflege gewidmet hatte. Und jetzt, wo alle ruhten, blieb sie wach. Ihre gesenkten Lider und ihre ganze Haltung zeigten deutlich, wie ermüdet sie war. Vinicius konnte nicht unterscheiden, ob sie schlafe oder in Gedanken versunken sei. Er betrachtete ihr Profil, die im Schoß liegenden Hände, und in seinem heidnischen Geiste dämmerte die Erkenntnis auf, daß neben körperlicher, selbstbewußter Schönheit es noch eine andere, unverwelkliche, reine, keusche Schönheit gebe, in der eine Seele ihren Wohnsitz habe.

Er brachte es nicht über sich, dies christliche Schönheit zu nennen; dennoch konnte er Lygia nicht ohne die Religion sich denken, die sie bekannte. Er sagte sich, wenn sie, nachdem alle zur Ruhe gegangen, allein bei ihm wachte, sie, die er verfolgt hatte, so konnte nur ihr Glaube sie dazu bewogen haben. Neue, ihm bisher fremde Empfindungen erwachten in seiner Seele, so daß er über sich selber erstaunte.

Sie schlug die Augen auf, sah, daß sein Blick auf ihr ruhte, und näherte sich seinem Lager. »Ich bin bei dir.«

»Ich sah im Traum deine Seele,« erwiderte er.

22.

Als Vinicius kräftiger wurde, zeigte sich Lygia seltener an seinem Krankenlager. Eine gewisse Unruhe kam über sie. Wenn sie sah, wie die Blicke des Kranken flehend an ihren Zügen hingen, wenn sie sah, wie er auf ein Wort aus ihrem Munde wartete, wie auf eine Erlösung, dann erfüllte tiefes Mitleid ihr Herz. Je mehr sie ihn mied, desto inniger dauerte er sie, desto wärmer wurden die Empfindungen, die sich in ihr für ihn regten. Sie mußte sich eingestehen, daß er ihr immer teurer wurde, und daß es sie Überwindung kostete, ihm fernzubleiben. Eines Tages gewahrte sie Tränenspuren an seinen Wimpern, und die Lust kam sie an, sie mit ihren Küssen zu trocknen. Über sich selbst erschrocken und von Selbstverachtung erfüllt, brachte sie die folgende Nacht schlaflos zu.

Manchmal empfand sie auch den Wunsch, mit ihm über sein zukünftiges Leben zu sprechen, und eines Abends begann sie ihm zu erzählen, daß nur der christliche Glaube wahres Glück verleihen könne. Vinicius aber, der mit der Zeit kräftiger geworden war, richtete sich auf seinem gesunden Arm empor und legte plötzlich sein Haupt auf ihre Knie. »Du bist das Glück und das Leben!« rief er. Da versagte ihr der Atem, und ein Wonneschauer durchrieselte sie. Sie neigte sich über ihn, so daß ihre Lippen sein Haar berührten, und so verweilten sie eine Weile glückselig in der Liebe versunken, die eines zu dem anderen drängte.

Endlich raffte sich Lygia auf und eilte davon. Ihre Pulse flogen, ihr Kopf schwindelte. Dieser Vorgang war der letzte Tropfen, der den schäumenden Kelch zum Überfließen brachte. Vinicius ahnte nicht, wie teuer er diesen süßen Augenblick werde bezahlen müssen. Nach einer in heißem Gebete, in glühenden Tränen verbrachten Nacht rief Lygia Crispus in die efeuumrankte Laube und enthüllte ihm dort ihren Seelenzustand. Flehentlich bat sie, man möge ihr erlauben, Miriams Haus zu verlassen, da sie sich selber nicht mehr traue und die Liebe zu Vinicius nicht mehr aus dem Herzen reißen könne.

Crispus, ein alter, strenger Mann, fand nicht allein keine Worte der Vergebung für diese Liebe, die ihm sündhaft schien, sein Herz schwoll vor Entrüstung bei dem bloßen Gedanken, Lygia, die reine Lilie, hege eine irdische Liebe.

»Geh hin und flehe zu Gott, daß er dir deine Schuld verzeihe,« sagte er düster. »Gott starb für dich am Kreuze, und du öffnest dein Herz der Lust und hast einen Sohn der Finsternis liebgewonnen. Möge dir Gott verzeihen, aber ich, der ich dich für eine Auserwählte hielt...«

Er hielt inne, denn er gewahrte, daß sie nicht mehr allein waren. Zwei Männer hatten sich der Laube genähert, deren einer der Apostel Petrus war.

Der Gefährte des Apostels warf nun den Mantel zurück, so daß sein kahlköpfiges Haupt sichtbar wurde. Crispus betrachtete aufmerksam das hagere Gesicht des Mannes, die geröteten Augenlider, die gebogene Nase, die unschönen und doch geistvollen Züge, und er zweifelte nicht mehr, daß er Paulus von Tarsos vor sich habe.

Lygia war in die Knie gesunken, sie schmiegte ihr gequältes Köpfchen in die Mantelfalten des Apostels und weinte schweigend.

Petrus jedoch sagte: »Der Friede sei mit euch.« Und als er das Kind zu seinen Füßen liegen sah, fragte er, was geschehen sei. Crispus erzählte nun alles, was Lygia ihm offenbart hatte, und daß diese junge Seele, die er gehofft hatte, rein wie eine Träne zu erhalten, in irdischer Liebe zu einem sündhaften Manne entbrannt sei.

»Crispus,« sagte der große Apostel, »weißt du nicht, daß unser geliebter Meister auf der Hochzeit zu Kana war und die Liebe zwischen Mann und Weib segnete?«

Crispus ließ die Hände sinken, keiner Erwiderung fähig. Lygia aber schmiegte sich schluchzend noch dichter an Petrus; sie fühlte, daß sie hier nicht umsonst Zuflucht gesucht habe.

Da hob Petrus ihr tränenüberströmtes Antlitz zu sich empor und sprach: »Meide ihn, so lange sein Auge sich der Wahrheit verschließt, daß er dich nicht auf Abwege führe. Aber bete für ihn und wisse, daß deine Liebe keine Sünde ist. Und gräme dich nicht, denn ich sage dir, die Gnade des Erlösers hat dich nicht verlassen und Tage der Freude werden noch für dich kommen!« Dann legte er beide Hände auf ihr gesenktes Haupt und segnete sie.

23.

Als Vinicius aus dem jenseits des Tiber gelegenen Hause nach der Carinae in seine prächtige Villa zurückgekehrt war, empfand er in den ersten Tagen ein gewisses Behagen über seine schöne Umgebung. Dies währte indessen nicht lange. Alles, was ihm bisher das Leben angenehm gemacht hatte, beachtete er kaum mehr, es verlor jedes Interesse für ihn.

Die fortwährende Einsamkeit wurde ihm mit der Zeit unerträglich. Alle die, mit denen er sonst verkehrte, befanden sich mit Nero in Beneventum. So saß er allein in seinem großen Hause, den Kopf voll schwerer Gedanken, das Herz voll Empfindungen, über die er sich keine Rechenschaft zu geben vermochte. Um sich etwas zu zerstreuen, beschloß er, an Petronius zu schreiben.

»Du willst, daß ich ausführlich schreibe, doch weiß ich nicht, ob ich dies bei meinem Zustande werde tun können. Du weißt von meinem Aufenthalt bei den Christen, von dem neuen Verschwinden Lygias. Es sind das Menschen, wie sie die Welt bisher noch nicht gesehen hat, und ihre Lehre ist bis jetzt noch nicht gelehrt worden. Etwas anderes vermag ich dir nicht zu sagen. Glaube mir, wenn ich mit meinem zerschmetterten Arme in meinem eigenen Hause gelegen hätte, so hätte ich wohl größere Bequemlichkeit gehabt, aber kaum so sorgfältige Pflege; meine Schwester, mein Weib hätte mich kaum zärtlicher pflegen können, als es Lygia tat.

Sie hinterließ mir ein Kreuz, das sie aus Buchsbaumzweigen zusammengebunden hatte. Beim Erwachen fand ich es neben mir auf meinem Lager, und so oft ich es jetzt ansehe, überkommt mich eine tiefe Ehrfurcht, als ob ich vor etwas Göttlichem stände. Ist dies Zauberei, ist dies Liebe? Mir wurde die Seele verwandelt durch Lygia und ihre wunderbare Lehre.

Als ich von den Christen in mein Haus zurückkehrte, erwartete man mich gar nicht; man glaubte mich in Beneventum. Die größte Unordnung herrschte. Nicht ein Sklave war nüchtern, und die meisten Sklavinnen waren betrunken; sie feierten ein ausgelassenes Fest im Triklinium. Entsetzt warfen sie sich auf die Knie. Im ersten Augenblick wollte ich nach Ruten und glühenden Eisen rufen, aber dann ergriff mich Scham und ein tiefes Mitleid mit diesen bedauernswerten Menschen. Es sind noch alte Sklaven darunter, die noch mein Großvater in den Zeiten unter Augustus vom Rheine brachte. Ich verzieh meinen Sklaven, und desto williger sind sie jetzt. Paulus von Tarsos sagte mir nämlich an dem Tage, als ich die Christen verließ: Die Liebe ist ein festeres Band als die Strenge.

Ich bin zu der Überzeugung gekommen, daß ich Lygia nie so liebe, wie ich sie liebe, wenn sie so wäre, wie Nigidia, wie Poppäa, wie Crispinilla. Die Hoffnung, sie noch einmal wiederzusehen, ist alles, was mich erfüllt. Ich weiß, daß ich Lygia nahe bin, daß ich durch den Arzt Glaukus, der mir seinen Besuch zugesagt hat, und durch Paulus von Tarsos von Zeit zu Zeit von ihr hören werde. Ich würde Rom nicht verlassen, selbst wenn mir die Herrschaft über Ägypten angeboten werden sollte. Zum Schluß wisse noch, daß ich dem Bildhauer befahl, für Gulo ein Grabmal zu machen. Ich weiß nicht weshalb, aber so oft ich jetzt an ihn denke, empfinde ich Reue und mache mir Vorwürfe. Du wirst wohl über mich staunen, aber ich schreibe die Wahrheit. Lebe wohl!«

Vinicius erhielt keine Antwort. Petronius schrieb nicht, da er voraussetzte, der Kaiser werde bald die Rückkehr nach Rom befehlen. Tatsächlich verbreitete sich auch dieses Gerücht in der Stadt und erregte unter dem Volke, das sich nach Schaustellungen und nach Verteilung von Korn und Oliven sehnte, große Freude. Der Kaiser hatte sich mit seinem Hofstaate an dem Vorgebirge Misenum eingeschifft, legte jedoch an allen Küstenstädten an, teils um auszuruhen, teils um im Theater aufzutreten.

Während dieser Zeit lebte Vinicius einsam in seinem Hause, dachte an Lygia und überdachte die Erlebnisse, die auf ihn eingestürmt waren und ganz neue Ideen in ihm erweckt hatten. Nur den Glaukus sah er zeitweise, dessen Besuch ihm stets willkommen war, da er mit ihm über Lygia sprechen konnte. Der Arzt wußte zwar den neuen Zufluchtsort nicht, allein er versicherte, sie stehe unter der Obhut der Ältesten, die wie Väter über sie wachten.

Vinicius gelangte zu der Überzeugung, daß er Lygia nicht mehr aus seinem Herzen zu reißen vermöge, daß der Gedanke an sie ihn bei allen seinen Taten, bei guten wie schlechten, beeinflusse. Bitterkeit, Unzufriedenheit ergriffen ihn. Schließlich verlor er jede Lebensfreude und verfiel in eine Apathie, aus der ihn selbst nicht die Nachricht von der Ankunft des Kaisers aufzurütteln vermochte. –

24.

Nero kam in mißmutiger Stimmung nach Rom zurück und wäre am liebsten sofort nach Griechenland abgereist. Doch nachdem er in dem Tempel der Vesta von einer plötzlichen Ohnmacht befallen worden war, änderte er seine Entschlüsse und ließ dem Volke verkünden, daß er angesichts der betrübten Mienen der

Bürger beschlossen habe, bei ihnen zu bleiben und ihre Freuden und Leiden zu teilen, wie ein Vater, der seine Kinder liebe.

Tigellinus wollte Nero für den Aufschub seiner Reise nach Griechenland entschädigen, alle übertreffen, die je Nero bewirtet hatten, und beweisen, daß keiner wie er es verstünde, Feste zu geben. Zu diesem Zwecke hatte er schon in Neapel und später in Beneventum Vorbereitungen getroffen und aus den fernsten Ländern Raubtiere, Vögel, seltene Fische und Pflanzen, Gefäße und Anzüge kommen lassen, um die Pracht des Festes zu erhöhen. Die Einkünfte ganzer Provinzen wurden verschwendet, um tolle Pläne zu verwirklichen. Doch der mächtige Günstling besann sich nicht. Sein Einfluß wuchs ja täglich. Nicht daß Nero ihn anderen vorgezogen hätte, aber Tigellinus wußte sich immer mehr unentbehrlich zu machen. Petronius übertraf ihn weit an Geist und feinem Witz und verstand es besser, eine angenehme Unterhaltung zu führen. Aber gerade dadurch erregte er auch die Eifersucht und den Neid des Kaisers, der sein Urteil in Sachen des guten Geschmacks immer fürchtete. Vor Tigellinus dagegen brauchte Nero sich nie Zwang anzutun. Dieser war klug genug, seine eigenen Mängel einzusehen. Da er mit Petronius, Lukan und mit andern durch Abstammung, Talent oder Wissen Bevorzugten sich nicht messen konnte, suchte er sie durch Willfährigkeit bei Diensten zu übertrumpfen, vor allem aber durch einen Aufwand, dessen Pracht Nero in Entzücken versetzen mußte. Tigellinus hatte für das Fest ein riesiges Floß aus vergoldeten Balken bauen lassen, dessen Ränder mit seltenen bunten Muscheln verziert waren. Über dem Floß erhob sich ein Zeltdach aus syrischem Purpurstoff, das auf silbernen Säulen ruhte. Unter dem Dach standen Tische für die Gäste, schwer beladen mit alexandrinischem Glas, Kristall und Vasen, deren Glanz die Augen blendete und deren Preis ein unermeßlicher war: ein Raub aus Italien, Griechenland und Kleinasien. Das Floß hatte infolge der darauf angebrachten Pflanzen das Aussehen einer Insel oder eines Gartens. Ringsum waren mit Gold- und Purpurstricken Kähne in Gestalt von Fischen, Schwänen, Möven und Flamingos angebunden, worin an bemalten Rudern Sklaven und Sklavinnen saßen von ausgesuchter Schönheit, die Haare nach orientalischer Sitte aufgeputzt oder durch goldene Netze zusammengehalten. Sobald Nero das Floß in Begleitung Poppäas und der Augustianer bestiegen und sich unter das Zeltdach gesetzt hatte, sanken die Ruder ins Wasser, die Kähne bewegten sich, zogen die Stricke straff und das Floß samt

den Gästen fuhr in Kreisen auf dem Teiche herum. Aus den Hainen am Ufer, aus phantastischen Konstruktionen, die für dieses Fest gebaut und im Dickicht verborgen waren, drang Musik und Gesang in die Umgebung, und die Hörner und Trompeten klangen von einem Ende des Teiches zum anderen. Nero, zwischen Poppäa und Pythagoras sitzend, war entzückt; das »schwimmende Fest« gefiel ihm, denn es war etwas Neues. Die ausgesuchtesten Gerichte wurden aufgetragen.

Außer den Frauen saßen auch die Augustianer an der Tafel. Vor allen glänzte Vinicius durch seine männliche Schönheit. Früher hatten Gestalt und Antlitz zu sehr an den Berufssoldaten erinnert; geistige und körperliche Qual aber hatten seine Züge so gemeißelt, als ob die Meisterhand eines Künstlers sie geschaffen hätte. Petronius sah, wie alle Augustianerinnen auf Vinicius wohlgefällig blickten, Poppäa und die Vestalin Rubria nicht ausgenommen, die der Cäsar beim Feste zu sehen wünschte. Die Weine wurden in mit Bergschnee gefüllten Kübeln gekühlt, und desto mehr erhitzten sich die Herzen und Köpfe der Festteilnehmer. Der Wasserspiegel war jetzt wie besät mit Blütenblättern, und von den kleinen Booten flogen Tauben und andere Vögel Indiens und Afrikas auf, die an silbernen oder himmelblauen Fäden befestigt waren. Der warme Tag neigte sich seinem Ende zu, unaufhörlich bewegte sich das Floß im Kreise, und immer lärmender wurden die trunkenen Gäste darauf. Als die Dämmerung hereinbrach, wurde plötzlich der Hain durch tausend Lampen erhellt. Das Floß näherte sich jetzt dem Ufer, und die Festteilnehmer wurden dort von den am Ufer stehenden Frauen und Töchtern der ersten Häuser Roms begrüßt. Ein wilder Taumel erfaßte jetzt alle. Man schlug mit den Stäben auf die Lampen, um sie zu verlöschen. Rom hatte etwas Ähnliches bisher nicht gesehen.

Vinicius war zwar nicht betrunken, wie bei jenem Gelage im Palast des Cäsar an der Seite Lygias, aber auch er war geblendet und trunken von all dem, was um ihn her vorging. Plötzlich umringten ihn junge Mädchen in tollem Reigen, flohen aber bald wieder wie ein Rudel Rehe. Nur eine verschleierte Gestalt blieb zurück, legte ihre Hände auf seine Schultern, und während ihr heißer Atem ihn traf, flüsterte sie: »Komm!«

Vinicius erwachte wie aus einem Traum »Wer bist du?« fragte er.

»Errate es!«

Bei diesen Worten drückte sie durch den Schleier ihre Lippen auf die seinen und wandte den Kopf wieder ab.

Vinicius schob die Verschleierte von sich und sagte: »Wer du auch sein mögest: ich liebe eine andere, dich will ich nicht.«

Sie aber sagte: »Lüfte den Schleier!«

Doch in diesem Augenblick raschelte es im Myrtenlaub, und die Gestalt verschwand wie ein Traumbild, aber aus der Entfernung vernahm man ihr seltsames, unheilverkündendes Lachen.

Petronius stand vor Vinicius. »Ich habe alles gesehen und gehört,« sagte er.

»Laß uns von hier fortgehen,« entgegnete Vinicius.

Und sie entfernten sich durch den Hain und durch die Kette der berittenen Prätorianer und begaben sich zu ihren Sänften.

Beide stiegen ein, sprachen aber kein Wort unterwegs. Erst als sie im Atrium des Vinicius waren, sagte Petronius: »Weißt du, wer das war?«

»Nein.«

»Die göttliche Augusta!« Nach einer kleinen Pause fuhr Petronius weiter fort: »Ich störte euch absichtlich, denn wenn du die Augusta erkannt und dann noch zurückgewiesen hättest, wärest du unrettbar verloren gewesen. Du, Lygia und vielleicht auch ich.«

Aber Vinicius brauste auf: »Ich habe Rom, Cäsar, die Feste, Augusta, Tigellinus und euch alle satt! Ich ersticke hier! Ich kann so nicht leben!«

»Du verlierst den Kopf, den Verstand, Vinicius.«

»Ich liebe nur eine von der ganzen Welt!«

»Und was folgt daraus?«

»Ich will keine andere Liebe, ich will eure schamlosen Feste nicht, ich will euer lasterhaftes Leben und eure Schandtaten nicht!«

»Was geht mit dir vor? Du bist ein Christ?«

Da preßte der junge Mann mit beiden Händen seine Schläfen und rief voll Verzweiflung: »Noch nicht! Noch nicht!«

25.

Petronius ging nachdenkend und sehr unzufrieden nach Hause. Er fürchtete sich vor den Folgen, die die Ereignisse dieses Abends haben konnten, wenn es sich nicht um eine vorübergehende Laune der Augusta, sondern um einen ernstlichen Wunsch handelte, so würde Vinicius, ob er diesem Wunsch nun nachgab oder nicht, auf jeden Fall einer schweren Gefahr entgegengehen. Und er als Verwandter würde sicher mit hineinverwickelt werden. Nach langem Nachdenken kam endlich Petronius zu dem Schluß, es möchte wohl das Beste und Sicherste sein, Vinicius durch eine Reise aus Rom zu entfernen. Er wollte auf dem Palatin die Nachricht verbreiten, Vinicius sei krank, um die Gefahr von seinem Neffen und sich selber abzuwenden. Die Augusta vermutete wohl, daß sie von Vinicius nicht erkannt sei, ihre Eitelkeit war daher bisher nicht verletzt. In Zukunft jedoch konnte die Sache anders ablaufen, und es war notwendig, die Gefahr zu vermeiden.

Vinicius folgte dem Rate des Petronius und heuchelte Krankheit. Er erschien auch nicht auf dem Palatin, wo jeden Tag neue Reisepläne gemacht wurden. Bis plötzlich Petronius aus Neros eigenem Munde hörte, daß er nach drei Tagen sich nach Antium begeben werde. Den folgenden Morgen begab er sich sofort zu Vinicius, um ihm Mitteilung davon zu machen. Er zeigte ihm eine Liste der dorthin geladenen Personen, ein Freigelassener Neros hatte sie ihm gebracht.

»Unser beider Name steht darauf,« sagte er. »Wir müssen daher gehen, denn das ist nicht nur eine Einladung, es ist ebenso Befehl.«

»Und wenn einer nicht gehorchen wollte?«

»Dann würde er in einer anderen Form zu einer bedeutend weiteren Reise eingeladen werden, – zu einer Reise, von der niemand wiederkehrt. Du mußt nach Antium.«

»Ich muß nach Antium. Merkst du, in welcher Zeit wir leben, was für elende Sklaven wir sind!«

Vinicius überflog mit einem Blick das Verzeichnis und las: »Tigellinus, Vatinius, Sextus Afrikanus, Aquilinus Regulus, Suilius Nerulinus, Epirus Marcellus und so fort. Welch eine Versammlung von Mördern und Schurken! Und solche Leute regieren die Welt!«

»Es ist richtig,« bestätigte Petronius, »doch sprechen wir über wichtigere Dinge. Nun merke auf und höre auf mich! Ich habe auf dem Palatin gesagt, du seist krank und unfähig, das Haus zu verlassen, und trotzdem findet sich dein Name auf dem Verzeichnis. Dies beweist, daß jemand meine Erzählungen nicht glaubte und den wahren Sachverhalt zu erfahren suchte. Nero kümmert sich nicht um dergleichen, und es muß demnach Poppäas Sache gewesen sein, deinen Namen auf die Liste zu bringen. Dies bedeutet, daß ihr Verlangen nach dir keine vorübergehende Laune war.«

»Sie ist eine kühne Augusta!«

»Freilich ist sie kühn; denn sie wird unrettbar zugrunde gehen. Sie fängt bereits an, den Rotbart zu langweilen; er zieht ihr jetzt die Rubria vor. Du aber mußt mit Poppäa möglichste Vorsicht gebrauchen, denn wer die Augusta beleidigt, den erwartet ein wenig leichter Tod; es ist dann besser für dich, du öffnest dir die Adern oder du stürzest dich in dein Schwert. Denk übrigens daran, daß Poppäa deine Lygia auf dem Palatin gesehen hat. Sie wird darum sofort vermuten, warum du so hohe Gunst zurückweisest, und Lygia in ihre Gewalt zu bekommen suchen, selbst wenn sie unter der Erde wäre. Du wirst dich und sie dazu dem Verderben preisgeben, verstehst du das?«

Vinicius hörte zu, als ob ihn etwas anderes beschäftige, und sprach zuletzt: »Ich muß sie sehen!«

»Wen? Lygia?«

»Lygia.«

»Weißt du, wo sie ist?«

»Nein.«

»Du willst also von neuem anfangen, nach ihr an alten Begräbnisstätten und jenseits des Tiber zu suchen?«

»Ich weiß es nicht, aber ich muß sie sehen.«

»So eile. Feuerbart wird seine Abreise nicht verschieben, und Todesurteile können auch von Antium kommen.«

Aber Vinicius hörte nicht. Nur ein Gedanke beschäftigte ihn, das Zusammentreffen mit Lygia; über die möglichen Wege dachte er nach.

Da trat ein Zwischenfall ein, der jede Schwierigkeit heben konnte. Chilon kam unerwartet in sein Haus.

Er trat ein, elend, den Hunger im Gesicht und in Lumpen gehüllt; aber die Diener, eingedenk des früheren Befehls, ihn zu jeder Tages- oder Nachtzeit vorzulassen, wagten nicht, ihn zurückzuweisen. Und so ging er geradeswegs zum Atrium und sprach zu Vinicius: »Mögen die Götter dir Unsterblichkeit verleihen und mit dir die Herrschaft über die Welt teilen!«

Im ersten Augenblick wandelte Vinicius die Lust an, ihn zur Tür hinauswerfen zu lassen, dann aber kam ihm der Gedanke, der Grieche wisse vielleicht etwas

von Lygia, und die Neugierde überwand seinen Widerwillen. »Du bist es?« fragte er daher. »Was willst du?«

»Es geht mir schlecht, Sohn des Zeus! Ich bin bestohlen worden, ich bin zugrunde gerichtet. Die Sklavin, die meine Lehre niederschreiben sollte, ist geflohen, und deine Sesterzen nahm sie mit. Da sagte ich mir: Wohin soll ich gehen, wenn nicht zu dir, du Weiser, für den ich gern mein Leben hingebe!«

Dies schien aber Vinicius wenig zu rühren. »Wozu kommst du und was bringst du?« fragte er trocken.

»Herr! Ich weiß, wo die göttliche Lygia jetzt wohnt. Ich will dir das Haus zeigen!« »Wo ist sie?« fragte Vinicius lebhaft.

»Bei Linus, dem Oberpriester der Christen. Ursus ist auch dort, doch arbeitet er zur Nachtzeit beim Bäcker Demas. Linus ist alt; wenn man also das Haus zur Nachtzeit umstellt, ist Lygia dir wehrlos preisgegeben.«

Dem Patrizier stieg das Blut zu Kopfe: er empfand Widerwillen gegen seinen Helfershelfer. Am liebsten hätte er ihn zertreten wie eine Giftschlange oder wie ein ekles Gewürm. Er sah ihn mit kalter Grausamkeit an: »Deinen Rat werde ich nicht befolgen. Doch sollst du den verdienten Lohn empfangen, im Ergastulum lasse ich dir dreihundert Sesterzen im Geiste – und in Wirklichkeit dreihundert Rutenstreiche geben.«

Und er rief den Hausmeister. Dieser faßte den Griechen, der jämmerlich winselte, beim Haarschopf und schleppte ihn ins Ergastulum.

»Herr! Herr! Fünfzig, nicht dreihundert! Fünfzig sind genug,« winselte Chilon; »um Christi willen!«

Als der Geschlagene nach einiger Zeit wieder hereingeführt wurde, war er bleich wie eine Wand, und von seinen Füßen sickerte Blut auf den Mosaikboden des Atriums.

»Dank dir, Herr!« sagte er, in die Knie sinkend. »Du bist groß und barmherzig!«

»Hund!« sagte Vinicius. »Nur um Christi willen, dem auch ich das Leben verdanke, habe ich dir verziehen.«

»Herr, ich will dir und ihm dienen!«

»Schweige und erhebe dich! Du sollst mit mir kommen und mir das Haus zeigen, wo Lygia wohnt.«

»Herr, ich bin wirklich hungrig,« ächzte Chilon. »Ich gehe – ich gehe gern, aber ich habe keine Kraft.«

Nun ließ ihm Vinicius zu essen geben, ein Goldstück und einen Mantel reichen. Doch Chilon war so geschwächt, daß ihn auch nach dem Imbiß die Füße nicht trugen, und die Haare stiegen ihm zu Berge bei dem Gedanken, daß Vinicius seine Schwäche für Widerstand halten und ihn nochmals geißeln lassen werde.

»Sobald der Wein mich erwärmt hat, gehe ich aufrecht bis Großgriechenland,« brüstete er sich zähneklappernd.

Endlich erholte er sich soweit, um den Weg antreten zu können. Linus wohnte nicht weit von Miriam jenseits des Tiber. Chilon zeigte auf ein von einer Mauer umgebenes, efeuumsponnenes Haus und sagte: »Hier ist es, Herr!«

»Gut,« erwiderte Vinicius. »Jetzt kannst du deines Weges gehen, aber zuvor höre mich an! Ich verlange von dir, daß du vergißt, wo Miriam und Glaukus wohnen, verstanden? Einmal im Monat magst du zu mir kommen und dir von meinem Freigelassenen zwei Goldstücke ausfolgen lassen. Doch wie ich erfahre, daß du den Christen nachspionierst, lasse ich dich zu Tode prügeln.«

Chilon verneigte sich und sprach: »Ich vergesse, wie du befohlen hast.«

Doch als Vinicius um die Straßenbiegung verschwunden war, ballte er die Fäuste und schüttelte sie drohend. »Bei der Unheilsgöttin und den Furien! Ich vergesse nicht!« Dann sank er ohnmächtig zu Boden.

26.

Vinicius begab sich geradeswegs in das Haus der Miriam. Auf der Schwelle kam ihm deren Sohn entgegen, der Knabe Nazarius, der bei seinem Anblick in Verlegenheit geriet. Doch Vinicius grüßte ihn freundlich und ließ sich zu seiner Mutter führen.

In der Stube traf er außer Miriam noch Petrus, Glaukus, Crispus und Paulus von Tarsos, der vor kurzem aus Fregellae zurückgekehrt war. Beim Eintritt des jungen Tribuns malte sich auf den Gesichtern aller lebhaftes Erstaunen, er aber sagte: »Ich grüße euch im Namen Christi, den ihr verehrt.«

»Sein Name sei gepriesen in Ewigkeit,« antworteten sie.

»Ich habe mich von euren Tugenden und eurer Güte überzeugt, ich komme daher als Freund.«

»Sei uns als Freund gegrüßt,« erwiderte Petrus. »Setze dich zu uns, Herr, und nimm als Gast an unserm Mahle teil.«

»Gern will ich euer Gast sein,« versetzte Vinicius, »doch zuvor hört mich an, daß ihr seht, daß ich es aufrichtig meine. Ich weiß, wo Lygia wohnt, ich war eben vor des Linus Hause. Wisst, ich habe ein Anrecht auf Lygia. Der Kaiser schenkte sie mir. Und in meinen Häusern in Rom habe ich an fünfhundert Sklaven. Es wäre mir daher leicht gewesen, ihre Zufluchtsstätte umzingeln und sie ergreifen zu lassen, ich habe es aber nicht getan und werde es auch nicht tun.«

»Der Segen des Herrn ruht sichtbar auf dir und läutert dein Herz,« sagte Petrus.

»Ich danke dir, aber hört mich noch weiter. Ich habe es nicht getan, aber ich leide Qualen der Sehnsucht. Und daher komme ich zu euch, die ihr Vater- und Mutterstelle an Lygia vertretet, und ich sage euch, gebt sie mir zum Weibe, und ich schwöre, daß ich sie niemals hindern werde, Christus zu bekennen, ja, ich will selbst Christ werden.« Vinicius sprach voll Entschlossenheit und trug das Haupt hoch bei seinen Worten, doch er war sehr bewegt und bebte leise am ganzen Körper.

»Ich weiß, wie groß die Hindernisse sind, die uns trennen,« fuhr er nach kurzer Pause fort, »aber ich liebe Lygia wie meine eigenen Augen. Ich bin kein Heuchler, und obwohl ich weiß, daß es sich um meine Zukunft handelt, so sage ich die Wahrheit. Ein anderer würde vielleicht rufen: Tauft mich! Ich aber bitte: Erleuchtet mich! Ich fühle mich innerlich verwandelt, und doch erfassen mich Zweifel, wenn ich an eure Lehren denke. Petronius sagte mir einst, Griechenland gab uns Weisheit und Schönheit, Rom die Macht, – und nun sagt, was ihr bringt?«

»Wir bringen das Licht und die Liebe,« erwiderte Petrus.

Und da den greisen Apostel die gequälte Seele dauerte, streckte er die Hände über Vinicius aus und sprach: »Wer anklopft, dem wird aufgetan – und über dir ist die Gnade des Herrn. Darum segne ich dich, deine Seele und deine Liebe im Namen des gekreuzigten Erlösers.«

Vinicius aber neigte sich, und etwas Außerordentliches geschah. Der stolze Nachkomme der Quiriten drückte einen Kuß auf die Hand des alten Galiläers.

73

Petrus aber freute sich, denn er sah, daß die Saat auf guten Boden gefallen war und daß sein Fischernetz wieder eine Seele eingefangen hatte.

Einige Augenblicke verweilten alle in gerührtem Schweigen, dann sagte der junge Patrizier: »Der Cäsar fährt in wenigen Tagen nach Antium, und ich habe den Befehl, ihn zu begleiten. Ihr wißt, daß Ungehorsam den Tod bedeuten würde, ich muß also fort. Doch wenn ich Gnade vor euren Augen gefunden habe, so kommt mit mir, damit ihr mich in der Lehre unterweisen könnt; dort droht euch keine Gefahr, denn in dem Menschengetümmel könnt ihr eure Lehre am Hofe des Cäsars selbst verkünden. Man sagt ja, Akte sei Christin, und auch unter den Prätorianern befinden sich Christen. In Antium besitze ich eine Villa, dort können wir uns versammeln und euren Worten lauschen.«

Nach kurzer Beratung wurde beschlossen, daß Paulus von Tarsos den jungen Tribun begleiten solle; Petrus, der jetzt der Hirte des ganzen Bundes war, konnte nicht fort von Rom. Während die Männer noch sprachen, sah man Miriam, mit der der Apostel vor einiger Zeit leise Worte gewechselt und die sich hierauf entfernt hatte, im Garten wieder auftauchen; hinter ihr kam Lygia. Das junge Mädchen trat ahnungslos ins Zimmer und blieb beim Anblick des Geliebten wie angewurzelt stehen. Ein helles Rot stieg in ihre Wangen, und sie sah erschreckt und erstaunt die Anwesenden der Reihe nach an.

Doch sie sah nur freundliche Gesichter, der Apostel näherte sich ihr und fragte: »Liebst du ihn noch, Lygia?«

Da bebten ihre Lippen wie die eines Kindes, dem das Weinen nahe ist, das sich schuldig fühlt und doch weiß, daß es seine Schuld gestehen muß.

»Antworte!« sagte Petrus.

Und demütig, zu des Apostels Füßen niedergleitend, flüsterte sie: »Ja, ich liebe ihn!«

Im nächsten Augenblick kniete Vinicius an ihrer Seite. Petrus legte ihnen segnend die Hände auf und sagte: »Liebt euch im Herrn und zu seinem Preise, denn kein Arg ist in eurer Liebe.«

27.

Als am Abend dieses Tages Vinicius über das Forum nach Hause ging, erblickte er in dem Vicus Tuscus die vergoldete Sänfte des Petronius, die von Bithyniern getragen wurde. Durch eine Handbewegung gebot er zu halten, näherte sich rasch und schaute durch die Vorhänge.

»Träume süß,« rief er lachend beim Anblick des schlafenden Petronius.

»Ah, du bist es!« bemerkte Petronius erwachend. »Ja, ich schlummerte ein, da ich die Nacht auf dem Palatinus verbracht habe. Ich will mir soeben mehrere Bücher für Antium kaufen, da ich meine Bibliothek nicht in Unordnung bringen möchte.«

»Sende deine Sänfte mit den Büchern nach Hause und komme mit mir. Wir wollen dann über Antium reden.«

»Gut,« entgegnete Petronius und verließ seine Sänfte. »Du wirst doch schon wissen, daß ich schon übermorgen nach Antium reise.«

»Woher sollte ich das wissen?«

»Ja, ja, es ist schon alles bestimmt. Der Rotbart ist heiser. Er verwünscht Rom und flucht der römischen Luft; er ist jederzeit bereit, die Stadt durch Feuer zu zerstören; nach Seeluft verlangt er. In allen Tempeln werden heute Opfer dargebracht zur Wiedererlangung seiner göttlichen Stimme, und wehe Rom, wehe dem Senat, wenn diese Opfer nicht sofort Erfolg bringen. Du lebst einsam in deinem Hause, denkst nur an Lygia und die Christen und weißt gar nicht, was sich auf dem Palatin zugetragen hat. Nero vermählte sich öffentlich mit dem Philosophen Pythagoras und trat dabei als Braut auf. Glaubst du nun, daß dies der höhere Wahnsinn ist, den Nero treibt? Ich bin auch zugegen gewesen und wartete, ob nicht einer unserer Götter mit einem Donnerkeil dazwischenfahren wird. Doch Nero glaubt nicht an Götter, und er hat recht.«

»Er ist also Oberpriester, Gott und Gottesleugner in einer Person,« sagte Vinicius.

»Freilich,« gestand Petronius lachend. »Daran hatte er noch gar nicht gedacht.«

Inzwischen waren sie bei Vinicius angelangt, und nachdem dieser Befehl erteilt hatte, das Nachtmahl zu bereiten, wandte er sich zu Petronius und sagte: »Wir vermögen nichts an dem ganzen Wahnsinn zu ändern, den Nero treibt.«

»Du hast recht,« entgegnete Petronius; »solange Nero herrscht, gleichen die Menschen Schmetterlingen. Bestrahlt sie die Sonne, so flattern sie umher; kommt ein kalter Windstoß, so sind sie dem Tode verfallen. Doch lassen wir das; gestatte mir, Eunike in deiner Sänfte holen zu lassen. Müde bin ich nicht, und wir wollen fröhlich sein. Befiehl den Kitharaspielern, beim Nachtmahl zu erscheinen.«

»Erinnerst du dich, Petronius, noch jenes Tages, da wir zusammen im Hause des Aulus Plautius waren? Erinnerst du dich noch jenes herrlichen Mädchens, das an Schönheit unsere Göttinnen überragt?«

Petronius schaute Vinicius verwundert an:

»Du wirst doch von keiner anderen als von Lygia reden?«

Doch Vinicius rief: »Hier siehst du Lygias Verlobten!«

Vinicius ließ den erstaunten Petronius nicht zu Worte kommen. Er sprang auf und rief, der Hausverwalter möge kommen.

»Versammle meine Sklaven hier vor mir, auch nicht einer soll fehlen,« befahl er hierauf diesem.

Bald glich das große Atrium einem Bienenstock Keuchende Alte, kräftige Männer, Frauen, Knaben und Mädchen eilten herbei. Jeden Augenblick kam eine neue Schar; in den Korridoren ertönten Rufe in den verschiedensten Sprachen. Schließlich standen sie in Reihen zwischen den Säulen an den Wänden entlang. Vinicius, der an das Impluvium getreten war, wandte sich zu seinem Freigelassenen Demas und sagte: »Alle, die seit zwanzig Jahren in meinem Hause dienen, haben morgen vor dem Prätor zu erscheinen, der ihnen die Freiheit verkünden wird. Diejenigen, die kürzere Zeit hier sind, erhalten drei Goldmünzen und eine Woche hindurch doppelte Rationen. Sende in jedes Ergastulum Botschaft, daß die Strafen erlassen, die Leute von den Fesseln befreit werden sollen. Wisst, daß für euch ein Tag des Glücks angebrochen ist, ich will nur fröhliche Gesichter sehen.«

Tiefes Schweigen herrschte, die Sklaven trauten ihren Ohren nicht, plötzlich aber streckten sie ihre Hände empor und stießen dankbare Jubelrufe aus.

Vinicius entließ sie durch eine Handbewegung.

»Morgen,« wandte er sich an Petronius, »lasse ich sie noch einmal im Garten zusammenkommen und gebiete einem jeden, ein Zeichen in den Sand zu ziehen. Lygia wird diejenigen freilassen, die das Zeichen des Fisches ziehen.«

»Das Zeichen des Fisches! Ach ja, ich erinnere mich, was Chilon darüber sagte. Das Glück findet ein

jeder da, wo er es zu sehen glaubt. Nur noch eine Frage! Bist du schon Christ geworden?«

»Bis jetzt noch nicht, doch Paulus von Tarsos wird mich auf meiner Reise nach Antium begleiten; die Taufe empfange ich später. Deine Behauptung, die Christen seien Feinde jeder Lebensfreude, bewahrheitet sich nicht.«

»Um so besser für dich und Lygia!«

»Höre,« sagte Vinicius weiter: »Diese Lehre wird die ganze Welt erobern, und ihr allein wird es gelingen, eine Umwandlung hervorzubringen; auch Oktavia war Anhängerin dieser Lehre. Nein, zucke nicht verächtlich mit den Achseln, denn wer kann wissen, ob du nicht schon in kurzer Zeit selbst die heilige Taufe empfängst?«

»Ich?« rief Petronius, »nein, das wirst du nicht erleben. Ich habe meine Gemmen, meine Kammern, meine Kunstgeräte und meine Eunike. An den Olymp glaube ich nicht, aber ich will ihn mir auf Erden bereiten und mich so lange des Lebens freuen, bis mich der Pfeil des göttlichen Bogenschützen trifft oder bis ich mir auf Befehl des Kaisers die Adern öffnen muß.«

In diesem Augenblick kam die Meldung, Eunike sei angekommen, und gleich darauf wurde das Nachtmahl aufgetragen, währenddessen die Kitharaspieler ihre Weisen ertönen ließen. Dann erzählte Vinicius von Chilon, und wie dieser den Gedanken in ihm erweckt habe, sich an den Apostel zu wenden, ein Gedanke, der eigentlich in ihm aufgetaucht sei, da Chilon die Rutenstreiche erhielt.

»Da der Erfolg ein guter war, muß auch der Gedanke ein guter genannt werden,« bemerkte Petronius in schlaftrunkenem Tone, sich mit der Hand über die Stirn fahrend, »was jedoch Chilon betrifft, so hätte ich ihm fünf Goldmünzen gegeben, aber vielleicht waren ihm die Rutenstreiche auch dienlich. Wer kann es wissen, ob nicht in kurzer Zeit Senatoren sich vor ihm beugen werden, wie vor unserem Pechdrahtzieher Vatinus. Gute Nacht!«

Den Kranz vom Haupt nehmend, erhob er sich mit Eunike, um heimzugehen, während Vinicius in sein Bücherzimmer eilte, um vor seiner Abreise nach Antium noch einen Abschiedsbrief an Lygia zu schreiben.

28.

In Rom war es bekannt, daß der Cäsar auf seiner Reise den Seehafen Ostia besichtigen wollte, wo das größte Schiff der Welt mit einer riesigen Ladung Korn aus Alexandria eingetroffen war. Von Ostia aus würde er sich dann auf der Via Littoralis nach Antium begeben. An dem Stadttor, das nach Ostia hinausführte, sammelte sich daher schon am frühen Morgen des zur Reise festgesetzten Tages der Pöbel massenhaft an, um am Gefolge des Cäsar seine Schaulust zu befriedigen, die beim römischen Volke fast unersättlich war. Die Reise nach Antium war weder schwierig noch lang. Dort erhoben sich zahlreiche Paläste und Villen, die in der vornehmsten Weise gebaut und ausgestattet waren und alles boten, was die Bequemlichkeit nur verlangen konnte, selbst den ausgesuchtesten Luxus jener Zeit. Der Cäsar pflegte jedoch auf seinen Reisen alles mitzunehmen, woran er irgendein Vergnügen fand, von seinen Musikinstrumenten und Hausgeräten an bis zu Statuen und Mosaikarbeiten; dies geschah selbst dann, wenn er nur kurze Zeit, nur zur Ruhe und Erholung zu bleiben gedachte. Er war daher stets von einer Unmenge Bedienter begleitet, die Abteilungen der Prätorianer und Anhänger nicht mit eingerechnet, von denen jeder noch sein besonderes Gefolge von Sklaven hatte.

Am frühesten Morgen dieses Tages kamen Hirten von der Campania mit sonnenverbranntem Gesicht und Ziegenfellen an den Füßen und trieben fünfhundert Eselinnen durch die Tore, damit Poppäa am Tage nach ihrer Ankunft in Antium in deren Milch ihr Bad nehmen konnte. Der Pöbel blickte mit Entzücken und Hohn auf die langen Ohren, die in Wolken von Staub sich hin und her bewegten, und hörte mit Vergnügen auf das Knallen der Peitschen und das wilde Geschrei der Hirten. Nachdem die Eselinnen vorüber waren, stürzten zahlreiche Knaben herbei, reinigten die Straße sorgfältig und bedeckten sie mit Blumen und Piniennadeln. Das Volk flüsterte sich mit einem gewissen Stolze zu, die ganze Straße nach Antium würde so mit Blumen bestreut, die teils aus den umliegenden Gärten genommen, teils von den Händlern an der Porta Mugiones um hohen Preis geliefert worden seien.

Es wurde auch von dem Schiffe gesprochen, zu dessen Besichtigung der Cäsar gehe, ein Schiff, das Weizenvorrat für zwei Jahre gebracht hatte, dabei nicht zu erwähnen der vierhundert Reisenden, einer ähnlichen Anzahl Soldaten und einer Menge wilder Tiere für die Sommerspiele. Dies alles nahm das Volk für den Kaiser ein, der nicht nur für dessen Ernährung, sondern

auch für dessen Vergnügen besorgt war. Deshalb wartete seiner eine begeisterte Begrüßung.

Inzwischen zeigte sich eine Abteilung numidischer Reiter, die der prätorianischen Wache angehörten. Sie trugen gelbe Gewänder, rote Gürtel und große Ohrringe, die auf die dunklen Gesichter einen goldigen Schimmer warfen. Die Spitzen ihrer Bambusspeere glitzerten wie Feuerflammen im Sonnenlicht. Es kamen jetzt Wagen mit pupurroten und violetten Zelten, mit schneeweißen Byssuszelten, ferner Wagen mit orientalischen Teppichen, mit Tischen von kostbarem Holz, mit Mosaiktafeln, mit Küchengeräten, mit Käfigen voll Vögel des Ostens, Nordens und Westens, deren Hirn und Zungen für die kaiserliche Tafel bestimmt waren, mit Tonkrügen voll Wein, mit Körben voll Früchten. Alle anderen Gegenstände jedoch, die wegen ihrer Zerbrechlichkeit auf Wagen nicht befördert werden konnten, wurden von Sklaven getragen. Hunderte von Leuten zogen vorüber, die allerlei Kunstgeräte, Statuen aus korinthischem Erz trugen. Kleine Abteilungen von Prätorianern zu Pferde und zu Fuß bildeten den Schutz dieser Sklaven, die von zahlreichen Aufsehern bewacht wurden; jeder von diesen hielt eine Peitsche, an der Blei oder Eisenstückchen befestigt waren, in der Hand. Der lange Zug dieser Männer machte den Eindruck einer religiösen Prozession, und dieser Eindruck wurde noch verstärkt, als die Musikinstrumente des kaiserlichen Hofes vorübergebracht wurden. Was war da nicht alles zu sehen! Dann kamen prächtige Karossen mit malerischen Gruppen von Akrobaten, Tänzern, Tänzerinnen, Thyrsusstäbe in der Hand; dann folgten die Sklaven, die zum Luxus auf die Reise mitgenommen wurden, nämlich eine große Zahl Knaben und kleine Mädchen aus Griechenland und Kleinasien, letztere mit langen Haaren oder Locken in goldenen Netzen, alle schön wie Amoretten. Wieder kam eine Abteilung Prätorianer: riesenhafte, bärtige Sigamber vom Niederrhein mit blauen Augen und rotblonden Haaren. Bannerträger mit dem römischen Adler, mit Tafeln voll Inschriften, mit Bildsäulen der germanischen und römischen Götter und mit Statuen und Büsten des Kaisers schritten voran. Die sonnenverbrannten Glieder dieser Söldner ragten mächtig unter dem Fell und Panzer hervor und schienen so recht dazu geeignet, die dieser Schutztruppe zugeteilte schwere Rüstung zu tragen. Kaum waren die Sigamber vorüber, so wurden die gefesselten Löwen und Tiger des Nero vorüber geführt, damit er jederzeit in der Lage war, sie an seinen Wagen zu spannen. Hindu und Araber führten diese wilden Tiere an Stahlketten, die aber derart mit Blumen umwunden waren, daß sie wie Blumengewinde aussahen; jedes dieser Tiere hatte zwei Führer. Die durch Tierbändiger gezähmten Bestien schauten mit ihren grünlichen Augen auf die Menge, fletschten ihre Zähne, richteten zuweilen ihre mächtigen Häupter empor und zogen schnaubend die Nüstern ein, wobei sie beständig ihre rauhen Zungen in dem gewaltigen Rachen hin und her bewegten.

Unter den Zuschauern war auch der Apostel Petrus, der den Cäsar sehen wollte, Lygia, das Gesicht von einem dichten Schleier verhüllt, und Ursus, der beste Schutz für das junge Mädchen in dieser zügellosen, unbändigen Volksmenge. Ohne sich lange zu besinnen, hatte der Lygier einen der Steine ergriffen, die zum Bau eines Tempels benützt werden sollten, und ihn dem Apostel gebracht, damit dieser sich darauf stellen und alles besser sehen konnte. Wohl murrten die Leute, als Ursus sich zwischen ihnen Bahn machte; als er jedoch ohne Anstrengung einen Stein herbeitrug, den sonst kaum vier der stärksten Männer emporzuheben vermochten, wich die Empörung einer großen Bewunderung.

Jetzt kam der Kaiser in Sicht. Er saß in einer Karosse, die von sechs weißen Hengsten gezogen wurde, und die so überdacht war, daß die Menge ihn sehen konnte.

Obwohl die Karosse geräumig genug war, um mehrere Personen aufzunehmen, saß der Kaiser nur allein darin, um die Aufmerksamkeit der Menge auf sich allein zu lenken. Nur zwei mißgestaltete Zwerge kauerten zu seinen Füßen. Er trug eine weiße Tunika und eine amethystfarbige Toga. Ein Lorbeerkranz schmückte sein Haupt. Um den Hals hatte er wie gewöhnlich ein seidenes Tuch geschlungen, das er zeitweise mit seiner fetten, durch rötliche Härchen bedeckten Hand zurechtrückte. Ein Gemisch von bodenloser Eitelkeit, von Ermüdung und Langweile malte sich wie immer auf seinem Gesicht, das furchterregend und lächerlich zugleich war.

Während der Fahrt wendete Nero fortwährend den Kopf nach beiden Seiten, schloß zuweilen die Augen und achtete dann wieder auf die Begrüßungen.

Fortwährend ertönten Rufe: »Sei gegrüßt, Göttlicher, Cäsar, Imperator, du Unvergleichlicher, du Apollo!« Nero lächelte.

Plötzlich zog eine Wolke über sein Antlitz. Zum Spotte war das römische Volk stets geneigt, und auch jetzt hörte man mitten unter dem Beifallsrufen die Worte: »Feuerbart, Feuerbart, was hast du mit deinem

roten Bart gemacht? Fürchtest du, Rom könne sich an ihm entzünden?« Hinter Steinhaufen und Tempelvorsprüngen verborgene Personen riefen: »Muttermörder!« Und Poppäa, die dicht hinter dem Kaiser in einer Sänfte getragen wurde, wurde eine Straßendirne genannt. Dem feinen Ohr des Kaisers entging nichts. Langsam hob er seinen geschliffenen Smaragd an das Auge und suchte nach den Rufern, um sich deren Aussehen in das Gedächtnis einzuprägen. Unwillkürlich blieb sein Blick auf dem Apostel haften, der noch immer auf dem Steine stand. Während einiger Augenblicke schauten sich diese beiden Männer fest in die Augen, der gewaltige Herrscher, der gleich einem blutigen Traum dahingehen sollte, und der schlichte in unscheinbare Gewänder gehüllte Greis, der mit seiner Lehre auf ewige Zeiten Besitz ergriff von der ganzen Erde.

Hinter der prunkvollen Sänfte der Poppäa, die von acht Afrikanern getragen wurde, kam wiederum ein ganzer Hofstaat von Dienerinnen und Dienern, und wieder eine Reihe Wagen mit allerlei Sachen zum täglichen Gebrauch.

Die Sonne stand schon hoch am Himmel, als die Augustianer in einer endlos scheinenden Reihe vorüberzogen und dabei eine Pracht und einen Glanz entfalteten, daß sie mit ihren Wagen und Sänften einer schillernden Schlange zu vergleichen waren.

Der nachlässig dasitzende Petronius wurde mit seiner schönen Sklavin in einer Sänfte getragen, und das Volk jubelte ihm zu, Tigellinus dagegen fuhr in einer von Ponys gezogenen Karosse. Das Gefolge war geradezu endlos. Es schien, als ob alles, was reich, glänzend und von irgendwelcher Bedeutung in Rom war, nach Antium auswandern wolle.

Endlich kam Vinicius in einer Karosse. Bei dem unerwarteten Anblick des Apostels und Lygias sprang er aus dem Wagen und begrüßte die beiden mit vor Glück strahlendem Antlitz.

»Lygia! Wie soll ich dir danken, daß du gekommen bist!« rief Vinicius. Nun kann ich dich nochmals begrüßen, ehe wir scheiden, doch nicht auf lange. Ich werde auf dem ganzen Wege parthische Pferde unterbringen, um an den freien Tagen recht schnell zu dir gelangen zu können. Lebe wohl!«

»Lebe wohl, Markus! Möge Christus mit dir sein,« entgegnete Lygia.

Vinicius führte noch Lygias Hand an seine Lippen, zum großen Erstaunen der Umstehenden, die sich nicht erklären konnten, daß einer der glänzenden Augustianer einem gleich einer Sklavin gekleideten Mädchen eine solche Ehrenbezeugung erweise.

»Lebe wohl!«

Rasch setzte Vinicius dem Gefolge nach, das einen kleinen Vorsprung gewonnen hatte.

Der kaiserliche Zug entschwand immer mehr den Blicken der Zuschauer; eine goldschimmernde Staubwolke verhüllte ihn. Der Apostel, Lygia und Ursus sahen ihm lange nach, bis Demas, der Müller, bei dem Ursus des Nachts arbeitete, sich näherte. Er küßte dem Apostel die Hand und bat ihn, in seiner Wohnung eine Erfrischung zu nehmen; sie müßten hungrig und müde sein, da sie den größten Teil des Tages am Tore zugebracht hätten.

Sie gingen mit ihm und kehrten, nachdem sie in seinem Hause geruht und sich erquickt hatten, erst gegen Abend nach dem Stadtteil jenseits des Tiber zurück. Sie wollten den Fluß auf der ämilianischen Brücke überschreiten und gingen deshalb durch den Clivus Publicus über den Aventin. Von dieser Höhe aus sah der Apostel auf die ihn umgebenden und die in der Ferne verschwindenden Gebäude. In Schweigen versunken, erwog er die riesige Ausdehnung und gewaltige Macht dieser Stadt, der das Wort Gottes zu verkünden er gekommen war. Bisher hatte er wohl die Herrschaft Roms und seiner Legionen in den verschiedenen Ländern, die er durchreist hatte, gesehen; aber das waren nur vereinzelte Glieder jener Macht, die ihm heute zum ersten mal in der Gestalt Neros verkörpert erschienen war. Was war Rom? Eine riesenhafte, räuberische, beutegierige, ungezügelte, bis ins Mark verderbte, doch in ihrer außergewöhnlichen Kraft unangreifbare Stadt. Was war der Cäsar? Ein Brudermörder, ein Muttermörder, ein Frauenverführer, den eine Schar blutiger Schatten verfolgte, die seinem Hofe an Zahl durchaus nicht nachstand. Dieser Verworfene, dieser Komiker, aber auch dieser Herr von dreißig Legionen, und durch sie der Herr der Welt, diese mit Gold und Scharlachmänteln bedeckten Höflinge, die des nächsten Morgens ungewiß waren, aber bis zu ihrem Ende doch mächtiger als Könige, sie alle zusammengenommen bildeten eine Art höllischen Reiches voll Ungerechtigkeit und Bosheit. In der Einfalt seines Herzens wunderte sich Petrus, daß Gott dem Satan so unbegreifliche Gewalt gegeben habe, die Erde zu bedrücken, zu verkehren, zu zertreten, ihr Blut und Tränen auszupressen, sie fortzureißen wie ein Wirbelwind, auf ihr zu toben wie ein Orkan. Sein Herz ängstigte sich bei diesem Gedanken, und er sprach im Geiste zu seinem Meister: O Herr, wo soll ich anfangen in dieser Stadt, in die du mich gesandt hast? Ihr gehören Meere und Länder, die Tiere des Feldes und alle Wesen des Wassers, sie besitzt Königreiche und Städte und dreißig Legionen, die sie bewachen; ich aber, o Herr, bin ein Fischer auf einem kleinen See! wie soll ich ihre Bosheit besiegen?

»Die ganze Stadt scheint in Brand zu stehen,« unterbrach jetzt Lygia.

Die Sonne neigte sich eben in wunderbarer Pracht zum Untergang. Ihre Scheibe war schon halb hinter dem Janiculus verschwunden, und der Horizont schimmerte in rötlichem Glanz. Etwas rechts sahen sie die langgezogenen Mauern des Circus Maximus; darüber die hohen Paläste des Palatin, und vor sich, jenseits des Forums Boarium und des Velabrum, den Gipfel des Kapitols mit dem Tempel des Jupiter. Die Mauern und Säulen alle, die höchsten Spitzen der Tempel waren wie eingetaucht in das goldene und purpurne Abendlicht. Die aus der Ferne sichtbaren Teile des Flusses schienen in Blut verwandelt, und in dem Maße wie die Sonne sank, wurde der Schimmer röter und röter.

»Die ganze Stadt scheint in Brand zu stehen!« wiederholte Lygia.

Petrus hielt die Hand vor die Augen und sagte: »Der Zorn Gottes ruht auf ihr!«

29.

Ursus schöpfte mit zwei an einem Stricke angebrachten Henkelkrügen Wasser aus einer Zisterne, sang dabei ein lygisches Lied und betrachtete Lygia und Vinicius, die sich zwischen den Zypressen in dem Garten des Linus ergingen. Kein Lüftchen rührte sich; ein unendlicher Friede herrschte unter dem goldgefärbten Abendhimmel, und Hand in Hand wandelten die jungen Menschen auf und ab.

»Droht dir keine Gefahr, Markus, weil du Antium ohne Wissen des Cäsar verlassen hast?« fragte Lygia.

»Nein, Geliebte,« entgegnete Vinicius. »Nero verkündete, er werde sich zwei Tage mit Terpnos einschließen, um seine neue Dichtung in Musik zu setzen. Das tut er häufig, und während dieser Zeit denkt er nur an seine Gesänge. Ich vermag den Weg von Antium nach Rom schneller zurückzulegen als irgendein reitender Bote des Kaisers. Auf der ganzen Strecke habe ich Pferde bereitstehen, die ich wechsle, sobald sie müde sind. Ich mußte dich sehen, meine Teure!«

»Mir ahnte, daß du kommen werdest. Zweimal sandte ich Ursus nach deinem Hause. Linus verlachte mich schließlich, und auch Ursus tat dasselbe.«

Innig küßte Vinicius die Hand der Geliebten; dann setzten sie sich eng aneinandergeschmiegt auf die Steinbank zwischen wilden Reben und schauten schweigend in die allmählich erbleichende Abendröte. Einen besonderen Zauber übten die Ruhe und der Frieden um sie her auf Lygia und Vinicius.

»Wie schön ist es hier, wie wunderbar ist doch die Welt,« sagte Vinicius leise; »ich kann dir nicht sagen, Geliebte, wie glücklich ich mich fühle! Niemals hätte ich gedacht, daß ich auf diese Art lieben könnte! Bisher hielt ich Leidenschaft und Verlangen für Liebe; nun fühle ich zum ersten mal in meinem Leben, daß es auch eine selbstlose Liebe gibt, daß ich mein Herzblut opfern würde deinetwillen. Auch die Natur ist so friedlich und kein Windhauch bewegt die Blätter der Bäume. Jetzt begreife ich auch die heitere Ruhe der Pomponia Graecina und die deine. Christus verleiht sie denen, die an ihn glauben.«

»Mein geliebter Markus!« begann Lygia, indem sie ihr Köpfchen an dessen Schulter legte. Allein sie vermochte nicht weiter zu reden. Freude und Dankbarkeit bewegte sie so sehr, daß die Stimme ihr versagte und Tränen in die Augen traten.

Mit leiser, zärtlicher Stimme fing Vinicius nach längerem Schweigen wieder an: »Du bist die Seele meiner Seele, du bist mir das Teuerste auf der Welt! Unsere Herzen werden zusammenschlagen, und gemeinsam wollen wir zu Christus beten. O Lygia, kann es etwas Schöneres geben, als Gott gemeinsam zu preisen, als nach einem gemeinsamen Leben in dem Gedanken zu sterben, daß man sich im Jenseits finden werde? In zwei-, in dreihundert Jahren werden sich der Lehre alle Völker beugen. Jupiter wird vergessen sein, nur christliche Bethäuser werden noch bestehen, in denen die Menschen ihren einzigen Gott anbeten, ihren Christus verehren werden.«

Ohne ihr Haupt von Vinicius' Schulter zu erheben, blickte Lygia sinnend auf die in Silber getauchten Wipfel der Zypressen, während sie sagte: »Markus, du schreibst mir über Sizilien, wohin auch Aulus und Pomponia sich zurückzuziehen gedenken, und...«

»Ja, Geliebte,« unterbrach sie Vinicius, »unsere Besitzungen liegen nebeneinander. Ein wunderbares Land ist Sizilien; die Luft ist dort weit milder als in Rom, wonnig und dufterfüllt sind dort die Nächte; ein frohes, ewig heiteres Leben winkt uns. In Olivenhainen werden wir wandeln und in deren Schatten ruhen.«

Lygia erfaßte seine Hand und versuchte sie an ihre Lippen zu führen, doch er erlaubte es nicht, sondern flüsterte wie trunken vor Glück: »Nein, Lygia, nein! An mir ist es, dich zu ehren, laß mich deine Hand küssen.« »Markus, ich liebe dich von ganzem Herzen!«

Da plötzlich wurde die nächtliche Stille durch ein donnerähnliches Geräusch unterbrochen. Lygia erbebte, Vinicius sprang empor und sagte: »Die Löwen brüllen in ihren Käfigen.«

So war es auch. Gleich einem Donner ertönte das Gebrüll der wilden Tiere, von denen eins dem anderen Antwort zu geben schien. Oft befanden sich in den Arenen Roms mehrere tausend Löwen. Gar häufig in der Nacht stießen sie mit ihren mächtigen Schädeln an die Gitter ihrer Käfige, um durch laute Klagetöne ihrem Sehnen nach der Wüste und Freiheit Ausdruck zu verleihen.

Da nahm Vinicius Lygia in seine Arme und flüsterte ihr zu: »Fürchte dich nicht, Geliebte. Die Kampfspiele werden bald ihren Anfang nehmen, daher sind alle Käfige überfüllt.«

Das Gebrüll der Löwen wurde lauter und lauter; langsamen Schrittes kehrten beide in das Haus des Linus zurück.

30.

Petronius feierte in Antium täglich neue Siege über die Augustianer, die um die Gunst Cäsars buhlten. Tigellinus hatte fast allen Einfluß verloren. In Rom freilich war dieser unentbehrlich, denn keiner verstand es besser als er, lästige Personen aus dem Weg zu räumen und deren Güter einzuziehen; niemand konnte die ungeheuerlichen Gelüste des Kaisers besser befriedigen als er. In Antium aber, dessen Marmorpaläste sich im Meer spiegelten, lebte der Kaiser wie ein Hellene. Den ganzen Tag wurden Gedichte gelesen, musiziert und Theater gespielt, und unter diesen Verhältnissen mußte Petronius das Übergewicht behaupten. Nero suchte seine Gesellschaft, fragte ihn bei seinen künstlerischen Schöpfungen um Rat und bezeugte ihm eine innigere

Freundschaft als jemals zuvor. Es gab Augenblicke, wo er selbst Tigellinus leicht hätte verderben können, aber er zog es vor, ihn auszulachen. Gar mancher fühlte sich in seinem Innern beglückt darüber, daß nun ein Mann wieder die Macht in Händen hatte, der die Menschen zu beurteilen wußte, der, sei es aus Trägheit, sei es infolge seiner höheren Bildung, weder rachsüchtig war, noch seine Macht zum Schaden und Nachteil für andere ausnützte. Der römische Senat atmete auf, denn seit sechs Wochen war kein Todesurteil mehr verhängt worden. Sowohl in Antium als auch in Rom lobte man die raffinierte Lebensführung des Kaisers und seines Günstlings und erzählte sich Wunderdinge; jedermann begrüßte es mit Freuden, daß sich der Cäsar verfeinerte und nicht verrohte. Nero wiederholte oft, daß es nur zwei Männer von Geist am Hof gäbe, die fähig seien, einander zu verstehen: er und Petronius.

Ungefähr acht Tage nach der Rückkehr des Vinicius aus Rom las Nero im engeren Kreise eine Stelle aus seiner Dichtung: Der Brand von Troja, vor. Als er geendet hatte und die Ausrufe der Bewunderung verhallt waren, befragte er Petronius um sein Urteil.

»Schlechte Verse, nur wert, ins Feuer geworfen zu werden.«

Den Anwesenden schien das Herz vor Entsetzen zu stocken. Seit seiner Kindheit hatte Nero solche Worte nicht zu hören bekommen. Nur das Antlitz des Tigellinus strahlte vor Freude. Vinicius aber, der bleich wie der Tod wurde, glaubte, Petronius sei berauscht, obwohl sich dieser nie zu betrinken pflegte.

Nero aber sagte mit seiner süßesten Stimme, in der die verletzte Eitelkeit nachklang:

»Was erscheint dir daran gefehlt?«

Petronius eilte auf ihn zu. »Schenke diesen hier keinen Glauben,« rief er, indem er auf die Anwesenden zeigte, »sie verstehen nichts davon. Um die Wahrheit zu sagen, die Verse wären gut genug für Virgil, gut genug für Ovid, ja sogar gut genug für Homer, aber sie sind nicht gut genug für dich. Du darfst so etwas nicht schreiben. Der Brand, den du beschreibst, brennt nicht, dein Feuer ist nicht heiß genug. Höre nicht auf die Schmeicheleien des Lukanus. Hätte er diese Verse verfaßt, so würde ich ihn für einen Genius halten, bei dir aber lege ich einen anderen Maßstab an. Und weißt du, weshalb? Weil du alle an Geist überragst. Wem die Götter so viel gaben wie dir, von dem kann man mehr fordern. Aber du bist träge, du schläfst lieber nach der Mahlzeit, statt fleißig zu sein. Du könntest die Welt mit einem Werk beschenken, wie es bisher noch nicht

dagewesen ist, darum muß ich dir sagen: schreibe besser!«

Petronius sprach dies in völlig ungezwungenem und doch tadelndem Ton; der Kaiser aber schaute ihn mit entzückten, tränenfeuchten Augen an.

»Die Götter haben mir nicht nur Gaben verliehen,« sagte er, »sie beschenkten mich mit noch etwas Wertvollerem, sie gaben mir einen treuen Freund.«

Bei diesen Worten streckte er seine fette, mit roten Härchen bedeckte Hand aus, um an einem aus Delphi geraubten goldenen Kandelaber die Verse zu verbrennen.

Doch Petronius fiel ihm in die Arme und verhinderte dadurch, daß die Flamme den Papyrus ergriff. »Nein, nein!« rief er. »Wenn die Verse auch nicht gut sind, so gehören sie doch der Menschheit an. Überlaß sie mir!«

»Dann gestatte mir, sie dir in einer Kapsel überreichen zu lassen, die nach meiner Angabe angefertigt wird,« entgegnete Nero, indem er Petronius umarmte. – »Ja, du hast recht,« fügte er nach kurzem Schweigen hinzu, »mein Brand Trojas ist matt. Jeder Bildhauer braucht ein Modell zu seinen Götterbildern; ich aber hatte kein Vorbild. Ich habe nie eine brennende Stadt gesehen.«

»Cäsar,« unterbrach jetzt Tigellinus, »ich habe es schon einmal gesagt, du hast nur zu befehlen, und ich verbrenne Antium oder die Schiffe in Ostia, oder ich erbaue eine hölzerne Stadt am Fuß des Albanergebirges, in die du selbst die Brandfackel schleudern magst, wenn es dir gefällt.«

Nero warf ihm einen verächtlichen Blick zu. »Brennende Holzbaracken soll ich mir ansehen? Dein Hirn ist verbrannt, Tigellinus! Auch scheinst du mein Talent und mein Gedicht nicht besonders hoch zu schätzen, da du ihm nicht mehr opfern möchtest.« Tigellinus war bestürzt.

Wie um dem Gespräch eine andere Wendung zu geben, sagte Nero: »Der Sommer ist nahe. Da wird es in Rom wieder übel riechen! Und leider, zu den Spielen werden wir dahin zurückkehren müssen.«

Als der Kaiser an diesem Tage die Augustianer entließ, näherte sich ihm Tigellinus und flüsterte: »Gestatte mir noch zu bleiben, Cäsar, wenn auch nur einen Augenblick.«

»Du hast mich heute sehr erschreckt,« sagte Vinicius zu Petronius, als er mit diesem die Villa verließ. »Ich dachte, du seist berauscht. Bedenke, daß du mit Tod

80

und Leben spielst.« »Ja, das ist meine Arena,« lächelte Petronius. »Er wird mir seine Verse in einer Dose schicken, die wohl wertvoll, aber entsetzlich geschmacklos sein wird. Ich werde sie meinem Arzt geben zur Aufbewahrung von Abführmitteln, die Verse selbst sind schon ein solches Mittel. Und das beste ist, daß Tigellinus mich wird nachahmen wollen. Das kann gut ausfallen. Ich stelle ihn mir vor wie einen pyrenäischen Bären, der auf dem Seile tanzt! Wenn ich wollte, könnte ich Tigellinus vernichten und an seiner Stelle Präfekt der Prätorianer werden; ich hätte dann den Feuerbart selbst in meinen Händen. Aber ich ziehe mir mein ruhiges gegenwärtiges Leben, selbst mit des Cäsars Versen, der Mühe vor.«

»Welche Geschicklichkeit, sogar Tadel in Schmeichelei zu verwandeln! Aber sind jene Verse wirklich so schlecht? Ich bin kein Sachverständiger.«

»Sie sind nicht schlechter als andere. Lukanus hat natürlich in einem Finger mehr Talent, als der Rotbart überhaupt. Der Kaiser besitzt übrigens eine außerordentliche Vorliebe für Poesie und Musik. In zwei Tagen werden wir die in Musik gesetzte Hymne auf Aphrodite, die er heute oder morgen beendigen wird, zu hören bekommen. Wir werden einen kleinen Kreis bilden, nur ich, du, Tillius Senecio und der junge Nerva. Übrigens sind Neros Verse manchmal sogar beredt. Er ist ein merkwürdiger Mensch. Nicht einmal Caligula erreichte diese Stufe des Wahnwitzes.«

»Wer kann wissen, wozu die Verrücktheit den Rotbart noch bringen wird?« fragte Vinicius.

»Wahrlich niemand. Er mag Dinge vollbringen, daß spätere Jahrhunderte bei dem bloßen Gedanken daran noch schaudern. Aber gerade das ist es, was mich interessiert, und obwohl ich mehr als einmal von ihm verletzt wurde, glaube ich, daß ein anderer Cäsar dies noch hundertmal öfter getan hätte. Paulus, dein kleiner Jude, kann überzeugend reden, aber er vergißt, daß gerade die Ungewißheit meinem Leben einen Reiz verleiht. Du sagst, ich spiele mit dem Leben, und das ist wahr; aber ich spiele weil es mir gefällt, während die Tugenden der Christen mir Licht bringen würden, wie die Abhandlungen des Seneka. Darum verwendet Paulus seine Beredsamkeit umsonst. Ahnend erkenne ich die Wahrheit dessen, was sie sagen. Wir sind wahnwitzig und eilen dem Abgrund zu; etwas Unbekanntes kommt uns aus der Zukunft entgegen. Trotzdem wollen wir das Leben nicht als eine Bürde betrachten und nicht dem Tode dienen, ehe er uns ergreift. Das Leben ist um des Lebens willen, nicht um des Todes willen da.«

»Ich bedaure dich, Petronius.«

»Bedaure vielmehr dich selbst, als mich. Früher warst du froh unter uns, jetzt aber liegt eine Traurigkeit auf deinem Gesicht. Auch Pomponia Graecina ist immer nachdenkend.«

»Ein sehnendes Verlangen erfüllt meine Seele; eigentümlicherweise fürchte ich, fern von Lygia, es möchte ihr Gefahr drohen. Ich weiß nicht, welche Gefahr und woher sie kommen mag; doch ich fühle es wie das Nahen eines Gewitters.«

»In zwei Tagen werde ich dir die Erlaubnis zu vermitteln suchen, Antium zu verlassen, so lange es dir beliebt, Poppäa ist etwas ruhiger, und soviel ich weiß, droht Lygia von ihrer Seite keine Gefahr.«

»Paulus lehrte mich,« sagte Vinicius, »daß Gott uns zuweilen warnt; doch sei es nicht erlaubt, an Vorzeichen zu glauben. Trotzdem hat eine zufällige Begebenheit mich ängstlich gemacht. Ich saß an einem Abend mit Lygia zusammen, und wir fühlten uns unsagbar glücklich und zufrieden. Plötzlich begannen die Löwen zu brüllen. Wohl ist das nichts Besonderes in Rom, aber das Brüllen kam so befremdend und so unerwartet, daß ich die Töne noch jetzt vernehme und mein Herz in beständiger Furcht ist, als ob Lygia vor irgend etwas Schrecklichem, selbst vor jenen Löwen meines Schutzes bedürfe.«

»Söhne der Konsuln oder deren Frauen werden den Löwen in der Arena nicht vorgeworfen,« sagte Petronius lachend. »Ein anderer Tod mag dich erwarten. Was mich betrifft, so verachte ich Vorzeichen und Schicksale.« Er schwieg und fügte nach einigem Nachdenken hinzu: »Wenn dein Christus von den Toten auferstanden ist, so wird er vielleicht euch beide vor dem Tode bewahren.«

»Er möge es tun,« antwortete Vinicius und wendete seinen Blick nach dem sternbesäten Himmel.

31.

Nero spielte und sang zu Ehren der »Herrin von Cypern« eine Hymne eigener Dichtung und Komposition. Diesmal war er bei Stimme und bemerkte, daß sein Vortrag die Zuhörer wirklich gefangennahm. Dieses Bewußtsein schwellte seine Seele so hoch, daß er vor

Ergriffenheit bleich wurde. Es war gewiß das erste mal, daß ihn nicht nach fremdem Lobe verlangte. Er setzte sich nieder und blieb lange schweigend, die Hand auf die Kithara gestützt, das Haupt vornübergebeugt. Plötzlich sprang er auf und sagte: »Ich bin ermüdet und sehne mich nach Luft. Inzwischen sollen die Kitharen gestimmt werden.« Dabei legte er ein seidenes Tuch um seinen Hals. Ihr begleitet mich,« befahl er Petronius und Vinicius, die in einer Ecke der Halle saßen. Gib mir deinen Arm, Vinicius, denn ich bin erschöpft, und Petronius wird mit mir über Musik plaudern.«

Als sie die mit Alabaster verzierte, safranbestreute Terrasse betraten, atmete Nero auf.

»Hier fühle ich mich wohler,« sagte er. »Ich bin bis in die Tiefe meiner Seele erschüttert, und dennoch bin ich mir bewußt, daß ich mit diesem Gesang öffentlich auftreten und Triumphe feiern könnte.«

»In Rom, in Achaja, wo du willst! Ich bewundere dich, Göttlicher!« rief Petronius.

»Das weiß ich. Du bist zu streng, um dich zu Schmeicheleien hinreißen zu lassen. Du bist aufrichtig. Nur du allein in ganz Rom verstehst mich! Wenn ich singe, wenn ich spiele, bin ich der Welt entrückt. Die Musik hebt mich über mich hinweg, macht mich erst allmächtig. Ich sehe neue Reiche, neue Berge und Meere, ich empfinde nie gekannte Wonnen! Ich fühle die Götter, ich sehe den Olymp ... und ich sage dir« – hier bebte Neros Stimme vor Erregung – »dann fühle ich mich, ich, der Cäsar und Gott, klein wie ein Körnchen im Staube.«

»Ich begreife es. Die wahren Künstler fühlen sich der Kunst gegenüber klein.«

»Die heutige Nacht stimmt mich ernst, Petronius, daher will ich dich als Freund einen tiefen Blick in meine Seele tun lassen. Glaubst du, daß ich blind bin? Glaubst du, daß ich nicht weiß, was man in Rom über mich spricht? Daß man mich Muttermörder, Gattenmörder nennt, einen Tyrannen, ein Ungeheuer, weil ich Todesurteile unterschrieb, die Tigellinus durchaus von mir verlangte? Ich weiß es, man hält mich für grausam, und doch, niemand wird es glauben: wenn die Musik mein Ohr umschmeichelt, dann fühle ich mich weich und gut, wie ein Kind in der Wiege. Die Menschen haben keine Ahnung, wie gut ich eigentlich bin.«

Petronius zweifelte keinen Augenblick daran, daß Nero in diesem Augenblick wahr spreche und daß die Musik in dessen Seele edlere Regungen erweckte; er antwortete daher lebhaft:

»Die Menschen sollten dich, Cäsar, so genau kennen, wie ich dich kenne. Doch Rom hat dich nie zu würdigen gewußt.«

Der Kaiser stützte sich schwer auf den Arm des jungen Tribuns, als drücke ihn die erlittene Unbill zu Boden. Dann sagte er: »Niemand ahnt, auch du nicht, was für ein Künstler ich bin! Wie öde wird diese Welt sein, wenn ich nicht mehr sein werde! Ich leide, Petronius! Du glaubst nicht, wie sehr ich leide! Wie schwer ist es, die Würde der höchsten Macht und des größten Talentes zu tragen!«

»Ich nehme von ganzem Herzen teil an deinem Leiden, Göttlicher,« sagte Petronius, »und das gleiche fühlt Vinicius, der dich von jeher vergöttert hat.«

»Ich konnte ihn auch immer leiden, obwohl er dem Mars dient und nicht den Musen.«

»Jetzt dient er hauptsächlich Aphroditen,« erwiderte Petronius, indem er die weiche Stimmung des Kaisers zugunsten seines Neffen ausnützen wollte. »Erinnerst du dich der lygischen Geisel, o Göttlicher, die du ihm schenktest? Er wollte sie zu seiner Geliebten machen, doch sie ist tugendhaft wie Lukretia, darum will er sie heiraten. Er seufzt, klagt und magert vor Sehnsucht ab; doch als echter Soldat wartet er auf die Bewilligung des Kaisers.«

»Ich erinnere mich sehr wohl. Weshalb sollte ich ihm die Genehmigung versagen?« Dann wandte er sich huldvoll lächelnd zu Vinicius. »Du fährst morgen nach Rom,« sagte er, »heiratest deine Lygierin und kommst mir ohne Ehering nicht vor die Augen!«

»O Herr, Dank, von ganzem Herzen Dank,« stammelte Vinicius.

»O wie beglückend ist es doch, die Menschen glücklich zu machen!« rief Nero. »Mein ganzes Leben hindurch möchte ich nichts anderes tun.«

So sprechend wandte er sich der Villa wieder zu, und die beiden folgten ihm, hochbeglückt über den errungenen Sieg.

In dem Atrium der Villa bemühte sich der junge Nerva und Tullius Senecio, die Augusta zu unterhalten, während Terpnos und Diodorus die Instrumente stimmten. Nero ließ sich sofort auf einen mit Schildkröt eingelegten Sessel nieder und erteilte dem neben ihm stehenden griechischen Knaben leise einen Befehl. Der Knabe entfernte sich und kehrte sofort mit ei-

82

nem goldenen Kästchen wieder. Nero öffnete es und entnahm ihm ein Halsband aus wunderbaren Opalen, indem er bemerkte: »Diese köstlichen Juwelen passen für den herrlichen Abend.«

»In ihrem Farbenspiel gleichen sie der Morgenröte,« bemerkte Poppäa, in der festen Annahme, das Halsband sei für sie bestimmt.

Nero spielte einen Augenblick mit diesen Steinen, dann sagte er: »Vinicius, überbringe dieses Halsband in meinem Namen der jungen lygischen Königstochter, die, meinem Wunsche gemäß, dein Weib werden soll!«

Aus Poppäas Augen brach ein zornerfüllter und zugleich erstaunter Blick, der vom Kaiser zu Vinicius hinüberschweifte und schließlich an Petronius haften blieb. Doch dieser, sich lässig über die Lehne seines Stuhles beugend, fuhr mit der Hand sanft über die Saiten der Harfe.

Nachdem Vinicius dem Kaiser für die prächtige Gabe gedankt hatte, näherte er sich dem Petronius und sagte: »Wie soll ich dir für das danken, was du heute für mich getan hast.«

»Opfere der Euterpe ein paar Schwäne, lobe den Gesang des Kaisers und gräme dich nicht über die bösen Ahnungen,« entgegnete Petronius. »Von jetzt an wird das Gebrüll der Löwen deinen Schlaf ebensowenig stören wie den Schlaf deiner lygischen Lilie, dessen bin ich gewiß. Der Kaiser greift zur Forminga, jetzt heißt es wieder den Atem anhalten, zuhören und Tränen vergießen.«

Da plötzlich drang aus der Vorhalle lauter Lärm. Der Vorhang wurde zurückgerissen, und Faon, der Freigelassene des Cäsar, stürzte in den Saal und hinter ihm der Konsul Lecanius. Nero runzelte die Brauen.

»Verzeihe, göttlicher Imperator!« rief Faon atemlos. »Rom brennt, der größte Teil der Stadt steht schon in Flammen!«

»O ihr Götter! Ich werde eine brennende Stadt sehen und meine Trojade beenden!« Hierauf wendete er sich zum Konsul: »Kann ich den Brand noch sehen, wenn ich gleich aufbreche?«

»Herr!« versetzte der Konsul, bei Neros Worten totenbleich geworden, »ein Flammenmeer wogt über der Stadt; das Volk erstickt im Rauch, die Menschen brechen ohnmächtig zusammen, wenn sie sich nicht, vom Wahnsinn ergriffen, ins Feuer stürzen. Rom ist verloren, Herr!«

Einen Augenblick herrschte ein unheimliches Schweigen, dann brach Vinicius in den Schreckensruf aus: »Weh mir Unglücklichem.« Und der junge Krieger stürmte, die Toga abwerfend, in der Tunika aus dem Palast

Nero dagegen erhob seine Hände und rief: »Wehe dir, du heilige Stadt des Priamos.«

32.

Vinicius nahm sich kaum Zeit, einigen Sklaven den Befehl zu erteilen, ihm zu folgen. Er warf sich auf sein Pferd und sprengte in tiefer Nacht durch die menschenleeren Straßen Antiums in der Richtung nach Laurentum zu. Er vermochte die schreckliche Nachricht kaum zu fassen. Sein unbedecktes Haupt tief auf den Hals des Tieres beugend, raste er dahin, nur mit der Tunika bekleidet, weder rechts noch links blickend, aufs Geradewohl, ohne irgendein Hindernis zu berücksichtigen, ohne zu bedenken, daß er sich an irgend etwas den Kopf zerschmettern könne.

Der vom Glanze des Mondes umflossene Reiter und sein Pferd erschienen mitten im Schweigen und der Ruhe wie Traumgestalten. Der idumäische Hengst schoß mit herabhängenden Ohren und gestrecktem Halse pfeilschnell an bewegungslosen Zypressen und weißen Villen vorüber. Gleich einem Sturmwind raste er von Ort zu Ort, sein Pferd zur äußersten Anstrengung antreibend. Hinter Ardea erschien ihm der Himmel im Nordosten wie mit einem rosigen Schimmer übergossen. Dies konnte die Dämmerung sein, denn die Zeit war schon vorgerückt, und die Sonne mußte bald aufgehen. Vinicius jedoch glaubte darin den Glanz der Feuersbrunst zu erkennen und konnte einen Schrei des Zorns und der Verzweiflung nicht unterdrücken. Er erinnerte sich an das Wort des Konsuls Lecanius: Die ganze Stadt ist ein Flammenmeer! Und während eines kurzen Moments fühlte er sich dem Wahnsinn nahe. Er hatte alle Hoffnung verloren, Lygia zu retten oder Rom zu erreichen, ehe es in einen Schutthaufen verwandelt war. Zwar wußte er nicht, in welchem Stadtteile das Feuer ausgebrochen war; doch sagte er sich, daß das Viertel jenseits des Tiber mit seinen dichtgedrängten Häusern, Holzlagern, Vorratshäusern und Schuppen, in denen die Sklavenmärkte abgehalten wurden, zuerst ein Raub der Flammen werden könnte. In Rom zählten die Feuersbrünste nicht zu den Seltenheiten; während derselben wurden häufig Gewalttaten und Diebstähle verübt, besonders in den von einer dürftigen und halb barbarischen Bevölkerung bewohnten Teilen. Was mochte also jetzt dort jenseits des Tiber vorgehen, wo sich Gesindel aus allen Teilen der Welt zusammenfand?

Die Furcht vor einer Empörung der Sklaven drückte Rom gleich einem Alp seit Jahren schon. Man sprach davon, daß Hunderte aus den Tausenden jener Leute des früheren Sklavenaufstandes gedachten und nur auf einen günstigen Augenblick warteten, um die Waffen gegen ihre Bedrücker und Rom zu ergreifen. Und nun schien dieser Augenblick gekommen. Vielleicht wüteten Mord und Totschlag in den Straßen mit dem Feuer gemeinsam. Es war sogar möglich, daß die Prätorianer selbst in die Stadt geeilt waren und dort auf Geheiß des Cäsar mordeten. Bei diesem Gedanken sträubte sich das Haar auf dem Haupt des Vinicius vor Entsetzen. Er erinnerte sich der Unterhaltungen über brennende Städte, die in letzter Zeit mit auffallender Beharrlichkeit bei Hofe sich wiederholt hatten, der Klagen des Cäsar, daß er genötigt sei, eine brennende Stadt zu beschreiben, ohne ein wirkliches Feuer gesehen zu haben. Ja, der Cäsar hatte befohlen, die Stadt anzuzünden. Er allein konnte so etwas gebieten, Tigellinus es ausführen. Brannte aber Rom, wie er befohlen, wer bürgte dann dafür, daß nicht auf denselben Befehl auch die Bevölkerung niedergemetzelt wurde? Das Ungeheuer war einer solchen Tat fähig. Feuersbrunst, ein Sklavenaufstand und Gemetzel! Welche Entfesselung zerstörender Elemente, menschlichen Wahnsinns! Welch furchtbares Chaos! Und Lygia befand sich mitten darin.

Auf dem völlig erschöpften Pferd langte Vinicius in Aricia an. Das müde Pferd strauchelte, aber von starker Hand gezügelt, blieb es vor einem Wirtshaus stehen, wo ein anderes für Vinicius bereit gehalten wurde. Einige seiner Sklaven befanden sich vor dem Gasthofe, gerade als ob sie die Ankunft ihres Herrn erwartet hätten, und beeilten sich, ein frisches Pferd vorzuführen.

Vinicius erblickte in diesem Augenblick eine Abteilung von zehn berittenen Prätorianern, die offenbar neue Kunde aus Rom nach Antium bringen sollten. Er eilte auf sie zu und fragte:

»Welcher Stadtteil steht in Flammen?«

»Wie nennst du dich?« fragte der Hauptmann,

»Vinicius, Kriegstribun und Augustianer. Antworte bei deinem Haupt!«

»Das Feuer brach in den Kramläden am Circus Maximus aus. Als wir ausgesandt wurden, stand der Mittelpunkt der Stadt in Flammen.«

»Und wie steht's mit dem Transtiber?«

»Dorthin war das Feuer noch nicht gekommen, aber es ergreift immer neue Stadtteile. Die Menschen gehen zugrunde vor Hitze und Rauch; eine Rettung ist unmöglich.« Vinicius warf sich auf das eben gebrachte frische Pferd und raste davon. Er ritt nun Albanum zu, Alba longa und dessen herrlichen See rechts lassend. Noch bevor er die Anhöhe bei Albanum erreicht hatte, wehte ihm ein Windhauch Brandgeruch entgegen. Zugleich begann sich der Gipfel der Anhöhe zu vergolden.

Das Feuer.

Der Tag graute schon, und auf allen Höhen zeigte sich ein goldener, rosiger Schein. Als Vinicius den Gipfel erreichte, bot sich ihm ein furchtbarer Anblick.

Die ganze Niederung war mit Rauch bedeckt, der wie eine Riesenwolke über der Stadt lagerte; jenseits der grauen Ebene auf den Hügeln standen die Häuser in Flammen. Das Feuer stieg nicht säulenartig empor, wie dies beim Brande eines einzelnen, wenn auch noch so umfangreichen Gebäudes der Fall ist; es glich eher einem langgezogenen Gürtel, ähnlich den Streifen der Morgenröte. Darüber erhob sich eine Rauchmasse, stellenweise tiefschwarz, stellenweise rosig, dann wieder rot wie Blut, in sich selbst unheimliches Leben zeigend, hier aufgebläht, dort eingepreßt, sich krümmend wie eine sich windende und dehnende Schlange. Diese ungeheure Rauchmasse schien zuweilen den Feuerstreifen überdecken zu wollen, der dann schmal wurde wie ein Band; später aber beleuchtete das Feuer von unten her den Rauch und verwandelte dessen niedriger liegende Wolken in Feuerwogen. Beide Erscheinungen reichten von einer Seite des Horizonts bis zur anderen und machten dessen unteren Teil unsichtbar, wie zuweilen ein ausgedehnter Wald eine Strecke Landes unsichtbar macht. Von den Sabinerbergen war keine Spur zu erblicken.

Vinicius schien es für den Augenblick, als brenne nicht nur die Stadt, sondern die Welt, und es könne kein lebendes Wesen sich aus diesem Rauch- und Flammenmeer retten.

Der Wind wehte mit zunehmender Macht aus der Richtung des Feuers, brachte den Geruch verbrannter Gegenstände und so viel Rauch mit sich, daß er selbst hier das Naheliegende verhüllte. Es war bereits Tag ge-

84

worden, und die Sonne beleuchtete die den Albanersee umgebenden Spitzen. Aber ihre glänzend goldenen Morgenstrahlen erschienen heute rötlich, wie überzogen vom Rauche.

Vinicius ritt von Albanum hinab, was für ihn soviel bedeutete, als in ein Gebiet immer dichteren und undurchsichtigeren Rauches zu gelangen. Die Stadt Albanum selbst war vollständig darin begraben. Die geängstigten Bürger hatten sich auf die Straße begeben. Wie schrecklich war der Gedanke an das Innere Roms, wenn man schon in Albanum schwer nach Atem ringen mußte! Verzweiflung ergriff Vinicius aufs neue, und sein Haar sträubte sich; aber er versuchte, stark zu sein. Es ist unmöglich, dachte er, daß eine Stadt an allen Seiten zugleich brennt. Der Wind kommt von Norden und treibt deshalb den Rauch nur nach dieser Richtung, auf der anderen Seite ist keiner. Jedenfalls wird es dem Ursus Arbeit kosten, mit Lygia durch das Tor beim Janiculus zu gelangen, um sich und sie zu retten. Es ist unmöglich, daß eine ganze Bevölkerung zugrunde gehe und die weltbeherrschende Stadt samt ihren Bewohnern vom Angesicht der Erde verschwinde. Selbst in eroberten Städten, in denen Brand und Metzeleien zusammen wüten, entkommen immer einige Personen, warum sollte es also gewiß sein, daß Lygia zugrunde gehe? Nein, Gott wacht über sie, er, der selbst den Tod besiegt hat.

Diese Gedanken gaben ihm wieder Mut. Sicherlich war sie entkommen, und er konnte sie in Bovillae treffen oder ihr auf der Landstraße begegnen. Dies schien ihm um so gewisser, als er eine stets wachsende Zahl von Menschen traf, die die Stadt verlassen hatten und sich nach dem Albanergebirge begaben; sie waren dem Feuer entronnen und wollten den Bereich des Rauches verlassen. Ehe er nach Ustrianum kam, mußte er wegen der zunehmenden Menge den Gang seines Tieres mäßigen. Er begegnete Fußgängern mit Bündeln auf dem Rücken, bepackten Reitern, beladenen Maultieren und Gefährten, Sänften, in denen Sklaven die reicheren Bürger trugen. Ustrianum war mit Flüchtigen aus Rom so überfüllt, daß es schwer hielt, sich hindurchzudrängen. Auf dem Marktplatz, unter den Säulenhallen der Tempel, auf den Straßen hielten sich Scharen Geflohener auf. Es war in dem allgemeinen Schrecken schwierig, etwas zu vernehmen. Leute, an welche Vinicius dennoch eine Frage stellte, gaben entweder keine Antwort oder erwiderten mit halb verwirrtem Blick, daß Rom und die Welt zugrunde gehen.

Der Senator Junius, den Vinicius im Gasthaus von einer Abteilung batavischer Sklaven umgeben sah, war der erste, der Genaueres von der Feuersbrunst berichten konnte. Das Feuer war beim Circus Maximus ausgebrochen, in jenem Teil, der den Palatin und den cölischen Hügel berührt, verbreitete sich aber mit rasender Schnelligkeit und ergriff das ganze Innere der Stadt. Nie seit Brennus war ein so schreckliches Unglück über Rom hereingebrochen.

»Der Circus ist vollständig niedergebrannt, wie auch die benachbarten Buden und Häuser,« sagte Junius; »der aventinische und der cölische Hügel stehen im Feuer. Die den Palatin umgebenden Flammen haben die Carinae erreicht.«

Junius besaß an der Carinae eine prächtige Villa, welche eine Sammlung von wahren Kunstwerken enthielt, die ihm teuer waren; darum nahm er bei den letzten Worten eine Handvoll schmutzigen Straßenstaubes, bestreute damit sein Haupt und seufzte verzweifelnd.

Vinicius berührte seine Schulter. »Mein Haus ist auch an den Carinae,« sagte er; »aber wenn alles zugrunde geht, dann mag es das gleiche Schicksal teilen.« Weil es ihm jedoch einfiel, daß Lygia auf seinen Rat zu Aulus gegangen sein könnte, forschte er weiter: »Und der Vicus Patricius?«

»Steht im Feuer,« erwiderte Junius.

»Der Transtiber?«

Junius sah ihn erstaunt an. »Was kümmert uns der Transtiber?« sprach er, mit den Händen seine schmerzenden Schläfen pressend.

»Der Transtiber ist mir wichtiger als alle anderen Viertel Roms,« rief Vinicius heftig.

»Der Weg führt durch die Via Portuensis beim Aventin; aber die Hitze wird dich ersticken. Der Transtiber? Ich weiß nichts davon. Das Feuer hatte ihn noch nicht erreicht; ob es jetzt auch noch nicht dort ist, wissen die Götter allein.« Junius zögerte darauf einen Augenblick, dann flüsterte er Vinicius zu: »Du wirst mich nicht verraten; darum sage ich dir, es ist keine gewöhnliche Feuersbrunst. Man ließ es nicht zu, daß der Circus gerettet wurde. Gewisse Leute liefen in der Stadt umher und warfen brennende Fackeln in die noch nicht brennenden Gebäude. Wieder andere riefen, die Stadt sei absichtlich angezündet worden. Wehe der Stadt und uns allen! Es läßt sich nicht sagen, was dort vorgeht. Die Leute kommen in den Flammen um oder morden sich gegenseitig im Gedränge.« Und wieder brach er in die Worte aus: »Wehe, wehe der Stadt und uns!«

Vinicius sprang auf sein Pferd und eilte die Appische Straße dahin. Sein Ritt glich jetzt einem Ringen durch einen Strom von Menschen und Fuhrwerken, der sich aus der Stadt ergoß. Die von dem ungeheuren Brand erfaßte Stadt lag vor Vinicius wie ein Gegenstand auf seiner Hand. Aus diesem Rauch- und Feuermeer drang eine schreckliche Hitze; das Geschrei des Volkes konnte dem Knistern und Zischen der Flammen nicht wehren.

33.

Je mehr Vinicius sich Rom näherte, desto mehr erkannte er, wie schwierig es sei, nach der Mitte der Stadt vorzudringen. Die Appische Straße wimmelte von Menschen. Die Häuser, Felder, Friedhöfe, Gärten und Tempel zu beiden Seiten derselben waren in Lagerplätze verwandelt. Jede Rücksicht auf Gesetz, auf Familienbande, auf gesellschaftlichen Rang hatte aufgehört. Gladiatoren, betrunken vom Weine, dessen sie im Emporium habhaft geworden, rannten wild brüllend auf den Plätzen herum, warfen beiseite, wer ihnen in den Weg kam, traten die Leute mit Füßen und raubten sie aus. Ein Haufen von Barbaren, die zum Verkauf auf dem Markt gestanden hatten, waren entwichen. Für sie bedeutete der Brand Roms zugleich das Ende der Knechtschaft und die Stunde der Rache, während die Bewohner der Stadt, deren ganze Habe in den Flammen zurückgeblieben, in Verzweiflung die Hände zu den Göttern erhoben und um Rettung flehten, stürzten jene Sklaven mit Freudengeheul mitten unter sie, rissen ihnen die Kleider vom Leibe und schleppten jüngere Frauen hinweg. Die Bande, aus Asiaten, Afrikanern, Griechen, Thrakiern, Germanen und Briten bestehend, heulte in allen bekannten und unbekannten Sprachen und raste umher, toll vor Freude, daß die Stunde gekommen, welche sie für jahrelanges Elend entschädigen sollte.

Mitten unter dieser wogenden Menge glänzten im Schein der Sonne und des Feuers die Helme der Prätorianer, in deren Schutz der friedfertige Teil der Flüchtlinge sich gestellt hatte, und die mit der rasenden Menge Kampf um Kampf zu bestehen hatten. Mit wachsender Schwierigkeit, jeden Augenblick sein Leben aufs Spiel setzend, erzwang der junge Tribun sich den Weg zum Appischen Tore. Dort angelangt, mußte er sehen, daß es infolge des Gedränges sowie der fürchterlich sengenden Hitze unmöglich war, durch den Stadtteil von Porta Capena das Innere Roms zu erreichen.

Vinicius erkannte, daß er ein Stück Weges zurückreiten, von der Appischen Straße abbiegen und den Fluß unterhalb der Stadt kreuzen müsse, um direkt den Transtiber zu erreichen. Beim Brunnen des Merkur sah er einen ihm bekannten Hauptmann, welcher an der Spitze einiger vierzig Soldaten die Vorhalle des Tempels verteidigte. Er befahl ihm, zu folgen. Der Hauptmann erkannte in ihm den Tribun und Augustianer und gehorchte.

Vinicius übernahm selbst den Befehl über die Abteilung. Er vergaß Paulus' Lehren betreffs der Nächstenliebe und durchritt die Menge mit einer Hast, welche manchem übel bekam, der nicht zeitig genug auszuweichen vermochte. Flüche und ein Hagel von Steinen folgten ihm und seinen Leuten. Er achtete nicht darauf, sondern suchte so bald wie möglich weniger belebte Wege zu erreichen. Die Schwierigkeit wuchs von Minute zu Minute. Leute, die sich gelagert hatten, wollten nicht ausweichen und äußerten Flüche gegen den Cäsar und die Prätorianer. Bisweilen nahm die Menge eine drohende Haltung an. Vinicius vernahm Rufe, welche den Nero der Brandstiftung beschuldigten und ihm sowie Poppäa mit dem Tode drohten. Es war leicht zu sehen, daß nur ein Anführer fehlte, um diese Drohungen zu offenem Aufruhr zu steigern. So aber wandte sich die Wut der Menge gegen die Prätorianer, deren Aufgabe, Vinicius einen Weg zu bahnen, dadurch erschwert wurde, daß die Straßen durch Barrikaden von geretteten Waren, Kisten, Proviantfässern, kostbaren Möbeln, Karren und Handgepäck versperrt waren. Da und dort entstand ein Handgemenge, wobei die Prätorianer ihrer Bewaffnung wegen leicht Sieger blieben.

Nach vielen Mühen erreichte Vinicius endlich mit seiner Schar den Vicus Alexandri, wo er den Tiber kreuzte. Die Luft war dort weniger heiß und raucherfüllt. Von Flüchtlingen, die in großen Scharen ihm begegneten, vernahm er, daß nur bestimmte Gassen im Transtiber brannten, daß aber nichts dem Feuer Einhalt tun könne, da gewisse Leute es absichtlich weitertrügen und jeden Löschversuch hinderten, indem sie vorgaben, auf Befehl zu handeln. Der junge Krieger war nun überzeugt, daß Nero die Stadt habe in Brand stecken lassen, und die Rache, wonach das Volk schrie, schien ihm gerecht und verdient. Was hätte einer der ärgsten Feinde Rom Ärgeres tun können? Das Maß war übervoll; Neros Tollheit war ins Ungeheure ge-

86

wachsen. Das Leben des Volkes war durch ihn in Gefahr.

Vinicius glaubte, Neros Stunde habe geschlagen, die Trümmer dieser Stadt müßten das possenreißende Scheusal samt seinem Verbrechen mit sich reißen! Sollte ein Mann sich finden, der bereit wäre, sich an die Spitze eines verzweifelten Volkes zu stellen, so würde dieses Schicksal den Cäsar in den nächsten Stunden schon ereilen.

Verwegene Gedanken flogen durch Vinicius' Sinn. Wenn er der Mann sein wollte? Seine Familie, die sich einer langen Reihe von Konsuln rühmte, war in ganz Rom wohlbekannt. Wer jetzt die Quiriten unter Waffen riefe, dachte Vinicius, würde ohne Zweifel Nero stürzen und den Purpur erlangen. Warum sollte er es nicht tun, der energischer und jünger als die anderen Augustianer war? Wohl war Nero Herr von dreißig an den Grenzen des Reiches stationierten Legionen; doch würden denn diese Legionen und ihre Anführer bei der Nachricht vom Brande Roms sich nicht empören? In diesem Falle stände Vinicius der Weg zum Throne offen. Vielleicht würde Christus selber mit seiner göttlichen Macht ihm zu Hilfe kommen, wie es überhaupt möglich war, daß dies eine Eingebung Christi war. Ein neues Reich der Wahrheit und Gerechtigkeit würde beginnen, Christi Lehre vom Euphrat bis zu Britanniens Nebelküsten herrschen. Er würde Lygia in Purpur kleiden und sie zur Herrin der Welt machen.

Allein diese Gedanken, die gleich Funken aus einem brennenden Hause durch seinen Kopf geflogen waren, verloschen wie Funken. Vor allem mußte Lygia gerettet werden. Vinicius war jetzt auf dem Schauplatz der Katastrophe. Verzweiflung bemächtigte sich seiner, als er die Via Portuensis erreichte, die geradeswegs zum Transtiber führte. Er raste weiter bis zum Tore, wo er durch Flüchtlinge die Aussage bestätigt fand, dieser Stadtteil stehe noch nicht in Flammen, jedoch sei das Feuer an mehreren Stellen über den Fluß gedrungen.

Trotzdem war der Transtiber in Rauch gehüllt, und das Gedränge in den Straßen machte ein Vordringen um so schwieriger, als hier größere Mengen von Gütern fortgeschafft wurden.

Die Bewohner flohen zu Tausenden. Mehr als einmal stießen zwei entgegengesetzte Ströme von Menschen in engen Gassen aufeinander und brachten sich gegenseitig zum Stehen. Der Lärm machte es unmöglich, etwas zu erfragen oder zu verstehen.

Von Zeit zu Zeit flogen neue Rauchsäulen von jenseits des Flusses herüber, schwarzer, schwerer Rauch,

der am Boden hintrieb und Häuser und Menschen in nächtliches Dunkel hüllte.

Doch der Wind trieb ihn wieder hinweg, und dann spornte Vinicius sein Pferd und flog der Straße zu, wo Linus' Haus stand. Die Julihitze, vermehrt durch die Glut der brennenden Stadtteile, wurde unerträglich. Der Rauch schmerzte die Augen, die Lungen fanden keine Luft mehr.

Die Prätorianer, die Vinicius begleiteten, blieben allmählich zurück. Ein Kerl im Gedränge schlug mit einem Hammer das Pferd des Tribuns, das sich hoch aufbäumte und den Gehorsam verweigerte. Man erkannte an der reichen Tunika den Augustianer und begann zu schreien: Tod Nero und seinen Mordbrennern! Die Gefahr war groß, jedoch sein scheu gewordenes Pferd trug ihn hinweg, indem es zu Boden trat, was ihm nicht auswich. Im nächsten Augenblick hüllte eine neue Rauchwolke die Straßen in Finsternis. Vinicius erkannte, daß hier das Pferd ihm nur hinderlich sei. Er sprang herab und stürzte zu Fuß vorwärts, indem er sich an den Mauern entlang bewegte und zuweilen stehen blieb, bis die fliehende Menge vorbei war. Im stillen sagte er sich, daß seine Mühe vergeblich sei. Lygia konnte längst entflohen sein, wie sollte er sie auch in diesem Chaos finden. Dennoch wollte er bis zum Hause des Linus vordringen, und sollte es sein Leben kosten.

Endlich erreichte Vinicius den Vicus der Juden, in dem auch des Linus Haus lag. Auch hier stand fast alles in Flammen. Der junge Tribun erinnerte sich, daß Linus' Haus von einem Garten umgeben war. Zwischen diesem Garten und dem Tiber lag ein kleines, nicht bebautes Feld. Dies beruhigte ihn einigermaßen. Das Feuer mochte dort aufgehalten worden sein. In dieser Hoffnung stürzte er vorwärts, obschon jeder Luftzug ihn nicht nur in Rauch einhüllte, sondern mit einer Unzahl Funken bedeckte, die dann weiterflogen und das andere Ende der Straße anzünden konnten, ihm dadurch seinen Rückweg abschneidend. Endlich erblickte er durch den Rauch hindurch die Zypressen in Linus' Garten. Die Häuser jenseits des unbebauten Feldes brannten lichterloh; doch des Linus kleine Insula stand noch unversehrt da. Vinicius warf einen dankerfüllten Blick zum Himmel empor und stürzte auf das Haus zu, obschon die bloße Luft ihn zu versengen drohte. Die Tür war geschlossen; er stieß sie ein und sprang ins Haus. Nichts regte sich im Garten; auch das Haus schien leer zu sein.

Vielleicht haben Rauch und Hitze sie ohnmächtig gemacht, dachte Vinicius. Und er rief: »Lygia! Lygia!«

Ein tiefes Schweigen folgte. Nichts war zu hören als das Prasseln der Flammen in der Ferne.

»Lygia!«

Jetzt drang wieder jener furchtbare Ton an seine Ohren, den er schon einmal im Gärtchen vernommen hatte. Offenbar war das Tierverlies auf der benachbarten Insel in Brand geraten, so daß die wilden Tiere ein Angstgebrüll ausstießen. Ein Schauder überlief Vinicius. Zum zweiten mal, da sein ganzes Trachten in Lygia aufging, mußten diese schrecklichen Stimmen, die Herolde des Unglücks, einander Antwort geben.

Vinicius durchsuchte jetzt das ganze Haus, sogar auch den Keller. Nirgends war eine lebende Seele zu finden. Augenscheinlich hatten Lygia, Linus und Ursus mit anderen Anwohnern der Straße ihr Heil in der Flucht gesucht.

Ich muß sie unter der Menge außerhalb der Stadttore suchen, dachte Vinicius.

Er war zwar nicht besonders erstaunt darüber, ihnen nicht auf der Via Portuensis begegnet zu sein, da sie den Transtiber auf entgegengesetztem Wege verlassen haben konnten, den Vatikanischen Hügel entlang. In jedem Falle war sie wenigstens vor dem Feuer gerettet. Ein Stein fiel ihm vom Herzen.

Es war jetzt der Augenblick gekommen, da er auf seine eigene Rettung bedacht sein mußte. Der Feuerstrom schien sich immer mehr zu nähern, und die Rauchsäule hüllte die Straße in tiefe Finsternis. Vinicius verließ das Haus und sprang mit höchster Schnelligkeit der Via Portuensis zu, woher er gekommen war. Das Feuer schien ihm nachzujagen, indem es ihn bald in Rauch hüllte, bald mit Funken überdeckte, die auf seinem Nacken, in den Haaren und auf der Tunika weiterglimmten. Die Tunika begann da und dort von ihm abzubröckeln, er achtete nicht darauf, sondern rannte vorwärts, um nicht zu ersticken. Seine Zunge war wie von brennender Asche belegt; Kehle und Lungen brannten wie Feuer. Bald wurde es ihm unmöglich, die Straßen zu erkennen, welche er durchrannte. Das Bewußtsein verließ ihn zusehends; er wußte nur noch das eine Wort: Fliehen! Denn Lygia erwartete ihn, Lygia, die Petrus ihm zum Weibe versprochen. Und mit einem mal stand vor ihm, wie eine Vision vor dem Tode, die Gewißheit, daß er Lygia sehen, sich mit ihr, vermählen und dann sterben müsse.

Und weiter rannte er wie trunken, von einer Seite zur anderen taumelnd. Inzwischen hatte sich der Anblick des Riesenbrandes etwas verändert. Was bis jetzt bloß geglimmt, stand nun in hellen Flammen. Der Wind brachte keinen Rauch mehr. Ein Wirbelwind sengender Luft räumte den Rauch aus den Straßen, Millionen von Funken mit sich führend, so daß Vinicius durch eine Feuerwolke zu fliehen schien. Allein um so besser fand er seinen Weg, und als die letzte Kraft ihn verlassen wollte, sah er das Ende der Straße vor sich. Das gab ihm neue Kraft. Um die Ecke biegend, erkannte er den Weg zur Via Portuensis und zum Felde. Die Funken verfolgten ihn nicht länger, wenn er die Via Portuensis erreichte, war er gerettet, ob er auch dort zusammenfiel.

Am Ende der Straße sah er wieder eine Wolke vor sich, die den Ausweg versperrte. Wenn das Rauch ist, dachte er, so komme ich nicht hindurch. Die letzte Kraft aufbietend, stürzte er vorwärts und warf sogleich die Tunika von sich, die, von den Funken in Brand gesteckt, an seinem Leibe brannte. Näher kommend, erkannte er, daß die Wolke, die er für Rauch gehalten, eine Staubwolke war, voraus ein Wirrwarr von Stimmen ihm entgegen drang

Vinicius schrie schon von weitem um Hilfe. Es war die letzte Anstrengung, deren er fähig war. Seine Augen wurden noch röter, der Atem ging ihm aus, die Füße versagten den Dienst, er fiel nieder.

Doch er war gehört und gesehen worden. Zwei Männer eilten mit Wasserschläuchen auf ihn zu. Vinicius war nur erschöpft, nicht bewußtlos. Gierig griff er nach dem einen Schlauche und trank ihn halb leer.

»Habt Dank,« sagte er. »Stellt mich auf die Füße, ich kann allein gehen.«

Sie gossen ihm Wasser über den Kopf, erhoben ihn vom Boden und trugen den Geretteten zu den übrigen, die, ihn umringend, angelegentlich nach seinem Befinden sich erkundigten.

Dieses Mitgefühl setzte Vinicius in Erstaunen. »Wer seid ihr?« fragte er.

»Wir brechen die Häuser ab, damit das Feuer nicht bis zur Via Portuensis dringe,« erwiderte einer der Arbeiter.

»Ihr kamt mir zu Hilfe, als ich gefallen war. Habt Dank!«

»Wir dürfen keinem die Hilfe versagen,« antworteten mehrere Stimmen.

Vinicius, der seit dem frühen Morgen nichts als rohe, mordende und raubende Banden gesehen hatte, blickte jetzt mit großer Aufmerksamkeit in die ihn umgebenden Gesichter und sagte:

»Christus belohne euch.«

»Sein Name sei gepriesen!« antwortete ein Chor von Stimmen. »Linus...?« fragte der Tribun. Doch er konnte die Frage nicht beenden, denn eine Ohnmacht übermannte ihn. Als er wieder zu sich kam, befand er sich in einem Garten auf dem Felde, umringt von Männern und Frauen.

»Wo ist Linus?« waren seine ersten Worte.

Er erhielt lange keine Antwort, endlich sagte eine ihm bekannte Stimme: »Er zog vor zwei Tagen durch das Nomentanische Tor nach dem Ostranium. Friede sei mit dir, o Perserkönig.«

Vinicius erhob sich in sitzende Stellung und erkannte Chilon.

»Dein Haus ist wohl verbrannt, Herr,« fuhr der Grieche fort; »die Carinae sind in Flammen; doch du wirst stets so reich wie Midas bleiben. O welch ein Unglück! Die Christen haben lange schon voraus verkündet, daß Rom durch Feuer untergehen werde. Linus ist mit der erhabenen Lygierin im Ostranium. O welch ein Unglück für die Stadt!«

Ein neuer Schwächeanfall erfaßte Vinicius. »Sahst du sie?« fragte er.

»Ich sah sie, Herr. Christus und alle Götter seien gepriesen, daß ich deine Wohltaten mit guter Nachricht bezahlen kann. Allein ich werde dir noch besser vergelten; das schwöre ich bei diesem brennenden Rom!«

Es war Abend geworden. Doch der Garten wurde von dem wachsenden Brande tageshell erleuchtet. Nicht nur einzelne Teile, sondern die ganze Stadt schien der Länge und Breite nach in Flammen aufzugehen. So weit das Auge sah, war der Himmel hellrot: eine rote Nacht für die Weltgeschichte.

34.

Das Feuer der brennenden Stadt rötete den Himmel, so weit das menschliche Auge reichen konnte. Der Mond stieg jetzt voll hinter den Bergen herauf und nahm, von dem brennenden Licht der Flammen beleuchtet, die Farbe glühenden Metalls an. Er schien mit Verwunderung auf die weltbeherrschende, nun dem Untergang geweihte Stadt zu blicken. Rom beleuchtete gleich einer Riesenfackel die ganze Campania. In dem blutigen Rot konnte man die entfernten Berge, Städte, Villen, Tempel, Denkmale und Aquädukte sehen, die sich von den benachbarten Hügeln nach der Stadt zogen. Auf den Aquädukten hatten sich Scharen von Menschen angesammelt, teils um ihrer Sicherheit willen, teils um den Brand zu betrachten.

Inzwischen hatte das Feuer neue Stadtteile ergriffen. Man sah deutlich, daß verbrecherische Hände an dieser Ausbreitung beteiligt waren, da fortwährend neue Brandstellen entstanden, und zwar völlig unabhängig von dem eigentlichen Feuerherd.

Jeder Gedanke an Rettung schien ausgeschlossen. Die Verwirrung nahm beständig zu. Während die einheimische Bevölkerung durch alle Tore ins Freie floh, lockte das Feuer Tausende aus der Nachbarschaft, Bewohner der kleineren Orte, Bauern, halbwilde Hirten der Campania hinein, in der Hoffnung auf Beute. Der Ausruf: Rom geht zugrunde! wich nicht von den Lippen der Menge; mit dem Untergang der Stadt schien jedes Gesetz aufgehoben, jedes Band gelöst zu sein, das sonst das Volk als Ganzes zusammengehalten hatte. Die Niedrigen, der Mehrzahl nach Sklaven, kümmerten sich nicht mehr um die Vornehmen. Die Zerstörung der Stadt allein konnte sie frei machen; daher nahmen sie an manchen Plätzen eine drohende Haltung an. Raub und Diebstahl häuften sich. Nur das Schauspiel der untergehenden Stadt schien noch die Aufmerksamkeit zu fesseln und den Ausbruch einer allgemeinen Metzelei zurückzuhalten; sicher aber würde sie auf den Trümmern beginnen. Zahlreiche Sklaven, uneingedenk, daß Rom außer seinen Tempeln und Mauern noch eine ansehnliche Kriegsmacht besaß, warteten auf das Losungswort und den Führer. Der Name Spartakus ward vielfach genannt, aber Spartakus lebte nicht mehr. Endlich bewaffneten sich auch Bürger, so gut sie konnten. An allen Toren wurden die abenteuerlichsten Gerüchte verkündet. Vielfach wurde auch wiederholt, der Cäsar habe befohlen, Rom zu verbrennen, um von den in der Subura aufsteigenden Dünsten frei zu sein und eine neue Stadt, Neronia, erbauen zu können. Diese Vorstellung versetzte das Volk in Wut, und Vinicius hatte ganz recht, wenn ein Führer sich gefunden und diesen Ausbruch des Hasses benutzt hätte, würde Neros Stunde geschlagen haben.

Man erzählte sich auch, der Cäsar sei toll geworden und wolle den Prätorianern und Gladiatoren befehlen, über das Volk herzufallen, ein allgemeines Gemetzel anzurichten. Manche schworen bei den Göttern, Rotbart werde alle wilden Tiere loslassen. Es gab solche, die in den Straßen Löwen mit brennenden Mähnen, wütende Elefanten und Auerochsen gesehen haben wollten, die das Volk in Masse zertraten. In dieser Aussage lag auch etwas Wahres; die Elefanten hatten bei Annäherung des Feuers an manchen Stellen die Behälter gesprengt und stürzten nach gewonnener Freiheit in wildem Schrecken fort, alles, was ihnen im Wege stand, gleich einem Sturm zerstörend. Die öffentlichen Berichte schätzten die in den Flammen Umgekommenen auf ein Zehntel der Bevölkerung. In der Tat waren ihrer sehr viele. Manche stürzten sich, nachdem sie ihr Hab und Gut und Angehörige verloren hatten, aus Verzweiflung selbst ins Feuer. Andere wurden vom Rauch erstickt. In der Mitte der Stadt, zwischen dem Kapitol auf der einen und dem Quirinal, Viminal und Esquilin auf der anderen Seite, sowie zwischen dem Palatin und dem cölischen Hügel, wo die Straßen am dichtesten gefüllt waren, begann der Brand an vielen Stellen zugleich; weil aber ganze Massen nach einer Richtung flohen, so verschloß ihnen eine neue Feuermauer unerwartet den Weg, und sie starben eines schrecklichen Todes in den Flammen.

Es gab wohl keine Familie der Innenstadt, die nicht einen ihrer Angehörigen verloren hatte, und so hörte man überall, an den Toren, auf den Landstraßen das Klagen der Frauen, die wilden Lästerungen der Männer.

Aber weder Verzweiflung, noch Gotteslästerung, noch feierliche Gesänge konnten der Zerstörung Einhalt tun. Das Zerstörungswerk vollzog sich unaufhaltsam, so vollkommen, so erbarmungslos, wie das Verhängnis selbst. Beim Amphitheater des Pompejus entzündeten sich die Niederlagen von Hanf und Seilen, deren man eine Menge im Circus, in der Arena und für alle Arten von Maschinen gebrauchte, wie sie bei den öffentlichen Spielen benutzt wurden. Zugleich flammten auch die anstoßenden Gebäude auf, worin sich Tonnen mit Teer befanden, das zum Schmieren der Seile bestimmt war. Binnen wenigen Stunden war dieses Stadtviertel, das an das Marsfeld stieß, von glänzend gelben Flammen so blendend beleuchtet, daß die von Schrecken fast bewußtlosen Zuschauer glaubten, selbst die Ordnung von Tag und Nacht habe in dem allgemeinen Untergang aufgehört, und sie schauten in den hellen Sonnenschein hinein. Dann überzog ein blutigroter Schein alles, so daß die anderen Farben vollständig verblaßten. Aus deren Flammenmeer schossen riesenhafte Feuersäulen zum erhitzten Himmel empor, und Feuerstrahlen teilten sich, oben ange-

langt, in Zweige und Fasern; ungehemmt trug sie der Wind davon wie goldene Fäden, Haare oder Funken, und fegte damit über die Campania zum Albanergebirge hin. Wie loderndes Feuer floß der Tiber hin. Die unglückselige Stadt war in einen Ort des Grauens verwandelt. Der Brand nahm an Ausdehnung zu, bemächtigte sich der Hügel im Sturme, überzog die Ebene, verheerte die Täler, zischte, prasselte und krachte über den zusammenbrechenden Trümmern.

35.

Der Weber Macrinus, in dessen Wohnung Vinicius gebracht worden war, trug Sorge für ihn und reichte ihm Kleider und Nahrung. Er war ein Christ und bestätigte die Behauptung des Chilon, daß sich Linus mit Clemens, dem ältesten Priester, in das Ostranium begeben habe, wo Petrus die ganze Schar der Bekenner des neuen Glaubens taufen sollte. In diesem Stadtteil war es auch unter den Christen bekannt, daß Linus vor zwei Tagen einem gewissen Gaius die Obhut über sein Haus anvertraut hatte. Für Vinicius war dies ein Beweis, daß weder Lygia noch Ursus im Hause zurückgeblieben waren, und daß sie sich gleichfalls in das Ostranium begeben haben mußten.

Dieser Gedanke gewährte ihm große Erleichterung. Er sah darin eine Fügung Christi, dessen Schutz er über sich fühlte. Nun drängte es ihn aber auch, nach dem Ostranium zu eilen. Er würde dort Lygia finden und Petrus und dann beide auf eines seiner Güter bringen. Mochte Rom brennen; in einigen Tagen mußte alles ein Haufen Asche sein, warum sollte er in der Nähe des rasenden Pöbels verbleiben, statt auf seinen Landgütern, von Scharen treuer Diener beschützt, ländliche Ruhe zu genießen und in Frieden, von Petrus gesegnet, unter den Fittichen Christi zu leben? Oh, wenn er sie fände!

Es war das freilich nicht leicht, denn das Gewirr in den Straßen hatte sich inzwischen noch vergrößert. Macrinus, der zur Bewachung seines Hauses zurückbleiben mußte, verschaffte ihm zwei Esel, die auch Lygia zur Weiterreise dienlich sein konnten. Überdies wollte er einen Sklaven mitgeben. Doch Vinicius schlug es aus, in der Annahme, die erste ihm begegnende Abteilung von Prätorianern würde sich unter seinen Befehl stellen.

Er und Chilon setzten sich in Bewegung. Es gab wohl auf ihrem Wege da und dort Stockungen; allein

90

sie wandten sich zwischen den Karren mit geringer Schwierigkeit hindurch, weil der größere Teil der Anwohner dem Meere zu geflohen war. Vinicius trieb sein Tier zur höchsten Leistung an, während Chilon sich hinter dem Tribun hielt und beständig mit sich selbst sprach. Vinicius brach zuerst das Schweigen.

»Wo warst du beim Ausbruch des Feuers?«

»Eben war ich im Begriffe, o Gebieter, zu meinem Freunde Euricius zu gehen, der einen Kramladen beim Circus Maximus besaß. Ich sann gerade über die Lehre Christi nach, als der Ruf ertönte: Feuer! Die Leute drängten sich um den Circus aus Neugierde und Angst; doch als die Flammen den Circus und andere Häuser ergriffen, dachte jeder nur an seine Rettung.«

»Sahst du jemanden Brandfackeln in die Häuser werfen?«

»Was habe ich nicht alles sehen müssen! Ich sah Leute, die sich mit dem Schwert den Weg bahnten; ich sah Schlachten; menschliche Eingeweide wurden auf dem Pflaster zertreten. Überall hörte man schreien, das Ende der Welt sei da. Viele verloren den Kopf und blieben wie angewurzelt stehen, bis die Flammen sie umloderten. Einige wurden wahnsinnig, andere heulten vor Verzweiflung. O Gebieter, es gibt auf Erden so viele schlechte Menschen, welche die Wohltat eurer milden Herrschaft nicht würdigen und jene gerechten Gesetze nicht lieben, kraft deren ihr ihnen alles nehmt und es für euch behaltet. Diese Leute werden sich mit dem Willen Gottes nicht aussöhnen.«

Vinicius war zu sehr mit seinen Gedanken beschäftigt, um den Hohn in Chilons Worten herauszufühlen. Wohl zum zehnten mal wiederholte er die Frage: »Aber sahst du sie in der Tat mit eigenen Augen im Ostranium?«

»Ich sah sie, Herr. Ich sah das Mädchen, den gutmütigen Lygier, den heiligen Linus und Petrus, den Apostel.«

»Vor dem Brande?«

»Vor dem Brande, o Midras!«

Zweifel an Chilons Wahrheitsliebe stiegen in Vinicius auf; er zügelte sein Tier, blickte den Griechen drohend an und fragte: »Was hattest du dort zu schaffen?«

Chilon war verwirrt. Freilich hatte er, wie so viele andere, die Überzeugung, mit Rom müsse auch die Römerherrschaft untergehen. Aber er stand wehrlos Vinicius gegenüber und erinnerte sich, unter welcher Drohung der Tribun ihm verboten hatte, die Christen, vor allem Linus und Lygia, zu überwachen.

»Gebieter,« sagte er, »warum willst du mir nicht glauben, daß ich die Christen liebe? Ich bin zur Hälfte ein Christ; darum ging ich nach dem Ostranium. Ich hänge mich mehr und mehr an tugendhafte Leute. Zudem bin ich arm und litt, als du in Antium warst, über meinen Büchern häufig Hunger. Darum saß ich vor den Mauern des Ostraniums; denn die Christen, obschon arm, teilen mehr Almosen aus, denn alle anderen Bewohner Roms zusammen.«

Dieser Grund leuchtete Vinicius ein, so daß er weniger streng fragte: »Weißt du, wo Linus gegenwärtig wohnt?«

»Du straftest mich einst hart für meine Neugierde,« erwiderte der Grieche.

Vinicius sagte nichts weiter, sondern ritt vorwärts.

»Gebieter,« ließ sich Chilon nach einer Weile vernehmen, »ohne mich würdest du das Mädchen nicht gefunden haben. Du wirst doch den bedürftigen Weisen nicht vergessen?«

»Du sollst in Ameriola ein Haus mit einem Weinberg haben.« »Hab Dank, o Herkules! Mit einem Weinberg? Hab Dank! O ja, mit einem Weinberg!« plötzlich zügelte Chilon an der Naumachia sein Tier und sagte: »Ein guter Einfall kam mir soeben. Zwischen dem Janiculus und dem vatikanischen Hügel, jenseits der Gärten der Agrippina, gibt es Höhlen, weil man Steine und Sand zum Bauen des Circus Neros dorther nahm. Nun höre: kürzlich haben die Juden, deren es, wie du weißt, im Transtiber eine Menge gibt, die Christen grausam zu verfolgen begonnen. Du wirst dich erinnern, daß sie zur Zeit des Claudius so große Störungen verursachten, daß Cäsar gezwungen war, sie aus Rom zu verbannen. Allein sie kamen zurück, und unter Poppäas Schutz sich sicher fühlend, belästigen sie jetzt die Christen ärger denn je. Ich war selbst Zeuge davon. Zwar ist noch kein Edikt gegen die Christen erlassen worden, doch behaupten die Juden vor dem Präfekten, die Christen ermordeten Kinder, beteten einen Esel an und lehrten eine Religion, die vom Senat nicht anerkannt sei. Sie schlagen die Christen, überfallen deren Gebetshäuser so grimmig, daß jene gezwungen sind, sich zu verbergen. Die Christen von Transtiber nun haben für sich die Höhle gewählt, die infolge des Circusbaues entstanden ist. Jetzt, wo die Stadt untergeht, sind die Christen im Gebet versunken. Ohne Zweifel werden wir eine Anzahl derselben in der Höhle finden; es wäre gut, wenn wir dorthin gingen. Im schlimmsten Falle erhalten wir dort Nachricht, wo Linus und Lygia stecken.«

»Du hast recht, geh voran!«

Chilon lenkte sogleich nach links, dem Vatikanischen Hügel zu. Für einen Augenblick verbarg der Abhang das Feuer, so daß die beiden im Schatten ritten, während die benachbarten Höhen hell erleuchtet waren. Als sie den Circus hinter sich hatten, bog Chilon wieder links ab, und die beiden befanden sich in einer Art Gasse, die vollständig finster war. Eine Menge Lichter flackerten in dieser Finsternis.

»Dort sind sie,« sagte Chilon. »Es sind ihrer mehr als jemals, weil andere Bethäuser verbrannt oder voll Rauch sind.«

»Ich höre Gesang,« gab Vinicius zur Antwort.

Wirklich drangen Stimmen singender Menschen aus dem dunklen Eingang. Ein Licht nach dem anderen verschwand. Aus Seitengängen kamen beständig neue Gestalten, so daß Vinicius und Chilon sich bald mitten in einer großen Schar befanden. Chilon sprang vom Esel herab, winkte einem Knaben zu, der in der Nähe saß, und sagte: »Ich bin ein christlicher Priester. Halte die Tiere, du wirst dafür meinen Segen und Vergebung deiner Sünden erhalten.« Ohne auf Antwort zu warten, warf er ihm die Zügel zu und folgte mit Vinicius der vorwärtsschreitenden Schar.

Bald gelangten sie in eine grubenförmige Höhlung; die Wände zeigten deutlich, daß hier Steine gebrochen wurden, denn die Brüche waren noch frisch. Es war hier weniger finster als im Eingang, weil außer Kerzen und Laternen noch Fackeln brannten. In ihrem Schein sah Vinicius eine Menge kniender Beter mit erhobenen Armen. Lygia, Linus und Petrus waren jedoch nicht zu sehen unter diesen feierlich ernsten Gesichtern. Die einen sangen Hymnen, die anderen riefen in fieberhafter Erregung den Namen Jesus an, viele schlugen an die Brust. Augenscheinlich erwarteten sie irgendein Zeichen des Himmels. Inzwischen war die Hymne zu Ende, über der Versammlung, in der Nische, die durch Entfernung eines riesigen Steinblocks entstanden sein mußte, erschien Crispus, blaß, erbarmungslos, fanatisch. Aller Augen waren auf ihn gerichtet, in Erwartung tröstender Worte. Er segnete die Gemeinde und begann mit lauter, beinahe schreiender Stimme: »Beweint eure Sünden, denn die Stunde ist da! Seht der Herr sandte das Feuer der Zerstörung auf Babylon herab, auf die Stätte der Verworfenheit und des Verbrechens. Die Stunde des Gerichts hat geschlagen und die Stunde des Zornes und der Rache. Der Herr hat versprochen zu kommen; bald werdet ihr ihn schauen. Nicht als Lamm, das sein Blut für eure Sünden hingab, wird er erscheinen, sondern als furchtbarer Richter, der in seiner Gerechtigkeit Sünder und Ungläubige in den Pfuhl schleudert. Wehe der Welt, wehe den Sündern! Keine Gnade erwartet sie! Ich schaue dich, Christus! Sterne fallen in einem Regen zur Erde, die Sonne hat sich verfinstert, die Erde öffnet gähnende Schlünde und die Toten entsteigen ihren Gräbern. Du aber erscheinst mit Posaunengeschmetter und Legionen von Engeln, unter Donner und Blitz. Ich schaue, ich höre dich, Christus!«

Er schwieg darauf und erhob die Augen, die auf eine ferne, furchtbare Erscheinung zu starren schienen. Ein dumpfes Getöse erklang in diesem Augenblick durch die Höhle: einmal, noch einmal, zum zehnten mal In der brennenden Stadt brachen ganze Straßen zusammen. Doch die meisten Christen hielten dieses Getöse für ein deutliches Vorzeichen einer furchtbaren Stunde. Der Glaube an Christi Wiederkunft und das Ende der Welt war allgemein unter ihnen verbreitet, besonders seitdem der schreckliche Brand ausgebrochen. Entsetzen faßte die Gemeinde. Viele schrien: »Der Tag des Gerichts! Seht, er ist da!« Die einen vergruben ihr Antlitz in die Hände und glaubten die Erde in ihren Grundfesten erschüttert und Tiere der Hölle aus den Schlünden auf die Sünder losstürzen zu sehen, die andern riefen: »Christus, erbarme dich unser! Erlöser, sei uns gnädig!« Viele bekannten laut ihre Sünden; einer warf sich dem andern in die Arme, um in der Stunde der Trübsal nicht allein zu sein.

Daneben sah Vinicius Gesichter, die in den Himmel entrückt schienen, mit einem Lächeln, das nichts Irdisches hatte; sie zeigten keine Furcht. Aus einer Ecke drangen Angstrufe in unbekannten Sprachen. Einer schrie: »Wacht auf, die ihr schlaft!« Alle übertönte Crispus: »Wacht, wacht!«

Plötzlich erscholl ein noch lauterer Krach als jeder frühere. Alle fielen zur Erde und hielten die Arme in Kreuzesform vor sich, um sich durch dieses Zeichen vor bösen Geistern zu schützen. Bange Stille herrschte, zuweilen unterbrochen durch die ängstlich geflüsterten Rufe »Jesus! Jesus! Jesus!« und das Wimmern der Kinder.

In diesem Augenblick ertönten über der hingestreckten Gemeinde die Worte: »Friede sei mit euch!« Sie kamen von Petrus, dem Apostel, der kurz zuvor die Höhle betreten hatte. Beim Klang seiner Stimme wich jede Angst aus den Herzen der Beter, wie die Furcht

92

aus einer Herde weicht, wenn der Hirte erscheint. Die Gestalten erhoben sich von der Erde; die näheren sammelten sich um seine Knie, als suchten sie bei ihm Schutz. Er streckte die Hände über sie aus und sagte: »Warum zagt ihr in eurem Herzen? Wer von euch weiß, was geschehen wird, ehe die Stunde kommt? Der Herr hat Babylon mit Feuer gezüchtigt, doch seine Gnade ruht auf jenen, die er in der Taufe gereinigt hat. Ihr, deren Sünden im Blute des Lammes getilgt sind, werdet mit seinem Namen auf den Lippen sterben. Friede sei mit euch!«

Nach des Crispus erbarmungslosen Worten wirkte diese Rede des Apostels auf alle wie Balsam. Statt der Furcht vor Gott ergriff Liebe zu ihm ihre Seelen. Sie fanden den Christus wieder, den sie durch die Erzählungen des Apostels lieben gelernt hatten; also nicht einen unbarmherzigen Richter, sondern ein mildes, geduldiges Lamm, dessen Erbarmen menschliche Bosheit tausendfach übersteigt. Trost drang in aller Herzen, erleichtert blickten sie dankbar zu Petrus auf. Von allen Seiten hörte man rufen: »Wir sind deine Schafe, weide uns!« Näher bei ihm Kniende baten: »Verlaß uns nicht in der Stunde der Trübsal!«

Vinicius faßte den Mantel des Apostels, kniete nieder und sagte: »Rette mich, Herr! Ich habe im Rauche des Feuers und im Gedränge des Volkes nach ihr gesucht; nirgends fand ich sie. Allein ich glaube, daß du sie mir wiedergeben kannst.«

Petrus legte die Hand auf das Haupt des jungen Kriegers und sagte: »Vertraue und komm mit mir!«

36.

Die Stadt brannte weiter. Der Circus Maximus lag in Trümmern. In den Stadtteilen, wo das Feuer ausgebrochen war, stürzten ganze Straßen und Gassen der Reihe nach ein. Bei jedem Falle erhob sich sofort für kurze Zeit eine Feuersäule gen Himmel. Der Wind hatte sich gedreht, wehte jetzt kräftig von der Seeseite her und trug Flammenbüschel, Feuerbrände und glühende Asche in die noch nicht in Brand geratenen Stadtteile. Doch sorgte jetzt die Obrigkeit für Abhilfe, und auf Befehl des Tigellinus, der vor drei Tagen von Antium herbeigeeilt war, wurden Häuser auf dem Esquilin niedergerissen, so daß das Feuer leere Stellen erreichte und dadurch erlosch. Das geschah aber nur, um einen Rest der Stadt zu erhalten; zu retten, was brannte, fiel niemand ein. Es war auch nötig, vor weiteren Folgen

des Verderbens zu schützen. In der Stadt waren unermeßliche Schätze, die man dem Sammelfleiß von Jahrhunderten verdankte, herrliche Tempel, die wichtigsten Denkmäler römischer Vergangenheit und römischen Ruhms.

In der allgemeinen Unordnung und Autoritätslosigkeit hatte man auch nicht daran gedacht, für neue Zufuhr zu sorgen. Erst nach des Tigellinus Ankunft ergingen dafür Befehle nach Ostia. Die Haltung des Volkes war inzwischen drohend geworden. Das Haus bei Aqua Appia, wo Tigellinus einstweilen wohnte, war von früh bis abends von Weiberscharen umlagert, die nach Brot und Obdach schrien. Die ungeheuren Vorräte an Lebensmitteln waren zum größten Teile mitverbrannt. Schon machte sich der Hunger fühlbar. Vergebens bemühten sich die Prätorianer, die Ordnung aufrechtzuerhalten. Es wurden jetzt aus Ostia und der Umgegend Brote und Mehl zusammengebracht und der erste Transport im Emporium untergebracht. Das Volk erstürmte von der Seite des Aventin die Tore und schleppte alles heraus. Bei Mondenschein und Funkenregen balgte man um die Brote, das Mehl wurde verschüttet in dem Wirrwarr, und ringsum sahen alle Wege wie beschneit aus. Dabei fluchte die Menge dem Kaiser, den Augustianern und Soldaten, und der Aufruhr wuchs von Stunde zu Stunde.

Tigellinus schickte einen Boten nach dem anderen nach Antium, durch die er den Kaiser anflehen ließ, zu kommen, um durch sein Erscheinen die verzweifelte Bevölkerung zu beruhigen. Doch Nero wollte nachts eintreffen, um den Eindruck, welchen die glühende Stadt machte, gleich voll auf sich einwirken zu lassen. Inzwischen vertrieb er sich in Aqua Albana die Zeit mit dem Schauspieler Aliturus, bei dem er Miene und Haltung einübte, und mit dem er lange über die Gebärde stritt, welche die passendste sei bei den Worten: O du heilige Stadt, die du bestimmt schienst, länger als der Ida zu dauern! Dem Kaiser war in diesem Augenblick die wichtigste Frage die, ob er dabei beide Hände emporwerfen oder ob er nur die eine heben und die andere mit der Forminga langsam senken sollte. Gegen Mitternacht nahte der gewaltige Zug mit Nero und seinem Hofstaat den Mauern Roms. Sechzehntausend Prätorianer waren die Straße entlang aufgestellt, um auf Ordnung und das aufgeregte Volk in angemessener Entfernung zu halten. Man hörte es nur schreien und pfeifen, auch vereinzeltes Beifallsklatschen aus den Reihen des zerlumptesten Gesindels. Doch bald wurde alles vom Trompeten- und Hörnerschall übertönt. Beim ostiensischen Tor hielt Nero einen Augenblick an und rief: »Obdachloser Herrscher eines obdachlosen Volkes? Wohin soll ich mein unglückliches Haupt zur Ruhe legen?«

Hierauf bestieg er die besonders für ihn hergerichteten Stufen an der appischen Wasserleitung, wohin ihm die Augustianer, die Zither- und Lautenschläger folgten. Alles war gespannt, und man harrte auf bedeutungsvolle Worte aus seinem Munde. Er aber stand stumm und feierlich und starrte in die Flammen. Er trug einen Purpurmantel und einen Kranz von goldenen Lorbeeren, und als Terpnos ihm die goldene Forminga reichte, blickte er, wie Begeisterung suchend, zum flammenden Abendhimmel empor. Und als er so vom blutroten Feuerschein umflossen dastand, wies das Volk mit Fingern nach ihm hin.

Da hob er die Hände, berührte die Saiten und begann mit den Worten des Priamus:

»O Nest meiner Väter, o teure Wiege!«

Die Senatoren und Augustianer auf dem Aquädukt schienen entzückt zu lauschen, und als Nero das Lied beendete, ergriff ihn selbst mächtige Rührung. Tränen stürzten aus seinen Augen, sein Antlitz wechselte die Farbe, und indem er die Laute klirrend niederfallen ließ, hüllte er sich in seine Syrma und ahmte die mit Aliturus einstudierten Mienen nach.

Die Umgebung des Kaisers zollte Beifall, das Volk heulte, jetzt außer Zweifel, daß der Kaiser Rom hatte anzünden lassen, um beim Anblick dieses Schauspiels seine Lieder zu singen. Nero lächelte schwermütig, wie einer, dem großes Unrecht widerfährt, und wandte sich an die Augustianer: »So wird die Dichtkunst von den Quiriten geschätzt.«

»Die Elenden!« rief Vatinius. Nero sah sich nach Tigellinus um und fragte: »Kann ich auf die Treue der Soldaten bauen?«

»Ja, göttlicher Imperator!« sagte der Präfekt.

Petronius aber zuckte mit den Achseln. »Auf ihre Treue magst du rechnen, aber nicht auf ihre Zahl,« sagte er. »Es ist auf jeden Fall besser, wenn du hier bleibst, bis das Volk beruhigt ist.«

Die Erregung des Volkes wuchs mit jedem Augenblick. Die Leute schleppten Steine, Stangen und altes Eisen herbei und schienen einen Angriff vorzubereiten.

»O ihr Götter!« rief Nero. »Ist das eine Nacht! Hier das Flammenmeer, dort das entfesselte Volk! Reicht mir einen dunklen Kapuzenmantel. Wäre es wirklich möglich, daß es zum Kampfe kommen könnte?«

»Herr,« erwiderte Tigellinus zögernd, »ich tat, was ich konnte, aber die Gefahr ist drohend ... Sprich zum Volke, o Herr, und mache ihm Versprechungen!«

»Ich, der Kaiser, soll zu dem Gesindel sprechen? Nein! Das möge ein anderer in meinem Namen tun. Wer unternimmt es?«

»Ich!« versetzte Petronius ruhig.

»Geh, Freund! Du bist jederzeit mein treuester Freund! ...

Geh und spare die Versprechungen nicht.«

»Die anwesenden Senatoren und Piso, Nerva und Senecio sollen mir folgen,« sagte Petronius.

Hierauf stieg er bedächtig vom Aquädukt hinab, während ihm die Begleitung ohne Zögern folgte. Unter dem Arkadenbogen blieb Petronius stehen und ließ sich einen Schimmel bringen, den er bestieg.

Als er dem Volkshaufen ganz nahe gekommen war, trieb er sein Pferd vorwärts, mitten hinein in das Gewirr der drohenden, bewaffneten Menge, als gälte es, sich in einem gewöhnlichen Gedränge den Weg zu bahnen. Und diese ruhige Sicherheit verfehlte ihre Wirkung nicht. Man erkannte ihn, und zahlreiche Stimmen riefen: »Petronius! Arbiter elegantiarum!« Und von allen Seiten erscholl der Ruf: »Petronius! Petronius!« Der vornehme Patrizier, der sich nie um die Gunst des Volkes bemüht hatte, war nämlich trotzdem sein Liebling. Man war daher gern geneigt, zu hören, was der Kaiser durch ihn sagen ließ, denn alle glaubten, in ihm einen Sendboten Neros vor sich zu sehen.

Er nahm die weiße, mit einem Scharlachstreif verbrämte Toga ab und schwang sie über dem Haupt, zum Zeichen, daß er sprechen wolle.

»Stille! Stille;« rief es von allen Seiten.

Petronius hob sich in den Steigbügeln in die Höhe und sagte mit ruhiger, weithin vernehmbarer Stimme: »Bürger! Wer meine Worte verstanden hat, möge sie den weiter rückwärts Stehenden wiederholen. Dabei erwarte ich aber, daß ihr euch wie Römer und nicht wie wilde Tiere in der Arena betragt.«

»Wir hören! Wir hören!«

»Die Stadt wird neu aufgebaut. Die Gärten des Lukullus, des Mäcenas, des Kaisers und der Agrippina werden euch offenstehen! Von morgen an wird Getreide, Öl und Wein verteilt werden, damit jeder gesättigt wird! Der Kaiser wird Spiele aufführen lassen, wie sie die Welt noch nicht gesehen hat, und dabei werdet ihr reich beschenkt. Ihr sollt reicher sein als bisher!«

94

Anfangs waren die Worte des Petronius von Murren begleitet worden. Bald aber mischten sich in das dumpfe Gebrüll laute Rufe der Zustimmung, und schließlich schrie alles: »Brot und Spiele! Panem et circenses!«

Petronius wickelte sich in seine Toga und stand unbeweglich wie eine Marmorstatue. Er wartete, bis sich der Lärm etwas gelegt hatte. Dann gebot er wieder mit erhobener Hand Schweigen und rief: »Brot und Spiele sollt ihr haben, das versichere ich euch. Und jetzt bringt ein Hoch auf den Kaiser aus, der euch nährt und kleidet! So, und nun geht schlafen, Lumpenpack, denn der Tag wird bald anbrechen.«

Nach diesen Worten wandte er sein Roß, schaffte sich Bahn und ritt langsam in das Prätorianerspalier zurück.

»Wie steht's? Was geht dort unten vor? Ist es schon zum Angriff gekommen?« Mit diesen Worten eilte Nero mit blassem Antlitz Petronius entgegen.

»Sie schwitzen und stinken,« erwiderte dieser. »Reicht mir eine Riechflasche her, sonst falle ich in Ohnmacht.« Dann erst wandte er sich zum Kaiser. »Ich habe ihnen Öl, Wein, Getreide, die Eröffnung der Gärten und prächtige Festspiele versprochen. Sie vergöttern dich wieder und riefen Hoch mit ausgetrockneten Lippen. Ihr Götter, wie unangenehm dieses Volk riecht!«

»Ich danke dir, Petronius,« rief Nero, begeistert über diese gute Wendung der drohenden Gefahr. »Ich lasse die Gärten öffnen, Getreide verteilen, und bei den Festspielen, die ich veranstalten werde, will ich öffentlich meine Dichtung: Der Brand von Troja, vortragen.« Er legte die Hand auf die Schulter des Petronius und fragte, nachdem er eine Weile geschwiegen, in ruhigerem Tone: »Sag aufrichtig, welchen Eindruck machte ich auf dich, als ich sang?«

»Du warst würdig des Schauspiels, das Schauspiel war deiner würdig!«

Dann wandte sich Nero dem Brande zu und sagte: »Jetzt laßt uns aber noch eine Weile zusehen und dann Abschied nehmen von dem alten Rom!«

37.

Die Worte des Apostels hatten den Christen Zuversicht eingeflößt. Sie hielten zwar das Weltende für nahe, dachten jedoch, es stehe nicht unmittelbar bevor, sondern sie würden vorher das Ende von Neros Herrschaft, die in ihren Augen die Herrschaft des Satans war, und Gottes Strafgericht über Neros himmelschreiende Verbrechen erleben. Voll neuer Hoffnung gingen sie auseinander und suchten ihre Unterkunftsorte auf, sofern sie Obdach gefunden hatten. Einige gingen sogar zum Transtiber, denn es hieß, infolge der Umdrehung des Windes sei das Feuer gegen den Fluß hin zurückgewichen.

Auch der Apostel verließ die Höhle und mit ihm Vinicius und Chilon. Draußen blieb der Apostel noch einmal stehen und segnete dreimal die Menge. Dann wandte er sich zu Vinicius und sprach: »Fürchte nichts, die Hütte des Steinbrechers ist nahe; darin werden wir Linus, Lygia und ihren treuen Diener finden. Christus, der sie dir bestimmt hat, rettete sie.«

Vinicius wankte und lehnte das Haupt an die Felswand. Der Ritt von Antium her, die Erlebnisse vor der Stadtmauer, die Suche nach Lygia mitten unter den brennenden Häusern, Mangel an Schlaf und die furchtbare Angst hatten ihn erschöpft. Die Kunde, daß sein Teuerstes auf Erden in seiner Nähe weile, raubte ihm die letzte Kraft. Vor Schwäche zu den Füßen des Apostels niederfallend, umfing er dessen Knie und blieb lange wortlos in dieser Stellung.

»Nicht mir, sondern Christus gib die Ehre,« sagte Petrus, jeden Dank abschneidend.

In diesem Augenblicke fragte Chilon: »Was soll ich aber mit den Eseln anfangen, die dort unten warten? Vielleicht will der würdige Prophet lieber reiten als gehen?«

Vinicius wußte nicht, was er antworten sollte. Da die Hütte des Steinbrechers in der Nähe lag, sagte er endlich: »Bringe sie zu Macrinus zurück!«

»Verzeih, Gebieter, wenn ich dich an das Haus in Ameriola erinnere. Angesichts dieses schrecklichen Feuers könnte eine solche Kleinigkeit leicht vergessen werden.«

»Du wirst es bekommen.«

»O Urenkel des Numa Pompilius, ich zweifle nie daran; nun aber, da dieser Prophet Zeuge ist, will ich dich nicht einmal daran erinnern, daß du mir auch einen Weinberg versprachst. Pax vobiscum! Ich werde vorsprechen, Gebieter. Pax vobiscum!«

»Friede sei mit dir,« erwiderten sie.

Petrus und Vinicius wandten sich nach rechts, den Hügeln zu. Unterwegs sagte Vinicius: »Meister, wasche mich mit dem Wasser der Taufe, damit ich mich einen wahren Bekenner Christi heißen darf. Aus ganzer Seele liebe ich ihn. Reinige mich bald, denn ich bin bereit. Was du gebietest, will ich tun; sage mir deinen Willen!«

»Liebe den Nächsten als deinen Bruder,« antwortete der Apostel; »nur durch Liebe kannst du ihm dienen.«

»Ich fühle es; als Kind glaubte ich an die Götter Roms, obschon ich sie nicht liebte. Ihn aber, den einen Gott, liebe ich so, daß ich mein Leben für ihn hingeben würde.«

»Und er wird dich und dein Haus segnen,« schloß der Apostel. Inzwischen hatten sie einen anderen Hohlweg betreten, an dessen Ende ein mattes Licht blinkte. Petrus deutete darauf und sagte: »Dort steht die Hütte des Steinbrechers, der uns ein Obdach gab, als wir mit dem kranken Linus vom Ostranium zurückkehrten und Rom in Flammen fanden.«

Nach einer Weile langten sie vor dieser Hütte an. Es war eher eine Höhle, ausgerundet im Hügel und vorn durch eine Rohrwand begrenzt, die Tür verschlossen; durch eine Öffnung konnte man jedoch ins Innere blicken. Eine dunkle Hünengestalt trat ans Fenster und fragte: »Wer seid ihr?«

»Diener Christi,« antwortete Petrus. »Friede sei mit dir, Ursus!«

Ursus verbeugte sich tief vor Petrus. Vinicius erkennend, ergriff er dessen Hand und zog sie an die Lippen. »Du, Gebieter! Gepriesen sei das Lamm um der Freude willen, die du Lygia bringst.«

Ursus öffnete das Tor, und sie traten ein. Auf einem Strohbündel lag Linus abgezehrt und weiß wie Elfenbein. Neben dem Feuer saß Lygia mit einer Anzahl an einer Schnur aufgereihter Fische. Die Fische von der Schnur lösend und glaubend, es sei nur Ursus eingetreten, blickte sie nicht auf. Vinicius trat auf sie zu, rief sie beim Namen und öffnete die Arme. Sie sprang eilends auf, ein Strahl der Freude trat auf ihr Gesicht. Wortlos warf sie sich in seine Arme, wie ein Kind, das nach tagelanger Sehnsucht und Furcht Vater oder Mutter wiederfindet. Vinicius umarmte Lygia und drückte ihre schlanke Gestalt mit solchem Entzücken an seine Brust, als ob sie durch ein Wunder gerettet worden sei.

Er begann zu erzählen, wie er von Antium hergeflogen sei, sie vor den Stadtmauern, im Rauche des Hauses des Linus gesucht habe, was er gelitten und erlebt,

bevor der Apostel ihn hergeführt. »Und nun, da ich dich gefunden, sollst du nicht länger in der Nähe des Feuers und des rasenden Pöbels bleiben. Einer schlägt den anderen tot, Sklaven haben sich empört und plündern. Gott allein weiß, was Rom noch bevorsteht. Doch ich will dich, euch alle retten. Geliebte, laß uns nach Antium reisen, dort ein Schiff besteigen und nach Sizilien segeln. Mein Gut ist dein Gut, meine Häuser sind deine Häuser, in Sizilien finden wir Aulus. Ich bringe dich zu Pomponia wieder zurück, um dich aus ihren Händen wieder zu empfangen. Habe keine Furcht mehr, o Teuerste! Christus hat mich zwar noch nicht durch die Taufe gereinigt, allein frage Petrus, ob ich ihm auf dem Wege hierher nicht den sehnlichsten Wunsch ausgesprochen habe, ein wahrer Bekenner Christi zu werden, ob ich ihn nicht gebeten habe, mich zu taufen, und wäre es in dieser Steinbrecherhütte.«

Strahlenden Auges vernahm Lygia diese Worte. Eine Reise nach Sizilien würde der Gefahr, in der sie jetzt infolge der Wirren lebte, ein Ende machen und einen neuen, glücklichen Abschnitt ihres Lebens eröffnen. Hätte Vinicius nur Lygia mitnehmen wollen, so würde sie sicherlich der Versuchung widerstanden haben, da sie bei Linus und Petrus zu bleiben wünschte, doch Vinicius sagte zu diesen: »Kommt mit uns, meine Güter sind eure Güter, meine Häuser sind eure Häuser.«

Lygia beugte sich nieder, um ihm zum Zeichen des Gehorsams die Hand zu küssen, Vinicius aber fuhr fort: »Rom brennt auf Befehl Neros. In Antium klagte er, noch nie einen großen Brand gesehen zu haben. Wenn solch ein Verbrechen ihm nicht zu groß ist, was mag da noch alles geschehen! Wer weiß, ob er nicht Truppen herführt und ein allgemeines Blutbad befiehlt? Verbergt euch darum und helft mir, Lygia in Sicherheit bringen. Dort mögt ihr warten, bis der Sturm vorüber, und dann von neuem hierher eilen, um neues Samenkorn auszustreuen.«

Seine Befürchtungen bestätigend, erscholl aus der Richtung des vatikanischen Feldes her ein Wutgeheul. Gleich darauf kam der Steinbrecher, der Eigentümer dieser Hütte, herein, schloß die Türe hastig hinter sich zu und berichtete: »Sklaven und Gladiatoren haben die Bürger überfallen. Beim Circus Neros wird ein Blutbad angerichtet.«

»Hört ihr?« fragte Vinicius.

»Das Maß ist voll,« erwiderte der Apostel. »Wie ein endloses Meer werden Heimsuchungen hereinbrechen. Nimm das Mädchen, das dir Gott bestimmt hat, und rette es. Linus, den Kranken, und Ursus laßt mit euch gehen.« Vinicius, der den Apostel mit all dem Ungestüm seiner jungen Seele lieben gelernt hatte, erklärte: »Ich schwöre, mein Lehrer, daß ich dich nicht hier deinem Verderben überlassen will.«

»Der Herr segne dich für deinen guten Willen,« antwortete Petrus, »doch weißt du nicht, daß der Meister dreimal zu mir sprach: Weide meine Lämmer!?«

Vinicius entgegnete nichts.

»Wenn du, dem niemand Sorge um mich befohlen hat, mich nicht dem Verderben überlassen willst, wie magst du da wünschen, daß ich meine Herde in den Tagen der Trübsal verlassen soll? Als der Sturm auf dem See tobte und wir uns fürchteten, da hat er uns auch nicht verlassen. Soll ich, der Jünger, des Meisters Beispiel nicht befolgen?«

Linus erhob nun sein fleischloses Antlitz und fragte: »O Statthalter des Herrn, warum sollte ich deinem Beispiel nicht folgen?«

Vinicius fuhr mit der Hand über den Kopf, als ob er mit einem Entschluß kämpfte. Lygia bei der Hand fassend, sprach er dann in einem Tone, der die Entschlossenheit eines römischen Kriegers verriet: »Hört mich, Petrus, Linus und du, Lygia! Ich sprach, wie der menschliche Verstand mir's eingab, doch ihr habt einen anderen Sinn, der nicht auf die Gefahr, sondern auf die Gebote unseres Erlösers achtet. Ich war im Irrtum, denn noch ist die Binde von meinen Augen nicht genommen, und die frühere Natur regt sich in mir. Allein ich liebe Christus, ich will sein Diener sein, und obschon etwas mir Teureres als mein Leben in Gefahr steht, knie ich nieder und schwöre, das Gebot der Liebe zu erfüllen und meine Brüder in der Stunde der Heimsuchung nicht zu verlassen.«

Er fiel auf die Knie. Seine Hände zitterten, Tränen glänzten ihm in den Augen.

Da ergriff Petrus ein irdenes Gefäß mit Wasser, trat zu Vinicius heran und sagte feierlich: »Sieh, ich taufe dich im Namen des Vaters, des Sohnes und des Heiligen Geistes. Amen.«

Alle befanden sich in einer heiligen Begeisterung. Es war, als füllte ein überirdisches Licht die Hütte, als erklinge himmlische Musik. Die Felsen über der Hütte schienen gewichen, Engelschöre schwebten gleichsam vom Himmel herunter, und hoch oben sahen sie ein Kreuz, und durchbohrte Hände erhoben sich zum Segen. Draußen aber tobten Mord und Brand.

38.

In den vornehm gehaltenen Gärten des Cäsar wurden Volkslager errichtet. Das gleiche geschah auf dem Campus Martius und in den Gärten des Pompejus, des Sallust und des Mäcenas, in Säulenhallen, Spiel- und prächtigen Sommerhäusern und in Gebäuden, die als Behausung der Bestien errichtet worden waren. Pfauen, Flamingos, Schwäne, Strauße, Gazellen, afrikanische Antilopen und Wild, Zierden jener Gärten, fielen unter den Messern des Pöbels. Die Mundvorräte trafen jetzt in solcher Fülle von Ostia ein, daß man wie auf einer Brücke über Schiffe, Boote, Barken von einem Ufer des Tiber zum anderen gelangen konnte. Der Weizen wurde zu dem unerhört niedrigen Preise von drei Sesterzen verkauft und an Arme umsonst verteilt. Ungeheure Zufuhren von Wein, Oliven, Kastanien kamen nach; vom Gebirge wurden täglich Schafe und Rinder in die Stadt getrieben. Arme Leute, die sich vor dem Brande in den Gassen der Subura verborgen gehalten und in gewöhnlichen Zeiten vor Hunger beinahe umgekommen wären, führten jetzt ein angenehmes Leben.

Die Gefahr des Hungertodes war vollständig beseitigt, schwieriger hielt es, Raub, Mord und Betrug niederzuhalten. Das allgemeine unstete Leben sicherte den Dieben Straflosigkeit, und dies um so leichter, als sie sich für Bewunderer des Cäsar erklärten und ihn, wo immer er sich zeigte, mit Beifall überschütteten. Es fehlte überhaupt an militärischer Kraft, um Ordnung in einer Stadt zu halten, unter deren Bewohnern sich die Hefe der ganzen damaligen Welt befand. Allnächtlich gab es Kampf und Mord, wobei Knaben und Frauen weggeschleppt wurden. Jeden Morgen wurden an die Ufer des Tiber Leichen von Ertränkten angeschwemmt, und niemand kümmerte sich darum; infolge der durch das Feuer gesteigerten Hitze verwesten sie rasch und erfüllten die Luft mit üblem Geruch. Krankheiten traten in den Lagern ein, und viele sahen eine furchtbare Seuche voraus.

In der Stadt brannte es ohne Aufhören fort. Erst am sechsten Tage, als das Feuer den Esquilin erreichte, wo sehr viele Häuser abgerissen worden waren, schwächte es sich. Die glühenden Trümmer fingen an sich zu schwärzen. Der Himmel schimmerte nach Sonnenuntergang nicht mehr in blutrotem Licht, und erst nach Eintreten der Dunkelheit zitterten blaue Flämmchen über der weiten schwarzen Öde, Flämmchen, die von den im Innern glühenden Aschenhaufen ausgingen.

Von den vierzehn Vierteln Roms standen nur mehr vier, einschließlich des Transtiber. Alle anderen waren vom Feuer verzehrt. Als auch die letzte Glut erloschen, zeigte sich eine weit ausgedehnte, graue, düstere, tote Fläche vom Tiber bis zum Esquilin. Daraus ragten Reihen von Kaminen empor, wie Säulen auf den Gräbern eines Friedhofs. Dazwischen bewegten sich während des Tages düstere Menschengruppen, von denen die einen nach kostbaren Gegenständen, die anderen nach den Gebeinen ihrer Teuren suchten.

Trotz der Hilfe, die der Cäsar dem Volke erwiesen hatte, war die Entrüstung keineswegs erstickt. Zwar das Heer der Räuber, Verbrecher und heimatlosen Mörder, die nach Belieben essen, trinken und rauben konnten, war befriedigt. Alle aber, die ihr Eigentum und ihre nächsten Angehörigen verloren hatten, ließen sich durch Öffnung der Gärten, Verteilung von Brot und das Versprechen von Spielen und Geschenken nicht gewinnen. Das Unglück war zu groß, zu beispiellos. Die in ihrer Seele noch ein Fünkchen Liebe zur Vaterstadt und zu ihrer Geburtsstätte besaßen, gerieten außer sich bei der Nachricht, daß der alte Name Roma zu verschwinden habe und der Cäsar auf den Trümmern der Hauptstadt eine neue, Neropolis, errichten wolle. Eine Flut des Hasses machte sich Luft und nahm täglich zu, trotz den Schmeicheleien der Höflinge und den Lügen des Tigellinus. Nero, der für die Gunst des gemeinen Volkes empfindlicher war als jeder frühere Cäsar, dachte mit Schrecken daran, daß ihm in dem hartnäckigen, tödlichen Kampfe, den er mit den Patriziern im Senate zu wagen gewillt war, die nötige Unterstützung fehlen könnte. Die Höflinge waren nicht weniger geängstigt, denn jeder Tag konnte sie vernichten, und Tigellinus schlug vor, einige Legionen aus Kleinasien zur Hilfe herbeizurufen.

Sicher war es, daß, falls der Cäsar in einem Aufruhr getötet würde, auch keiner der Höflinge davon käme, Petronius vielleicht ausgenommen. Ihrem Einfluß schrieb man die wahnwitzigen Taten Neros zu, ihren Einflüsterungen alle Verbrechen, die er beging. Tigellinus beriet sich mit Domitius Afer und selbst mit Seneka, obwohl er diesen haßte. Poppäa, die begriff, daß mit dem Untergange Neros auch ihre Stunde geschlagen hätte, schloß sich der Meinung ihrer Vertrauten und der jüdischen Priester an; denn es war seit Jahren bekannt, daß sie zum Glauben an Jehovah hielt.

Eine lange, aber fruchtlose Beratung wurde im Hause des Tiberius abgehalten. Petronius hielt es für das beste, daß der Cäsar, die Sorgen hinter sich lassend, nach Griechenland und von da nach Ägypten und Kleinasien sich begebe. Die Reise war ja schon lange geplant, warum sollte man sie verzögern, wo jetzt Rom nur Trauer und Gefahren bot?

Nero nahm den Rat gierig auf, Seneka aber sagte nach einigem Nachdenken: »Es ist leicht zu gehen, schwieriger aber möchte es sein, zurückzukehren.«

»Beim Herakles,« antwortete Petronius, »wir können es an der Spitze asiatischer Legionen!«

»Das werde ich tun!« rief Nero.

Tigellinus jedoch widersetzte sich. Er wollte nicht, daß Petronius zum zweiten mal der einzige Mann war, der einen Weg zur Rettung fand.

»Höre mich, Göttlicher,« sagte er. »Dieser Rat kann zum Unheil führen. Ehe du Ostia erreichst, bricht ein Bürgerkrieg aus. Wer weiß, ob nicht ein noch lebender Sprößling aus der Seitenlinie des göttlichen Augustinus sich zum Cäsar aufwerfen will, und was könnten wir machen, wenn die Legionen sich auf seine Seite stellten?«

»Wir werden sorgen,« sprach Nero, »daß keine Abkömmlinge des Augustus vorhanden sind. Es sind deren ohnedies nicht viele; somit ist es leicht, uns von ihnen zu befreien.« »Gewiß, aber kommen sie allein in Betracht? Erst gestern hörte einer meiner Leute, daß ein Mann wie Trasea Cäsar werden solle.«

Nero hob den Blick nach oben, biß sich in die Lippen und rief erzürnt: »Die Undankbaren! Die Unersättlichen! Sie haben doch Korn genug, um Kuchen zu backen! Was verlangen sie noch?«

»Sie wollen Rache!« rief Tigellinus.

Es entstand eine Stille, als der Kaiser plötzlich sich erhob und den Vers hersagte:

»Die Herzen rufen nach Rache, Und die Rache verlangt ihre Opfer.«

Er hielt inne, und mit strahlendem Gesicht rief er: »Reicht mir Täfelchen und Griffel! Ich muß den Vers niederschreiben! Habt ihr gemerkt, wie die Eingebung ganz plötzlich über mich kam?«

»Unvergleichlicher,« riefen mehrere Stimmen.

Nero schrieb den Vers nieder und wiederholte dann: »Ja, die Rache will ihre Opfer haben.« Er ließ seinen Blick über die Anwesenden schweifen. »Wie wäre es, wenn man das Gerücht aussprengte, Vatinius habe den Brand angelegt? Wenn man diesen dem Volke zur Kühlung seiner Rache auslieferte?«

»O Göttlicher, wer bin ich?« rief Vatinius.

98

»Du hast recht! Dazu bedarf es eines Größeren, als du es bist! – vielleicht Vitellius?«

Vitellius wurde blaß, aber er lachte. »Mein Fett könnte schließlich das Feuer neu entfachen,« sagte er.

Diese Antwort kaum beachtend, suchte Nero in Gedanken nach einem Opfer, das den Zorn des Volkes wirklich zu beschwichtigen vermöchte. – »Tigellinus,« sagte er nach einer Pause. »Du hast Rom angezündet.«

Die Anwesenden erschraken, sie fühlten, daß der Kaiser aufgehört habe zu scherzen. Tigellinus wurde blaß. »Ich habe es auf deinen Befehl angezündet, Herr,« sagte er.

Beide sahen sich ins Auge wie zwei Dämonen.

»Tigellinus,« fragte Nero, »liebst du mich?«

»Du weißt es, Herr!«

»So opfere dich für mich!« »Göttlicher Imperator,« versetzte Tigellinus, »du reichst mir einen süßen Trank, den ich doch nicht an die Lippen setzen kann. Jetzt empört sich nur das Volk; sollen sich auch noch die Prätorianer empören?«

Den Anwesenden stand das Herz vor Entsetzen still. Tigellinus war der Präfekt der Prätorianer, und seine Worte klangen wie Drohung. Selbst Nero verstand diese Worte.

Da trat der Freigelassene des Kaisers ein mit der Meldung, die göttliche Augusta wünsche den Präfekten zu sprechen. Tigellinus verneigte sich und ging aus dem Atrium.

»Ich habe eine Viper an meinem Busen genährt. Petronius,« fuhr der Kaiser fort, »gib du einen Rat.«

»Mein Rat ist, nach Achaja zu fahren.«

»Ach!« rief Nero, »ich hatte Besseres von dir erwartet. Beim Hades –«

»Verzeihe, Göttlicher, aber wenn man Rom behalten will, muß man wenigstens einige Römer am Leben lassen,« erwiderte Petronius lächelnd.

In diesem Augenblicke traten Poppäa und Tigellinus ein. Letzterer trug sein Haupt stolz wie ein Imperator. Er verneigte sich vor dem Kaiser und sagte ernst: »Höre mich an, göttlicher Imperator, jetzt kann ich dir mitteilen, was du suchst. Das Volk schreit nach Rache und will Opfer haben, aber nicht nur eins, nein, Hunderte, Tausende. Du hast doch schon von Christus gehört, den Pontius Pilatus kreuzigen ließ. Diese Christen hat noch niemand in unseren Tempeln gesehen, sie verachten unsere Götter. Sie spenden dir keinen Beifall, sie

sprechen dir die Gottheit ab. Kurz, sie sind Feinde des Menschengeschlechts! Das Volk will Rache, blutige Rache. Bisher hat dich das Volk verdächtigt, aber nicht ich habe die Stadt verbrannt, nicht du hast es befohlen, die Christen haben es getan!«

Nero hörte erstaunt zu; sein Schauspielergesicht drückte abwechselnd Schmerz, Zorn, Mitleid und Entrüstung aus. Dann erhob er sich plötzlich von seinem Sessel, warf die Toga ab, die ihm zu seinen Füßen liegen blieb, hob beide Hände in die Höhe, richtete den Blick nach oben, als ob er den Zorn der Götter herabflehte, und rief dann in tragischem Tone: »Zeus, Apollo, Hera, Athene, Persephone und ihr alle, unsterblichen Götter, warum seid ihr uns nicht zu Hilfe gekommen? Was hat die unglückliche Stadt den Grausamen getan, daß sie dieselbe in so unmenschlicher Weise verbrannten?«

»Sie sind die Feinde des Menschengeschlechts und deine Feinde!« sagte Poppäa.

»Sei gerecht und strafe die Brandstifter! Die Götter selbst fordern Rache!« riefen mehrere Stimmen durcheinander.

Die Stirn des Petronius zog sich in Falten bei dem Gedanken an Lygia und Vinicius. Er wußte wohl, daß es ein gefährliches Spiel sei, den Kaiser oder die Augustianer zu kritisieren, doch wollte er jetzt alles aufs Spiel setzen.

»Das ist schön, daß ihr eure Opfer gefunden habt,« rief er. »Ihr könnt die Leute in die Arena schicken und zu Tausenden hinrichten, niemand wird euch hindern. Doch hört erst meine Meinung! Wenn ihr die Christen dem Volke ausliefern wollt, damit es sich an deren Martern ergötze, so tut es, aber habt den Mut, euch selber einzugestehen, daß nicht sie es waren, die Rom in Schutt und Asche legten. Ihr wollt doch nicht den schlechten Schauspielern gleichen, die Götter und Könige darstellen und nach der Vorstellung Zwiebeln essen und sauren Wein saufen? Ist es nicht besser, wirkliche Götter und Könige zu spielen? Bei der göttlichen Klio! Würde es nicht heißen, Nero, der Beherrscher der Welt, Nero, der Gott, der Rom eingeäschert hat, weil er auf Erden so mächtig war wie Zeus im Olymp, Nero, der Künstler, hat die Dichtkunst so über alles geliebt, daß er sogar die Heimat aufopferte! Seit dem Bestande der Welt hat keiner etwas Ähnliches gewagt. O Nero! Was wäre, mit dir verglichen, Priamus? Was Achilles? Was Agamemnon? Ja, was wären die Götter? Ich beschwöre dich, Göttlicher, habe Mut! Sei wahr, damit es nicht heiße, Nero ließ Rom anzünden, aber er war nicht großdenkend genug, die große Tat einzugestehen, sondern schob sie aus Furcht auf die schuldlosen Christen!«

Die Worte des Petronius machten einen ungewöhnlichen Eindruck auf Nero, so daß Petronius sich selbst sagte: entweder sind die Christen gerettet, oder ich selbst bin verloren. Poppäa und alle Anwesenden hingen an Neros Zügen, welcher die Lippen aufwarf, wie es seine Gewohnheit war, wenn er sich in Verlegenheit befand.

Tigellinus, der dies bemerkte, rief lebhaft: »Gestatte, o Göttlicher, daß ich mich entferne! Meine Ohren können es nicht anhören, wenn man dich verhöhnt, wenn man dich lächerlich macht, wenn man dich einen Brandstifter, einen Kleindenkenden und einen Komödianten nennt.«

Ich habe das Spiel verloren, dachte Petronius. Zu Tigellinus aber sagte er, ihn mit der ganzen Verachtung messend, die er als überlegener Geist für den Elenden immer fühlte: »Dich habe ich einen Schauspieler genannt, dich, Tigellinus, du beweisest es in diesem Augenblicke! Du heuchelst dem Kaiser grenzenlose Ergebenheit, und erst vorhin hast du mit deinen Prätoriänern gedroht; glaubst du, wir hätten dich nicht verstanden?«

Tigellinus war so verwirrt, daß er nicht wußte, was er darauf antworten sollte. Doch Poppäa kam ihm zu Hilfe: »Herr, wie kannst du gestatten, daß ein Sterblicher so von dir denkt! Wie kannst du gestatten, daß man so etwas in deiner Gegenwart aussprache!«

»Strafe den Frechen!« rief Vitellius.

Nero richtete seine verglasten Augen auf Petronius und rief vorwurfsvoll: »So vergiltst du mir meine Freundschaft?«

»Strafe den Frechen!« rief Vatinius.

»Ja, ja, strafe ihn!« riefen mehrere Stimmen durcheinander. Es entstand eine große Bewegung im Atrium; die Nächststehenden begannen von Petronius wegzurücken. Es entfernten sich sogar Senecio und der junge Nerva. Bald stand er ganz allein da. Doch als merke er nichts davon, ordnete er sich die Falten seiner Toga und wartete ruhig auf den Ausspruch des Kaisers. Nach einer kleinen Pause sagte dieser: »Ihr verlangt seine Bestrafung, doch er ist mein Freund und Gefährte, und wie tief mein Herz auch verletzt ist: ich verzeihe ihm, weil er mein Freund ist.«

Ich habe verspielt und mein Tod ist sicher! sagte sich Petronius. Der Kaiser erhob sich von seinem Platze und die Sitzung war beendet.

39.

Petronius begab sich nach Hause. Nero und Tigellinus gingen in Poppäas Atrium. Hier warteten mehrere Männer, mit denen Tigellinus schon gesprochen hatte. Es waren dies zwei in feierliche Kleider gehüllte Rabbiner, mit der Mitra auf dem Kopfe, mit ihrem Begleiter Chilon. Beim Anblick des Kaisers hoben sie ihre Hände bis zur Schulterhöhe und neigten ihre Häupter.

»Sei gegrüßt, du Herrscher der Herrscher, du König der Könige,« sagte der älteste, »sei gegrüßt, du Regierer der Welt, du Beschützer eines auserwählten Volkes, du Cäsar, du Löwe unter den Menschen, dessen Herrschaft einer leuchtenden Sonne, einer Zeder vom Libanon, einer Quelle, einer Palme, dem Balsam von Jericho gleicht!«

»Nennt ihr mich nicht auch einen Gott?« fragte der Kaiser.

Hier erblaßten die Priester; doch der älteste von ihnen hatte Mut genug zu antworten: »Deine Worte, o Herr, sind süß, sind süß wie die Trauben eines Weinstockes, sind süß wie eine reife Feige, denn Jehovah gab dir ein gutes Herz. Doch dein Ahne, der Cäsar Cajus, war grausam, und dennoch wurde er von unserem Abgesandten nicht als Gott gepriesen, und sie würden den Tod der Beleidigung des göttlichen Gesetzes vorgezogen haben.«

»Dafür ließ sie Caligula den Löwen vorwerfen!«

»Nein, Herr, Cäsar Cajus fürchtete den Zorn Jehovahs.«

Und sie erhoben ihre Häupter, denn der Name des mächtigen Jehovah flößte ihnen Mut ein; vertrauend auf seine Hilfe, blickten sie nun dreister in die Augen Neros.

»Ihr klagt die Christen an wegen der Brandlegung Roms?« fragte der Kaiser.

»Wir, o Herr, klagen sie nur deshalb an, weil sie Feinde der göttlichen Gesetze sind, Feinde des Menschengeschlechtes, Feinde Roms und deine Feinde.«

Nero wandte sich an Chilon: »Wer bist du?«

100

»Dein Bewunderer, Osiris, und ein armer Stoiker!« »Ich hasse die Stoiker!« sagte Nero. »Mir ist ihre Sprache ebenso widerwärtig wie ihre Kunstverachtung, ihre freiwillige Armut und ihre Armseligkeit.«

»Herr, ich bin nur Stoiker aus Not. Umwinde meinen Stoizismus mit Rosenkränzen, du Strahlender, und er wird beim gefüllten Weinkrug die lautesten Lieder singen.«

Nero, dem der Name Strahlender wohlgefiel, lächelte und sagte: »Du gefällst mir!«

»Dieser Mann ist wert, mit Gold aufgewogen zu werden,« rief Tigellinus.

»Deine Freigebigkeit, o Göttlicher, wird meinem Gewicht noch etwas zugeben, sonst nimmt der Wind die Belohnung fort.«

»Ich sehe, daß dein Glaube dir nicht verbietet, mich einen Gott zu nennen?«

»O Unsterblicher! Mein Glaube bist du! Die Christen haben gegen diesen Glauben gefrevelt, darum hasse ich sie.«

»Was weißt du von den Christen?«

»Als ich zum ersten Male von den Christen und der neuen Lehre hörte, hoffte ich hier ein Körnchen Wahrheit zu finden und machte zu meinem Leidwesen ihre Bekanntschaft. Ich bewarb mich um den Zutritt zu ihren Häuptern und lernte ihren Oberpriester und einen zweiten, den sie Paulus nennen, kennen. Ich war auf dem Friedhof, daselbst sah ich den Sohn des Zebedeus, ich sah den Linus und Kleta und viele andere. Sie versammelten sich vor dem Brande in einem unterirdischen Gewölbe am Vatikanischen Hügel, auf dem Friedhof hinter dem Nomentanischen Tor, dort halten sie ihre abscheulichen Zeremonien ab, die sie Gottesdienst nennen. Dort sah ich auch, wie Glaukus Rinder abschlachtete und der Apostel Petrus mit dem Blute die Häupter der Anwesenden besprengte. Dort sah ich auch Lygia, die Pflegetochter der Pomponia Graecina, die sich rühmte, die kleine göttliche Augusta, deine Tochter, Osiris, und die deine, Isis, berufen zu haben.«

»Hörst du es, mein Kaiser!« rief Poppäa.

»Sollte das möglich sein?« rief Nero.

»Als ich diese frevelhaften Worte vernahm,« fuhr Chilon fort, »da übermannte mich der Zorn, und ich sprang auf die Lygierin zu, um sie mit meinem Messer zu durchbohren. Vinicius aber hinderte mich daran, weil er sie liebt. Sie flüchtete zwar, er suchte sie aber

wieder auf. Ich war dabei, als Kroton von Ursus, dem Sklaven Lygias, erwürgt wurde!«

»Beim Herkules!« rief Nero, »wer den Kroton erwürgte, ist wert, daß ihm eine Bildsäule auf dem Forum gesetzt werde. Aber entweder lügst du, Alter, oder du irrst dich, denn ich weiß, daß Vinicius den Kroton erstach.«

»So werden die Götter von den Menschen belogen! Ich war Augenzeuge, als Ursus dem Kroton die Rippen eindrückte. Auch den Vinicius hätte er getötet, hätte Lygia nicht für ihn gebeten. Der Tribun war lange krank, so sehr haben ihn die Christen zugerichtet; jetzt ist er selbst Christ geworden.«

»Vinicius?«

»Jawohl!«

»Und vielleicht auch Petronius?« fragte Tigellinus.

»Ich bewundere deinen Scharfblick, Herr! Es wäre nicht unmöglich,« rief Chilon, sich die Hände reibend und wie ein Aal sich biegend. Dann fuhr er weiter fort: »Das vergesse ich nicht, was die Christen getan, ich habe es beim Hades geschworen. O Göttlicher, räche die Grausamkeiten! Ich liefere sie alle aus, alle!«

Poppäa vergaß ihre Feinde nicht. Ihre Begierde nach Vinicius war zwar nichts als eine augenblickliche Laune gewesen, aber die Weigerung des schönen Mannes hatte sie doch schwer beleidigt. Lygia hatte sie vom ersten Augenblick an als eine ungewöhnliche Schönheit erkannt und darum tief gehaßt. Ihr Untergang war bei Poppäa beschlossen.

»Ja, räche unser Kind! Herr!« rief sie aus.

»Beeilt euch,« rief Chilon, »Eile tut Not«

»Wäre es nicht angebracht, Göttlicher, sich auch gleich Onkel und Neffen vom Halse zu schaffen?« fragte Tigellinus.

Nero dachte einen Augenblick nach. Dann aber sagte er: »Nein, jetzt nicht! Das Volk würde doch nicht glauben, daß Petronius Vinicius oder Pomponia Graecina Rom in Brand steckten; sie hatten zu schöne Besitzungen. Zuerst brauchen wir andere Opfer; jene kommen später an die Reihe.« »Chilon, du sollst vorderhand bei mir wohnen,« sagte der Präfekt.

»Ich liefere sie alle aus, aber beeilt euch, bevor sie entwischen!«

40.

Als Petronius den Kaiser verlassen hatte, ließ er sich nach seiner in der Carinae gelegenen, vom Feuer verschont gebliebenen Besitzung tragen. Ein großer Garten umgab das Wohnhaus von drei Seiten und an der Vorderseite lag ein kleines Forum. Deshalb hatte das Feuer sein Haus nicht erreichen können, und die Höflinge beneideten ihn um sein Glück. Petronius aber sagte zu sich selber: wäre mein Haus abgebrannt und wären damit meine Edelsteine, meine etruskischen Vasen, mein alexandrinisches Glas und meine korinthische Bronze zugrunde gegangen, dann könnte Nero die Beleidigung vergessen haben. Bei Pollux! Und doch hing es in dieser Stunde von mir allein ab, Präfekt der Prätorianer zu werden. Ich brauchte ja nur Tigellinus der Brandstiftung zu beschuldigen, ihn dem gemeinen Volk auszuliefern und Rom wieder aufzubauen. Wer weiß, ob damit nicht eine bessere Zeit für ehrliche Leute begonnen hätte. Ich hätte das Amt nehmen sollen aus Liebe zu Vinicius! Wäre es mir zu anstrengend geworden, so hätte ich ihm die Leitung anvertrauen können, und Nero würde nicht einmal versucht haben, zu widerstehen. Dann hätte Vinicius alle Prätorianer taufen lassen können und den Cäsar dazu, was schadete mir das? Nero, fromm, tugendhaft und barmherzig: das wäre ein unterhaltendes Schauspiel gewesen!

Der scharfsinnige Petronius sah nun, daß der Anfang vom Ende für ihn gekommen sei; doch wußte er auch, daß das Ende nicht schnell heranrücken würde, denn Nero hatte sich durch die schönen Worte über Freundschaft und Vergebung dem Petronius verpflichtet. Außerdem hatte er ja mit den Christen Zerstreuung genug.

Die Insula des Vinicius war eine Beute der Flammen geworden, und der junge Mann wohnte bei Petronius. »Hast du Lygia heute gesehen?« fragte er den Neffen beim Eintreten.

»Ja, ich komme soeben von ihr.«

»Höre, was ich dir jetzt sage, und verliere keine Zeit mit unnützen Fragen. Beim Kaiser wurde heute beschlossen, den Brand Roms auf die Christen zu schieben; Verfolgung und Martern stehen ihnen bevor. Nimm Lygia und flieh mit ihr über die Alpen oder nach Afrika. Eile, denn vom Palatinus hat man nach Transtiber näher als von hier.«

Vinicius war Krieger genug, um nicht viele Worte zu verlieren. Er wußte, um was es sich handelte, und

machte sich sogleich auf den Weg. »Ich gehe,« sagte er.

Schön wie eine Göttin trat jetzt Eunike ein und riß Petronius aus dem ernsten Sinnen, in das er nach dem Fortgang des Neffen versunken war. In diesem Augenblick vergaß er den Kaiser, die Ungnade, die Augustianer, die den Christen drohende Verfolgung, den Vinicius, die Lygia. Eunike wußte, daß sie bewundert wurde, und ihr Gesicht strahlte vor Freuden.

»Was bringst du, Charis?« fragte Petronius, beide Hände nach ihr ausstreckend.

»O Herr,« sagte sie, ihr goldenes Haupt auf seine Schulter legend, – »Anthemios ist mit seinen Sängern angekommen und läßt fragen, ob du ihn heute anhören willst?«

»Mag er warten; beim Mittagsmahl mag er uns einen Hymnus an Apollo vortragen. Inmitten einer großen Brandstätte und großer Aschenhaufen werden wir dem Hymnus lauschen.«

Eine Stunde darauf saßen sie an der Tafel mit verschleierten Augen und mit Kränzen von Rosen auf den Häuptern. Knaben in Gestalt von Amoretten bedienten bei der Tafel, die voll goldener Gefäße stand. Aus efeuumrankten Gefäßen tranken sie Wein und lauschten dem Apollohymnus und den Harfenklängen des Anthemios. Sie fühlten sich glücklich und kümmerten sich weder um die noch rauchenden Trümmerhaufen, noch um das zerstörte Rom.

Doch kaum war der Hymnus beendet, da trat der Türhüter ein und meldete den Hauptmann Aper mit einer Abteilung Prätorianer.

Da Nero für gewöhnliche Fälle sich der Prätorianer nicht zu bedienen pflegte, wenn er einem Freunde eine Botschaft sandte, so bedeutete diese Botschaft nichts Gutes. Doch Petronius zeigte keinerlei Erregung und sagte wie gelangweilt: »Man hätte mich wenigstens in Ruhe essen lassen sollen. – Lasse eintreten,« wandte er sich an den Vorsteher des Atriums.

Einen Augenblick später hallten schwere Schritte, worauf der Hauptmann mit dem Helm auf dem Kopfe eintrat.

»Edler Herr,« sagte er, »hier ist ein Schreiben des Kaisers.«

Nachlässig streckte Petronius seine weiße Hand nach dem Täfelchen und reichte es Eunike hin, nachdem er einen Blick darauf geworfen hatte. »Er wird

102

heute abend seinen Gesang auf Troja vorlesen und ladet mich ein.«

Petronius lud den Hauptmann ein, einen Becher Weins zu trinken, und schenkte ihm nachher den kostbaren Becher. Als der Krieger gegangen war, gab er Anthemios ein Zeichen, weiter zu spielen.

Der Feuerbart fängt an, sein Spiel mit mir zu treiben, sagte Petronius zu sich. Er wollte mich erschrecken! Obwohl ich weiß, daß ich deiner Rache nicht entgehen werde, darfst du nicht glauben, daß ich deine Gnade anflehen werde!

Nach diesem Selbstgespräche machte er den gewohnten Spaziergang und ließ sich abends auf den Palatin tragen. Die Augustianer, verwundert darüber, daß er eine Einladung erhalten hatte, wichen ihm aus, als sie ihn in ihre Reihen treten sahen. Aber er schritt so gleichgültig und selbstbewußt an ihnen vorüber, als wäre nichts vorgefallen.

Der Kaiser tat, als bemerkte er ihn nicht und erwiderte seinen Gruß nicht, anscheinend von einem wichtigen Gespräche ganz in Anspruch genommen. Doch später, während des Vortrages, forschte Nero eifrig in den Zügen des Petronius, der bald die Brauen zusammenzog, bald zustimmend mit dem Kopfe nickte, immer aber mit der größten Aufmerksamkeit zuhörte. Als der Kaiser geendet hatte, lobte Petronius einzelne Stellen, tadelte andere in der gewohnten Weise, und Nero ließ sich wie sonst in ein längeres Gespräch mit ihm ein. »Im letzten Gesang wirst du sehen, warum ich gerade dieses Wort wählte,« sagte er, als Petronius die Richtigkeit eines bestimmten Ausdruckes angezweifelt hatte.

Ach so, dachte Petronius, ich soll also den letzten Gesang noch erleben!

Beim Abschiede fragte Nero mit halb geschlossenen Augen, die vor boshafter Freude funkelten: »Weshalb ist denn Vinicius nicht erschienen?«

Hätte Petronius gewußt, daß Vinicius mit Lygia auf der Flucht sei, hätte er geantwortet: Er hat sich mit deiner Erlaubnis verheiratet und ist verreist. Doch als er das ironische Lächeln Neros sah, wurde er über den ersten Gedanken stutzig und sagte: »Deine Einladung traf ihn nicht zu Hause an, Herr.«

»Sage ihm, daß ich ihn gern sehe,« entgegnete Nero, »und trage ihm von mir auf, er solle bei den Spielen nicht fehlen, in denen die Christen auftreten werden.«

Diese Äußerung beunruhigte Petronius Lygias wegen, und es drängte ihn, nach Hause zu kommen.

»Ist der edle Vinicius zurückgekehrt?« fragte er, dort angelangt, den Türhüter, und als dies der Sklave bejahte, fühlte er sich lebhaft enttäuscht. Er hatte sie also nicht mehr retten können! dachte er und eilte, die Toga abwerfend, nach dem Atrium, wo Vinicius auf einem Dreifuß saß.

»Du bist zu spät gekommen?« fragte Petronius.

»So ist es; sie wurde schon vormittags eingekerkert!«

Ein kurzes Schweigen folgte.

»Hast du sie gesehen?«

»Ja!«

»Wo ist sie?«

»Im Mamertinischen Kerker!«

Petronius schauderte und er sah Vinicius fragend an.

Dieser verstand ihn. »Nein!« sagte er. »Nein, sie ist in dem unterirdischen Teil. Ich habe den Aufseher bestochen, und er überließ ihr seine Stube. Ursus liegt auf der Schwelle und bewacht sie.«

»Warum hat sie Ursus nicht verteidigt und sie wegführen lassen?«

»Es waren fünfhundert Prätorianer ausgerückt. Der Übermacht mußte er weichen! Auch wehrte ihm Linus ab!«

»Und Linus?«

»Der liegt im Sterben, deshalb ließ man ihn zurück.«

»Und was beabsichtigst du jetzt?«

»Sie retten oder mit ihr sterben! Auch ich glaube an Christus!« sagte Vinicius scheinbar ruhig, doch traurig und niedergeschlagen, so daß auch Petronius von Mitleid erfaßt wurde.

»Ich verstehe dich!« sagte er, »doch wie willst du sie retten?«

»Ich habe die Wächter bestochen, um sie vor Belästigungen zu schützen und ihr, wenn möglich, zur Flucht zu verhelfen!«

»Und wann soll dies geschehen?«

»Sie sagten mir, es sei jetzt nicht möglich, da sie die Verantwortung fürchten. Würden jedoch die Gefängnisse mit den übrigen Christen angefüllt, dann wäre es eher zu bewerkstelligen, da in diesem Falle die Übersicht verloren gehe.«

Anstatt darauf zu antworten, ließ Petronius zwei dunkle Mäntel und zwei Schwerter bringen. »Nimm jetzt einen Mantel, ein Schwert, und unterwegs erfährst du das weitere,« sagte er, »stecke aber für die Wächter hunderttausend Sesterzen ein, gib schließlich auch mehr, wenn sie nur Lygia freilassen, sonst ist alles zu spät.«

Kurz darauf waren beide auf der Straße.

»Höre jetzt!« sagte Petronius. »Ich selbst bin in Ungnade gefallen, weil ich die Christen verteidigte. Mein Leben hängt jetzt an einem dünnen Faden. Im übrigen soll ich dich vom Kaiser benachrichtigen, du möchtest an den Spielen teilnehmen, in denen die Christen auftreten werden. Weißt du nun, was dies bedeutet? Er will sich an deinem Anblick weiden, und wohl nur aus diesem Grunde hat man uns bisher verschont.« Als sie zu dem Mamertinischen Kerker einbogen, sagte Petronius: »Die Prätorianer! Zu spät!«

Wirklich war das Gefängnis von einer doppelten Reihe Soldaten umschlossen. Die Morgendämmerung versilberte ihre Helme und die Spitzen ihrer Wurfspieße.

Vinicius wurde weiß wie Marmor. »Gehen wir hin!« sagte er.

Bald hielten sie vor den Soldaten. Petronius, der ein ungewöhnliches Gedächtnis besaß, kannte nicht nur die Offiziere, sondern auch fast alle Prätorianersoldaten. Bald entdeckte er einen Bekannten, den Führer einer Abteilung, und winkte ihn zu sich heran.

»Aber was ist denn dies, Niger?« fragte er. »Habt ihr Befehl, das Gefängnis zu bewachen?«

»Ja, edler Petronius, der Präfekt fürchtet, man könnte sonst versuchen, die Brandstifter zu befreien.«

»Seid ihr beauftragt, niemand einzulassen?« forschte Vinicius. »Nein. Die Bekannten dürfen die Gefangenen besuchen, und auf diese Weise bekommen wir noch mehr Christen.«

»Dann laß mich hinein,« sagte Vinicius, und die Hand des Petronius drückend, bat er: »Geh zu Akte, ich werde kommen, um ihre Antwort zu vernehmen.«

»Komm!« versetzte Petronius.

In diesem Augenblicke ertönte Gesang aus den unterirdischen Räumen, sowie von jenseits der Gefängnismauern. Eine Hymne, erst leise und unverständlich, erklang immer stärker, Männer-, Frauen- und Kinderstimmen bildeten einen harmonischen Chor; das ganze Gefängnis begann in der Stille des Morgens zu erklin-

gen gleich einer Harfe. Es waren jedoch nicht Töne der Sorge oder Verzweiflung; sie hörten sich im Gegenteil an wie Freude oder Triumph. Erstaunt sahen die Soldaten drein. Der erste rosige und goldene Glanz zeigte sich eben am Himmel.

41.

Der Ruf: Die Christen für die Löwen! hallte in ganz Rom wider, und bald zweifelte niemand, daß sie wirklich die Brandstifter waren. Der Rachegedanke vereinigte sich mit dem Verlangen nach großartigen Schauspielen, und man betrachtete die Christenverfolgung als Sühneopfer für die beleidigten Götter. Man legte auch schon neue Straßen an, legte Fundamente für neue Wohnhäuser, Paläste und Tempel. Mit großer Eile wurde jedoch ein großes hölzernes Amphitheater aufgeführt, in dem die Christen gemartert werden sollten. Aus allen Länderteilen und größeren italienischen Städten wurden wilde Tiere nach Rom gebracht. In Afrika veranstaltete man große Treibjagden, an denen sich die Stadtbewohner beteiligen mußten. Aus Asien brachte man Elefanten, Tiger, vom Nil Krokodile und Nilpferde, vom Atlas Löwen, aus den Pyrenäen Wölfe und Bären, aus Hibernien grimmige Hunde, und riesige Auerochsen aus Germanien. Die Vorstellungen sollten alles bisher Dagewesene in Schatten stellen, Cäsar selbst wollte die Erinnerung an den Brand in dem Blute der Christen ertränken.

Das aufgebrachte Volk war den Nachtwachen, den Prätorianern bei der Suche nach Christen behilflich, und es war nicht schwer, sie zu finden, da sie sich selbst zu erkennen gaben und keinen Widerstand leisteten. Die Widerstandslosigkeit vermehrte nur die Wut des Volkes, das dies für Trotz hielt. Die Menge wurde rasend; es kam vor, daß Christen den Prätorianern genommen und in Stücke gerissen wurden. Die Frauen schleppte man an den Haaren in die Gefängnisse, die kleinen Kinder schlug man an die Mauer oder gegen Steine. Tausende Menschen durchzogen am Tage und abends heulend die Straßen und suchten die Opfer zusammen, vor den Gefängnissen wurden Lichter angezündet, Wein in großen Mengen verabreicht, ausgelassene Spiele und Tänze aufgeführt, und diesem schamlosen Treiben mußten die Gefangenen zusehen.

Tausende Christen saßen in den Gefängnissen, und anstatt zu weinen oder den göttlichen Imperator um Gnade anzuflehen, warteten sie geduldig auf ihren Tod und stimmten Lobgesänge zu ihrem einzig wahren Gott an. Auf dem Palatinus wußte man genau, daß auch Flavius, Domitilla, Pomponia Graecina, Cornelius Pudens und Vinicius Christen waren, doch wagte man es der Menge nicht zu sagen, daß auch diese zu den Brandlegern gehörten.

Während der nächsten Tage versuchte Vinicius alles mögliche zur Rettung Lygias. Er suchte alle einflußreichen Augustianer auf, und er, der Stolze, bettelte um Hilfe. Aber die meisten lehnten jede Hilfe aus Furcht vor der Augusta ab. Andere nahmen sein Geld, ohne etwas zu tun. Da wollte Vinicius zum Kaiser und ihn um Gnade anflehen. Doch Petronius hielt ihn zurück. »Und was tust du, wenn er nein sagt, oder mit einem Scherze antwortet oder mit einer schändlichen Drohung?« Auch Petronius hatte nichts unversucht gelassen; das einzige, was zu erreichen war, bestand in Erleichterungen. Durch Akte, die Lygia im Gefängnis aufsuchte, bekam sie bessere Kleidung und Nahrung und wurde vor den Roheiten des ohnedies bestochenen Aufsehers geschützt.

42.

Indes folgte ein Tag nach dem anderen. Das Amphitheater war vollendet. Die Einlaßkarten zu den Morgenspielen wurden verteilt, wegen der unerhörten Zahl der Opfer sollten diesmal diese Morgenspiele tage-, wochen-, monatelang währen. Man konnte die Christen nicht mehr unterbringen, die Gefängnisse, hieß es, seien vollgepfropft, und das Fieber wüte darin. So entstand die Furcht, es möchten sich Krankheiten über die Stadt verbreiten, darum die Eile!

All diese Gerüchte erreichten auch Vinicius' Ohr und erstickten den letzten Hoffnungsstrahl in seinem Innern. Wäre noch Zeit geblieben, so hätte er sich mit dem Gedanken täuschen können, daß er noch etwas zu tun vermöge, aber die Zeit war dahin. Die Schauspiele mußten nun beginnen. Lygia konnte sich jeden Tag in einem Vorraum des Circus befinden, dessen einziger Ausgang in die Arena führte. Vinicius hatte fast jede Hoffnung auf Lygias Rettung aufgegeben. Der Schmerz machte ihn krank, und er glich mehr einem Toten als einem Lebenden. Ganze Nächte verbrachte er mit Ursus vor Lygias Gefängnistür. Befahl sie ihm hinwegzugehen und zu ruhen, so kehrte er zu Petronius zurück und ging bis zum nächsten Morgen im Atrium auf und ab. Häufig fanden ihn die Sklaven mit ausgebreiteten Armen auf den Knien oder mit dem Antlitz auf der Erde liegend. Er betete zu Christus, denn Christus war seine einzige Hoffnung. Alles war ihm fehlgeschlagen. Nur ein Wunder konnte Lygia retten.

In einer Nacht ging er, den Apostel Petrus aufzusuchen. Die Christen, von denen nur mehr wenige frei geblieben waren, hielten diesen sorgfältig versteckt, sogar vor Brüdern, damit nicht einer der schwächeren im Geiste ihn bewußt oder unbewußt verrate.

Vinicius begab sich zu jenem Steinbrecher, in dessen Hütte er getauft worden war, und erfuhr dort, daß eine Zusammenkunft vor der Porta Salaria in einem Weingarten des Cornelius Pudens stattfinden werde. Der Mann bot ihm seine Führung an und sagte zugleich, daß er dort Petrus treffen könne.

In der Dämmerung verließen sie das Haus, hatten bald die Mauern hinter sich und kamen durch schilfbewachsene, tiefer liegende Stellen zu dem in einer unbewohnten, einsamen Gegend gelegenen Weingarten. In einem Schuppen waren die Christen versammelt. Vinicius, näher kommend, hörte leise Gebete. Beim Eintritt sah er in düsterem Lampenlicht gegen hundert Personen im Gebet versunken auf den Knien liegend. Sie beteten eine Art Litanei; ein Chor männlicher und weiblicher Stimmen wiederholte in kurzen Zwischenpausen: »Christus, erbarme dich unser!« Tiefe, rührende Trauer klang ihm aus diesem Flehen entgegen.

Petrus war da. Er kniete an ihrer Spitze vor einem hölzernen Kreuz, das an die Wand des Schuppens genagelt war, und betete, Vinicius erkannte aus der Ferne sofort sein weißes Haar und seine erhobenen Hände. Der erste Gedanke des jungen Mannes war, die Versammlung zu durchschreiten, sich dem Apostel zu Füßen zu werfen und zu rufen: Rette sie! Aber der feierliche Eindruck des Gebetes und seine übergroße Schwäche beugten seine Knie. Er ließ sich nieder und wiederholte seufzend mit den anderen: »Christus, erbarme dich unser!«

Wäre sein Geist freier gewesen, so hätte er bald herausgefunden, daß nicht sein Gebet einzig von Schmerzenslauten unterbrochen war, daß nicht er allein seinen Jammer, seine Unruhe, seine Kümmernisse hierher gebracht hatte. In dieser Versammlung fand sich keine Seele, die nicht den Verlust teurer Personen zu beklagen gehabt hätte. Sie begriffen nicht, warum Christus sie verlassen hatte, warum er das Böse so mächtig werden ließ. Dennoch flehten sie verzweifelnd ihn um Erbarmen an, da in jedem Herzen noch ein Fünkchen Hoffnung glimmte, daß Christus kommen, Nero in den

Abgrund schleudern und die Welt regieren werde. Je öfter Vinicius die Worte wiederholen hörte: Christus, erbarme dich unser! desto mehr fühlte er jene Worte, die ihn einst in des Steinbrechers Hütte erfaßt hatten. Jetzt rufen die Versammelten aus dem Abgrund ihrer Sorge zu Christus, jetzt ruft Petrus zu ihm. So mögen denn die Himmel zerreißen, möge die Erde bis in ihren Grund erzittern und er erscheinen in unendlicher Herrlichkeit. Sterne an den Füßen, barmherzig, aber furchtbar. Er wird seine Getreuen aufrichten und den Abgründen befehlen, die Verfolger zu verschlingen.

Auf einmal hörte man die sorgenvolle Klage einer schmerzgebeugten Frau: »Ich bin Witwe, ich hatte nur einen Sohn, der mich unterstützte. Gib ihn mir zurück, o Herr!«

Wieder folgte Schweigen. Petrus stand vor den knienden Zuhörern, sorgenschwer, die Verkörperung von Alter, von Schwäche. Eine zweite Stimme fing jetzt zu klagen an: »Ich allein bin meinen Kindern geblieben; wer wird ihnen Brot und Wasser geben, wenn ich ihnen genommen werde?«

Dann eine dritte: »Linus wurde erst geschont, jetzt haben sie ihn geholt und gemartert, Herr!«

Nun eine vierte: »Sobald wir nach unseren Häusern zurückkehren, werden uns Prätorianer ergreifen; wir wissen nicht, wo wir uns bergen sollen.«

»Weh uns! Wer wird uns beschützen?«

Und so hörte man in der Stille der Nacht Klage um Klage. Der greise Fischer schloß die Augen und schüttelte das weiße Haupt ob all dem Kummer und dem menschlichen Schmerz. Neues Schweigen trat ein. Die Wächter gaben nur leise Zeichen nach dem Schuppen hin.

Da begann Petrus zu reden, anfänglich mit kaum vernehmbarer Stimme: »Meine Kinder! Auf Golgatha sah ich sie Gott ans Kreuz nageln. Ich hörte die Hammerschläge und sah das Kreuz erhöhen, damit das Volk das Schauspiel seines Todes sehen könne. Ich sah ihn sterben, und ich sah sie seine Seite öffnen. Als ich von der Kreuzigung heimkehrte, rief ich im Schmerz, wie ihr ruft: Wehe, wehe! O Herr, du bist Gott? Warum hast du solches zugelassen? Warum bist du gestorben, und warum hast du die Herzen derer betrübt, die da glaubten, daß dein Reich komme? Aber er, unser Herr und Gott, ist am dritten Tage von den Toten auferstanden; er war bei uns, bis er mit großer Herrlichkeit in sein Reich einging. Und wir, die wir unsere Kleingläu-

bigkeit einsahen, wurden stark im Geiste und säen seit jener Zeit seinen Samen.«

Dann wandte er sich jener Seite zu, von wo die erste Klage gekommen war, und sprach mit stärkerer Stimme: »Warum beklagt ihr euch? Gott gab sich selbst der Marter und dem Tode hin, und ihr wollt nun, daß er euch bewahre? Ihr Kleingläubigen, habt ihr so seine Lehre aufgenommen? Hat er euch denn nichts als das Leben versprochen? Er kommt zu euch und spricht: Folgt mir nach! Er hebt euch zu sich, und ihr klammert euch mit den Händen an diese Erde und ruft: Herr, rette uns! Vor Gott bin ich Staub, aber vor euch sein Apostel und Statthalter. Ich spreche zu euch im Namen Christi. Nicht Tod wartet auf euch, sondern das Leben, nicht Qual, sondern endlose Wonne, nicht Seufzen und. Klagen, sondern froher Gesang, nicht Dienstbarkeit, sondern Herrschaft. Ich, der Apostel des Herrn, sage euch: O Witwe, dein Sohn wird nicht sterben; er wird zur Herrlichkeit, zum ewigen Leben geboren, du wirst wieder mit ihm vereinigt werden! Euch, ihr Mütter, die sie von den Waisen reißen, euch, die ihr die Väter verliert, euch, die ihr euch beklagt, euch, die ihr den Tod geliebter Personen sehen müßt, euch, den Sorgenden, Unglücklichen, Furchtsamen, euch, die ihr sterben müßt, erkläre ich im Namen Christi, daß ihr aus dem Schlafe zu einem glücklichen Leben erwachen werdet, aus der Nacht zum Lichte Gottes. Laßt im Namen Christi die Binde von euren Augen fallen und eure Herzen sich erleuchten!«

Nach diesen Worten erhob er wie gebietend seine Hand, und sie fühlten neues Blut in ihren Adern und Zittern durch all ihre Gebeine, denn vor ihnen stand nicht ein schwacher, sorgenbeladener Greis, sondern ein gewaltiger Fürst, der ihre Seele hinriß und aus Erdenstaub und Schrecken hob.

»Amen!« rief eine große Stimmenzahl.

Aus des Apostels Auge strahlte ein immer helleres Licht, Macht ging von ihm aus, Majestät und Heiligkeit. Die Häupter beugten sich vor ihm. Die Verzagten ermannten sich, in die Zweifelnden ergossen sich Ströme des Glaubens. Einige riefen: Hosianna!, andere: Pro Christo!

Petrus, in seiner Vision verharrend, betete noch lange. In die Wirklichkeit zurückgekehrt, sah er mit leuchtendem Gesicht, erleuchtet vom Geiste Gottes, auf die Versammlung und sprach:

»Wie der Herr euren Zweifel gelöst hat, so werdet ihr in seinem Namen zum Siege gehen.« Obwohl er wußte, daß sie siegen würden und was aus diesen Tränen sprießen werde, zitterte seine Stimme doch vor Bewegung, als er sie mit dem Kreuze segnete und sprach: »Ich segne euch jetzt, meine Kinder, die ihr zur Marter, zum Tode, zur Ewigkeit geht!«

Sie umringten ihn und weinten. »Wir sind bereit!« waren ihre Worte, »aber du, o heiliges Haupt, schütze du dich; denn du bist der Statthalter Christi und vollziehst dessen Amt.« Bei diesen Worten ergriffen sie seinen Mantel; er aber legte ihnen die Hände aufs Haupt und segnete noch jeden einzeln, wie ein Vater seine Kinder, die er auf eine weite Reise schickt.

Dann verließen sie rasch den Schuppen, denn sie hatten Eile, um zuerst heim und von da in die Gefängnisse und nach der Arena zu kommen. Ihre Gedanken gehörten nicht mehr der Erde an, ihre Seelen hatten den Flug ins Jenseits genommen. So wandelten sie hin wie in einem Traum, in der größten Bereitwilligkeit, die in ihnen wohnende Kraft der Wildheit und Grausamkeit der Bestien entgegenzusetzen.

Markus, der Diener des Pudens, nahm den Apostel mit sich und führte ihn auf einem geheimen Pfade des Weingartens zu seinem Hause. Begünstigt durch die Helle der Nacht, folgte ihnen Vinicius, und als sie die Hütte erreicht hatten, warf er sich plötzlich zu des Apostels Füßen.

»Was wünschest du, mein Sohn?« fragte Petrus, der ihn erkannte.

»Herr,« schluchzte Vinicius und umschlang die Füße des Apostels, »Herr, du hast Christus gekannt. Bitte ihn, daß er Lygia hilft. Und wenn Blut gefordert wird, so flehe zu Christus, meines anzunehmen, ich bin ja Soldat. Du selber liebtest Lygia, du segnetest uns. Sie ist noch ein unschuldig Kind!«

Petrus schloß die Lider und betete mit tiefem Ernste. Draußen erhellte ein Wetterleuchten den Himmel. Vinicius sah in seinem Lichte auf des Apostels Lippen, das Urteil über Leben und Tod davon erwartend. Durch die Stille klang Wachtelruf im Weingarten und das einförmige, entfernte Geräusch der Tretmühlen in der Nähe der Via Salaria.

»Vinicius,« fragte endlich der Apostel, »glaubst du?«

»Würde ich hierhergekommen sein, wenn ich nicht glaubte?« erwiderte Vinicius.

»Dann glaube bis ans Ende, denn der Glaube kann Berge versetzen. Solltest du jenes Mädchen selbst unter dem Schwert der Henker oder zwischen den Zähnen der Löwen sehen, so glaube dennoch, daß Christus

es retten kann. Glaube und bete zu ihm und ich will mit dir beten.« Nun erhob er die Augen zum Himmel und betete mit lauter Stimme: »O barmherziger Christus, sieh auf das gequälte Herz und tröste es. O barmherziger Christus, mäßige den Sturm der Verfolgung um des Schwachen willen! O barmherziger Christus, der du den Vater batest, den bitteren Kelch an dir vorübergehen zu lassen, laß ihn an diesem deinem Diener vorübergehen! Amen!« Der Himmel begann sich im Osten aufzuhellen.

<h1 style="text-align:center">43.</h1>

Vinicius begab sich mit erneuter Hoffnung nach dem Kerker. Zwar die Verzweiflung war in der Tiefe seiner Seele noch nicht ganz erloschen, doch er bemühte sich, auf diese Stimme nicht zu hören. Es schien ihm unmöglich, daß die Fürbitte des Statthalters Christi keine Erhörung finden sollte. Ich will an Christi Barmherzigkeit glauben, wenn ich auch Lygia im Rachen eines Löwen sehen müßte, sprach er sich. Und er glaubte, obschon seine Seele bebte und kalter Schweiß seine Schläfen bedeckte. Jeder Herzschlag wurde ihm zum Gebet. Er begann einzusehen, daß der Glaube Berge versetzen könne, fühlte er nun doch selber eine Kraft, die vorher nie in ihm gewesen war. So oft Verzweiflung ihn zu fassen drohte, gedachte er jener Nacht und des greisen, zum Gebete himmelwärts gerichteten Antlitzes. »Nein, Christus wird seinen ersten Jünger, den Hirten seiner Herde, nicht unerhört lassen. Ich will glauben.« Und er eilte als Herold guter Kunde dem Kerker zu.

Etwas Unerwartetes begegnete ihm dort. Alle Prätorianer, denen die Wache vor dem Mamertinischen Kerker oblag, kannten ihn und machten in der Regel keine Schwierigkeiten. Diesmal aber öffnete sich ihre Reihe nicht, sondern ein Centurio trat vor und sagte: »Verzeih, edler Herr! Wir haben heute Befehl, niemand einzulassen.«

»Befehl?« wiederholte Vinicius erblassend.

Der Soldat blickte ihn mitleidig an und erwiderte: »Ja, Herr, Befehl des Kaisers. Es sind viele Kranke im Kerker, so daß man wohl fürchtet, Besucher möchten Krankheit in die Stadt tragen.«

»Du sagtest aber, der Befehl ist für heute?«

»Die Wache wird um Mittag abgelöst.«

Vinicius entblößte schweigend sein Haupt, denn der Helm schien ihn wie Blei zu drücken.

Der Centurio trat näher und sagte mit gedämpfter Stimme: »Beruhige dich, Herr, der Wächter und Ursus schützen sie.« So sprechend verbeugte er sich und hatte im Nu mit seinem Schwerte auf den Steinfliesen die Form eines Fisches gezeichnet.

Vinicius blickte ihn forschend an. »Und du bist Prätorianer?« »Bis auch ich dort wohne,« antwortete er, nach dem Kerker deutend.

»Auch ich bete Christus an.«

»Sein Name sei gepriesen! Ich darf dich leider nicht einlassen, doch schreibe einen Brief, so will ich ihn dem Wächter übergeben.«

»Hab Dank, Bruder.«

Dem Centurio die Hand drückend, entfernte er sich. Die Morgensonne beschien die Kerkermauern. Mit ihren Strahlen drang Zuversicht neuerdings in sein Herz ein. Jener christliche Prätorianer war ihm ein neuer Beweis der Allmacht Christi.

Zu Hause fand er Petronius, der wie gewöhnlich die Nacht in Tag umgewandelt hatte und vor kurzem heimgekehrt war.

»Ich habe Neuigkeiten für dich,« rief er seinem Neffen zu. »Heute besuchte ich Tullius Senecio, bei dem auch der Cäsar war. Ich weiß nicht, warum Poppäa den kleinen Rufius mitnahm, wohl um Cäsars Herz durch seine Schönheit zu besänftigen. Unglücklicherweise war das Kind müde und schlummerte ein, während Nero vorlas, gerade wie es einst dem Vespasian erging. Feuerbart bemerkte es und schleuderte einen Becher nach seinem Stiefsohn. Das Kind ist schwer verwundet, Poppäa wurde ohnmächtig; der Cäsar aber sagte laut, so daß es alle hörten: Ich habe diese Brut satt! Dies bedeutet Tod, wie du weißt.«

»Das Strafgericht Gottes hing über der Augusta,« antwortete Vinicius. »Doch weshalb erzählst du mir das?«

»Weil Poppäas Zorn dich und Lygia verfolgte. Mit ihrem eigenen Unglück beschäftigt, verzichtet sie vielleicht jetzt auf Rache und läßt sich leichter beeinflussen. Ich will sie diesen Abend besuchen.«

»Hab Dank, du gibst mir Hoffnung.«

»Bade jetzt und geh dann zur Ruhe. Deine Lippen sind blau.«

»Ist der Tag des ersten Morgenspieles noch nicht bestimmt?« fragte Vinicius.

«In zehn Tagen soll es stattfinden. Doch kommen vor dem Mamertinischen erst andere Kerker an die Reihe. Je mehr wir Zeit gewinnen, um so besser. Noch ist nicht alles verloren.«

Allein Petronius glaubte das selber nicht. Er wußte, daß Lygia nicht zu retten sei, wollte aber seinem Verwandten nicht jede Hoffnung nehmen.

»Heute abend will ich ungefähr so zu Augusta sprechen,« sagte er. »Rette dem Vinicius seine Lygia, so will ich dir den Rufius retten! – Und ich werde Wort zu halten suchen. Ein Wort, zum Feuerbart im rechten Augenblick gesprochen, kann retten und verderben. Im schlimmsten Falle gewinnen wir Zeit.«

»Ich danke dir,« erwiderte Vinicius.

Sie trennten sich. Vinicius aber begab sich in das Bücherzimmer und schrieb einen Brief an Lygia, den er darauf selber dem Centurio überbrachte. Dieser trug ihn sogleich ins Gefängnis und kehrte bald mit einem Gruß Lygias zurück, wobei er versprach, ihre Antwort ihm noch heute zu überreichen.

Vinicius ging nicht nach Hause, sondern setzte sich auf einen Steinblock, um auf Lygias Brief zu warten. Die Sonne stand schon hoch; die Leute strömten haufenweise durch den Clivus Argentarius dem Forum zu. Hitze und Müdigkeit übermannten Vinicius. Er schloß die Augen. Das eintönige Schreien spielender Knaben und der gemessene Tritt der Wachen schläferten ihn ein. Einige Zeit kämpfte er dagegen, indem er den Blick an das Gefängnis zu heften sich bestrebte; endlich aber lehnte er sich an einen Stein, seufzte wie ein nach langem Weinen schläfriges Kind und entschlief.

Ein lauter Lärm auf dem Platze weckte Vinicius schließlich aus dem Schlafe. Er rieb sich die Augen, die Straße wimmelte von Menschen. Zwei Läufer in gelben Tuniken stießen die Menge mittels langer Stäbe beiseite, um einer kostbaren Sänfte den Weg zu bahnen. Sie wurde von vier kräftigen Ägyptern getragen. In der Sänfte saß ein Mann, in weiße Gewänder gehüllt. Sein Gesicht war nicht erkennbar, denn er hatte eine Papyrusrolle vor Augen und las offenbar mit Aufmerksamkeit.

»Platz für den edlen Augustianer!« schrien die Läufer.

Doch die Straße war so belebt, daß die Sänfte eine Weile zu halten hatte. Der Augustianer legte die Rolle weg, beugte sich hinaus und schrie: »Stoßt die Schufte weg! Vorwärts!« Doch Vinicius erblickend, zog er eilig den Kopf zurück und verbarg sich hinter dem Papyrus.

Vinicius fuhr mit der Hand über die Stirn, um sich zu überzeugen, daß er nicht träume.

In der Sänfte saß Chilon.

Inzwischen hatten die Läufer den Weg freigemacht, und die ägyptischen Sklaven standen im Begriff, weiterzugehen, als der junge Tribun, der auf einmal vieles bis jetzt Unverständliches begriff, an die Sänfte trat. »Sei gegrüßt, Chilon!« sagte er.

»Junger Mann,« erwiderte der Grieche stolz und vornehm, indem er sich bemühte, eine Ruhe zu zeigen, die er nicht besaß, – »sei gegrüßt, doch halte mich nicht auf; denn ich muß zu meinem Freunde, dem edlen Tigellinus.«

Vinicius hielt den Rand der Sänfte fest, blickte ihm forschend ins Auge und fragte mit leiser Stimme: »Hast du Lygia verraten?«

»Koloß von Memnon!« rief Chilon erschrocken.

Allein es lag nichts Drohendes in Vinicius' Augen, so daß die Angst des Alten nicht anhielt. Er wußte sich unter dem Schutze des Cäsar und des Präfekten, also unter dem Schutze einer Macht, vor der alle zitterten; er wußte sich von starken Sklaven umgeben und sah Vinicius unbewaffnet und abgehärmt vor sich stehen. Seine Keckheit kehrte zurück. Mit einem Blick auf des Vinicius gerötete Augen flüsterte er: »Als ich vor Hunger sterben wollte, ließest du mich peitschen!«

Schweigen folgte; endlich entgegnete Vinicius demütig: »Ich tat dir Unrecht, Chilon.«

Der Grieche schnalzte mit den Fingern, was in Rom Verachtung bedeutete. Laut, so daß alle Umstehenden es hören konnten, sagte er dann: »Mein Freund, wenn du eine Bittschrift einzureichen hast, so komme morgen früh in meine Wohnung auf dem Esquilin. Nach dem Bade pflege ich Gäste und Klienten zu empfangen.«

Er gab ein Zeichen, worauf die Sklaven die Sänfte aufnahmen. Die Läufer in gelben Tuniken schwangen ihre Stäbe und riefen: »Platz für den edlen Chilon Chilonides. Platz! Platz«

44.

Lygia nahm in einem langen, eilend geschriebenen Briefe Abschied von Vinicius. Sie wußte, daß niemand Zutritt zum Gefängnisse habe, und sie ihn nur von der Arena aus noch sehen werde. Sie bat ihn darum, ausfindig zu machen, wann die Reihe an das Mamertinische Gefängnis käme, und bei den Spielen in der Arena zu sein, weil sie ihn noch einmal im Leben sehen möchte. Keine Spur von Furcht sprach aus ihrem Briefe. Sie schrieb, daß sie und die anderen Christen sich nach der Arena sehnten, wo ihnen Befreiung werde aus der Gefangenschaft.

Sie bat ihn dringend, ihretwegen nicht bekümmert zu sein, sich nicht vom Schmerze überkommen zu lassen. Ihr Tod sei keine Auflösung des Verlöbnisses. Mit dem Vertrauen eines Kindes versicherte sie Vinicius, daß sie gleich nach ihrer Marter in der Arena zu Christus sagen werde, ihr Verlobter Markus sei in Rom zurückgeblieben und sehne sich von Herzen nach ihr. Und Christus, meinte sie, werde ihrer Seele vielleicht erlauben, einen Augenblick zu ihm zurückzukehren, ihm mitzuteilen, daß sie lebe, ihrer Qualen nicht mehr gedenke und selig sei. Ihr ganzer Brief atmete Glück und zuversichtliche Hoffnung. Nur eine Bitte enthielt er, die sich noch mit irdischen Angelegenheiten verknüpfte. Vinicius solle ihren Leib aus dem Spoliarium nehmen und ihn gleich dem seiner Frau an jenem Orte begraben, wo er selber einst ruhen wolle.

Als Vinicius in der Frühe zum Gefängnisse kam, verließ der Centurio seinen Posten, näherte sich ihm und sprach: »Höre mich, Herr! Christus, der dich erleuchtete, hat dir eine Gnade erwiesen. Vergangene Nacht kamen Freigelassene des Cäsar und des Präfekten, um christliche Mädchen im Kerker auszusuchen. Sie erkundigten sich nach deiner Verlobten; aber unser Herr hat ihr ein tödliches Fieber gesandt, und sie verließen sie. Gestern abend war sie bewußtlos. Gepriesen sei der Name des Erlösers; denn die Krankheit, die sie vor Schande bewahrte, mag sie vom Tode erretten!« Vinicius hielt sich mit der Hand an des Soldaten Schulter, um nicht zu sinken; dieser aber fuhr fort: »Danke der Barmherzigkeit des Herrn! Sie ergriffen und marterten Linus; als sie aber sahen, daß er sterben werde, kümmerten sie sich nicht mehr um ihn. Jetzt kannst du Lygia noch bekommen, und Christus wird ihr die Gesundheit wiedergeben.«

Der junge Tribun stand einige Zeit mit gesenktem Haupt; dann richtete er sich auf und sagte leise: »Das ist gewiß, Centurio! Christus, der sie vor Schande bewahrte, wird sie auch vom Tode retten.«

Er blieb bis zum Abend auf den Mauern des Gefängnisses sitzen, dann kehrte er heim, um durch seine Leute Linus holen und in eine seiner vorstädtischen Villen bringen zu lassen.

Als Petronius alles erfahren hatte, beschloß er, gleichfalls zu handeln. Er hatte die Augusta schon besucht und ging jetzt ein zweites Mal zu ihr. Sie befand sich am Bett des kleinen Rufius.

Das Kind lag mit gebrochenem Schädel im Fieber. Ausschließlich mit ihrem eigenen Leid beschäftigt, wollte die Mutter nichts von Vinicius und Lygia hören, aber Petronius schüchterte sie ein.

»Du hast,« sagte er zu ihr, »eine neue, unbekannte Gottheit beleidigt. Du, Augusta, bist, wie es scheint, eine Verehrerin des hebräischen Jehovah, aber die Christen behaupten, Christus sei dessen Sohn. Überlege darum, ob der Zorn des Vaters dich nicht verfolge! Wer weiß, ob das Leben des Rufius nicht von deiner Handlungsweise abhängt?«

»Was verlangst du, daß ich tun soll?« fragte Poppäa erschreckt.

»Du mußt die beleidigte Gottheit versöhnen. Lygia ist krank, aber wenn sie genest, wird man sie zum Tode führen. Geh zum Tempel der Vesta und fordere von der Oberpriesterin, daß sie sich beim Tullianum gerade zur Zeit einfinde, wenn die Gefangenen fortgebracht werden. Dann soll sie ihre Begnadigung verlangen, was man ihr als Vestalin nicht verweigern darf.«

»Wenn aber Lygia dem Fieber erliegt?«

»Christen behaupten, daß Christus wohl Rache nimmt, aber gerecht ist. Daher mag es sein, daß du ihn durch den Willen allein schon besänftigst.«

«Ich will gehen,« sagte Poppäa mit gebrochener Stimme,

Petronius holte tief Atem.

Poppäa, die für die Genesung des Rufius allen Göttern der Welt opfern wollte, ging noch denselben Abend über das Forum zu den Vestalinnen. Die Pflege des kranken Kindes hatte sie ihrer getreuen Amme Silvia überlassen, die auch die Augusta selbst schon erzogen hatte.

Aber auf dem Palatin war das Urteil über das Kind schon gefällt, und kaum war Poppäas Sänfte hinter dem großen Tore verschwunden, so traten zwei Freigelassene in das Zimmer ihres Sohnes. Einer von ihnen

stürzte sich auf die alte Silvia und knebelte sie; der andere ergriff eine Bronzestatue und betäubte damit die Greisin auf den ersten Schlag.

Dann näherten sie sich dem Rufius, nahmen der Amme den Gürtel ab und erdrosselten das Kind. Dann wickelten sie es in ein Tuch, setzten sich auf die harrenden Pferde und eilten nach Ostia, wo sie den Leichnam ins Meer warfen.

Poppäa hatte die Obervestalin nicht getroffen, weil diese mit den anderen Vestalinnen bei Vatinius war, und kehrte deshalb bald zurück. Beim Anblick des leeren Bettes und der totenstarren Silvia fiel sie in Ohnmacht, und als man sie ins Bewußtsein zurückgerufen hatte, begann sie laut zu schreien. Ihre wilden Schmerzensrufe erschallten die ganze Nacht und den folgenden Tag.

Am dritten Tage befahl ihr Nero, beim Festmahle zu erscheinen. Und sie erschien, schön, stumm und unheildrohend saß sie in der amethystfarbenen Tunika wie ein Todesengel an seiner Seite.

45.

Nero ließ für die neuen Amphitheater riesige Stämme von den Abhängen des Atlasgebirges übers Meer und den Tiber hinaufschaffen. Tausende Arbeiter wurden Tag und Nacht beschäftigt. Das Volk erzählte sich Wunder von der Pracht der Ausschmückung. Es funkelte überall von Bronze, Bernstein, Perlmutter, Elfenbein und Schildpatt. Längs den Sitzen waren Kanäle angebracht, deren eiskaltes Gebirgswasser eine wohltuende Kälte verbreitete, und ein riesiges, purpurfarbenes Dachzelt schützte vor der brennenden Sonne. In gewissen Abständen waren Räucherständer aufgestellt, auf denen arabische Wohlgerüche verbrannt wurden, oberhalb der Bänke befanden sich Werkzeuge zum Bespritzen der Zuschauer mit Safrantau und Verbena. Die berühmten Baumeister Severus und Celer wandten ihr ganzes Wissen und ihre ganze Geschicklichkeit auf, um einen den größten Anforderungen entsprechenden Bau herzustellen.

Am Tage der ersten Vorstellung fand sich das Volk in solcher Menge ein, daß das Hineinströmen stundenlang dauerte. Die wilden Tiere wurden schon seit zwei Tagen nicht mehr gefüttert; man zeigte ihnen blutige Fleischstücke vor den Gittern, um ihren Hunger und ihre Wut zu steigern. Bisweilen erklang ein solcher

Sturm wilden Geheuls, daß die vor dem Circus Wartenden ihr eigenes Wort nicht mehr hörten und die weniger Gefühllosen vor Schreck erblaßten.

Bei Tagesanbruch erschollen aus dem Kerker des Circus laute, ruhig gesungene Hymnen. Das Volk horchte erstaunt auf und rief: »Die Christen! Die Christen!«

In der Tat waren die Nacht zuvor Abteilungen der Christen ins Amphitheater gebracht worden; doch nicht, wie anfänglich geplant, aus einem Gefängnis, sondern aus jedem einige.

Man wußte, die Spiele würden Wochen und Monate dauern; dennoch wurden Zweifel laut, ob man an einem Tage mit den für heute bestimmten Christen fertig würde. Die Morgenhymne erklang von so vielen Männer-, Frauen- und Kinderstimmen, daß erfahrene Zuschauer behaupteten, selbst wenn hundert oder zweihundert zugleich in die Arena gestoßen würden, müßten die Bestien müde und satt werden und wären nicht imstande, alle Opfer vor der Nacht zu zerreißen. Andere meinten, eine allzu große Zahl von Opfern würde nur die Aufmerksamkeit und den Genuß des Ganzen beeinträchtigen.

Je näher der Augenblick kam, wo die Zugänge zum Innern sich öffnen sollten, desto angeregter und freudiger wurde die Menge. Zuerst erschienen des Morgens früh Abteilungen von Gladiatoren unter Führung ihrer Lehrmeister vor dem Amphitheater.

Um nicht zu früh zu ermatten, gingen sie unbewaffnet, zum Teil große Zweige tragend, oder blumenbekränzt, jugendlich, schön, strotzend vor Kraft. Viele wurden beim Namen gerufen: »Willkommen, Furnius!« – »Willkommen, Leo!« – »Willkommen, Maximus!« – »Willkommen, Deomedes!«

Dann verschwanden sie hinter den Toren, die sich für manchen von den Gladiatoren nicht wieder öffnen sollten.

Neue Erscheinungen fesselten die Blicke der harrenden Volksmasse. Hinter den Gladiatoren erschienen mit Peitschen bewaffnete Mastigophoroi, die die Kämpfenden aufeinander hetzen sollten. Dann kamen Eselskarren mit Särgen, und hierauf jene Männer, welche alle Verwundeten zu töten hatten. Ihnen folgten die Aufseher und Platzanweiser, Sklaven, um Speisen und Erfrischungen herumzutragen, und die Prätorianer, ohne deren Schutz Nero niemals ins Amphitheater sich wagte.

Endlich öffneten sich die Eingänge, und die Menge strömte in die Mitte des Circus. Stundenlang floß dieser lebendige Strom, ohne daß das Riesengebäude sich als zu klein erwiesen hätte.

Das Geheul der wilden, die menschlichen Ausdünstungen witternden Tiere wurde immer wütender. Dadurch, daß jeder sich seinen Sitz aussuchte, entstand ein Lärm, als ob ein sturmgepeitschtes Meer hier brande.

Der Stadtpräfekt, von seiner Wache umgeben, erschien nun. Nach ihm strömten in ununterbrochener Reihe die Sänften von Senatoren, Konsuln, Prätoren, Adilen, Regierungs- und Palastbeamten, Prätorianer-Offizieren, Patriziern und vornehmen Damen. Die Vergoldung der Sänften glitzerte im Sonnenschein, desgleichen glänzten die weißen und bunten Gewänder, die Federn, die Ohrringe, die Juwelen und der Stahl der Liktorenbündel. Schreiend begrüßte das Volk die Würdenträger. Von Zeit zu Zeit langten neue Abteilungen von Prätorianern an.

Etwas später erschienen die Priester der verschiedenen Tempel; erst nach diesen wurden die geheiligten Jungfrauen Vestas, von Liktoren begleitet, hereingetragen.

Die Menge harrte nur noch auf Cäsar, nach dessen Ankunft das Schauspiel beginnen sollte. Um sich die Volksgunst zu erhalten, ließ Nero nicht lange auf sich warten. Mit ihm kamen Poppäa und die Augustianer. Unter den Augustianern befanden sich Petronius und sein Neffe.

Vinicius wußte Lygia krank und bewußtlos. Allein, da während der letzten Tage jeder Besuch im Gefängnis untersagt gewesen, und die Wachen durch andere ersetzt worden, die nicht den geringsten Verkehr zwischen Gefangenen und Besuchern dulden durften, war der Tribun nicht gewiß, ob sie nicht zu den Opfern dieses Tages gehöre. Man könnte auch ein krankes, ohnmächtiges Weib den Löwen vorwerfen. Da jedoch die Christen, in Tierfelle eingenäht, massenweise die Arena betreten sollten, würde niemand sehen, ob einige mehr oder weniger darunter seien, von einer Erkennung gar nicht zu sprechen. Die Gefängniswärter waren zwar bestochen, mit den Türhütern war ein Handel abgeschlossen worden, wonach sie Lygia in einem dunkeln Winkel verbergen und sie nachts einem Vertrauten Vinicius' übergeben sollten, der sie schleunigst in die Albanerhügel zu bringen hatte. Petronius, ins Geheimnis gezogen, hatte Vinicius geraten, mit ihm ins Amphitheater zu gehen, dort im Gedränge zu ver-

111

schwinden und dann sich in die Gewölbe zu schleichen, um dort, damit jede Verwechslung ausgeschlossen sei, den Wärtern Lygia zu zeigen.

Die Wärter ließen ihn nun durch ein kleines Tor eintreten, das sie selbst auch benutzten. Einer derselben, Cyrus, führte ihn sogleich zu den Christen. Unterwegs sagte er:»Ich weiß nicht, Herr, ob du finden wirst, was du suchst, wir fragten nach einem Mädchen, das Lygia heißt, erhielten aber keine Antwort. Vielleicht traut man uns nicht.«

»Sind ihrer viele?« fragte der Tribun.

»Viele müssen bis morgen warten.«

»Sind Kranke darunter?«

»Keiner, der nicht stehen kann.«

Cyrus schloß eine Tür auf. Sie betraten einen weiten, doch niedrigen und finsteren Raum, das Gitter zwischen der Arena und diesem Raume war die einzige Lichtquelle. Vinicius sah nichts, er hörte nur murmelnde Stimmen aus der Nähe und den wilden Lärm im Zuschauerraume. Als er sich an die Dunkelheit gewöhnt, erblickte er ganze Scharen fremdartiger, Wölfen und Bären gleichender Wesen. Es waren in Tierhäute eingenähte Christen. Einige standen, andere knieten im Gebete. Da und dort erkannte man an den langen, über das Fell herabfallenden Haaren ein Weib. Wie Wölfe aussehende Frauen hielten in zottige Hüllen genähte Kinder in den Armen. Doch aus den Fellen ragten heitere Gesichter hervor und Augen, die vor Freude und Fieber glänzten. Es war augenscheinlich, daß der größere Teil dieser Menschen nur einen überirdischen Gedanken hatte, einen Gedanken, der sie gleichgültig gegen alles um sie herum machte. An Cyrus' Seite ging Vinicius umher, forschte in den Gesichtern, stieß bisweilen mit dem Fuße an Ohnmächtige, denen das Gedränge und die furchtbare Hitze das Bewußtsein genommen hatte, und ging weiter in die dunkle Tiefe dieses Raumes, der allein schon ein riesiges Amphitheater zu sein schien.

Plötzlich blieb er stehen; eine bekannte Stimme drang an sein Ohr. Er horchte, wandte sich um und ging in der Richtung der Stimme zurück. Ein Lichtstrahl fiel auf das Gesicht des Sprechers, und Vinicius erkannte unter einem Wolfsfelle den unerbittlichen Crispus.

»Beweint eure Sünden,« rief er, »denn die Stunde ist nahe! Wer da vermeint, durch den Tod seine Sünden zu tilgen, begeht eine neue Sünde und fällt dem ewigen Feuer anheim. Mit jeder begangenen Sünde habt ihr

das Leiden des Herrn erneuert; wie dürft ihr also glauben, das Leiden, das euch erwartet, werde diese tilgen? Heute werden der Gerechte und der Sünder des gleichen Todes sterben; doch der Herr wird die Seinen finden. Wehe euch! Barmherzigkeit hat aufgehört; die Stunde des göttlichen Zornes ist gekommen. In kurzem steht ihr vor dem furchtbaren Richter, vor welchem der Gerechte selbst zittert! Beweint eure Sünden; denn der Rachen der Hölle steht offen! Wehe euch, Gatten und Gattinnen; wehe euch, Eltern und Kinder!«

Er streckte die fleischlosen Hände aus, unerbittlich selbst in der Todesstunde. Stimmen erschollen: »Wir beweinen unsere Sünden!« Dann folgte wieder Stille, die nur von schreienden Kindern unterbrochen wurde.

Vinicius schauderte. Er, dessen ganze Hoffnung in der Barmherzigkeit des Heilandes ruhte, hörte jetzt, die Stunde des Zornes sei gekommen, selbst der Tod in der Arena erwirke kein Erbarmen. Zwar schoß ihm blitzschnell der Gedanke durch den Kopf, Petrus würde in solcher Stunde anders gesprochen haben.

Die Nähe der Marter und die Menge der bereits zum Tode angekleideten Opfer machte ihn schaudern. Jeden Augenblick konnte das Gitter geöffnet werden. Dies erkennend, rief er laut nach Lygia und Ursus, in der Hoffnung, wenn nicht sie, so würden doch Bekannte antworten.

Wirklich erwiderte eine dunkle, in ein Bärenfell gehüllte Gestalt: »Herr, sie blieb im Kerker zurück. Ich war der letzte, den man hinausführte; ich sah sie krank auf dem Lager ausgestreckt.«

»Wer bist du?« fragte Vinicius.

»Der Steinbrecher, in dessen Hütte du getauft wurdest. Vor drei Tagen wurde ich in den Kerker geworfen; heute sterbe ich.«

Vinicius fühlte sich erleichtert. Als er eintrat, war sein Wunsch, Lygia zu finden; nun aber dankte er Gott, daß sie nicht hier war, und sah darin ein Zeichen der Erhörung.

Der Steinbrecher fuhr fort: »Ich sah den Apostel am Tage vor meiner Gefangennahme. Er segnete mich und versprach, im Amphitheater zu sein und die Sterbenden zu segnen. Wenn ich ihn und das Zeichen des Kreuzes sehen könnte, würde ich leichter sterben. Wenn du seinen Platz kennst, so laß es mich wissen.«

Vinicius dämpfte die Stimme, indem er erwiderte: »Er sitzt unter den Leuten des Petronius, als Sklave verkleidet. Ich weiß nicht, welche Plätze sie eingenommen haben, doch ich will nachsehen. Schaue zu mir hinauf, sobald ihr die Arena betretet. Ich werde aufstehen und ihnen mein Gesicht zuwenden, so daß deine Augen ihn finden.«

»Habe Dank. Friede sei mit dir!«

»Der Heiland sei dir gnädig!«

»Amen.«

Vinicius verließ das Cuniculum und kehrte ins Amphitheater zurück, wo er seinen Platz nahe bei Petronius und den übrigen Augustianern einnahm.

»Ist sie da?« fragte Petronius.

»Nein, sie blieb im Kerker.«

»Vernimm meinen Einfall und schaue, während du hörst, zu Nigidia hin, damit man glaubt, wir reden von ihrem Haarputz. Tigellinus und Chilon schauen auf uns. – So höre: laß Lygia nachts in einen Sarg legen und als Leiche forttragen. Das weitere errätst du doch?«

»Ja,« erwiderte Vinicius.

Ihr Gespräch wurde jetzt durch einen Augustianer unterbrochen, der sie grüßte und sie auf den prachtvollen Anblick des neuen Amphitheaters aufmerksam machte.

Der Anblick war in der Tat prächtig, die unteren mit Togen bedeckten Sitze waren schneeweiß. In einer vergoldeten Loge saß Nero, ein Diamantband um den Hals, eine goldene Krone auf dem Haupt tragend. Neben ihm hatte die schöne, finstere Augusta Platz genommen. Umgeben waren die beiden von Vestalinnen, hohen Beamten, Senatoren mit gestickten Togen, Heerführern mit funkelnden Waffen, alles war da, was Rom an Mächtigen und Reichen besaß. In entfernteren Reihen saßen Ritter, und oben wogte ein Meer gemeinen Volkes. Girlanden aus Rosen, Lilien, Efeu und Weinblättern verbanden einen Pfeiler mit dem anderen.

Man unterhielt sich laut, rief sich beim Namen und sang. Zuweilen erregte ein witziges, von Reihe zu Reihe weiterfliegendes Wort ein stürmisches Gelächter. Viele stampften vor Ungeduld, weil das Schauspiel noch nicht begonnen hatte. Nach und nach wurde das Stampfen allgemeiner und verursachte einen fürchterlichen Lärm. Der Stadtpräfekt, mit glänzendem Gefolge die Arena umreitend, gab endlich mit dem Taschentuch das Zeichen, dem ein Beifallsrufen aus tausend Zungen antwortete.

Den Anfang des Schauspiels machten die Andabates, die Helme ohne Augenöffnung trugen, so daß sie

blindlings kämpfen mußten. Eine Schar solcher betrat die Arena. Sie schlugen aufs Geratewohl mit dem Schwert um sich. Die Mastigophoroi stießen einige zusammen, so daß sich die Gegner fanden. Die Vornehmen unter den Zuschauern blickten mit Verachtung auf dieses Schauspiel, den Pöbel aber belustigten die unbeholfenen Bewegungen der Kämpfer. Eine Anzahl von Paaren fanden sich jedoch, und der Streit wurde bald blutig. Die Gegner warfen die Schilde weg; einer gab dem anderen die Linke, um einander nicht mehr zu verlieren, und kämpfte mit der Rechten, bis der Sieg entschieden war. Wer fiel, hielt die Finger nach oben und bat dadurch um Schonung. Beim Beginn eines Schauspieles wurde jedoch fast immer der Tod des Besiegten verlangt, besonders wenn dessen Gesicht verhüllt war, so daß keiner ihn kannte. Nach und nach löste sich alles in Zweikämpfe auf, und als schließlich nur zwei zurückblieben, wurden auch sie zusammengestoßen, fielen in den Sand und erstachen sich gegenseitig. Dann schleppten Circusdiener die Leichen hinaus; Knaben verwischten die Blutspuren und streuten Safranblätter über den Sand.

Es sollte nun ein ernsthafter Gladiatorenkampf stattfinden, der nicht nur bei dem Pöbel, sondern auch bei den Vornehmen mit Spannung erwartet wurde. Bei solchen Kämpfen gingen die jungen Patrizier hohe Wetten ein, durch die sie manchmal ihr ganzes Vermögen verloren. Aber auch der Cäsar, die Priester, die Vestalinnen wetteten.

Sobald die schrillen Töne der Trompeten ertönten, machte die tiefste Stille dem früheren Lärm Platz. Tausend Blicke hingen an den Riegeln, an die ein als Charon gekleideter Mann hintrat; dreimal schlug er mit einem Hammer auf das Tor, als ob er die dahinter Verborgenen hervorrufen wolle. Langsam gingen die beiden Torflügel auseinander, und die Gladiatoren traten in die offene Arena hinaus.

Sie kamen in Abteilungen von je fünfundzwanzig Mann, Thrakier, Mirmillonen, Samniter, Gallier, jede Nation getrennt, und alle schwer bewaffnet; zuletzt kamen die Retiarier hervor, in der einen Hand das Netz, in der anderen den Dreizack tragend. Beifall erhob sich da und dort bei ihrem Erscheinen, der sich bald in einen allgemeinen Sturm verwandelte. Die Gladiatoren gingen festen, doch elastischen Schrittes längs der Arena herum, indes ihre Rüstungen und Waffen in der Sonne funkelten. Vor Cäsars Podium blieben sie stehen, stolz, ruhig und siegesbewußt. Ein Trompetenstoß stellte die Ruhe wieder her. Die Gladiatoren hielten die

113

Rechte empor, schauten zu Cäsar hinauf und schrien, oder besser gesagt, sangen mit gedehnter Stimme:

>*Ave Caesar Imperator!*
Morituri te salutant!«

Hierauf gingen sie schnell auseinander, um ihre Plätze einzunehmen. Sie hatten sich in Abteilungen anzugreifen, es war aber vorher den berühmtesten Fechtern eine Anzahl Einzelkämpfe gestattet, wobei die Kraft, die Gewandtheit und der Mut des einzelnen besser hervortraten. Wirklich trat aus der Abteilung der Gallier ein Kämpfer, der in manchem Streite Sieger geblieben und den Liebhabern seines Gewerbes wohl bekannt war. Helm und Panzer funkelten in der Sonne, so daß er wie ein riesiger Käfer anzuschauen war. Der nicht minder berühmte Retiarius Calendio trat ihm entgegen.

Das Wettfieber erwachte. – »Fünfhundert Sesterzen auf den Gallier!« – »Fünfhundert auf Calendio!« – »Beim Herkules! Tausend!« – »Zweitausend!«

Inzwischen war der Gallier in die Mitte der Arena getreten, hielt das Schwert vor sich hin und wich zurück, wobei er gesenkten Hauptes den Gegner durch die Visieröffnung scharf beobachtete. Der Retiarius sprang flink um seinen schwerfälligen Feind herum, indem er das Netz anmutig schwenkte, dazu seinen Dreizack bald hob, bald senkte und die spöttischen Verse der Retiarier sang:

>*Ich will nicht dich,*
Den Fisch will ich,
was fliehst du, Gallier, mich?«

Allein der Gallier floh nicht, sondern blieb stehen und drehte sich mit kaum merklicher Bewegung ringsum, um den Gegner nicht aus den Augen zu verlieren. In seiner Gestalt und dem ungeheuer großen Kopfe bereitete sich nun etwas vor. Die Zuschauer errieten sofort, daß dieser schwere, stahlgepanzerte Körper auf eine Gelegenheit wartete, um mit einem Streiche den Kampf zu entscheiden. Der Retiarius sprang auf ihn los und wieder zurück, wobei er die dreizackige Gabel so schnell bewegte, daß das Auge kaum zu folgen vermochte. Wiederholt hörte man den Dreizack auf den Schild prallen, der Gallier jedoch zuckte mit keiner Wimper und gab so den Beweis seiner Riesenkraft. Seine ganze Aufmerksamkeit war nicht auf die Gabel, sondern auf das Netz vereinigt, das wie ein Unglücksvogel über seinem Haupt kreiste. Die Zuschauer folgten verhaltenen Atems dem meisterhaft geführten Kampfe.

Der Gallier verharrte noch eine Weile in der Abwehr; dann aber sprang er in plötzlichem Entschluß auf seinen Gegner los. Dieser, nicht weniger flink, wich dem Schwerte aus, erhob den Arm und warf das Netz.

Der Gallier drehte sich blitzschnell und fing das Netz mit dem Schild auf, dann ließen die beiden für einen Augenblick voneinander ab, bis der Kampf von neuem begann. Zweimal entwich der Gallier dem Netz und zog sich gegen die Mauer der Arena zurück. Diejenigen, welche auf ihn gewettet hatten, riefen: Frisch drauf! Er gehorchte und griff an. Im Nu war der Arm des Retiarius blutüberströmt und ließ das Netz fallen. Der Gallier holte zum Todesstreiche aus. Calendio sprang blitzschnell zur Seite, entging dem Hiebe, stieß aber seinem Gegner den Dreizack zwischen die Knie, so daß er fiel.

Der Gallier wollte aufspringen, doch schon lag er unter dem Netz, worin jede Bewegung ihn mehr und mehr verstrickte. Jeden Versuch, auf die Füße zu gelangen, vereitelte Calendio mit seiner Gabel. Die letzte Kraft aufbietend, stützte der Gallier sich auf den Arm und versuchte emporzukommen. Umsonst! Der versagenden Hand entsank das Schwert, er fiel auf den Rücken. Calendio setzte den Dreizack auf den Hals des Besiegten, stützte beide Hände darauf und wandte sich gegen des Cäsars Loge.

Der Circus zitterte unter dem Beifallssturm, der sich nun erhob. Die Stimmen teilten sich; die oberen Sitze stimmten teils für Tod, teils für Gnade. Aber die Entscheidung lag beim Cäsar und den Vestalinnen. Nun war Nero diesem Gladiator nicht sehr gewogen, da er früher einmal gegen ihn gewettet und dadurch große Summen verloren hatte. Dessen eingedenk streckte er die Hand vor die Loge hinaus und hielt den Daumen nach unten. Die Vestalinnen taten sogleich dasselbe.

Calendio kniete auf die Brust des Gegners nieder, zog einen kurzen Dolch aus dem Gürtel, entfernte die Rüstung vom Halse des Galliers und stieß ihm die dreikantige Klinge bis ans Heft in die Kehle.

Dann wurde der Tote weggeschafft, und andere Paare traten hervor.

Schließlich kämpfte Abteilung gegen Abteilung. Augen und Seele der Zuschauer waren dabei. Man brüllte, heulte, pfiff, klatschte, lachte und trieb die Kämpfenden an. Die Gladiatoren, in zwei Legionen geteilt, fochten wie rasende Tiere, Brust lag an Brust, Leiber waren ineinander geflochten, Glieder krachten in ihren Gelenken, Schwerter ragten aus Brüsten und Eingeweiden hervor, erbleichende Lippen spien Blutwellen in den Sand. Gegen das Ende des Gemetzels begannen einige Neulinge aus dem Gemenge zu entfliehen, allein die mit Blei versehenen Peitschen der Mastigophoren trieben sie augenblicklich zurück. Das Blut bildete dunkle Lachen im Sande; ein Körper nach dem anderen fiel röchelnd zusammen. Die noch Lebenden stritten auf den Leichen weiter, zerschnitten sich die Füße an zerbrochenen Waffen und fielen.

Das Entzücken der Zuschauer war grenzenlos. Die Besiegten waren fast alle tot. Nur wenige Verwundete knieten in der Mitte der Arena und erhoben, um Schonung flehend, ihre Arme. Die Sieger ernteten Kronen und Olivenkränze.

Eine Pause folgte, die auf Befehl Neros durch ein Gelage ausgefüllt wurde. Wohlgerüche dampften aus Vasen, ein Regen von Safran und Veilchen schauerte auf die Menge herab. Erfrischende Getränke, gebratenes Fleisch, süßes Gebäck, Wein, Oliven und Obst wurden verteilt. Man aß, plauderte, jauchzte zu Ehren Cäsars, um ihn noch zu größerer Freigebigkeit zu bewegen. Sobald Hunger und Durst gestillt waren, trugen Hunderte von Sklaven Körbe von Gaben herbei; Knaben entnahmen verschiedenartige Gegenstände daraus, die sie mit beiden Händen unter die Menge warfen. Als Lotteriekarten zur Verteilung kamen, entstand eine förmliche Schlacht. Man stieß sich und trat sich mit den Füßen und erstickte einander in dem fürchterlichen Gedränge. Wer eine Glücksnummer erwischte, hatte Aussicht auf ein Haus mit Garten, einen Sklaven, ein Prachtgewand oder ein wildes Tier, das er an das Amphitheater verkaufen konnte. Die Aufregung wuchs bisweilen so, daß die Prätorianer eingreifen mußten. Nach jeder derartigen Verteilung gab es gebrochene Arme und Beine und zu Tode gedrückte Menschen.

Inzwischen unterhielten sich die Augustianer auf Kosten des Chilon, der sich vergeblich bemühte, zu beweisen, daß er den Anblick von Kämpfenden, Blutlachen, Fleischfetzen ebenso gut vertrage wie die anderen. Er war leichenblaß, und Schweißtropfen standen auf seiner Stirn.

»Ha! Grieche, du kannst wohl den Anblick zerrissener Menschenhäute nicht vertragen!« spottete Vatinius, ihn beim Bart zupfend.

Chilon fletschte seine zwei letzten gelben Zähne und sagte: »Mein Vater war kein Flickschuster, darum kann ich sie nicht flicken.«

»Sehr gut! Der hat's ihm gegeben,« riefen mehrere Stimmen. Senecio jedoch verhöhnte ihn weiter: »Möglich, daß man dich zum Gladiator macht; du würdest gut aussehen in der Arena!«

»Würde ich dich dort finden, so fände ich einen Wiedehopf.«

In dieser Art wurde der Alte gehänselt, aber er blieb keinem eine Antwort schuldig. Nero klatschte Beifall, lachte und eiferte die Parteien an.

Jetzt näherte sich auch Petronius, berührte den Arm des Griechen mit seinem Elfenbeinstock und sagte dann kalt: »Das ist recht, Philosoph, du bist doch im Irrtum! Die Götter wollten einen gewöhnlichen Schurken aus dir machen, aber du wurdest ein Dämon, und deshalb kannst du es nicht aushalten.«

Der Alte sah dem Sprecher ins Gesicht und fand zum ersten mal keine beleidigende Antwort. Erst nach einigen Augenblicken stammelte er: »Ich werde es aushalten!«

Da ertönten Trompetentöne zum Zeichen, daß die Pause beendet sei. Nun sollten die Christen an die Reihe kommen. Alles war aufs äußerste gespannt, denn die meisten hatten keine Ahnung, wie sich das Schauspiel weiter abwickeln sollte.

Der Stadtpräfekt gab ein Zeichen. Sofort erschien ein Greis in Gestalt Charons, derselbe, der schon die Gladiatoren zum Kampfe rief, schritt schnell über die Arena und schlug dreimal mit dem Hammer gegen die Tür.

Durch das ganze Amphitheater ging ein Gemurmel:

»Die Christen! Die Christen!«

Da knarrte das Eisengitter. Die Mastigophoren stießen den üblichen Ruf aus: »In den Sand hinaus!« Und im Nu bevölkerte sich die Arena mit in Tierfellen eingenähten Gestalten, die einer Schar Waldgeister glichen. Alle liefen schnell, etwas fieberhaft bis in die Mitte des riesigen Kreises. Dort sanken sie sämtlich in die Knie und hoben die Hände in die Höhe. Das Volk, in der Meinung, daß sie um Gnade flehten, war wütend über solche Feigheit; es tobte, es brüllte: »Die Tiere, die Tiere!«

Da aber ereignete sich etwas Unerwartetes. Aus der Mitte der zottigen Schar erklangen nämlich singende Stimmen; zum ersten mal hörte man in einem römischen Zirkus das Lied:

Christus regnat!

Das Volk staunte. Die dem Tode Geweihten aber sangen weiter, mit zum Velarium emporgerichteten Blicken. Man sah blasse, aber begeisterte Gesichter und wußte jetzt, daß sie nicht um Gnade flehten. Sie schienen weder den Zirkus, noch das Volk, weder den Kaiser, noch den Senat zu sehen; von ihren Lippen erscholl es nur immer lauter: Christus regnat! Das Volk machte erstaunte Gesichter und konnte sich dieses Betragen nicht erklären. Wer ist Christus? fragte ein jeder. Da wurde wieder ein Gitter geöffnet, und ganze Herden von Hunden sprangen laut bellend in die Arena. Es waren fahlgelbe, riesige Molosse aus dem Peloponnes, hyänenartig gestreifte Hunde aus den Pyrenäen, ausgehungerte Wolfshunde und hibernische Schäferhunde mit blutunterlaufenen Augen. Ihr Geheul und Gewinsel erfüllte die Luft des Amphitheaters. Die Christen hatten ihren Gesang beendet, knieten unbeweglich und riefen wie aus einem Munde: »Pro Christo! Pro Christo!«

Die Hunde, über die Regungslosigkeit der vermummten Gestalten verwundert, zögerten anfangs, sich auf diese zu stürzen. Einige strichen an der Mauer entlang, als ob sie unter den Zuschauern sich ein Opfer wählen wollten, andere umkreisten kläffend die Arena und schienen irgendeinem ungesehenen Tiere nachzujagen. Da stürzte einer der Molosse auf eine in den ersten Reihen kniende Frau und riß sie unter sich. Das war ein Zeichen für die übrigen Bestien: die ganze Meute stürzte sich auf die Knienden.

Das Volk verstummte und blickte mit angestrengter Aufmerksamkeit in die Arena, wo sich bald Knäuel von Menschen- und Tierleibern bildeten. Das Blut floß in Strömen aus den zerfleischten Leibern. Die Hunde rissen sich um die blutenden Körperteile und der Blutgeruch erfüllte die Luft des ganzen Circus. Man sah nur noch wenige Kniende, und auch diese wurden alsbald niedergerissen.

Vinicius saß wie ein Toter da, mit verglasten Augen, das grausige Schauspiel betrachtend. Obwohl er sicher war, daß Lygia sich nicht unter den Opfern befinde, empfand er namenlose Qual bei dem Gedanken an sie. Er hörte weder das Hundegebell, noch das Toben des Volkes, noch den plötzlichen Ruf: »Chilon ist in Ohnmacht gefallen!«

»Chilon ist in Ohnmacht gefallen,« wiederholte Petronius, den Griechen betrachtend.

Dieser saß da, blaß wie die Leinwand, mit rückwärts gebeugtem Kopfe und geöffnetem Munde, ähnlich einer Leiche.

In demselben Augenblick ließ man wieder neue Scharen Christen in die Arena; auch diese knieten nieder. Die Tiere hatten ihren Hunger gestillt und empfan-

den keine Neigung mehr zum bloßen Morden, sie legten sich gähnend, die Rachen von Blut triefend, an der Brüstung der Arena nieder.

Das entmenschte römische Volk aber war noch nicht gesättigt und wollte noch mehr des Grauenhaften sehen. »Die Löwen, die Löwen, laßt die Löwen in die Arena!« schrie es durcheinander.

Die Löwen sollten für den folgenden Tag aufgespart werden; doch im Amphitheater war das Volk Herr, selbst der Kaiser mußte nachgeben. Nero, dem der Beifall des Volkes über alles ging, gab nun das Zeichen, die Cunicula zu öffnen. Als das Volk es sah, beruhigte es sich sogleich. Die Löwen kamen einer nach dem anderen langsam in die Arena, gelbhaarig, ungeheuer, mit zottigen Mähnen und hungrig. Sie zwinkerten mit den Augen, vom roten Schein des Velariums geblendet, dehnten träge ihre Leiber und öffneten gähnend die Rachen. Die Hunde drängten sich bei ihrem Anblick auf einen Haufen zusammen. Die Löwen wurden unruhig; ihre Nüstern blähten, ihre Mähnen sträubten sich, und sie umkreisten ihre Opfer. Dann stürzte sich plötzlich einer auf eine Frauenleiche; er legte ihr die Vordertatzen auf den Leib und begann das erstarrte Blut an den Fleischfetzen mit der stacheligen Zunge zu belecken.

Das war für die übrigen Bestien das Zeichen, über die kniende Christenschar herzufallen. Sie packten ihre Opfer mit den Zähnen und setzten in großen Sprüngen mit ihrer Beute über die Arena, um sich einen verborgenen Winkel auszusuchen. Andere suchten sich gegenseitig unter lautem Gebrüll ihren Raub zu entreißen.

Die Menge folgte den Vorgängen in der Arena mit der größten Aufmerksamkeit. Ein Beifallsdonner übertönte das Heulen der Hunde, das Jammern der Kinder, die Rufe: Pro Christo! Das Volk drängte aus den Reihen nach der Brüstung der Arena und wäre am liebsten hinabgestiegen, um den Löwen behilflich zu sein. Auch Nero, der seinen Smaragd vor dem Auge hielt, folgte mit Aufmerksamkeit und blickte zeitweise auf Petronius, dessen Züge den Ausdruck von Verachtung zeigten. Chilon war schon vor einer Weile in einer Sänfte entfernt worden.

In den obersten Reihen stand der Apostel Petrus und blickte auf die unschuldig blutenden Opfer herab. Niemand beachtete ihn, denn alle waren zu sehr mit den Vorgängen in der Arena beschäftigt; er aber streckte die Hände aus und segnete die Sterbenden. Manche hoben den Blick zu ihm empor, denn alle wußten, wo

116

er stand, und wenn sie hoch über sich das Kreuzzeichen sahen, dann lächelten sie vor dem Sterben. Und er segnete sie alle, als wären sie seine Kinder, die er direkt in die Hände Christi übergab.

Nun ließ man auf Befehl des Kaisers, der sich an dem grauenhaften Schauspiel nicht satt sehen konnte, alle übrigen wilden Tiere in die Arena, Tiger vom Euphrat, numidische Panther, Bären, Wölfe, Hyänen und Schakale. Ein wüstes Durcheinander folgte. Die Tiere stürzten aufeinander los und zerfleischten sich gegenseitig; der Blutgeruch, das Heulen des Volkes, das Beifallsklatschen machte die Bestien vollständig wild. Es entstand ein unbeschreiblicher Wirrwarr, aus dem das Auge nicht mehr herausfinden konnte.

Endlich war man ermüdet von dem schauderhaften Anblick, und in dem Tumult hörte man die Rufe: »Genug! Genug!« Doch war es leichter, die Bestien aus ihren Käfigen herauszulassen, als sie wieder hineinzubringen. Aber der Kaiser fand bald ein Mittel, um die Arena auf leichte Art zu säubern. In den Sitzreihen tauchten riesige Numidier auf, mit Federn geschmückt, goldene Ringe in ihren schwarzen Ohrläppchen und Pfeil und Bogen in den Händen. Diese Numidier aber sandten Pfeil auf Pfeils in die Arena, bis alles Leben darin erstorben war.

Hierauf stürzten Hunderte Sklaven in die Arena und säuberten diese. Die Tierleichen und Menschenüberreste wurden auf Wagen geladen und nach den Puticuli genannten Gruben gebracht. In kurzer Zeit war der Circus sauber, und den frisch aufgefahrenen Sand bestreuten Amoretten mit Blumenblättern. Neue Wohlgerüche wurden angezündet, während man das Velarium entfernte, da die Sonne tief stand.

Erstaunt fragten sich die Zuschauer, welches neue Schauspiel diesen Tag beschließen solle.

In der Tat harrte ihrer ein Schauspiel, das keiner erwartet hatte. Der Cäsar war schon früher von seinem Podium verschwunden und erschien nun plötzlich in der blumenüberstreuten Arena, in den Purpurmantel gehüllt, die goldene Krone tragend. Zwölf Choristen folgten ihm mit Zithern. Er selbst hatte eine silberne Laute und trat feierlichen Schrittes in die Mitte der Arena, verbeugte sich mehrere Male vor den Zuschauern, erhob die Augen und schien auf eine Eingebung zu warten.

Dann griff er in die Saiten und begann zu singen. Der Gesang klang allmählich in einer wehmütigen, schmerzbewegten Elegie aus. Tiefe Stille herrschte in dem Circus. Nach einer kurzen Pause hub der Kaiser,

sichtlich selbst gerührt, wieder zu singen an. Seine Stimme wurde unsicher und seine Augen feucht.

Tränen schimmerten auf den Lidern der Vestalinnen. Schweigend lauschte die Menge und brach dann in einen nicht endenwollenden Beifallssturm aus.

Zu gleicher Zeit knarrten durch die Vomitaria die Räder der Karren, auf welche die blutigen Überreste der Christen geworfen waren, um alle, Männer, Frauen und Kinder, nach den schrecklichen Gruben gebracht zu werden.

Petrus, der Apostel, stützte sein greises Haupt auf die zitternden Hände und rief im stillen zum Himmel empor: »O Herr! O Herr! Wem gabst du die Herrschaft über die Erde! Und du willst hier deinen Hauptsitz errichten?«

46.

Nach beendeter Vorstellung strömte das Volk aus dem Circus. Nur die Augustianer blieben zurück und versammelten sich vor dem kaiserlichen Podium, um ihre Lobpreisungen darzubringen. Dies genügte aber dem Kaiser nicht; er hatte an Wahnsinn grenzende Beifallsstürme erwartet. Es wunderte ihn auch, daß nicht einmal Petronius ein Wort des Lobes über seinen Gesang hatte; dies wäre ihm in diesem Augenblick eine Wohltat gewesen. Schließlich rief er Petronius zu sich und sagte: »Rede!«

Petronius erwiderte dagegen kalt: »Ich schweige, denn ich kann keine Worte finden. Du überragst dich selbst.«

»Auch mir kommt es so vor! Aber dieses Volk?«

»Wie kannst du denn von diesem zusammengewürfelten Volk verlangen, daß es etwas von Dichtkunst versteht? Auch ist ihr Gehirn von dem Blutgeruch betäubt; die Aufmerksamkeit geht dadurch verloren.«

Nero ballte die Fäuste und sagte: »Ach, diese Christen! Rom verbrannten sie, und jetzt rauben sie mir auch noch den Beifall! Ich muß noch härtere Strafen für sie erdenken.«

Petronius sah, daß er auf diese Weise nichts ausrichten werde, und er schlug ein anderes Thema an. »Dein Lied war herrlich,« sagte er, »doch läßt der Versbau im zweiten Vers der dritten Strophe etwas zu wünschen übrig.«

117

Nero übergoß sich mit Röte, und etwas gereizt, aber mit gedämpftem Tone sagte er: »Du achtest auf alles! Ich weiß es und werde es abändern. Aber schweige darüber, wenn ... dir dein Leben lieb ist.«

»Du kannst mich, Göttlicher, zum Tode verurteilen, wenn ich dir im Wege bin; doch drohe mir nicht, ich zittere vor dem Tode nicht,« entgegnete Petronius finster und blickte dabei scharf in die Augen des Cäsar.

»Du weißt doch, Petronius, daß ich dich liebe! Gräme dich nicht!«

Das ist ein schlechtes Zeichen! dachte Petronius bei sich.

»Ich wollte euch zu einem Festmahl einladen,« fuhr Nero fort, »doch werde ich mich einschließen und an dem verfluchten Vers der dritten Strophe arbeiten. Außer dir könnten es noch Seneka und Secundus Carinas bemerkt haben. Diese werde ich mir vom Halse schaffen.«

Auf den Ruf erschienen alsbald Seneka, Akratus und Secundus Carinas vor dem Kaiser, der ihnen mitteilte, er beabsichtige sie zur Eintreibung von Steuern auszusenden. Alle Ortschaften und berühmten Tempel sollten sie aufsuchen und alles Nennenswerte auspressen.

Doch Seneka, der sofort merkte, daß er auch noch Tempelschänder werden sollte, versuchte diese Aufgabe von sich zu wälzen. »Ich muß aufs Land fahren, o Herr,« sagte er, »und dort meinen Tod abwarten; ich bin krank, und meine Nerven sind zerrüttet.« Seneka sah wirklich kränklich aus, er war in der letzten Zeit abgemagert und ganz grau geworden. Nero merkte dies und mochte sich hierbei denken, daß der Tod nicht mehr lange ausbleiben werde. »Ich will dich nicht zu der Reise zwingen, wenn du krank bist. Aber würde ich Akratus und Carinas allein schicken,« bemerkte Nero lachend, »dann schicke ich Wölfe unter die Schafe. Einen Vorgesetzten muß ich diesen beigeben.«

Als sich Domitius Aser hierzu anbot, geriet Nero fast in Verzückung.

»Nein! Nein!« rief er. »Ich brauche dazu einen Stoiker, wie Seneka oder – wie mein neuer Freund und Philosoph, Chilon.«

Chilon, der sich in frischer Luft von seiner Ohnmacht bald erholt hatte, war ins Amphitheater zurückgekehrt, um den Gesang zu hören.

»Hier bin ich, du leuchtender Strahl der Sonne und des Mondes; ich war krank, doch dein Gesang machte mich wieder gesund.«

»Du wärst wirklich der beste für Achaja,« sagte Nero. »Aber ich darf dich doch des Anblicks der Schauspiele nicht berauben.«

Die Augustianer, erfreut darüber, daß Nero wieder humoristisch wurde, stimmten ihm bei: »Nein, Herr! Beraube diesen männlichen Griechen nicht des Anblicks der Schauspiele.«

Chilon war innerlich wütend, doch wagte er nicht, etwas zu entgegnen. Indessen gab Nero seinem Fackelträger ein Zeichen und verließ den Circus; die Vestalinnen, Senatoren, Priester und Höflinge folgten ihm.

Petronius und Vinicius legten ihren Weg schweigend zurück. Als sie vor der Villa des Petronius angekommen waren und die Sänfte verließen, näherte sich ihnen eine dunkle Gestalt und fragte: »Ist der edle Vinicius hier?«

»Er ist hier,« antwortete Vinicius, »was wünschest du?«

»Ich bin Nazarius, der Sohn Miriams. Ich komme vom Gefängnis und bringe Nachrichten von Lygia.« Vinicius, keines Wortes mächtig, legte seine Hand auf die Schulter des Jünglings und blickte beim Fackellicht in dessen Auge. Nazarius ahnte die Frage, die auf seinen Lippen erstarb, und sprach: »Sie lebt noch. Ursus sendet mich, dir zu sagen, daß sie in ihrem Fieber betete und deinen Namen wiederholte.«

»Gepriesen sei Christus, der die Macht hat, sie mir wiederherzustellen!« sagte Vinicius.

Er führte Nazarius nach der Bibliothek, und bald kam auch Petronius, um ihrer Unterredung beizuwohnen.

»Krankheit rettete sie vor Schande, denn die Häscher wollen nichts mit Kranken zu tun haben,« sprach der Jüngling. »Ursus und Glaukus der Arzt wachen bei ihr Tag und Nacht.«

»Sind die Wachen dieselben?«

»Sie sind dieselben, und Lygia ist in deren Zimmer. Alle Gefangenen in den tiefer gelegenen Kerkern starben am Fieber oder erstickten in der unreinen Luft.«

»Wie kannst du frei in das Gefängnis treten?« fragte Petronius.

»Ich verdingte mich, Leichname herauszutragen, um so meinen Brüdern beizustehen und Nachrichten aus der Stadt zu bringen.«

Vinicius, der im stillen gebetet hatte, sagte jetzt zu dem Jüngling: »Sage den Wachen, sie sollen Lygia gleich einer Toten in einen Sarg legen. Suche dir Gehilfen, um sie des Nachts aus dem Gefängnisse zu tragen. In der Nähe der Leichengrube werden eure Leute mit einer Sänfte warten; ihnen übergibst du den Sarg. Versprich den Wachen so viel Gold von mir, als ein jeder in seinem Mantel fassen kann.«

Nazarius erglühte vor Entzücken und rief aus, die Hände erhebend: »Möge Christus ihr Gesundheit geben, denn sie wird frei sein!«

»Glaubst du, daß die Wachen zustimmen?« fragte Petronius.

»Die Wachen werden in ihre Flucht einwilligen; um so mehr werden sie uns Lygia als Leiche hinaustragen lassen,« sagte Vinicius.

»Es ist zwar ein Mann aufgestellt,« sprach Nazarius, »der die wegzutragenden Körper mit rotglühenden Eisen brennt, um sich von ihrem Tode zu überzeugen. Aber um einige Sesterzen wird er Lygias Angesicht nicht berühren und für ein Goldstück statt ihrer den Sarg brennen.«

»Sage ihm, er würde eine Mütze voll Goldstücke erhalten,« sprach Petronius.

Vinicius wäre am liebsten in einer Verkleidung mit ins Gefängnis gegangen, aber Petronius widersetzte sich ernstlich.

»Die Prätorianer möchten dich selbst in der Verkleidung erkennen, und dann ist alles verloren. Geh weder ins Gefängnis noch nach der Leichengrube. Alle, auch der Cäsar und Tigellinus, müssen von ihrem Tode überzeugt sein, sonst werden sie sofort ihre Verfolgung befehlen. Wir können den Verdacht nur auf folgende Weise abwenden: Lygia wird in die Albaner Berge gebracht oder noch weiter, nach Sizilien, und wir bleiben in Rom. Ein oder zwei Wochen später erkrankst auch du und wendest dich an Neros Arzt. Dieser wird dir raten, in die Berge zu gehen. Dort trefft ihr euch und dann –.« Er dachte einige Augenblicke nach und fügte mit einer Handbewegung hinzu: »Mögen andere Zeiten kommen!«

Nazarius verabschiedete sich nun mit dem Versprechen, bei Tagesanbruch wiederzukommen. Er wollte die Nacht bei den Wachen verbringen, aber vorher noch seine Mutter besuchen, die in dieser unsicheren Zeit in beständiger Sorge um ihn lebte. Ehe er ging, sagte er: »Ich werde euren Plan niemand mitteilen, auch nicht meiner Mutter; nur dem Apostel Petrus, der uns versprach, vom Amphitheater aus in unser Haus zu kommen, werde ich alles sagen.«

»Der Apostel war im Theater bei den Leuten des Petronius,« antwortete Vinicius. »Indes will ich selbst mit dir gehen.« Er ließ sich den Mantel eines Sklaven bringen, und sie entfernten sich.

Petronius begab sich nach dem Triklinium, um gemeinsam mit Eunike die Abendmahlzeit einzunehmen. Dabei las ihnen ein Lektor vor. Draußen jagte der Wind die Wolken vom Sorakte her, und ein plötzlicher Sturm unterbrach das Schweigen der ruhigen Sommernacht. Von Zeit zu Zeit hallte der Donner von den sieben Hügeln wider, indes die beiden, dicht aneinander gelehnt, an der Tafel saßen und der Vorlesung lauschten.

Unterdessen kehrte Vinicius zurück. Petronius hörte ihn kommen und ging ihm entgegen.

»Habt ihr etwas erreicht?« fragte er. »Ist Nazarius ins Gefängnis gegangen?«

»Ja,« antwortete der junge Mann, seine vom Regen nassen Haare ordnend, – »Nazarius ging, um die Angelegenheit mit den Wachen zu ordnen, und ich habe Petrus gesehen, der mir befahl, zu beten und zu glauben.«

»Das ist gut. Wenn alles glücklich vonstatten geht, können wir sie nächste Nacht wegtragen.«

Vinicius besaß in den Bergen bei Corioli ein Landgut, wohin er Lygia einstweilen bringen wollte. Er hatte sofort einen reitenden Boten dorthin geschickt, um den Verwalter, der ihm treu ergeben war, kommen zu lassen. Mit Sonnenaufgang langte Niger, der Verwalter von Corioli, an und brachte auf Vinicius' Befehl Maultiere, eine Sänfte und vier zuverlässige, unter seinen britischen Sklaven ausgewählte Männer mit, die er, um sein Erscheinen nicht auffällig zu machen, in einem Gasthaus an der Subura zurückgelassen hatte. Vinicius, der die ganze Nacht kein Auge geschlossen, ging ihm entgegen. Niger war beim Anblick seines jugendlichen Herrn gerührt, küßte ihm Hände und Augen und sprach: »Mein Teurer, du bist krank, oder irgendein Leid hat dir deine Wangen gebleicht; denn ich erkenne dich kaum wieder.«

Vinicius führte ihn tiefer in die Kolonnade hinein und eröffnete ihm hier sein Geheimnis. Niger lauschte mit gespannter Aufmerksamkeit, und sein mageres, sonnenverbranntes Gesicht verriet große Bewegung, die er auch nicht zu bemeistern suchte.

»Dann ist sie eine Christin!« rief Niger aus, und er schaute fragend in Vinicius' Angesicht, der offenbar

119

ahnte, was der erstaunte Blick des Landmannes bedeute, und ihm sagte:

»Auch ich bin ein Christ!«

Tränen glänzten jetzt in Nigers Augen. Einige Zeit schwieg er, dann erhob er seine Hände und betete: »Ich danke dir, o Christus, daß du die Binde von jenen Augen genommen, die mir die teuersten auf Erden sind.« Und er umarmte Vinicius, küßte dessen Stirn und weinte vor Glück. Bald darauf erschien Petronius, begleitet von Nazarius. »Gute Nachrichten!« rief er schon von ferne.

In der Tat, die Nachrichten waren gut. Vor allem hatte Glaukus, der Arzt, Lygias Genesung verbürgt, obwohl sie dasselbe Gefängnisfieber hatte, dem im Tullianum und in anderen Kerkern täglich Hunderte erlagen. Zudem waren die Wachen und der Mann, der die Körper mit rotglühenden Eisen brannte, gewonnen, auch Attys, der Gehilfe.

»Wir machten Öffnungen in den Sarg, um der Kranken das Atmen zu ermöglichen,« sagte Nazarius. »Gefährlich könnte einzig der Umstand werden, daß sie stöhnen und sprechen möchte, wenn wir an den Prätorianern vorbeikommen. Allein sie ist sehr schwach und liegt seit dem frühen Morgen mit geschlossenen Augen da. Glaukus wird ihr einen Schlaftrunk reichen, den er selbst aus Medikamenten bereitete, welche ich aus der Stadt holte. Der Deckel wird nicht auf den Sarg genagelt werden; ihr könnt ihn leicht abheben und die Kranke in die Sänfte bringen. In den Sarg legen wir dann einen Sack voll Sand, den ihr bereithalten werdet.«

Vinicius war beim Hören dieser Worte weiß wie die Wand, aber er lauschte mit einer Spannung, als wolle er alles auf einmal hören, was Nazarius sagte.

»Werden auch andere Leichen aus dem Gefängnis getragen?« fragte Petronius.

»Ungefähr zwanzig starben diese Nacht, und bis zum Abend werden noch mehrere Todesfälle erfolgen,« sagte der Jüngling. »Wir werden mit vielen anderen gehen müssen; doch wir zögern und werden uns zur Nachhut schlagen. An der ersten Straßenecke wird mein Gehilfe scheinbar erlahmen, und so können wir leicht hinter den anderen eine beträchtliche Strecke zurückbleiben. Erwarte uns beim kleinen Tempel der Libitina! Möge Gott eine möglichst dunkle Nacht geben!«

Petronius wandte sich jetzt an Vinicius: »Unter diesen Umständen ist es gar nicht nötig, daß du zu Hause bleibst. Würde es sich um eine Flucht handeln, so wäre die größte Vorsicht nötig; da man sie jedoch als Leiche fortträgt, wird kein Mensch irgendwelchen Verdacht schöpfen.«

»Das ist wahr,« sagte Vinicius. »Ich will dabei sein und sie selber aus dem Sarg heben.«

Für den jungen Tribun begann nunmehr ein Tag voller Unruhe, Aufregung und Hoffnung.

»Das Unternehmen sollte gelingen, denn es ist gut geplant,« sagte Petronius. »Es könnte nicht besser ausgedacht sein! Du mußt Trauer heucheln und eine dunkle Toga tragen! Entflieh nicht aus dem Amphitheater; das Volk soll dich sehen. Die ganze Sache ist so gut geordnet, daß sie nicht fehlschlagen kann.«

Vinicius ging, um von ferne nach dem Gefängnis zu blicken, und wandte sich nach dem Abhang des vatikanischen Hügels, zu der Hütte jenes Steinbrechers, bei dem er aus der Hand des Apostels die Taufe empfangen hatte. Es schien ihm, Christus würde ihn dort eher erhören als an einem anderen Orte. Hier angelangt, warf er sich zur Erde und flehte aus allen Kräften seiner schmerzerfüllten Seele um Barmherzigkeit, so daß er darüber vergaß, wo er war und was er tat. Erst am Nachmittag brachte ihn der Schall der Trompeten von Neros Circus her wieder zu sich. Er kehrte heim und wurde von Petronius im Atrium erwartet.

»Ich war im Palast,« sagte er. »Ich zeigte mich dort mit Absicht und beteiligte mich sogar am Würfelspiel. Anicius gibt diesen Abend in seinem Hause ein Fest, und ich versprach zu kommen, doch erst nach Mitternacht, da ich vor dieser Zeit des Schlafes bedürfe. Ich werde mich auch wirklich einfinden, und es wäre gut, wenn du mich begleiten würdest.«

»Sind keine Nachrichten von Niger oder Nazarius gekommen?« fragte Vinicius.

»Nein, wir werden sie erst um Mitternacht wiedersehen. Hast du bemerkt, daß ein Sturm im Anzug ist?«

»Ja.«

»Für morgen ist eine Schaustellung von gekreuzigten Christen anberaumt; aber vielleicht wird sie durch Regen verhindert.«

Der Abend brach an, und früher als gewöhnlich begann Finsternis die Stadt zu bedecken, denn der ganze Horizont war mit Gewölk umzogen. Bei Einbruch der Nacht fiel schwerer Regen nieder, der sich auf den von der Tageshitze erwärmten Steinen in Dampf verwandelte und die Straßen der Stadt mit Nebel erfüllte.

Dann trat Windstille ein, woraus kurze, heftige Regenschauer folgten.

»Laß uns eilen!« sagte endlich Vinicius. »sie möchten wegen des Sturmes die Leichname früher aus dem Gefängnisse tragen.«

Sie bekleideten sich mit gallischen Mänteln und Kopfbedeckungen und gingen durch die Gartentür auf die Straße. Petronius hatte sich mit einem kurzen römischen Messer bewaffnet, Sicca genannt, wie er es bei nächtlichen Ausgängen immer tat.

Die Stadt war wegen des Sturmes menschenleer, von Zeit zu Zeit zerrissen Blitze die Wolken und beleuchteten mit blendendem Glanze die frischen Mauern der neuerrichteten oder im Bau begriffenen Häuser und die nassen Steinfliesen, mit denen die Straßen gepflastert waren. Nachdem sie einen weiten Weg zurückgelegt, erhellte endlich ein Blitzstrahl den Erdwall mit dem Tempel der Libitina auf der Höhe und einer Gruppe von Maultieren und Pferden an dessen Fuß.

»Niger!« rief Vinicius mit leiser Stimme.

»Hier bin ich, Herr!« war die Antwort.

»Ist alles bereit?«

»Ja, Herr, wir fanden uns mit der Dunkelheit hier ein. Verbergt euch hier unter dem Walle vor dem Regen. Welch ein Sturm!«

Sie warteten und lauschten, um das Geräusch des nahenden Zuges zu vernehmen. Ein Hagelschauer kam, und dann folgte ein heftiger Regenguß. Zuweilen erhob sich ein Wind und brachte von der Leichengrube her den schrecklichen Geruch verwesender Körper, die nahe der Oberfläche und nur nachlässig begraben waren.

»Ich gewahre ein Licht durch den Nebel,« sagte Niger, »eins, zwei, drei – es sind Fackeln. Gebt acht, laßt die Maultiere keinen Laut von sich geben,« sprach er zu den Männern.

»Sie kommen,« flüsterte Petronius. Die Lichter wurden immer deutlicher, und bald konnte man unter den zitternden Flammen die Fackeln unterscheiden.

Niger machte das Kreuzzeichen und begann zu beten. Unterdessen näherte sich die düstere Prozession und hielt endlich vor dem Tempel der Libitina. Petronius, Vinicius und Niger preßten sich schweigend gegen den Wall, da sie nicht wußten, warum haltgemacht wurde. Doch die Männer waren nur stillgestanden, um Mund und Angesicht mit Tüchern zu bedecken, um den unerträglichen, erstickenden Geruch von sich abzuhalten, der ihnen von der Leichengrube her entgegenkam. Dann erhoben sie die Bahren mit den Särgen und gingen weiter.

Nur ein Sarg blieb vor dem Tempel stehen, Vinicius sprang darauf zu, ihm folgten Petronius, Niger und zwei britische Sklaven mit der Sänfte. Aber noch ehe sie den Sarg in der Dunkelheit erreicht hatten, rief ihnen Nazarius schmerzerfüllt entgegen:

»Herr, man brachte sie mit Ursus in das esquilinische Gefängnis; wir tragen einen anderen Leichnam. Beide wurden schon vor Mitternacht fortgeführt.«

Petronius kehrte heim, finster wie ein Sturm, und versuchte es auch nicht, Vinicius zu trösten. Er sah ein, daß an eine Befreiung Lygias aus dem esquilinischen Gefängnisse nicht zu denken war. Man hatte sie wohl deshalb aus dem Tullianum genommen, sagte er sich, um sie vor dem Tode zu bewahren und für das Amphitheater, für das sie bestimmt war, zu erhalten. Und gerade aus diesem Grunde wurde sie auch sorgfältiger als die übrigen bewacht, Petronius wandte sich zu Vinicius, der ihn mit stieren Augen anblickte: »Was ist dir? Du bist im Fieber,« sprach er.

Vinicius antwortete mit eigentümlicher, gebrochener, zögernder stimme, gleich der eines kranken Kindes: »Aber ich glaube, daß er sie mir zurückgeben kann.«

Über der Stadt verhallten die letzten Donnerschläge.

47.

Ein dreitägiger Regen, in Rom während des Sommers eine seltene Erscheinung, hatte die Spiele unterbrochen, und die Priester der Ceres verbreiteten das Gerücht, die Stadt habe den Zorn der Götter erregt, weil man den Christen gegenüber nicht streng genug verfahre. Das Volk geriet auch schon in Unruhe und Aufregung, bis endlich verkündet wurde, die unterbrochenen Spiele sollten aufs neue beginnen.

Nun lachte wieder heiterer Himmel über der Stadt. Bei Tagesanbruch füllte sich das Amphitheater mit Legionen Schaulustiger. Der Cäsar erschien pünktlich mit den Vestalinnen und dem Hof.

Das Schauspiel sollte mit Kämpfen der Christen untereinander, beginnen. Man hatte diese als Gladiatoren verkleidet und mit allen Arten von Waffen versehen. Aber der Versuch brachte eine Enttäuschung mit sich.

Die Christen warfen ihre Netze, Spieße, Lanzen, Schwerter zu Boden, umarmten einander und ermutigten sich gegenseitig, Marter und Tod geduldig zu erleiden.

Groll und Entrüstung ergriff die Herzen der Zuschauer. Die einen beschuldigten sie der Schwäche und Feigheit, die anderen behaupteten, nur aus Haß gegen das Volk wollten die Christen nicht kämpfen, weil sie ihm die Freude nicht gönnten, den der Anblick der Tapferkeit gewährt.

Schließlich ließ der Cäsar wirkliche Gladiatoren auftreten, die in kurzer Zeit die knienden wehrlosen Opfer abschlachteten. Nach Wegräumung der Leichname folgte statt der Kampfspiele eine Reihe lebender Bilder aus der Mythologie, des Kaisers eigene Erfindung.

Zuerst Herkules, der bei lebendigem Leibe auf dem Berge Ota verbrannte, Vinicius zitterte bei dem Gedanken, Ursus könne für die Rolle des Herkules ausersehen sein, aber es schien noch nicht an Lygias treuen Diener die Reihe gekommen zu sein, denn ein anderer, dem Vinicius völlig unbekannter Christ verbrannte auf dem Scheiterhaufen. Das nächste Bild brachte Bekannte Chilons, dessen Anwesenheit Nero befohlen hatte. Der Tod des Dädalus und des Ikarus wurde dargestellt. Als Dädalus mußte Euricius auftreten, jener Alte, der Chilon die Bedeutung des Fischzeichens verraten hatte, sein Sohn Quartus war da in der Rolle des Ikarus. Mit einer Art Flugmaschine wurden beide in die Höhe gehoben und in die Arena hinabgeschleudert, sie stürzten zerschmettert auf den Boden. Quartus fiel in so unmittelbarer Nähe des kaiserlichen Podiums herab, daß der Kaiser und seine nächste Umgebung von dessen Blut bespritzt wurde. Chilon bemerkte in der Luft den herabfallenden Körper und schloß seine Augen, so daß er nur einen dumpfen Schlag hörte. Als er die Augen öffnete und die unförmliche Masse sah, war er wieder einer Ohnmacht nahe.

Doch bald kam wieder ein neues Bild, worin unerwachsene Mädchen auf wilde Pferde geschnallt und von diesen in Stücke zerrissen wurden: Das Volk klatschte ungeheuren Beifall für diese neuen Erfindungen des Kaisers, der ganz entzückt dasaß und auch nicht einen Augenblick den Smaragd vom Auge nahm.

Jetzt folgten wieder Bilder aus der römischen Zeit. Man sah einen Mucius Scaevola, der seinen an einen Dreifuß gebundenen Arm im Feuer hielt. Das ganze Amphitheater roch nach verbranntem Fleisch, doch dieser Scaevola stand unbeweglich mit zum Himmel erhobenen Augen und betete.

Die noch zuckenden Opfer wurden totgemacht und die Arena wieder gesäubert, während sich der Kaiser mit den Vestalinnen und Augustianern in ein nahe gelegenes Zelt begab und dort das Mittagsmahl einnahm. Auch das Volk war des Sitzens müde und zerstreute sich teilweise.

In der Pause wurden Löcher gegraben, die sich über die ganze Arena hinzogen. Dann trieb man eine Unzahl von kreuztragenden Christen in den Raum. Bald wimmelte es von ihnen. Es waren Greise, die unter der Last einherschwankten, Männer in der Vollkraft ihrer Jahre, Frauen, Jünglinge und Kinder, die man zu Beginn der Schauspiele nicht alle hatte umbringen können. Die Kreuze sowie die Opfer selbst waren mit Blumen bekränzt.

Mit fieberhafter Schnelligkeit wurden die Opfer an die Kreuze genagelt und aufgestellt, damit alles fertig sei, wenn der Kaiser auf dem Podium erschien. Den Schall der Hammerschläge hörte man sogar im kaiserlichen Zelte, wo man Wein trank, über Chilon sich lustig machte und mit den Priesterinnen der Vesta sich neckte. Und auf der Arena drangen die Nägel durch Füße und Hände, Schaufeln begannen ihr Werk und füllten die Löcher zu, worin die Kreuze staken.

Unter den Gekreuzigten befand sich auch Crispus. Um seinen abgemagerten Leib schlang sich ein Efeugewinde, und sein Haupt trug einen Kranz von Rosen, seine Augen funkelten energisch wie sonst, und sein strenges Gesicht glühte vor heiligem Eifer. Stets zu sterben bereit, freute er sich, daß seine Stunde gekommen war.

»Dankt dem Erlöser,« sprach er wie immer in scheltendem Tone, – »weil er euch gestattet, denselben Tod zu erleiden, den er gestorben! Aber zittert immerhin, denn die Sünder erwartet nicht der gleiche Lohn wie die Gerechten!«

Als er so gesprochen hatte, rief eine ruhige, feierliche Stimme von oben herab: »Ich sage euch, daß Christus euch in seinen Schoß aufnehmen wird! Habet Vertrauen, denn der Himmel steht für euch offen.«

Aller Augen wandten sich empor, auch diejenigen, welche schon am Kreuze hingen, hoben ihre bleichen Köpfe. Crispus streckte die Hand aus, wie zu einer scheltenden Entgegnung, plötzlich aber hielt er inne und flüsterte:

»Der Apostel Paulus.«

Staunend sahen die Circusdiener alle Christen, die noch nicht angenagelt waren, auf die Knie fallen. In demselben Augenblicke näherte sich ein Circusdiener dem Apostel und fragte:

»Wer bist du, daß du es wagst, an die Verurteilten das Wort zurichten?«

»Ein Bürger Roms,« entgegnete Paulus ruhig.

Die Kreuze waren inzwischen alle aufgerichtet worden, so daß die Arena aussah wie ein Wald von Gekreuzigten. Eine solche Menge von Kreuzen hatte man noch nie gesehen; die Sklaven hatten Mühe, sich durchzuzwängen. Crispus war als eines der Häupter der Gemeinde unmittelbar vor dem kaiserlichen Podium an ein riesiges, mit Geißblattranken umwundenes Kreuz geschlagen worden.

Es war ein furchtbares, langsames Sterben. Viele waren in Ohnmacht gefallen und hingen mit auf die Brust gesenkten Köpfen da, wie tot.

Das Volk, das nach dem eingenommenen Imbiß satt und lustig auf seinen Sitzen Platz genommen hatte, verstummte allmählich. Die große Zahl der Opfer schien die Menge zu verwirren, denn niemand wettete, wer zuerst verscheiden würde, was sonst die Gewohnheit war, wenn es sich um eine kleinere Zahl Verurteilter handelte. Nero schien sich zu langweilen, denn er machte sich an seinem Halstuch zu schaffen, und sein Gesicht zeigte einen schläfrigen Ausdruck.

Crispus, der eine Zeitlang halb ohnmächtig am Kreuze gehangen hatte, öffnete plötzlich die Augen und heftete sie auf den Kaiser. Seine Gesichtszüge nahmen dabei wieder den unerbittlich strengen Ausdruck an, und in den Augen glühte eine so düstere Flamme, daß die Augustianer flüsternd nach ihm zeigten und Nero schwerfällig seinen Smaragd vor die Augen schob, da auch seine Aufmerksamkeit erregt war.

Es herrschte tiefes Schweigen. Aller Augen hingen an Crispus, der plötzlich seine Brust dehnte und mit gellender Stimme rief: »Wehe dir! – Muttermörder!«

Die Augustianer hielten den Atem an, Chilon saß wie eine Bildsäule da. Der Kaiser ließ zusammenzuckend den Smaragd fallen. Auch das Volk hörte gespannt, als es solche Worte vernahm, und dröhnender als früher schallte die Stimme durch das Riesengebäude:

»Wehe dir, Mörder deines Weibes und deines Bruders! Wehe dir, Antichrist! Der Abgrund öffnet sich vor dir, der Tod streckt seine Arme nach dir aus, und dein Grab wartet, wehe dir, lebendiger Leichnam, denn du wirst in Angst und Schrecken sterben, und du bist verdammt auf ewig! Wehe dir, du Mörder, du Mordbrenner; dein Maß ist voll, deine Zeit ist gekommen.« Er streckte sich nochmals, seine hageren Arme spannten sich aus, der Leib senkte sich, und der Kopf sank auf die Brust herab. Er war tot. Und um ihn her schlummerten die übrigen einer nach dem anderen hinüber in den ewigen schlaf.

48.

»Herr,« sagte Chilon, »das Meer ist ruhig wie das Öl und scheint zu schlafen. Fahren wir jetzt nach Achaja. Dort erwartet dich der Ruhm Apollos, dort erwarten dich Kränze, Triumphe, dort werden dich die Leute vergöttern, und die Götter werden dich als ihresgleichen bewirten, während hier, Herr...« Er brach ab, denn seine Unterlippe fing an so heftig zu zittern, daß seine Sprache unverständlich wurde.

»Wir werden fahren, sobald die Spiele beendet sind,« entgegnete Nero. »Ich weiß, daß man jetzt schon die Christen unschuldige Wesen nennt; würde ich aber abreisen, so würden das alle nachsprechen. Was fürchtest du denn, du vermorschter Schwamm?«

Nero zog die Brauen zusammen und blickte auf Chilon, als erwarte er noch eine Antwort, aber die Kaltblütigkeit, die er zur Schau trug, war erkünstelt. Die letzte Drohung des Crispus hatte ihm einen mächtigen Schreck eingejagt.

Er wandte sich jetzt an Tigellinus: »Mir ist zwar gleich, was die Christen sagen, aber für die Zukunft befiehl, ihnen die Zungen auszureißen oder den Mund zu verstopfen!«

»Ich werde ihnen den Mund mit Feuer stopfen, du Göttlicher!«

»Wehe mir!« stöhnte Chilon.

Doch der Kaiser, dem das kecke Selbstbewußtsein Tigellinns' Zuversicht verliehen hatte, fing an, herzlich zu lachen, und wies mit dem Finger auf den alten Griechen.

»Seht her! So sieht ein Nachkomme des Achilles aus!«

In der Tat bot Chilon ein Bild des Jammers. Die wenigen Haare, die seinen Schädel bedeckten, waren ganz weiß geworden, und seine Mienen zeigten einen Ausdruck von Unruhe, Furcht und Niedergeschlagenheit. Zeitweise war er wie betäubt und geistesabwesend. Oft beantwortete er an ihn gerichtete Fragen gar nicht, und dann brauste er so zornig auf, daß die Augustianer sich hüteten, ihn zu reizen. Solch ein Augenblick war jetzt gekommen.

»Macht, was ihr wollt mit mir, ich gehe nicht mehr zu den Spielen!« rief er verzweifelt und schnalzte mit den Fingern.

Nero sah ihn eine Weile an, worauf er sich an Tigellinus wandte und laut sagte: »Du wirst darauf achten, daß der Stoiker in den Gärten in meiner Nähe bleibt! Ich bin begierig, welchen Eindruck unsere brennenden Fackeln auf ihn machen werden!«

Petronius näherte sich dem Griechen und sagte, ihm auf die Schulter klopfend: »Habe ich dir nicht gesagt, daß du es nicht aushalten wirst?«

Jener antwortete nur: »Ich will mich betrinken...« Und er streckte die zitternde Hand nach einem Becher, doch er brachte ihn nicht bis an die Lippen.

Vestinus, neugierig und erschrocken, nahm ihm den Becher ab und fragte:

»Jagen dich die Furien, wie?«

»Nein,« sagte Chilon, »aber eine schreckliche Nacht rückt heran.«

»Du empfindest jetzt wohl Mitleid mit ihnen?«

»Weshalb vergießt ihr soviel Blut? Hörtest du, was jener am Kreuze sagte? Wehe uns!«

»Ich hörte es,« sagte Vestinus leise. »Aber sie sind doch Brandstifter!«

»Das ist nicht wahr!«

»Sie sind Feinde des Menschengeschlechts!«

»Das ist nicht wahr!«

»Sie sind Brunnenvergifter!«

»Das ist nicht wahr!«

»Sie morden die Kinder!«

»Das ist nicht wahr!«

»Was?« fragte Vestinus erstaunt, »du selbst hast doch das alles behauptet und sie dem Tigellinus ausgeliefert!« Ohne hierauf zu antworten, fragte Chilon: »Was sind das für Fackeln, die im Garten brennen sollen?«

»Man nennt sie Sarmentii und Semaxii ... Man bekleidet sie mit der Schmerzenstunika, bestreicht sie mit Harz, bindet sie an Säulen und zündet sie an.«

»Das ist mir lieber, denn hierbei gibt es kein Blutvergießen,« sagte Chilon. »Heiße den Sklaven, mir Wein zu reichen! Ich will trinken.«

Die anderen unterhielten sich inzwischen ebenfalls von den Christen. Der alte Domitius Afer machte sich über sie lustig.

Es sind ihrer so viele, daß ihnen nichts leichter wäre, als einen Bürgerkrieg anzufangen, statt dessen sterben sie wie die Schafe!«

Darauf bemerkte Petronius: »Du bist im Irrtum. Sie wehren sich.«

»Wieso denn?«

»Mit ihrer Geduld!«

»Das ist eine ganz neue Art Waffe.«

»Sicherlich. Aber könnt ihr behaupten, daß sie wie gemeine Verbrecher sterben? Nein! Sie sterben so, als wären diejenigen Verbrecher, von denen sie zum Tode verurteilt werden, das sind wir und das römische Volk!«

Alle staunten über die Richtigkeit seiner Betrachtung, blickten sich gegenseitig an und sagten: »Ganz recht, es ist etwas Besonderes in ihrem Sterben!«

»Ich sage euch, sie sehen ihren Gott!« rief Vinicius.

Einige Augustianer wendeten sich zu Chilon: »Nun, Alter, du kennst sie ja gut; sage uns, was sie sehen!«

Der Grieche spie den Wein aus, den er im Munde hatte, und befleckte seine Tunika. »Sie sehen die Auferstehung!« sagte er.

Er zitterte so heftig, daß die neben ihm Sitzenden in lautes Gelächter ausbrachen.

49.

Seit mehreren Tagen schon hatte Vinicius die Nächte außer dem Hause zugebracht. Petronius nahm deshalb an, er habe einen neuen Plan entworfen und bereite Lygias Rettung aus dem esquilinischen Gefängnis vor. Er selbst hatte wenig Hoffnung, denn dieses Gefängnis war zu gut bewacht. Offenbar, sagte er sich, haben Cäsar und Tigellinus sie für ein besonderes, alles Frühere in Schatten stellendes Schauspiel ausersehen. Vinicius geht eher selber zugrunde, als daß er sie davor rettet!

Auch Vinicius hatte schließlich die Hoffnung auf ihre Befreiung aufgegeben. Er sagte sich, Christus allein könne sie aus dem Gefängnisse führen. Das einzige Sinnen und Trachten des jungen Kriegers ging jetzt darauf aus, sie noch im Kerker zu sehen.

Der Gedanke, daß Nazarius als Leichenträger in das mamertinische Gefängnis eingedrungen war, ließ ihm seit einiger Zeit keine Ruhe, und er beschloß, den gleichen Weg einzuschlagen. Nachdem er den Aufseher der Leichengruben um eine große Summe erkauft hatte, nahm ihn dieser schließlich unter die Zahl seiner Knechte auf, die er allnächtlich in die Gefängnisse schickte, um die Leichname zu holen. Daß Vinicius erkannt werden würde, war kaum anzunehmen. Durch die Dunkelheit, die schlechte Beleuchtung des Kerkers und infolge seiner Verkleidung war er sicherlich davor bewahrt.

Sobald der ersehnte Abend da war, verkleidete sich Vinicius, hüllte das Haupt in ein mit Terpentin getränktes Tuch und begab sich klopfenden Herzens mit den übrigen Knechten nach dem Esquilin. Die prätorianischen Wachen machten keine Schwierigkeiten, denn alle hatten Einlaßmarken, und bald tat sich die schwere eiserne Pforte vor den Leichenträgern auf.

Vinicius blickte in einen weiten, gewölbten Keller, aus dem sie zu einer Reihe anderer Gelasse kamen. Alle waren mit Gefangenen überfüllt, die an den Wänden ausgestreckt dalagen, oder sich auch an die in der Mitte stehenden Trinkgefäße drängten. Überall vernahm man Stöhnen und Weinen, geflüsterte Gebete, halblaut gesungene Hymnen, und dazwischen die Flüche der Aufseher. Die Luft in den Gewölben war verpestet durch die Ausdünstungen der Lebenden und der Toten.

Vinicius mußte alle seine Kraft zusammennehmen, um nicht das Bewußtsein zu verlieren. Hier in diesem Grauen, in diesem, von Leichengeruch erfüllten Kerker, war Lygia!

In diesem Augenblick fragte an seiner Seite der Aufseher der Leichengruben: »Wie viele Leichname habt ihr?«

»Etwa ein Dutzend,« erwiderte der Kerkermeister; »morgen früh werden ihrer mehr sein, denn viele liegen im Sterben.«

Und er begann über die Frauen zu klagen, die ihre toten Kinder verbargen, um nicht von ihnen getrennt zu werden, um nicht ihr Teuerstes den Kloaken übergeben zu müssen.

Vinicius hatte seine Geistesgegenwart wiedererlangt und begann das Verließ zu durchsuchen. Doch nirgends fand er Lygia und gab allmählich die Hoffnung auf, sie lebendig noch einmal zu sehen. Einige Keller waren durch neu gegrabene Gänge miteinander verbunden, die Leichenträger betraten aber nur solche Räume, worin Tote lagen. Vinicius fürchtete schon, seine List würde erfolglos sein, als sein Arbeitgeber ihm zu Hilfe kam.

»Die Leichen sind ansteckend,« sagte er. »Ihr müßt sie entweder sofort hinaustragen, oder samt den Gefangenen sterben!«

»Wir sind unser bloß zehn und müssen schlafen,« fiel der Kerkermeister ein.

»Ich will vier meiner Leute hier lassen, die während der Nacht umhergehen und noch Leichen suchen sollen!«

Vier Männer wurden ausgewählt, darunter Vinicius; die anderen hatten die Leichen auf die Bahren zu schaffen.

Vinicius war beruhigt, denn nun mußte er Lygia finden. Zuerst durchsuchte er sorgfältig den ersten Keller. In jedem Winkel, den seine Fackel ihm zeigte, forschte er nach ihr. Er prüfte die Gesichter, die unter rauhen Mänteln schliefen, doch Lygia fand er nirgends, auch im zweiten und dritten Keller nicht.

Inzwischen war es späte Nacht geworden, Vinicius trat mit der Fackel in den vierten, bedeutend kleineren Keller. Mit der Fackel vor sich hinleuchtend, spähte er umher und begann plötzlich zu zittern, denn er glaubte, an einer vergitterten Maueröffnung die Hünengestalt des Ursus zu sehen. Nachdem er rasch die Fackel ausgelöscht hatte, näherte er sich ihm und fragte: »Ursus, bist du hier?«

»Wer bist du?« antwortete der Riese, sich zu ihm wendend.

Jedoch in diesem Augenblicke erblickte Vinicius Lygia, welche auf einen Mantel gebettet dicht an der Wand lag. Er sprach kein Wort weiter und kniete an ihrer Seite nieder. Ursus erkannte ihn jetzt und rief: »Gepriesen sei Christus! Doch wecke sie nicht auf, Herr!«

Vinicius blickte auf sie durch seine Tränen hindurch. Trotz der Dunkelheit vermochte er ihr Antlitz, das so weiß wie Alabaster war, und ihre abgemagerten Arme zu unterscheiden. Bei diesem Anblick fühlte er eine Liebe, die seine Seele bis in die tiefsten Tiefen erschütterte und zugleich so voll Mitleid und Ehrfurcht war, daß er auf sein Antlitz fiel und seine Lippen auf den Saum des Mantels drückte, auf dem sein Teuerstes auf Erden lag.

Ursus schaute ihm lange schweigend zu; endlich zog er ihn an der Tunika.

»Herr,« fragte er, »wie kamst du hierher?«

»Ich habe eine Marke vom Aufseher der Leichengruben.« Plötzlich hielt er inne, als ob ihm ein Gedanke gekommen sei. »Beim Leidenswege des Erlösers!« begann er; »ich bleibe hier! sie soll meine Marke nehmen, ihr Haupt in ein Tuch hüllen, einen Mantel über die Schultern ziehen und sich hindurchschleichen. Unter den Leichenträgern befinden sich mehrere halbwüchsige Knaben, so daß ihre Gestalt den Prätorianern nicht auffallen wird, und ist sie erst in des Petronius Haus, so ist sie gerettet!«

Doch der Lygier ließ den Kopf auf die Brust herabsinken und sagte: »Sie würde nicht einwilligen, weil sie dich liebt! Auch ist sie krank und kann allein kaum stehen. Wenn du und Petronius sie nicht aus dem Kerker zu befreien vermögen, wer kann es dann?«

»Christus allein!«

Beide schwiegen. Christus könnte alle Christen retten, dachte der Lygier in seinem einfältigen Herzen; da er sie aber nicht rettet, so ist es sicher, daß die Stunde der Marter und des Todes gekommen ist. Vinicius kniete nun wieder an Lygias Seite. Mondstrahlen drangen jetzt durch das Gitter und gaben ein stärkeres Licht als die Kerze über dem Eingang. Lygia schlug die Augen auf und sagte, indem sie die fieberhafte Hand auf Vinicius' Arm legte: »Ich sehe dich; ich wußte, daß du kommen würdest!«

Er ergriff ihre Hand und drückte sie an seine Stirn und sein Herz; dann hob er die Kranke ein wenig in die Höhe und zog sie an seine Brust.

»Ich bin gekommen, Geliebte! Christus beschütze und rette dich, teure Lygia!« Seine Stimme versagte; sein Herz wollte vor Liebe und Schmerz brechen. Allein er suchte in ihrer Gegenwart gefaßt zu sein.

»Ich bin krank, Markus,« sagte Lygia, »und muß entweder hier oder in der Arena sterben. Ich habe gebetet, dich vor dem Tode noch einmal sehen zu dürfen, und du kamst; Christus erhörte mich.«

Vinicius bezwang sich und suchte seine Stimme ruhig erscheinen zu lassen, während er antwortete:

»Nein, Teure, du wirst nicht sterben! Der Apostel hieß mich glauben und versprach, für dich zu beten. Er kannte den Heiland; der Heiland liebt ihn und kann ihm Erhörung nicht versagen. Müßtest du sterben, so hätte mir Petrus nicht befohlen, zu vertrauen. Nein,

Lygia, Christus wird sich erbarmen! Petrus betet für dich!«

»O Markus,« sagte Lygia, »Christus selber rief zum Vater: Nimm diesen bitteren Kelch von mir! dennoch trank er ihn. Der Heiland starb am Kreuze, und Tausende gehen um seinetwillen in den Tod. Sieh, wie schrecklich dieser Kerker ist! Doch ich gehe in den Himmel. Hier ist der Cäsar, dort aber der Heiland, gnädig und barmherzig. Dort gibt es keinen Tod. Du liebst mich; darum bedenke, daß wir uns dort wiederfinden!« Sie hielt inne, um der kranken Brust Atem zu verschaffen; dann zog sie seine Hand an ihre Lippen. – »Markus!«

»Was, meine Teure?«

»Weine nicht um mich und denke daran, daß du dort mit mir vereint sein wirst! Mein Leben ist kurz gewesen, doch hat mir Gott deine Seele geschenkt. Versprich mir, daß du Christus lieben und meinen Tod ergeben ertragen willst. Dann wird er uns auf immer vereinigen.« Der Atem versagte ihr; kaum hörbar fügte sie hinzu: »Versprich mir dies, Markus!«

Bebend umschlang sie Vinicius. »Bei deinem geheiligten Haupt!« sagte er. »Ich verspreche es dir!«

Der Mond warf einen matten Schatten auf ihr Antlitz, das jetzt strahlte. Noch einmal drückte sie seine Hand an ihre Lippen, und dabei flüsterte sie: »Ich bin dein Weib!«

Draußen im Freien, jenseits der Kerkermauern, lärmten würfelspielende Prätorianer. Vinicius und Lygia aber vergaßen des Gefängnisses, der Wachen, der Welt, sie fühlten Engelsseelen in ihrem Innern und begannen zu beten.

50.

Drei Nächte lang störte nichts ihren Frieden. Nachdem die gewöhnliche Gefängnisarbeit getan war, die darin bestand, die Toten von den Lebenden und die Schwerkranken von den übrigen zu trennen, nachdem die Wachen sich zum Schlafe niedergelegt hatten, kam Vinicius in Lygias Kerker und blieb dort bis Tagesanbruch. Sie lehnte ihr Haupt an seine Schulter, und mit leiser Stimme sprachen sie von Liebe und Tod. Im Denken und Reden, in den Wünschen und Hoffnungen selbst lösten sich beide unbewußt mehr und mehr vom Leben und verloren den Sinn dafür. Beide formten sich zu ernsten Seelen aus, mit Christus in Liebe vereint,

126

bereit, die Erde zu verlassen. Wenn er am Morgen aus dem Gefängnisse ging, kam ihm die Welt, die Stadt, die Bekannten, die Lebensinteressen, alles wie ein Traum vor. Alles schien ihm fremd, entfernt, eitel, nichtig, selbst die Marter hatte ihre Schrecken verloren, weil er sich vorstellte, sie könne in innerer Sammlung, das Geistesauge nach oben gerichtet, überstanden werden. Umgeben von den Schrecken des Todes, unter Elend und Leiden, in dieser Gefängnishöhle, hatte der Himmel in ihnen beiden seinen Anfang genommen. Lygia hatte Vinicius gleichsam an der Hand gefaßt und wie eine Gerettete und Heilige ihn hinaufgeführt zur Quelle des Lebens.Petronius war erstaunt, auf dem Antlitze des Vinicius einen Ausdruck immer größeren Friedens und wunderbarer Heiterkeit zu gewahren, was er früher nie bemerkt hatte. Er vermutete manchmal, Vinicius habe eine neue List entdeckt, Lygia zu befreien, und er war etwas beleidigt, daß ihm der Neffe seine Pläne nicht anvertrauen wolle. Zuletzt konnte er sich nicht mehr beherrschen und sagte:

»Du hast jetzt einen anderen Blick; habe keine Geheimnisse vor mir, denn ich will und kann dir helfen! Hast du etwas erreicht?«

»Ja,« antwortete Vinicius, »aber du kannst mir nicht helfen. Nach ihrem Tode will auch ich mich als Christ bekennen und ihr folgen.«

»Hast du also keine Hoffnung?«

»Die größte Hoffnung! Christus wird sie mir geben, und ich werde nie mehr von ihr getrennt werden!«

Petronius ging im Atrium auf und ab; Enttäuschung und Ungeduld malten sich in seinen Zügen.

»Weißt du,« fragte er, indem er mit den Achseln zuckte, »daß des Cäsars Garten morgen durch Christen beleuchtet wird?«

»Morgen?« wiederholte Vinicius.

Und angesichts der nahen und entsetzlichen Wirklichkeit erzitterte sein Herz vor Schmerz und Furcht. Vielleicht wird dies die letzte Nacht sein, die ich bei Lygia verweilen kann! war sein Gedanke. Er verabschiedete sich von Petronius und begab sich eilig zum Aufseher der Leichengruben, diesen um seine Einlaßmarke zu ersuchen.

Aber eine neue Enttäuschung wartete seiner, der Aufseher wollte ihm die Einlaßmarke nicht geben.

»Verzeih mir,« sagte er, »ich habe für dich getan, was möglich war, aber mein Leben kann ich nicht wagen! Diese Nacht werden Christen nach den Gärten

des Cäsar abgeführt. Die Gefängnisse werden voll Soldaten und amtlicher Personen sein. Würdest du dort erkannt, so wären ich und meine Kinder verloren!«

Vinicius verstand, daß er vergeblich auf seiner Forderung beharren würde. Doch hoffte er, die Soldaten, denen er ja bekannt war, würden ihn auch ohne Marke einlassen. Bei einbrechender Nacht verkleidete er sich deshalb wie gewöhnlich als Leichenträger und begab sich, ein Tuch um den Kopf gewunden, zum Gefängnis.

An diesem Abend wurden jedoch die Einlaßmarken strenger als sonst geprüft, und um das Mißgeschick voll zu machen, erkannte ihn der Centurio Scaevinus, ein strammer, dem Cäsar mit Leib und Seele ergebener Soldat. Unter dessen eisenbekleideter Brust war aber noch nicht jedes Fünkchen Mitleid für das Unglück anderer erloschen. Anstatt seinen Speer zu gebrauchen und damit die Aufmerksamkeit auf Vinicius zu lenken, ließ er ihn unbehelligt und sagte nur:

»Geh nach Hause, Herr! Ich kenne dich! Weil ich aber deinen Untergang nicht will, so werde ich schweigen. Ich darf dich nicht einlassen, geh deines Weges, und die Götter mögen dir Trost spenden!«

»Du darfst mich nicht einlassen,« sagte Vinicius; »erlaube mir aber wenigstens, hier stehen zu bleiben, um diejenigen zu sehen, die abgeführt werden!«

»Dies ist nicht gegen meinen Befehl,« sagte Scaevinus.

Vinicius stand vor dem Tore und wartete. Um Mitternacht öffnete es sich weit, und ganze Reihen Gefangener, Männer, Frauen und Kinder, erschienen inmitten der bewaffneten Prätorianer. Die Nacht war sehr hell; man konnte nicht nur die einzelnen Gestalten, sondern auch deren Gesichtszüge unterscheiden. Die Gefangenen gingen zu Zweien, ein langer, düsterer Zug; die Stille der Nacht wurde nur vom Geräusch der Waffen unterbrochen. Es waren so viele der Abgeführten, daß man hätte vermuten können, alle Kerker seien geleert. Unter den letzten im Zuge befand sich Glaukus, der Arzt, den Vinicius deutlich erkennen konnte, Lygia und Ursus aber waren nicht dabei.

51.

Die Dämmerstunde war noch nicht angebrochen, als schon die ersten Volkswogen sich in des Cäsars Garten ergossen. In Feiertagskleidern, mit Blumen bekränzt, ausgelassen singend, zum Teil auch betrunken, harrte die Menge des neuen Schauspiels. Man hatte auch schon früher in Rom gesehen, wie an Pfählen angebundene Menschen bei lebendigem Leibe verbrannt wurden, aber noch nie in dieser Menge. Der Cäsar und Tigellinus wollten mit den Christen ganz aufräumen und der in den Kerkern ausbrechenden Seuche ein Ende machen. Diese Seuche verbreitete sich auch schon in der Stadt, alle Kerker wurden daher geräumt.

In den Gärten waren in den Haupt- und Seitenalleen und in den Gebüschen mit Pech bestrichene Säulen aufgestellt; rings um die Wiesen, Teiche und Inseln standen diese Säulen, an die man die Christen festband und dann mit Blumen, Myrten- und Efeugewinden schmückte. Die große Anzahl übertraf selbst die Erwartungen des Volkes. Man hätte glauben können, ein ganzes Volk sei zum Vergnügen der Römer und ihres Herrschers an die Pfähle gebunden worden. Die drängenden Haufen der Zuschauer machten vor einzelnen Pfählen Halt, wenn die Gestalt eines Opfers ihre Aufmerksamkeit erregte.

Waren das in der Tat lauter Schuldige? Konnten all die kleinen Kinder, die kaum erst zu gehen vermochten, Rom in Brand gesteckt haben? Solche und ähnliche Fragen wurden laut, und in das allgemeine Staunen mischte sich eine leise Unruhe.

Inzwischen war es Abend geworden, und am Himmel blinkten die Sterne. Da trat je ein Sklave mit einer brennenden Fackel vor jeden Verurteilten hin, und als die Trompeten das Zeichen zum Beginne des Festes gaben, wurden alle Pfähle von unten auf in Brand gesteckt.

Das unter den Blumengewinden verborgene, pechgetränkte Stroh brannte schnell lichterloh, und die Flammen schlugen hoch in die Höhe.

Das Volk horchte stumm dem Wehgeschrei dieser einzigen, ungeheuren Klage, die durch die Gärten hallte. Einige Opfer sangen, die Köpfe zum Sternenhimmel erhoben, von den kleineren Pfählen aber riefen herzzerreißende kindliche Stimmen: Mutter! Mutter! Da erfaßte ein Grauen diese Römer, selbst die härtesten Herzen wurden gerührt, sogar die Trunkenen schauerten zusammen. Sobald der Geruch verbrannter Haare, verbrannten Fleisches sich bemerkbar machte, wurden durch Sklaven Myrrhe und Aloe zwischen die Pfähle gestreut.

Gleich bei Beginn dieser Vorstellung erschien der Cäsar auf seiner prachtvollen Quadriga, die von vier Schimmeln gezogen wurde. Andere Wagen folgten, in denen Senatoren, Priester und bekränzte Bacchantinnen mit Weinkrügen in den Händen saßen, teilweise schon betrunken und brüllend. Dann folgten Musiker mit Zithern, Formingen, Pfeifen und Trompeten. Wieder kamen Wagen mit Matronen und römischen Jungfrauen, fast alle trunken. Der mächtige Zug der Aristokratie Roms bewegte sich unter Evoe-Rufen durch die Hauptalleen inmitten der menschlichen Fackeln.

Der Kaiser hatte Tigellinus und Chilon bei sich, an dessen Entsetzen er sich zu weiden gedachte; er fuhr langsam und betrachtete mit Wohlgefallen die brennenden Leiber. Hoch oben auf der goldenen Quadriga stehend, überragte er den ganzen Hofstaat um Haupteslänge; er sah aus wie ein Riese. Seine ausgestreckten Arme hielten die Zügel, und auf seinen Zügen lag ein Lächeln. Er strahlte über der sich verneigenden Volksmenge wie eine Sonne, oder wie eine schreckliche, aber schöne und mächtige Gottheit.

Zeitweise machte er Halt und blickte scharf in die Gesichter der Fackeln; am längsten verweilte er bei Kinder- und Jungfrauenfackeln und betrachtete ihre schmerzverzerrten Züge. Dann wieder nickte er seinem Volke zu und unterhielt sich mit Tigellinus. Schließlich fuhr er zu der großen Fontäne, die am Kreuzungspunkte zweier Wege lag, verließ die Quadriga und mischte sich unter das Volk.

Man begrüßte ihn stürmisch, und von den Bacchantinnen, Nymphen, Senatoren, Augustianern und Soldaten begleitet, zur Rechten Tigellinus, zur Linken Chilon, umkreiste er die Fontäne, die von fast fünfzig lebenden Fackeln taghell erleuchtet war. Vor jeder Fackel blieb er stehen, betrachtete die Gesichtszüge und machte sich über den alten Griechen lustig, der ganz verzweifelt vorwärts wankte.

Vor einem hohen, mit Rosen- und Myrtengewinden geschmückten Mastbaum hielt Nero den Schritt an. Das Feuer züngelte schon bis zu den Knien des Opfers empor, dessen Gesicht anfangs nicht zu erkennen war, da Rauchwolken es verhüllten. Doch als ein leichtes Lüftchen den Qualm zerteilte, wurde der Kopf eines Greises mit langem, grauem Bart sichtbar.

Bei seinem Anblick krümmte sich Chilon wie eine verwundete Schlange, und seiner Brust entrang sich ein Schrei, mehr einem Gekrächze denn einem menschlichen Laute ähnlich:

»Glaukus! – Glaukus!«

Diese lebende Fackel war der Arzt Glaukus. Der Arzt lebte noch, aber sein Antlitz war schmerzverzerrt,

128

und er neigte den Kopf vor, um noch einmal denjenigen zu sehen, der ihm Weib und Kind geraubt, der ihn den Räubern verkauft und der ihn, nachdem er um Christi willen dem Beleidiger alles verziehen, schmählich verraten hatte. Wohl nie hatte ein Mensch dem anderen herberes Leid zugefügt, und nun brannte das Opfer am Pfahl, während der Henker zu seinen Füßen stand!

Die Augen des Arztes waren auf Chilon gerichtet. Chilon wollte fliehen, aber er konnte nicht, seine Füße waren schwer wie Blei, und eine unsichtbare Hand schien ihn bei dem Pfahl festzuhalten. Er schien versteinert zu sein. Ununterbrochen starrte er in die Höhe, und der andere neigte immer tiefer den Kopf herab. Die Anwesenden errieten, daß zwischen den beiden etwas Außergewöhnliches vorgehe, und das Lächeln dieser verrohten Gesellschaft schwand. Chilon war gräßlich anzusehen, seine Züge waren von Qual und Entsetzen entstellt, als sei sein eigener Leib ein Raub der Flammen. Plötzlich wankte er und rief in herzzerreißendem Tone, indem er die Arme in die Höhe streckte:

»Glaukus! Im Namen des Erlösers! Verzeihe mir!«

Es wurde still ringsum; die Anwesenden schauerten zusammen, und die Blicke aller richteten sich unwillkürlich in die Höhe.

Das Haupt des Märtyrers bewegte sich matt, und von der Spitze des Mastbaumes herab hörte man ein Stöhnen gleich den Worten: »Ich verzeihe!«

Chilon warf sich auf das Gesicht. Laut wie ein Tier heulend, bestreute er sein Haupt mit Erde. Die Flammen züngelten immer höher empor; sie fraßen an der Brust und dem Haupt des Glaukus, ergriffen den Myrtenkranz und steckten die flatternden Bänder in Brand. Die ganze Säule brannte jetzt in grellem Lichtschein.

Da erhob sich Chilon. Er war so verwandelt, daß die Augustianer ihn kaum wiedererkannten. Seine Augen glänzten, von seiner Stirne strahlte Begeisterung. Der noch vor kurzem so unbeholfene Grieche glich einem Priester, aus dem die Gottheit spricht.

»Was geht mit ihm vor? Er ist verrückt geworden!« riefen einige Stimmen.

Er aber wandte sich zu den Umstehenden, streckte die rechte Hand in die Höhe und rief mit so lauter Stimme, daß es nicht nur die Augustianer, sondern auch das weiter zurückstehende Volk hören konnte:

»Volk von Rom! Ich schwöre bei meinem Tode, daß hier Unschuldige zugrunde gehen! Der Brandstifter ist – dieser hier!« Und er zeigte mit dem Finger auf Nero.

Es entstand eine tiefe Stille, man hörte nur das Prasseln der Flammen. Die Höflinge waren starr. Chilon stand noch immer, mit der zitternden Rechten auf den Kaiser zeigend.

Plötzlich trat Verwirrung ein, die Leute warfen sich wie eine Sturmwelle nach der Stelle, wo der Greis stand, um diesen in der Nähe zu sehen. Man hörte die Rufe: »Haltet ihn!«, andere wieder schrien: »Wehe uns!« Dann pfiff und heulte die ganze Menge: »Ahenobarbus! Muttermörder! Mordbrenner!«

Die allgemeine Verwirrung stieg mit jedem Augenblick. Schreiend stürzten sich die Bacchantinnen auf die Wagen, und als einige Flammensäulen krachend zusammenstürzten und ein Funkenregen umhersprühte, ward Chilon plötzlich von seinen Begleitern getrennt und befand sich inmitten einer fliehenden Menschenmenge. Die Pfähle waren verkohlt, und fielen in jeder Richtung über die Wege, die Luft mit Qualm, Funken und dem Geruch verbrannten Holzes und versengten Fleisches füllend. Ein Licht um das andere erstarb. Dunkelheit legte sich allmählich über den Garten. Die erschreckte, verwirrte, erbitterte Menge drängte den Toren zu. Die Kunde des Geschehenen wanderte von Mund zu Mund, entstellt und vergrößert. Hier und dort ließen sich Stimmen des Mitleids mit den Christen vernehmen. »Wenn sie Rom nicht angezündet haben, warum so viel Blut, so viel Qual und Ungerechtigkeit? Werden die Götter die Schuldlosen nicht rächen? Welche Opfer vermögen sie zu besänftigen?«

Die Worte: Unschuldige Menschen! erschallten öfter und öfter. Frauen bedauerten, daß man so viele Kinder den wilden Tieren vorgeworfen, ans Kreuz genagelt oder in diesen fluchbeladenen Gärten lebendig verbrannt hatte. Schließlich fluchte man dem Cäsar und Tigellinus. Mehr als einer blieb plötzlich stehen, und fragte sich oder andere: Welche Gottheit ist das, die solche Stärke in der Marter und in dem Tode verleihen kann? – Und nachdenklich schritten sie heimwärts.

Chilon irrte eine Zeitlang in den Gärten umher, wo es inzwischen dunkel geworden war. Nur der Mond lugte mit fahlem Scheine durch die Bäume der Alleen. Chilon suchte sich vor ihm zu verstecken, ihm war, als sehe ihn die Mondscheibe mit den Augen des verbrannten Märtyrers an. Er war im Kreise umhergeirrt und befand sich nun wieder in der Nähe der Fontäne, wo Glaukus seine Seele ausgehaucht hatte. Hier brach er erschöpft zusammen.

129

Da berührte eine Hand seinen Arm. Der Greis wandte den Kopf, und als er einen Fremden vor sich sah, rief er entsetzt:

»Wer bist du?«

»Paulus von Tarsos, der Apostel!«

»Ich bin verflucht! Was willst du noch?«

»Ich will dich erlösen,« erwiderte der Apostel.

Chilon lehnte sich an einen Baumstamm. Die Knie zitterten unter ihm, und seine Arme hingen leblos herab.

»Für mich gibt es keine Erlösung mehr,« sagte er dumpf. »Hast du denn nicht gehört, daß auch Christus dem reuigen Schächer am Kreuze verziehen hat?« fragte Paulus.

»Weißt du auch, was ich getan habe?«

»Ich sah deinen Schmerz und hörte, wie du die Wahrheit bezeugtest.«

»O Herr!«

»Und wenn dir der Diener Christi in seiner qualvollen Todesstunde verzieh, wie sollte Christus dir nicht verzeihen?«

Chilon ergriff seinen Kopf wie wahnsinnig.

»Verzeihung? Für mich – Verzeihung?«

»Unser Gott ist ein Gott des Erbarmens!« versetzte der Apostel. Und er führte ihn weiter durch die Alleen, vom Plätschern des Springbrunnens begleitet, der über die Leichen der Märtyrer zu weinen schien.

»Unser Gott ist ein Gott der Barmherzigkeit!« wiederholte Paulus. »Auch ich habe ihn gehaßt und seine Auserwählten verfolgt! Ich glaubte nicht an ihn, bis er mir erschien und mich berief, seine Lehren zu verbreiten. Seitdem liebe ich ihn mehr als mein Leben. Er hat dich mit Angst und Leid heimgesucht, um dich zu berufen. Du haßtest ihn, er aber liebte dich. Du hast seine Bekenner verraten, er aber will dich erlösen!«

Chilon warf sich stöhnend auf die Knie und verharrte so unbeweglich, das Antlitz in den Händen verborgen.

Paulus aber blickte zu den Sternen empor und betete: »Herr, sieh diesen Elenden, sieh seine Tränen und seine Reue! Herr des Erbarmens, der du dein Blut für unsere Sünden vergossen hast, vergib ihm um deiner Marter, deines Todes und deiner Auferstehung willen!«

Paulus näherte sich dem Springbrunnen, schöpfte Wasser in die hohle Hand und kehrte zu dem Knienden zurück. »Chilon! ich taufe dich im Namen des Vaters, des Sohnes und des Heiligen Geistes. Amen!«

Chilon hob den Kopf, breitete die Arme aus und blieb regungslos. Das helle Mondlicht fiel auf sein weißes Haar, sein blasses, unbewegliches Gesicht. Die Zeit rückte immer mehr vor, aus den Vogelhäusern des Domitius hörte man das Krähen der Hähne, und er kniete noch immer und sah einem Grabdenkmal ähnlich.

Endlich raffte er sich auf und fragte, zum Apostel gewendet: »Was soll ich nun tun?«

»Vertraue und lege Zeugnis für die Wahrheit ab!« sagte Paulus.

Hierauf verließen beide die kaiserlichen Gärten. An der Wohnung des Apostels verließ Chilon diesen, denn er wußte, daß man nach dem Vorgange nach ihm suchen werde.

Darin sollte er sich nicht getäuscht haben. Als er sich seinem Hause näherte, sah er es schon von Prätorianern umzingelt, die ihn auch alsbald ergriffen und unter Anführung des Scaevinus nach dem Palatin führten. Der Kaiser hatte sich schon zur Ruhe begeben, doch Tigellinus erwartete ihn mit ruhiger, aber unheilverkündender Miene.

»Du hast die Majestät beleidigt,« sagte er, »und die Strafe wird nicht ausbleiben! Doch wenn du morgen im Amphitheater widerrufst und die Christen als die Brandleger bezeichnest, sollst du zu Rutenstreichen und Verbannung begnadigt werden!«

»Das kann ich nicht, Herr!« sagte Chilon.

»Warum kannst du das nicht, du Hund?« erwiderte Tigellinus, sich ihm nähernd, während er auf eine Bank und auf vier im Morgendunkel des Atriums stehende Sklaven zeigte, welche Stricke und große Zangen in den Händen hielten.

»Ich kann es nicht!« wiederholte Chilon.

Da auf vielerlei Drohungen und Vorstellungen Chilon zum Widerruf nicht zu bewegen war, nahmen ihn die Sklaven, schnallten ihn auf die Bank und zwickten ihn mit Zangen, bis das Blut hervortrat, und als dies noch nicht zum Ziele führte, befahl Tigellinus, ihm die Zunge auszureißen.

52.

Das Drama des »Aureolus« hatte Tigellinus für die nächste Vorstellung in Aussicht genommen, in welcher ein ans Kreuz geschlagener Sklave von einem Bären aufgefressen werden sollte. Eigentlich wollte Nero bei dieser Vorstellung nicht erscheinen, doch auf des Tigellinus Vorstellungen, daß er nach dem Vorfall in den Gärten sich erst recht dem Volke zeigen müsse, gab er nach. Zugleich versicherte ihm Tigellinus, daß der gekreuzigte Sklave ihn nicht lästern werde, wie Crispus, weil dem Griechen schon die Zunge fehle.

Als es dunkelte, füllte sich das Amphitheater wie gewöhnlich. Die Augustianer fanden sich vollzählig ein, sowohl um dem Kaiser einen Beweis ihrer unwandelbaren Treue zu geben, als auch um Chilon zu sehen, von dem ganz Rom sprach.

Man raunte sich zu, daß der Kaiser nach der Rückkehr aus den Gärten in Raserei verfallen sei und keinen Schlaf finden könne. Es befalle ihn Angst, und grausige Erscheinungen verfolgten ihn, infolgedessen habe er die baldige Abreise nach Achaja angeordnet.

Andere unterhielten sich über Chilon.

»Was ist nur dem Chilon eingefallen?« rief Epirus Marcellus. »Hat er doch selbst die Christen dem Tigellinus ausgeliefert, und ist dafür ein reicher Mann geworden! Wie hätte er seine Tage friedlich beschließen, das prächtigste Begräbnis, den schönsten Grabstein haben können! Er muß verrückt geworden sein; anders ist es nicht möglich!«

»Er ist Christ geworden,« erwiderte Tigellinus.

»Und ich will euch etwas anders sagen,« sprach Petronius. »Tigellinus hat mich ausgelacht, als ich behauptete, die Christen verteidigten sich. Ich aber sage jetzt, sie tun noch mehr: sie erobern!«

»Wieso? Wieso?« fragten mehrere Stimmen.

»Beim Pollux! wenn ein Chilon ihnen nicht widerstehen konnte, wer wird ihnen widerstehen? Nach jeder Vorstellung treten immer neue Scharen zum Christentum über!«

»Er spricht die reine Wahrheit!« rief Vestinus.

Die weitere Unterredung wurde durch die Ankunft des Kaisers unterbrochen, der in Begleitung des Pythagoras seinen Platz einnahm. Sogleich begann die Vorstellung.

Man achtete wenig darauf. Das Volk war an die Quälereien und das Blutvergießen schon gewöhnt und verlangte ungeduldig nach der Szene, in welcher der Bär auftreten sollte. Wäre nicht die Hoffnung auf Geschenke und Getränke und der Anblick des verurteilten Greises gewesen, man hätte das Volk auf den Plätzen nicht halten können.

Endlich kam der erwartete Augenblick. Zwei Circusknechte brachten das Holzkreuz, das ziemlich niedrig war, damit der Bär die Brust des Märtyrers erreichen könne. Man schleppte jetzt Chilon herbei. Gehen konnte er nicht, denn infolge der vorangegangenen Martern waren die Knöchel zermalmt. Man schlug ihn so schnell ans Kreuz, daß die neugierigen Augustianer ihn erst sehen konnten, als das Kreuz schon aufgerichtet war.

Doch nur die wenigsten erkannten in dem nackten Greise den früheren Chilon. Jeder Tropfen Blut war aus seinem Antlitz entwichen; über den weißen Bart rann ein Faden Blutes, die Spur, die das Herausreißen der Zunge zurückgelassen hatte.

Die einst so boshaften, immer unruhig um sich blickenden Augen strahlten ein mildes Licht aus, und sein schmerzerfülltes Antlitz hatte den ängstlich horchenden Ausdruck verloren.

In dieses zerknirschte Herz war offenbar der Friede eingezogen. Niemand lachte, denn dieser Gekreuzigte war so still; er sah so alt aus, so wehrlos, so schwach, in seiner Reue so um Erbarmen rufend, daß sich jeder sagen mußte: es war nicht nötig, den Sterbenden noch ans Kreuz zu schlagen.

Die Menge schwieg. Unter den Augustianern wendete Vestinus den Kopf nach rechts und nach links und flüsterte ängstlich: »Seht ihr, wie sie sterben?« Andere warteten auf den Bären und hegten den stillen Wunsch, das Schauspiel möge bald enden. Der Bär wälzte sich endlich in die Arena. Er wackelte mit dem Kopfe und sah sich im Kreise um, als suche er etwas. Schließlich sah er das Kreuz und auf diesem den Leib und ging langsam darauf los. Am Fuße des Kreuzes ließ er sich auf die Vordertatzen nieder und brummte. Es war, als ob sich in seinem tierischen Herzen Mitleid für diesen armseligen Überrest eines Menschen rege.

Die Circusknechte suchten ihn durch Zuruf auf Chilon zu hetzen, das Volk aber schwieg. In diesem Augenblick ließ der Gekreuzigte seinen Blick durch das Amphitheater schweifen. Auf einer der höchsten Reihen blieb er haften, und ein tieferer Atemzug hob seine Brust. Erstaunt und bewundernd sahen die Zuschauer ein heiteres Lächeln über sein Antlitz gleiten, von seiner Stirn schien eine Art Strahlenkranz auszugehen,

131

und aus den emporgerichteten Augen flossen langsam zwei Tränen.

Er starb.

In diesem Augenblick rief eine männliche Stimme unter dem Velarium: »Friede den Märtyrern!«

Im Amphitheater herrschte dumpfes Schweigen.

53.

Eines Abends erhielt Petronius den Besuch des Senators Scaevinus, und sie unterhielten sich über die unheilvolle Zeit, in der sie lebten. Scaevinus lenkte bald das Gespräch auf den Kaiser und sprach dabei so offen, daß Petronius, obgleich sie Freunde waren, anfing, vorsichtig zu werden. Rom treibe noch einer schrecklicheren Katastrophe zu, klagte Scaevinus, als es der Brand gewesen sei. Sogar die Höflinge seien mißvergnügt, und Fenius Rufus, der zweite Präfekt der Prätorianer, führe nur mit größtem Widerwillen des Tigellinus grausame Befehle aus. Endlich gab er Petronius noch einen Wink über die Unzufriedenheit des Volkes und der Prätorianer selbst, deren größter Teil von Fenius Rufus gewonnen sei.

»Der Cäsar ist kinderlos,« fuhr Scaevinus fort, »und alle sehen in Piso seinen Nachfolger! Man wird ihm gewiß aus allen Kräften helfen, zur Macht zu gelangen. Fenius Rufus liebt ihn, die Verwandten des Annäus sind ihm ebenfalls ergeben. Plautius Lateranus und Tullius Senecio würden für ihn durchs Feuer gehen, ebenso Natalis, auch Subrius Flavius, nicht zu vergessen Sulpicius Asper, desgleichen Afranius und selbst Vestinus!«

»Warum erzählst du mir das alles?« fragte Petronius. »Ich bin ein einflußloser Mann und beim Feuerbart in Ungnade gefallen!«

»Wie? Hast du denn nicht bemerkt, daß der Cäsar sich dir wieder nähert und sich mit dir unterhält? Und ich will dir sagen, warum! Er beabsichtigt, sich nach Achaja zu begeben, wo er griechische Gesänge eigener Komposition vortragen will.

Für diese Reise ist er Feuer und Flamme, zittert aber zugleich beim Gedanken an den kecken Geist der Griechen. Er bildet sich ein, daß er dort entweder die denkbar größten Triumphe feiern oder die schmählichste Niederlage erleiden werde. Deshalb bedarf er guten Rates, und niemand wird ihm, dessen ist er sich bewußt, besseren geben, als du! Das ist Grund genug, daß du wieder zu Gnaden kommst.«

»Lukanus kann meinen Platz ausfüllen.«

»Der Feuerbart haßt Lukanus und hat im stillen dessen Todesurteil schon gefällt! Er sucht nur nach einem Vorwand, es aussprechen zu können; denn ohne einen solchen läßt er nichts vollziehen.«

»Bei Kastor!« sagte Petronius, »so mag es sein! Aber vielleicht gäbe es noch einen anderen Weg für mich, um wieder in Gunst zu kommen!«

»Welchen?«

»Dem Feuerbart zu hinterbringen, was du mir soeben erzählt hast!«

Scaevinus erbleichte; einen Moment tauchten ihre Blicke ineinander.

»Du wirst es nicht wiederholen!«

»Nein, ich werde es nicht tun! Wie gut du mich kennst! Ich habe nichts gehört, und noch mehr, ich will nichts hören! Verstehst du? Das Leben ist zu kurz, um etwas zu unternehmen, das diese gemessene Spanne Zeit noch verkürzen würde. Ich bitte dich nur, Tigellinus heute zu besuchen und mit ihm so lange wie mit mir von allem zu plaudern, was dir gefällt, damit, wenn Tigellinus je zu mir sagte: Scaevinus war bei dir! ich ihm antworten könnte: Er war auch am selben Tage bei dir!«

»Du hast recht,« sagte Scaevinus. »Ich werde heute noch bei Tigellinus sein und später bei Nervas Fest. Du wirst auch kommen? Jedenfalls treffen wir uns im Amphitheater, wo übermorgen die letzten Christen erscheinen! Auf Wiedersehen!«

Übermorgen! wiederholte sich Petronius, als er allein war. Es ist keine Zeit zu verlieren! Feuerbart bedarf meiner in der Tat in Achaja; darum muß er mit mir rechnen! Und er beschloß, den Versuch zu wagen. –

Bei dem Gastmahl des Nerva mußte Petronius dem Kaiser gegenüber Platz nehmen, damit sich dieser über Achaja und die zu besuchenden Städte unterhalten konnte. Am meisten fürchtete Nero die Spottsucht der Athener.

»Mir ist, als habe ich bisher nicht gelebt,« sagte Nero, »und als ob ich in Griechenland wiedergeboren würde!«

»Du wirst zu neuem Ruhm, zur Unsterblichkeit geboren werden!« erwiderte Petronius.

»Ich hoffe, daß es so kommen wird, und wünsche, daß Apollo nicht eifersüchtig wird. Wenn ich mit Triumphen zurückkehre, will ich ihm eine Hekatombe opfern, wie sie bisher noch kein Gott gesehen hat! Das Schiff liegt schon in Neapel bereit; ich wünschte, schon morgen abreisen zu können!«

Darauf erhob sich Petronius, und in die Augen des Kaisers unverwandt blickend, sagte er: »Gestatte, o Göttlicher, daß ich noch vorher ein Hochzeitsfest veranstalte, zu dem ich vor allen anderen dich einlade!«

»Ein Hochzeitsfest? Wieso?« fragte Nero.

»Für Vinicius und die Tochter des Lygierkönigs, deine Geisel! Sie ist zwar jetzt im Kerker, aber erstens kann sie als Geisel nicht gefangen gehalten werden, und zweitens hast du ja selbst dem Vinicius befohlen, sie zu heiraten. Da aber deine Anordnungen ebenso unabänderlich sind wie die Aussprüche des Zeus, so wirst du sie aus dem Gefängnis entlassen, und ich veranstalte die Hochzeit!«

Die Kaltblütigkeit und das ruhige Selbstbewußtsein des Petronius schüchterten Nero ein, wie es ihn stets einschüchterte, wenn man in solcher Weise zu ihm sprach.

»Ich weiß,« sagte er mit niedergeschlagenen Augen, »ich habe schon an das Mädchen gedacht und an den Riesen, der den Kroton erwürgte.«

»Dann sind beide gerettet,« antwortete Petronius ruhig.

Doch Tigellinus kam seinem Herrn zu Hilfe. »Sie wurde auf Befehl des Kaisers gefangen genommen, und du sagtest doch selbst, Petronius, daß die Anordnungen des Kaisers unabänderlich sind!«

»Sie ist im Kerker durch einen Irrtum, durch deine Gesetzesunkenntnis!« erwiderte Petronius mit Nachdruck. »Denn du wirst doch nicht behaupten wollen, daß Lygia Rom in Brand gesteckt hat, und selbst wenn du es behaupten wolltest, würde der Kaiser es dir nicht glauben!«

Aber Nero hatte sich inzwischen gefaßt, und seine kurzsichtigen Augen blickten mit unbeschreiblicher Bosheit drein.

»Petronius hat recht,« sagte er nach einer Weile. »Morgen werden sich die Tore des Kerkers öffnen, und über das Hochzeitsfest können wir übermorgen reden – im Amphitheater.«

Wiederum verspielt! sagte sich Petronius.

Nach Hause zurückgekehrt, war er von dem Ende Lygias so sehr überzeugt, daß er am nächsten Morgen einen zuverlässigen Freigelassenen zum Vorsteher des Spoliariums sandte, um über die Auslieferung ihres Leichnams zu unterhandeln, den er an Vinicius übergeben wollte.

54.

In Rom hatte man allgemein das Blutvergießen schon satt bekommen, aber als man hörte, daß in einer letzten Abendvorstellung der Rest der Christen auftreten werde, strömte eine unzählige Menge ins Amphitheater. Kein Platz blieb unbesetzt. Auch die Augustianer waren bis auf den letzten Mann da, denn sie wußten, daß der Kaiser an dem Schmerze des Vinicius ein Trauerspiel genießen wollte. Tigellinus verriet nicht, auf welche Art die Braut des jungen Tribuns sterben sollte, und das erhöhte die Neugierde im Trauerspiele.

Der Cäsar kam zeitiger als sonst, und man fing an, sich zuzuflüstern, daß etwas Außergewöhnliches geplant sei.

Die Blicke aller wendeten sich jetzt nach dem unglücklichen Vinicius. Er saß leichenblaß da, Schweißtropfen bedeckten seine Stirn. Mit dem Gedanken, daß Lygia sterben müßte, hatte er sich längst vertraut gemacht, jetzt aber fühlte er, daß es etwas anderes sei, an Lygias Ende zu denken, als ihren Martertod selbst mit ansehen zu müssen. Hin und wieder blitzte vor ihm ein Hoffnungsfunke auf. Hatte doch Petrus einst gesagt, daß der Glaube Felsen versetzen könne! Und er suchte sich zu sammeln, jeden Zweifel in sich zu unterdrücken, sein ganzes Wesen in die Worte: Ich glaube! zu verschließen, und so gefaßt, wartete er auf ein Wunder.

»Du bist krank,« sagte Petronius, der ihn mitleidig beobachtet hatte, »lasse dich nach Hause tragen!« Unbekümmert um das, was Nero sagen würde, erhob er sich, um Vinicius zu stützen und mit ihm hinauszugehen. Der Kaiser beobachtete die beiden durch seinen Smaragd, als gälte es, den Schmerz, den er so aufmerksam studierte, in kunstvollen Strophen zu besingen und damit Beifall zu ernten.

Vinicius schüttelte verneinend den Kopf. Er wollte lieber im Amphitheater sterben, als es in dem Augenblicke verlassen, da die Vorstellung beginnen sollte.

Da gab der Stadtpräfekt das Zeichen zum Beginn der Vorstellung, indem er ein rotes Tuch hinwarf. Auf dieses Zeichen öffnete sich die dem kaiserlichen Podium gegenüberliegende Tür, und aus dem dunklen Gefängnis trat Ursus in die hellerleuchtete Arena.

Der Riese blinzelte mit den blauen Augen, offenbar durch den Lichtschein geblendet. Dann schritt er bis zur Mitte der Arena und blickte umher, gleichsam als wollte er die Marter erspähen. Allen Augustianern und einem großen Teil des Volkes war es bekannt, daß dieser Mensch den Kroton erwürgt hatte. Bei seinem Auftreten entstand ein Flüstern in den Reihen.

Er stand jetzt mitten im Amphitheater, mehr einem Steinkoloß als einem Menschen ähnlich, mit gebeugtem Kopf, mit dem traurigen Barbarengesicht, und blickte mit seinen blauen Kinderaugen bald auf die Zuschauer, bald auf den Kaiser, bald auf die Gitter der Cunicula, von wo er seine Henker erwartete. Er wußte nicht, welch ein Tod ihn erwartete, wollte aber als geduldiger Bekenner des Heilandes sterben und kniete mit gefalteten Händen nieder, um zu beten.

Dieses Benehmen gefiel aber dem Volke nicht. Man hatte schon genug Christen geduldig sterben sehen, und das Volk sagte sich, daß es um ein Schauspiel komme, wenn sich der Riese nicht wehre. In diesem Augenblick ertönten grelle Trompetenstöße. Das dem kaiserlichen Podium gegenüberliegende Gitter öffnete sich, und ein riesiger germanischer Auerochs stürzte herein, auf dessen Hörner ein Weib gebunden war.

»Lygia! Lygia!« schrie Vinicius auf. Dann faßte er sich an den Haaren und sank in sich Zusammen wie einer, der vom Speer durchbohrt ist, und flüsterte die Worte: »Ich glaube! Ich glaube! Christus! Ein Wunder!« Er fühlte nicht einmal, daß Petronius ihm in diesem Augenblick das Haupt mit der Toga verhüllte. In ihm war alles leer und tot. Nur ein Gedanke war in seinem Kopfe übriggeblieben, der Gedanke, den er immerzu wiederholte: Ich glaube! Ich glaube! Ich glaube!

Im Amphitheater ward alles still. Die Augustianer erhoben sich wie ein Mann von ihren Plätzen, um in die Arena hinabzusehen, wo sich etwas Außergewöhnliches zutrug. Der demütige und zum Sterben bereite Lygier war, als er seine Königin auf den Hörnern des wilden Tieres erblickte, wie ein vom Feuer Verbrannter aufgesprungen und stürzte mit vorgebeugtem Oberkörper seitwärts auf das rasend gewordene Tier los.

Ein Schrei des Erstaunens rang sich aus aller Brust. Dann wurde es ganz still, doch nur für einen Moment.

Im Nu hatte der Lygier den Stier erreicht und bei den Hörnern ergriffen.

»Sieh!« rief Petronius, indem er Vinicius die Toga vom Kopfe zog.

Dieser erhob sich, neigte sein bleiches Gesicht weit vor und starrte mit verglasten Augen wie abwesend in die Arena.

In jeder Brust stockte der Atem. Die Zuschauer trauten ihren Augen kaum. Solange Rom stand, hatte man Ähnliches nicht gesehen. Der Lygier hielt das wilde Tier an den Hörnern fest! Seine Füße waren bis über die Knöchel in den Sand gewühlt, sein Rücken war gewölbt wie ein Bogen, der Kopf schien versteckt zwischen den Schultern, die Muskeln der Arme traten so stark hervor, daß die Haut darüber zu springen drohte, doch hielt er den Stier nieder. So standen Mensch und Stier unbeweglich. In dieser scheinbaren Ruhe jedoch blieb der furchtbare Kampf zweier miteinander ringender Kräfte sichtbar. Auch der Stier hatte sich in den Sand eingegraben, sein dunkler, zottiger Leib schien sich zu einer Kugel zusammenzuballen.

Wer wohl zuerst erlahmen, unterliegen werde? Die Frage schwebte auf allen Lippen. Diese Frage war den für Körperkraft schwärmenden Römern in diesem Augenblick wichtiger als ihr eigenes Los, als Rom selbst und seine Herrschaft über die Welt. Der Lygier war ihnen eine Art Halbgott, aller Ehren und eines Standbildes wert.

Der Kaiser selbst hatte sich von seinem Platze erhoben. Von der Stärke des Mannes hörend, hatten er und Tigellinus absichtlich dieses Schauspiel so angeordnet und höhnisch einander gesagt: »Jener Würger Krotons soll jetzt auch den Stier töten, den wir ihm auswählten.« Sprachlos vor Staunen, als ob sie ein Gemälde oder einen Traum sähen, starrten jetzt beide auf den Vorgang.

Da wurde in der Arena ein dumpfes Stöhnen laut, und gleich darauf entfuhr allen Zuschauern ein Schrei – und wieder ward es still. Das Volk glaubte zu träumen. Der ungeheure Schädel des Stieres fing an, in den eisernen Händen des Barbaren sich zu drehen. Das Gesicht des Lygiers, der Hals, die Arme färbten sich purpurrot, sein Rücken wölbte sich noch mehr. Man sah, daß er den Rest seiner übermenschlichen Kräfte zusammenraffte, die ihm langsam zu schwinden drohten. Das stumpfe, heisere und immer schmerzlicher tönende Gebrüll des Stieres vermischte sich mit dem pfeifenden Atem des Riesen. Der Kopf des Tieres aber

134

drehte sich immer weiter, und aus dem Rachen hing die lange, schaumbedeckte Zunge heraus.

Noch ein Augenblick, und an die Ohren der näher sitzenden Zuschauer schlug es wie ein Brechen von Knochen. Gleich darauf fiel das Tier mit umgedrehtem Nacken schwer zu Boden.

Der Riese löste im Nu die Stricke von den mächtigen Hörnern, nahm die Jungfrau auf seine Arme und atmete schnell. Sein Gesicht war ganz blaß geworden, die Haare klebten vom Schweiße zusammen, Arme und Brust schienen in Schweiß gebadet.

Wie betäubt stand er eine Weile, dann schlug er die Augen auf und sah sich um.

Das Amphitheater war in ein stürmisches Meer verwandelt. Die Wände erzitterten unter dem Geschrei der nach Zehntausenden zählenden Zuschauer. Seit Beginn der Vorstellung war eine solche Begeisterung noch nicht dagewesen. Die in den höheren Reihen Sitzenden drängten sich nach den Zwischengängen, um den Kraftmenschen in der Nähe zu sehen. Gebietende Rufe um Gnade wurden laut, leidenschaftliche, eigensinnige Stimmen, die sich bald in einen einzigen Donner verwandelten. Dieser Riese war den für Kraft schwärmenden Römern lieb geworden, er war in diesem Augenblicke der populärste Mann von Rom.

Ursus hatte begriffen, daß das Volk seine Freilassung verlangte, doch war es ihm offenbar nicht um sich allein zu tun. Er blickte im Kreise umher, dann trat er zu dem kaiserlichen Podium und wiegte den Leib des Mädchens auf den ausgestreckten Armen hin und her, wobei in seinen Augen deutlich die flehende Bitte zu lesen war:

Dieser hier erbarmt euch! Sie errettet! Ich habe dies für sie getan.

Die Menge begriff sofort, was er verlangte. Beim Anblick des ohnmächtigen Mädchens, das sich im Vergleich zu dem Riesen wie ein Kind ausnahm, wurden alle, Volk, Ritter und Senatoren, von Rührung übermannt. Ihre Schönheit, ihre Ohnmacht, die große Gefahr, aus welcher sie der Riese befreite, seine Anhänglichkeit erschütterten die Herzen. Und das Mitleid griff um sich wie ein Feuer. Man hatte schon genug des Blutvergießens, genug des Sterbens, genug der Marterqualen. Tränenerstickte Stimmen riefen um Gnade für beide.

Ursus ging jetzt in der Arena hin und her, das Mädchen in seinen Armen wiegend und mit den Augen und Gebärden für sie bittend.

Da sprang Vinicius von seinem Sitze auf, setzte über die Arenabrüstung, stürzte auf Lygia zu und bedeckte sie mit seiner Toga. Dann riß er seine Tunika auf, enthüllte seine mit Narben bedeckte Brust, die er aus dem armenischen Kriege davongetragen, und streckte die Hände gegen das Volk aus.

Die Begeisterung der Menge überstieg alles bisher im Amphitheater Dagewesene. Die Menge stampfte mit den Füßen und heulte, die Schreie um Gnade klangen wie Drohung. Dem Volk war es nicht nur um den Athleten zu tun, es warf sich jetzt zum Beschützer des Mädchens, des Kriegers und der Liebe beider auf. Tausend Blicke richteten sich auf den Kaiser, aus denen der Zorn sprach, tausend geballte Fäuste erhoben sich drohend.

Er aber zögerte und schwankte. Nicht weil er Vinicius oder Lygia haßte, aber seine entartete Grausamkeit hätte gerne gesehen, wie der Körper dieses Mädchens von den Hörnern des Stieres durchbohrt wurde, und ihn ergriff ein heimlicher Zorn, weil man ihn um diesen Anblick bringen wollte.

Er blickte sich im Kreise der Augustianer um. Aber diese hatten alle die Hand erhoben zum Zeichen der Gnade, und Petronius blickte ihn dabei sogar herausfordernd an. Nur Tigellinus raunte ihm zu: »Gib nicht nach, Göttlicher; wir haben die Prätorianer!« Nero wandte seinen Blick zu dem grausamen, ihm bisher blind ergebenen Befehlshaber der Prätorianer, Subrius Flavius, und er zuckte zusammen. Das Gesicht des alten Tribuns war tränenüberströmt und mit strengem Ausdruck hielt er die Hand nach oben.

Das Volk war inzwischen in Wut geraten und sein Geheul wurde ohrenzerreißend. Es stampfte mit den Füßen, und man hörte die Rufe: Feuerbart! Muttermörder! Mordbrenner!

Der Kaiser erschrak: Das Volk war allmächtig im Circus. Auch brauchte Nero als Schauspieler und Sänger das Wohlwollen des Volkes und wollte es in seinem Kampfe gegen den Senat und die Patrizier auf seiner Seite haben. Noch einmal sah er sich um, und als er auf allen Seiten nur gerührte Gesichter sah, da gab er das Zeichen der Gnade.

Ein Beifallssturm pflanzte sich von den oberen Reihen bis nach den unteren fort. Das Volk war jetzt über das Schicksal seiner Schützlinge beruhigt, von diesem Zeitpunkt ab standen sie unter seinem Schutze. Selbst der Kaiser hätte nicht mehr wagen dürfen, sie mit seiner Rache zu verfolgen.

55.

Vier bithynische Sklaven trugen Lygia behutsam in das Haus des Petronius. Ursus und Vinicius schritten nebenher und beeilten sich, die Kranke möglichst schnell in die Hände des griechischen Arztes zu übergeben. Sie sprachen unterwegs nichts; sie waren nach den letzten Vorgängen dazu nicht fähig, Vinicius war von allem Vorgefallenen noch wie betäubt, von Zeit zu Zeit blickte er in die offene Sänfte, um das geliebte Antlitz beim Mondschein zu betrachten. »Das ist sie!« sagte er dann; »Christus hat sie befreit!« Er fühlte sich schwach und stützte sich auf den Arm des Ursus; dieser wieder blickte nach den Sternen und betete.

Erst kurz vor des Petronius Haus beendete Ursus sein Gebet und sprach leise, als fürchte er Lygia zu wecken: »Der Herr, unser Erlöser, hat sie vom Tode befreit. Als ich sie auf den Hörnern des Auerochsen sah, hörte ich eine Stimme: Verteidige sie! und das war unzweifelhaft die stimme des Lammes. Im Kerker habe ich viel von meiner Kraft eingebüßt, aber Er gab die Kraft in jenem Augenblicke mir wieder – von Ihm hat das Volk die Eingebung, sich für sie zu verwenden. Sein Wille geschehe!« Sie waren angelangt; die durch einen besonderen Boten benachrichtigte Dienerschaft strömte ihnen zur Begrüßung entgegen. Paulus hatte in Antium viele von den Sklaven bekehrt, sie waren über das Unglück des Vinicius unterrichtet, daher war ihre Freude groß, als sie die der Wut Neros entrissenen Opfer sahen, und sie steigerte sich noch mehr, als der Arzt Theokles nach der Untersuchung Lygias erklärte, daß sie, sobald das Fieber der Gefängnismauern sie verlassen, sich schnell erholen werde. Das Bewußtsein kehrte noch in derselben Nacht zurück. Als sie erwachte und sich in dem herrlichen Cubiculum sah, umgeben von korinthischen Lampen, Verbena- und Nardenduft atmend, wußte sie nicht, wo sie sich befinde. Das Bewußtsein hatte sie in dem Augenblicke verlassen, als sie an die Hörner des gefesselten Stieres gebunden wurde. Jetzt, da sie das Antlitz des Vinicius erblickte, beleuchtet von einem lieblichen bunten Lichte, glaubte sie nicht mehr auf der Erde zu sein. Vinicius kniete neben ihr nieder, legte die Hand leicht auf ihre Stirn und sagte: »Christus hat dich gerettet und dich mir wiedergegeben!«

Ihre Lippen bewegten sich wieder, doch bald fielen ihr die Augen zu, ihre Brust hob sich zu einem leichten Seufzer, und dann verfiel sie in einen tiefen Schlaf.

Vinicius kniete neben dem Lager und betete zu Christus, dem er jetzt alles dankte. Seine Seele war so in Liebe aufgegangen, daß er sich selbst völlig vergaß. Er sah und hörte nicht, was um ihn vorging, sein Herz war nur Danksagung, nur opferbereite Liebe, seine Wonne so groß, daß er, obwohl noch lebend, halb im Himmel war.

56.

Nach der Befreiung Lygias begab sich Petronius mit anderen Augustianern zum Kaiser. Er war neugierig zu hören, wovon man sich jetzt unterhalten werde, hauptsächlich aber wollte er erfahren, ob Tigellinus noch weiter das Mädchen zu verfolgen beabsichtige. Obwohl Lygia und Ursus jetzt unter dem Schutze des Volkes standen und es niemand wagen durfte, diese beiden zu verfolgen, wußte Petronius genau, daß der grausame und allmächtige Präfekt der Prätorianer nicht ruhen werde, bevor er sich nicht auf irgendeine Weise an ihm gerächt hätte.

Nero war zornig und gereizt, daß die Vorstellung anders geendet als er gewünscht hatte. Anfangs wollte er den Petronius nicht einmal ansehen. Doch diesen verließ das ruhige Blut nicht, er näherte sich dem Kaiser und sagte:

»Weißt du, Göttlicher, was ich denke? Schreibe einen Hymnus auf das Mädchen, das durch den Befehl des Beherrschers der Welt von den Hörnern des wilden Auerochsen dem Geliebten wiedergegeben wurde! Die Griechen haben ein mitfühlendes Herz, ich bin sicher, daß sie das Lied bezaubern wird!«

Nero, der immer noch gereizt dasaß, schien diese Idee nicht schlecht; das Thema war für ein Lied wie geschaffen, dann konnte er sich selbst besingen als einen edeldenkenden Herrscher, verwundert blickte er Petronius an. »Möglich, daß du recht hast,« sagte er. »Aber kommt es, mir auch zu, mein eigenes Lob zu singen?«

»Du brauchst das nicht erst zu erwähnen, denn ein jeder in Rom ist von deiner Güte überzeugt, und von Rom aus verbreiten sich die Nachrichten über die ganze Welt.«

136

»Bist du auch sicher, daß dies in Achaja Anklang finden wird?«

»Beim Pollux, ja!« erwiderte Petronius, worauf er sich mit der Überzeugung entfernte, daß Nero nun nichts mehr gegen das Leben der jungen Leute unternehmen werde, und daß auch Tigellinus dadurch gebunden sei.

Dennoch traute er dem Frieden nicht und beredete Vinicius, möglichst bald auf seine Besitzung in Sizilien zu gehen.

»Ich habe durch den Verwandten des Aulus, Antistius, erfahren, daß Pomponia krank sei, und du wirst recht tun, wenn du Lygia dahin führst. Man wird euch mit der Zeit vergessen, und in der Jetztzeit ist es am besten, wenn man vergessen wird.«

Nach zwei Tagen wurde Lygia mit Erlaubnis des Theokles in den Garten getragen, und von da ab besserte sich sichtlich ihr Gesundheitszustand. Vinicius schmückte die Sänfte mit Anemonen und Irisblumen, weil Lygia diese vor allen anderen Blumen bevorzugte, und um sie an Aulus' Haus zu erinnern. Mitunter sahen beide auf einem lauschigen Plätzchen und erzählten sich von verflossenen Zeiten. Lygia sagte zu Vinicius, Christus habe ihn absichtlich über diesen qualvollen Weg geführt; dadurch sei seine Seele, sein Charakter geläutert worden. Vinicius fühlte, daß sie wahr sprach, daß in ihm nichts von dem früheren Patrizier war, dem nur der eigene Wille als Gesetz gegolten hatte. Beiden war es, als seien Jahre über sie hinweggegangen, als liege die schreckliche Vergangenheit weit, weit hinter ihnen. Ein nie gefühlter Herzensfriede war in ihnen eingekehrt. Der Cäsar mochte rasen und die Welt mit Schrecken erfüllen; sie wußten über sich einen Schutz, tausendmal mächtiger als Neros Gewalt, fühlten keine Furcht mehr vor seiner Wut und seiner Bosheit, gerade so, als ob er für sie aufgehört habe, Herr über Leben und Tod zu sein.

Die Kunde von der wunderbaren Befreiung Lygias verbreitete sich übrigens schnell unter den noch übriggebliebenen Christen; viele dieser Christen kamen jetzt, um die so wunderbar Errettete anzustaunen. Zuerst erschienen Nazarius und Miriam, bei denen der Apostel Petrus bisher versteckt gehalten wurde, dann andere. Alle Besucher, auch Vinicius, Lygia und die christlichen Sklaven des Petronius hörten mit Aufmerksamkeit die Erzählung des Ursus von der Stimme, die er in seinem Innern vernommen und der Aufforderung, mit der Bestie zu kämpfen. Sie gingen getröstet hinweg, die Hoffnung im Herzen, daß Christus die Sei-

nen auf Erden nicht austilgen lassen werde bis zum Tage seiner Wiederkunft beim Gerichte.

Und dieses Vertrauen flößte ihnen Mut ein, denn die Verfolgung war noch nicht zu Ende. Die Stadtwache ließ jeden, der öffentlich als Christ bezeichnet wurde, sofort ins Gefängnis werfen. Allerdings verringerte sich die Zahl der Opfer, doch nur deshalb, weil die meisten schon ergriffen und gemartert worden waren. Die übriggebliebenen Christen hatten entweder Rom verlassen, um in entlegenen Provinzen das Ende des Sturmes abzuwarten, oder sich sorgfältig verborgen. Die verborgenen wagten nicht, sich zu gemeinsamem Gebet zu versammeln, außer in Sandgruben vor der Stadt. Der Circus war geschlossen, doch bewahrte man die gefangenen Christen für künftige Spiele auf oder strafte sie besonders ab. Obgleich niemand in Rom mehr glaubte, daß die Christen den Brand veranlaßt hätten, wurden sie doch als Feinde der Menschheit und des Staates erklärt und das Edikt gegen sie blieb in Kraft.

Der Apostel Petrus getraute sich lange nicht, im Hause des Petronius zu erscheinen, eines Abends jedoch zeigte Nazarius dessen Besuch an. Lygia, die nun soweit hergestellt war, daß sie allein zu gehen vermochte, und Vinicius eilten hinaus, ihn zu empfangen und seine Füße zu umfassen. Wenige Schäflein seiner Herde, über die Christus ihn gesetzt, und deren Geschick sein großes Herz betrübte, waren ihm geblieben; darum begrüßte er die beiden mit um so größerer Bewegung.

Als Vinicius zu ihm sprach: »Herr, um deinetwillen hat der Erlöser sie mir zurückgegeben!« antwortete er: »Um deines Glaubens willen gab er sie zurück, damit nicht jeder Mund schweige, der seinen Namen bekennt.« Vinicius und Lygia sahen wohl, wie schmerzerfüllt die Gestalt des Apostels aussah, und daß sein Haar vollständig weiß geworden. Der Anblick des durch Jahre, Arbeit und Sorge Gebeugten schmerzte ihre Herzen, Vinicius beabsichtigte, Lygia bald nach Neapel zu bringen, wo sie mit Pomponia zusammentreffen würden, und dann die Reise nach Sizilien fortzusetzen; er bat deshalb den Apostel, Rom mit ihnen zu verlassen.

Der Apostel legte seine Hand auf das Haupt des Tribuns und sagte:

«In meinem Innern höre ich die Worte des Herrn, die er am See Tiberias zu mir gesprochen: Als du noch jung warst, gürtetest du dich selbst und gingst, wohin du wolltest; wenn du aber alt sein wirst, wirst du deine

Hand ausstrecken, und ein anderer wird dich gürten und dich führen, wohin du nicht willst. Darum ist es billig, daß ich bei meiner Herde bleibe.«

Dann wandte er sich nochmals zu ihnen, erhob seine zitternden Hände und segnete sie. Die beiden aber erwiesen ihm noch alle Liebe, wohl fühlend, daß dies der letzte Segen, den er ihnen erteile. Indes sollten sie ihn noch einmal sehen.

Nach einigen Tagen kam Petronius mit schrecklichen Nachrichten vom Palatin. Es war dort entdeckt worden, daß einer der Freigelassenen Neros ein Christ sei, bei ihm hatten sich Briefe des Apostels Petrus und Paulus, Briefe von Jakobus, Johannes und Judas gefunden, und Tigellinus wußte jetzt, daß die beiden Häupter des neuen Glaubens in Rom lebten. Der Cäsar hatte daher beschlossen, sie unter allen Umständen festzunehmen, sicher hoffend, damit die verhaßte Sekte bis zur letzten Wurzel auszurotten. Ganze Abteilungen Prätorianer wurden ausgesandt, um jedes Haus des Transtiber zu durchsuchen.

Vinicius beschloß, sofort den Apostel von der ihm drohenden Gefahr in Kenntnis zu setzen. Am Abend legten er und Ursus gallische Mäntel um, und sie begaben sich zu Miriams Haus, wo Petrus wohnte. Es befand sich an dem der Stadt zunächst gelegenen Teile des Transtiber, am Fuße des Janiculus.

Unterwegs sahen sie Soldaten, die im Begriffe waren, Häuser zu umstellen und unbekannte Personen wegzuführen. Das Viertel war in Unruhe, an manchen Stellen hatten sich Scharen Neugieriger gesammelt. Ursus und Vinicius waren den Soldaten voraus und kamen unbehelligt zu Miriams Haus, wo sich Petrus inmitten einiger Gläubigen befand. Auch Timotheus und Linus waren darunter.

Auf die Mitteilungen hin führte Nazarius alle auf einem verborgenen Pfade zur Gartentür und von da aus in verlassene Steinbrüche in einiger Entfernung vom Tore des Janiculus. Ursus trug Linus, dessen Beine durch die Marter gebrochen und noch nicht geheilt waren.

Im Steinbruch fühlten sie sich sicher. Beim Lichte einer von Nazarius entzündeten Fackel berieten sie, wie das ihnen so teure Leben des Apostels gerettet werden könne.

»Herr,« sagte Vinicius, »laß dich bei Tagesanbruch von Nazarius zu den Albaner Bergen führen; dort werde ich dich treffen! Wir nehmen dich dann nach Antium, wo für uns ein Schiff nach Neapel und Sizilien be-

reit ist. Gesegnet sei der Tag und die Stunde, wo du mein Haus betreten und es segnen wirst!«

Alle stimmten diesem Vorschlage zu. Sie drangen in den Apostel und sagten: »Verbirg dich, geheiligtes Haupt; bleibe nicht in Rom! Pflanze die Wahrheit fort, damit sie nicht zugrunde gehe mit uns und dir! Höre auf uns, wir bitten dich, unseren Vater!«

»Tu es in Christi Namen!« riefen andere und hängten sich dabei an ihn.

»Meine Kinder,« antwortete Petrus, »wer kennt den Zeitpunkt, den der Herr als Grenze meines Lebens gesetzt hat?«

Er zögerte, ihre Bitte zu erfüllen. In der letzten Zeit hatte sich eine gewisse Unsicherheit, ja Furcht in seine Seele geschlichen. Er sah seine Herde zerstreut, das Werk seines Lebens in den Staub getreten. Nichts war übrig geblieben als Tränen, als Erinnerung an Marter und Tod. Nero aber, schrecklicher und mächtiger denn je, verbreitete seinen Ruhm über die Erde, über Meere und Länder.

Dann hob der greise Fischer die Hände zum Himmel und fragte: »Herr, was soll ich tun? Wie soll ich handeln? Und wie soll ich, ein schwacher Greis, diese unbezwingbare Macht des Bösen bekämpfen und da den Sieg erringen?«

Er wußte sich keinen Rat. Durfte er diese Stadt verlassen, deren Boden das Blut zahlreicher Märtyrer getrunken, in der so viele durch ihren Tod für die Wahrheit Zeugnis abgelegt hatten? Sollte allein er nicht standhalten? Und was würde er dem Herrn erwidern auf die Worte: Diese sind für den Glauben gestorben, du aber flohst! Tage und Nächte hatte er in Angst und innerem Leiden verbracht. Andere, die von Löwen zerrissen, die an die Kreuze geschlagen oder in den Gärten des Cäsar verbrannt wurden, entschliefen nach kurzer Qual im Herrn. Er aber fand keine Ruhe und seufzte nach Erlösung. Er blickte auf die dreiunddreißig Jahre Arbeit zurück, die seit dem Tode des Meisters verflossen waren. Er hatte gekämpft und gebaut und fühlte, daß jetzt erst ein viel größerer Kampf entbrennen werde. War er nicht viel zu schwach dazu? Konnte er sich mit dem römischen Cäsar messen? Das konnte nur Christus!

Alle diese Gedanken gingen durch sein sorgenschweres Haupt, als er die Bitten des letzten Restes der Gläubigen hörte. Diese, sich immer dichter um ihn drängend, wiederholten mit flehender Stimme: »Ver-

138

birg dich, Rabbi! Führe uns weg aus der Gewalt des Tieres!«

Endlich wandte auch Linus sein zermartertes Haupt ihm zu. »O Herr,« sprach er, »der Erlöser befahl dir, seine Schafe zu weiden; aber sie sind nicht länger hier, ja morgen schon werden sie von dannen ziehen. Geh darum hin, wo du sie noch finden kannst! Das Wort Gottes wird noch gehört in Jerusalem, in Antiochia, in Ephesus und in anderen Städten. Zu was diente dein fernerer Aufenthalt in Rom? Wenn du fällst, so vermehrst du damit nur den Triumph des Tieres. Du bist der Fels, auf den die Kirche Gottes gebaut ist. Wir wollen sterben, aber mache du dem Antichrist den Sieg über den Statthalter Gottes nicht leichter und kehre nicht hierher zurück, bis der Herr den zermalmt hat, der unschuldiges Blut vergoß!«

»Sieh unsere Tränen!« wiederholten alle Anwesenden.

Tränen überflossen auch das Gesicht des Petrus. Nach einer Weile erhob er sich, breitete seine Hände über die Knienden aus und sprach: »Der Name des Herrn sei gebenedeit! Sein Wille geschehe!«

57.

Beim nächsten Morgengrauen schritten zwei dunkle Gestalten auf der Via Appia der Campania zu. Es waren dies Nazarius, der Sohn der Miriam, und der Apostel Petrus, der Rom und seine Glaubensbrüder verließ.

Die Nebelschleier zerrissen, und die weite Campania mit den darauf zerstreuten Häusern und Grabmälern und mit den vereinzelten Baumgruppen, in deren Tautropfen die aufgehende Sonne sich spiegelte, wurde sichtbar.

Auf dem Wege war kein Mensch zu sehen. Die Landleute, welche Sommergetreide und Gartenerzeugnisse nach der Stadt fuhren, sah man noch nicht. Die Steinfliesen, mit denen der Weg bis ins Gebirge ausgelegt war, hallten wider von dem Klappern der Holzschuhe, welche die beiden Wanderer an den Füßen trugen.

Es schien dem Apostel, als ob der aufgehende goldene Sonnenball, anstatt höher und höher zu steigen, vom Gebirge abwärts und den Weg entlang rolle. Er hielt den Schritt an und fragte: »Siehst du das Licht, das auf uns zukommt?«

»Ich sehe nichts!« entgegnete Nazarius.

Doch Petrus bedeckte nach einer Weile die Augen mit der Hand und sprach:

»Eine Gestalt naht uns im Sonnenglanze!«

Es war nicht das leiseste Geräusch nahender Schritte vernehmbar. Nazarius sah nur die Bäume in der Ferne beben, als würden sie geschüttelt, und gewahrte staunend einen sich immer weiter über die Ebene verbreitenden Lichtschein. Er sah den Apostel verwundert an.

»Was ist dir, Rabbi?« fragte er unruhig.

Den Händen des Apostels war der Reisestab entfallen, und er starrte mit halbgeöffneten Lippen unbeweglich vor sich hin; auf seinen Mienen wechselten Erstaunen, Freude und Begeisterung. Plötzlich warf er sich auf die Knie, streckte die Arme aus und rief:

»Christus! Christus!«

Und er warf sich zur Erde nieder, als ob er jemandes Füße küßte.

Lange verharrte er so stillschweigend, dann vernahm man die von Schluchzen unterbrochene Stimme des Greises:

»Domine, quo vadis?«

Nazarius vernahm keine Antwort, Petrus aber hörte eine traurige, sanfte Stimme:

»Weil du mein Volk verlassest, so gehe ich nach Rom, um mich zum zweiten Male kreuzigen zu lassen!«

Das Antlitz im Staube, lag der Apostel lange sprach- und regungslos. Nazarius fing schon an zu fürchten, daß der Greis ohnmächtig oder gar tot sei. Doch raffte er sich plötzlich auf, erhob sich, griff mit zitternden Händen nach dem Pilgerstab und wandte sich, ohne ein Wort zu reden, wieder der Siebenhügelstadt zu.

Der Knabe, dies erblickend, fragte wie ein Echo: »Quo vadis, Domine?«

»Nach Rom,« versetzte der Apostel.

Und er kehrte zurück.

Paulus, Johannes und Linus wie auch die übrigen Gläubigen empfingen ihn verwundert und erschrocken, denn bald nach seinem Weggange, im ersten Morgengrauen, hatten Prätorianer das Haus der Miriam umringt und den Apostel darin gesucht. Doch er antwortete auf alle Fragen nur:

»Ich habe den Herrn gesehen!«

Noch an demselben Abend begab er sich nach dem Ostranium, um dort zu lehren und zu taufen. Täglich ging er dahin. Es schien, als ob jedes Wort, jede Träne Tausende Bekenner erzeugte. Der Kaiser badete sich förmlich in Blut, Rom und die ganze heidnische Welt raste. Alle Bedrängten und Leidenden suchten und fanden Trost in der Lehre an den Gott, der aus Liebe zu den Menschen starb, um sie zu erlösen.

Petrus aber begriff jetzt, daß weder der Kaiser noch seine Legionen den wahren Glauben würden vernichten können. Er verstand jetzt, weshalb ihn der Herr von seinem Vorhaben, Rom zu verlassen, ablenkte. Diese Stadt des Stolzes, der Verbrechen, der Zügellosigkeit und der Macht fing an, seine Stadt zu werden – eine zweifache Residenz, aus der die Macht und das geistige Leben strömte.

58.

Doch die Stunde für die beiden Apostel war gekommen.

Um gleichsam das ihm aufgetragene Werk zu krönen, sollte der Fischer des Herrn sogar im Gefängnis noch zwei Seelen gewinnen. Die Soldaten Prozessus und Martinianus, die ihn bewachten, empfingen durch ihn die Taufe. Der Augenblick der Marter nahte. Nero war gerade nicht in Rom. Das Urteil war von Helios und Polythetes gefällt worden, zwei Freigelassenen, denen der Cäsar während seiner Abwesenheit von Rom die Regierung der Stadt anvertraut hatte.

Über den bejahrten Apostel hatte man die vom Gesetze vorgeschriebenen Rutenstreiche verhängt, den folgenden Tag sollte er aus den Stadtmauern nach dem Vatikanischen Hügel geführt werden, um dort den Kreuzestod zu erleiden. Die Soldaten staunten über die vor dem Gefängnis versammelte Menge, denn nach ihrem Dafürhalten konnte der Tod eines gewöhnlichen Mannes, und noch dazu eines Fremden, kein großes Interesse erregen. Sie wußten nicht, daß die Menge nicht aus Neugierigen, sondern aus Bekennern bestand, denen es eine Herzensangelegenheit war, den großen Apostel auf den Hinrichtungsplatz zu begleiten.

Am Nachmittag öffneten sich die Gefängnistore, und Petrus erschien, von einer Abteilung Prätorianer umgeben. Die Sonne hatte sich schon etwas gegen Ostia geneigt, der Tag war schön, kein Lüftchen regte sich. Wegen seines Alters ließ man Petrus das Kreuz

nicht selber tragen. Er war fessellos, damit er nicht zu langsam gehe. Er ging ohne Hindernis, und die Gläubigen konnten ihn gut sehen. Als sich sein weißes Haupt zwischen den eisernen Helmen der Soldaten zeigte, hörte man leises Aufschluchzen, das jedoch sofort wieder unterdrückt wurde, denn auf dem Antlitz des Greises lag so große Ruhe, glänzte eine solche Freudigkeit, daß alle begriffen, er sei nicht ein dem Tode geweihtes Opfer, sondern ein triumphierender Sieger. Und in der Tat: dieser demütige, gebückt einhergehende Fischer schritt jetzt aufrecht, voll Würde, schien höher als die Soldaten. Nie hatte aus seinem Wesen eine solche Majestät gesprochen. Er glich einem von Volk und Soldaten geleiteten Monarchen. Von allen Seiten hörte man Stimmen: »Dort ist Petrus, der zum Herrn geht!« Alle vergaßen, daß ja Marter und Tod seiner warteten. Mit feierlicher Ruhe, gesammelten Geistes wandelte er seinen Weg, im Bewußtsein, daß sich seit dem Kreuzestode auf Golgatha ein ähnlich bedeutungsvolles Geschehnis nicht mehr ereignet habe, denn wie jener Tod die Welt, so sollte dieser Rom erlösen.

Petrus sah die betende Menge, die ihn begleitete, und eine tiefe Freude verklärte sein Gesicht. Er fühlte, daß er sein Werk vollendet habe, daß diese weltbeherrschende Stadt für Christus erobert war. Als er an den Tempeln vorüberkam, sagte er: »Ihr werdet Tempel Christi werden!« Zu der Volksmenge sprach er: »Eure Kinder werden Diener Christi werden!«

So ging er dahin in dem Bewußtsein, erobert zu haben, im Bewußtsein seiner Arbeit, seiner Kraft, getröstet, groß. Die Soldaten führten ihn über den Pons Triumphalis, als wollten sie unwillkürlich seinem Siege Zeugnis geben, und weiter gegen die Naumachia und den Circus Neros.

Die Christen aus dem Stadtteil jenseits des Tiber schlossen sich dem Zuge an. Es sammelten sich solche Volksmassen, daß es dem die Prätorianer befehligenden Centurio allgemach offenbar wurde, er führe einen von seinen Gläubigen umgebenen Hohenpriester, und er beunruhigte sich wegen der kleinen Zahl seiner Soldaten. Aber kein Ruf des Zornes oder der Wut ließ sich in der Menge hören. Die Gesichter zeigten, wie sehr sie alle von der Größe des Augenblicks durchdrungen waren; man las darauf Feierlichkeit und Erwartung.

Zwischen dem Circus Neros und dem vatikanischen Hügel hielt der Zug still. Einige der Söldner machten sich daran, ein Loch in die Erde zu graben; andere legten das Kreuz, Hammer und Nägel zurecht und warteten, bis alle Vorkehrungen getroffen sein würden. Die Menge aber, ruhig und feierlich wie zuvor, kniete im Kreise umher.

Von dem Glanze der Sonne umstrahlt, stand Petrus hochaufgerichtet inmitten der Söldner und schaute mit Blicken des Siegers auf die Stadt, auf sein Erbe. Durch mich bist du frei geworden! sagte er sich. Keiner aber von denen, die um ihn versammelt waren, von den Söldnern, welche das Loch für das Kreuz gruben, bis zu den Glaubensbrüdern, ahnte, daß sich unter ihnen die wahre Herrschaft befand, daß die Cäsaren dahingehen, die Barbaren gleich einer Sturmflut verschwinden mochten, daß aber jener Greis in alle Ewigkeit seine Macht behaupten werde.

Die Sonne neigte ihrem Untergange zu; der ganze westliche Himmel schien in dunkle Glut getaucht. Jetzt näherten sich die Söldner dem Apostel, um ihn zu entkleiden.

Plötzlich richtete er sich auf im Gebete und hob seine Rechte hoch empor. Die Schergen, wie eingeschüchtert von dieser Haltung, standen unbeweglich, die Gläubigen hielten den Atem an, in der Meinung, er wolle etwas sagen. Eine tiefe Stille trat ein. Er aber, auf dieser Höhe stehend, machte mit der ausgestreckten Hand das Zeichen des Kreuzes und segnete in der Stunde seines Todes die Stadt und den Erdkreis: urbem et orbem.

Am gleichen wundervollen Abend führte eine andere Abteilung Söldner Paulus von Tarsos auf der Via Ostiensis zum Platze Aquae Silviae. Auch hinter ihm schritt eine Menge solcher, die er bekehrt hatte. Sah er nähere Bekannte, so hielt er an und sprach mit ihnen, denn gegen römische Bürger wagten die Wachen nicht allzu streng vorzugehen.

Vor der Porta Trigemina traf er Plautilla, die Tochter des Präfekten Flavius Sabinus. Beim Anblick ihres tränenbedeckten jugendlichen Gesichtes sprach er:

»Plautilla, Tochter des ewigen Heiles, geh in Frieden! Gib mir nur noch dein Tuch, meine Augen zu verbinden, wenn ich zum Herrn gehe!« Und nachdem er das Tuch in Empfang genommen hatte, schritt er mit strahlendem Antlitz weiter, wie ein Landmann, der nach wohlvollbrachtem Tagewerk nach Hause zurückkehrt.

Wie in der Seele des Apostels Petrus, walteten auch in seiner Seele Friede und Ruhe. Gedankenvoll glitt sein Auge über die sich vor ihm ausdehnende Ebene und die in Licht getauchten Albaner Berge. Er gedach-

te seiner Reisen, seiner Mühseligkeiten, seiner Arbeit, seiner Siege, der Kirchen, die er in allen Landen und über allen Meeren gegründet hatte; er glaubte, daß er sein Werk vollendet habe. Es tröstete ihn das Bewußtsein, daß der Same, den er ausgestreut, vom Winde der Bosheit nicht verweht werden konnte. Der Friede senkte sich in seine Seele; verließ er doch die Welt in dem Bewußtsein, daß die von ihm verkündete Wahrheit im Kampfe gegen die Welt siegen werde.

Der Weg zum Richtplatz war weit; es wurde Abend. Die Berge überzogen sich mit Purpur, und allmählich umhüllten Schatten ihren Fuß. Die Herden kehrten heim. Da und dort sah man einzelne Gruppen von Sklaven dahinschreiten, Arbeitsgeräte auf den Schultern. Die vor den Häusern spielenden Kinder blickten neugierig auf die vorüberziehenden Soldaten. Die Soldaten verließen jetzt die Hauptstraße und wandten sich auf einem engen Pfade östlich zu den Aquae Silviae. Die rötliche Sonne war bis zum Gesträuch herabgesunken. Bei den Brunnen ließ der Centurio die Soldaten halten. Der ernste Augenblick war gekommen.

Paulus legte Plautillas Tuch auf seinen Arm, weil er sich die Augen damit verbinden wollte; zum letztenmal erhob er sie mit dem Ausdrucke unaussprechlichen Friedens gegen das Firmament und betete. Ja, seine Stunde war gekommen. Doch ihn dünkte, er sähe inmitten der Abendröte eine breite Lichtbahn vor sich, die zum Himmel führte, und seine Seele sprach dieselben Worte, die er im Gefühle seiner treu geleisteten Dienste und seines nahen Endes geschrieben hatte: »Ich habe den guten Kampf gekämpft, den Lauf vollendet, den Glauben bewahrt; im übrigen ist mir die Krone hinterlegt, die mir an jenem Tage geben wird der Herr, der gerechte Richter.«

59.

In Rom raste man immer weiter. Es schien, als ob die Stadt, welche die ganze Welt unterjocht hatte, sich nun selbst aufreiben wollte. Noch kurz vor der Todesstunde der Apostel brach die Verschwörung des Piso aus. Unerbittlich raffte der Tod die Verschwörer hin; Piso wurde hingerichtet, die höchsten Würdenträger niedergemacht. Selbst jene, die gewohnt waren, in Nero eine Gottheit zu sehen, fürchteten ihn nunmehr als eine Gottheit des Todes. Trauer und Schrecken wohnten in Häusern und Herzen; doch die Türen waren mit Efeu und Blumen bekränzt, weil es verboten war, Tote zu betrauern. Eine solche Angst hatte sich schließlich der Leute bemächtigt, daß sie sich beim Erwachen täglich fragten, an wen heute die Reihe kommen werde. Ein Zug von Gespenstern bezeichnete die Wege des Wüterichs. Nach der Hinrichtung des Piso folgten Seneka und Lukanus, Fenius Rufus und Plautius Lateranus, dann Flavius Scaevinus, Afranius Quenetianius, der zügellose Freund des kaiserlichen Wahnsinns, Tullius Senicio; dann Proculus, Araricus und Tugurinus, Gratus, Silanus, Proximus, der dem Kaiser mit Leib und Seele zugetan gewesene Subrius Flavius und Sulpicius Asper. Die einen richtete die eigene Schlechtigkeit zugrunde, die anderen die Furcht, diese ihr Reichtum, jene die Tapferkeit. Die Stadt war von Soldaten eingeschlossen und befand sich gewissermaßen im Belagerungszustand, Tag für Tag stellten die Centurionen Todesurteile zu. Die Verurteilten erniedrigten sich durch Schmeichelbriefe, worin sie Nero für das Urteil noch dankten und ihm einen Teil ihres Vermögens vermachten, damit der Rest den Kindern verbleibe. Es schien geradezu, als wolle Nero sich überzeugen, bis zu welcher Stufe die Römer gesunken, wie lange sie seine blutige Herrschaft zu tragen gewillt seien. Nach den Verschwörern wurden ihre Verwandten hingerichtet, dann ihre Freunde, ja selbst bloße Bekannte, nicht einmal die Verwandten des Kaisers wurden geschont, Pompejus Cornelius Martialis, Flavius Nepos und Statius Domitius wurden verurteilt, weil sie angeblich den Kaiser nicht liebten, Novius Priscus, weil er ein Freund Senekas war, Rufius Crispus, weil er ehemals Poppäas Gemahl war. Den großen Traseas vernichtete die Tugend, viele andere vernichtete ihre edle Gesinnung, selbst Poppäa wurde das Opfer eines Wutausbruchs des Cäsar.

Der Senat kroch vor dem schrecklichen Kaiser, errichtete ihm zu Ehren einen Tempel, tat Gelübde für seine Stimme, opferte seiner Macht, bekränzte seine Standbilder und stellte für ihn besondere Priester an, wie für einen Gott. Die Senatoren gingen nur noch mit Zittern auf den Palatin, um dort die Gesänge des Periodonikes zu loben, die verrücktesten Orgien zu feiern.

In den Tälern aber und auf dem Lande war es still, und aus dem mit Blut und Tränen befruchteten Boden wuchs die Saat des Petrus immer mehr heran.

60.

Petronius hatte sich auf Befehl des Kaisers mit anderen Augustianern nach Cumae begeben. Sein langjähriger Kampf mit Tigellinus ging dem Ende entgegen, Petronius wußte bereits, daß er unterliegen müsse. Der arbiter elegantiarum hatte den Neid des Kaisers erregt, der sich immer mehr in der Rolle eines Komödianten und Wagenlenkers gefiel. Wenn Petronius schwieg, so hörte Nero aus dem Schweigen einen Tadel, wenn er lobte, so hörte er aus dem Lobe den Hohn heraus. Der glänzende Patrizier war ihm jetzt im Wege. Seine Reichtümer und Kunstschätze begehrten Nero und der allgewaltige Minister. Nur wegen der Reise nach Griechenland hatte Nero den ehemaligen Günstling bisher noch verschont, als aber Tigellinus den Kaiser zu überzeugen verstand, daß Karinas den Petronius an Gelehrsamkeit und Geschmack noch übertreffe, war dieser verloren. Zwar wagte man nicht, ihm sein Todesurteil in Rom zuzustellen, da man seine Beliebtheit beim Volke und bei den Prätorianern sowie seine eigene Energie fürchtete, denn man erinnerte sich, daß der anscheinend so verweichlichte Schöngeist als Konsul in Bithynien erstaunliche Geistesgegenwart und organisatorisches Talent bewiesen hatte. Deshalb lud man ihn mit anderen Augustianern nach Cumae. Obwohl er wußte, weshalb dies geschah, kam er dennoch der Aufforderung nach, da er nicht mit offener Gewalt vorgehen, dem Cäsar und dem Tigellinus aber zeigen wollte, wie wenig er sich vor dem Tode fürchte.

Er war der Freundschaft des Senators Scaevinus angeklagt, welcher die Seele der Verschwörung des Piso gewesen. Die noch in Rom verbliebenen Leute des Petronius wurden eingekerkert und sein Haus mit Prätorianern besetzt. Als er dies erfuhr, zeigte er weder Furcht noch Kummer, sondern sagte lächelnd zu den Höflingen, die er öfter in seiner prächtigen Villa in Cumae um sich versammelte: »Ahenobarbus liebt es durchaus nicht, daß man ihn zuerst nach etwas frage; ihr werdet seine Verwirrung sehen, wenn ich ihn fragen werde, ob auf seinen Befehl meine Familie eingekerkert wurde!«

Eines Tages hatte er von Vinicius aus Sizilien ein Schreiben erhalten. Dort führte er nun mit Lygia ein ruhig-friedliches Leben, während Pomponia Graecina und Plautus sich des Glückes ihrer endlich wiedergefundenen Tochter erfreuten. Der Inhalt des Briefes stimmte Petronius etwas nachdenklich; dann aber nahm sein Gesicht die gewöhnlichen frohen Mienen an, und er schrieb noch am selben Tage die Antwort:

»Ich freue mich über euer Glück und hätte nicht gedacht, daß zwei Liebende an einen Dritten, noch dazu weit Entfernten denken können. Aber ihr wollt mich überreden, nach Sizilien zu kommen und euer Brot und euren Christus mit euch zu teilen, der euch, wie du schreibst, so eine Fülle des Glückes beschert hat.

Wenn du aber meinst, es sei Christus gewesen, dann will ich mit dir nicht streiten; dann aber scheut kein Opfer für ihn.

Nein, glücklicher Gatte der königlichen Prinzessin Morgenrot! Eure Lehre ist nicht für mich! Ich soll meine bithynischen Sklaven, die meine Sänfte tragen, oder meine Ägypter, die mein Badezimmer heizen, oder gar Ahenobarbus oder Tigellinus lieben? Das kann ich nicht, wenn ich es auch wollte! In Rom leben mindestens hunderttausend Menschen, die schiefe Schultern, dicke Knie, magere Waden, große runde Augen und zu große Köpfe haben. Und diese soll ich auch lieben? Wo soll ich diese Liebe suchen, da ich sie nicht im Herzen verspüre? Wer das Schöne liebt, kann nicht zugleich das Häßliche lieben.

Wenn ich also auch wollte, ich könnte es nicht, zu eurem Olymp hinaufsteigen, aus verschiedenen Gründen. Nach der Lehre des Paulus glaubst auch du, daß ihr einst Christus sehen werdet. Glaubst du, daß er mich mit meinen Gemmen, mit meiner myrrhenischen Vase, mit meinen Büchern und mit meiner Eunike bei sich aufnehmen würde? Das alles sind Gründe, weshalb ich euer Glück nicht teilen will. Aber auch eine andere Ursache liegt vor, mich ruft nämlich Thanatos. – Für euch beginnt erst das Leben, für mich dagegen ist die Sonne untergegangen und die Abenddämmerung umgibt mein Haupt. Mit anderen Worten: ich muß sterben, carissime!

Es ist nicht der Mühe wert, viel darüber zu sagen. So mußte es enden! Du kennst Ahenobarbus und wirst mich verstehen. Tigellinus hat mich besiegt, oder auch nicht. Meine Siege sind zu Ende! Ich habe gelebt, wie ich wollte, und werde sterben, wie es mir beliebt!«

Petronius hatte sich nicht geirrt. Zwei Tage später schickte ihm der junge Nerva, der ihm stets freundlich gesinnt war, seinen Freigelassenen nach Cumae mit Nachrichten vom Kaiserhofe.

Sein Untergang war schon beschlossen. Am nächsten Abend sollte ein Centurio dem Petronius den Befehl überbringen, in Cumae weitere Befehle abzuwar-

ten, und wenige Tage später sollte ihm ein zweiter Bote das Todesurteil überreichen.

Petronius hörte den Freigelassenen mit stoischer Ruhe an, dann sagte er:

»Ich werde dir für deinen Herrn eine meiner Vasen mitgeben und trage dir auf, ihm aus ganzer Seele von mir zu danken, daß er es mir möglich machte, dem Urteilsspruch zuvorzukommen.«

Und er brach in ein fröhliches Lachen aus, wie jemand, dem ein guter Einfall gekommen ist, auf dessen Ausführung er sich freut.

Am Nachmittag desselben Tages sandte er seine Sklaven aus, um alle in Cumae weilenden Augustianer und Damen zu einem Feste in der prächtigen Villa des arbiter elegantiarum einzuladen. Er selbst schrieb lange in den Nachmittagsstunden in seiner Bibliothek.

Die Dienerschaft erwartete etwas Besonderes von dem Mahle, denn er ließ allen Belohnungen versprechen, die ihn zufriedenstellen würden, den Säumigen und Ungeschickten aber eine leichte Züchtigung androhen. Die Zitherspieler und Sänger wurden im voraus reichlich belohnt, und als alle Vorbereitungen getroffen waren, ließ er sich im Garten unter einer Buche nieder und beschied Eunike zu sich.

Sie kam, weiß gekleidet, mit Myrtenzweigen im Haare, und als sie an seiner Seite Platz genommen hatte, strich Petronius mit seinen Fingern leicht über ihre Stirn hin und betrachtete sie mit dem liebenden Blicke eines Kunstkenners.

»Eunike,« sagte er, »weißt du, daß du schon längst keine Sklavin mehr bist?«

Sie hob ihre ruhigen blauen Augen zu ihm empor und schüttelte den Kopf.

»Ich bin es immer, Herr!« sagte sie.

»Das aber weißt du nicht,« sagte Petronius weiter, »daß die Villa hier, die Felder, die Sklaven, die jetzt im Garten Kränze winden, und alle Viehherden von heute an dein Eigentum sind?«

Als Eunike dies hörte, rückte sie plötzlich etwas von seiner Seite hinweg und fragte erstaunt: »Warum sagst du mir das, Herr?« Darauf rückte sie wieder näher an ihn heran und öffnete die Augen weit vor Entsetzen; sie wurde weiß wie Leinwand. Er aber lächelte und sagte nur das eine Wort: »Ja!«

Ein kurzes Schweigen folgte; ein leiser Wind fuhr durch die Blätter. Beim Anblick Eunikes glaubte Petronius, ein Marmorbild vor sich zu haben.

143

»Eunike,« sagte er nach einigem Stillschweigen, »ich möchte heiter sterben!«

»Ich höre dich, Herr,« sagte Eunike mit schmerzlichem Lächeln. –

Am Abend kamen die Gäste massenhaft zu dem Feste des Petronius, und niemand ahnte, daß dieses Mahl sein letztes Symposion sein sollte. Es war zwar bekannt, daß Petronius in Ungnade gefallen war, doch hatte er stets durch seine geistige Überlegenheit den Kaiser noch im letzten Augenblick umzustimmen gewußt, so daß niemand an eine ernste Gefahr dachte. Sein heiteres Gesicht und sein gewöhntes sorgloses Lächeln, mit dem er die Gäste begrüßte, mußte alle in dieser Meinung bestärken. Vor dem Eingang zum Triklinium standen griechische Knaben und schmückten die Eintretenden mit Kränzen und Rosen. Im Triklinium selbst verbreitete sich leichter Veilchenduft. An den Bänken standen griechische Mädchen; sie hatten das Haar in goldenen Netzen und warteten auf die Gäste, um ihnen die Füße mit wohlriechenden Ölen zu befeuchten.

Die Tafel strotzte vor Goldgefäßen, war aber nicht überladen. Ungezwungene Heiterkeit herrschte unter den Gästen, man trank den ausgesucht kostbaren Wein und aß von den wundervollen Gerichten, die aufgetragen wurden.

Die Stimmung wurde immer fröhlicher, und als das Festgelage seinen Höhepunkt erreicht hatte, richtete sich Petronius, der neben Eunike lagerte, etwas auf und sagte:

»Freunde, gestattet, daß ich bei diesem Feste mit einer Bitte an euch herantrete! Nehmt als Geschenk von mir die Becher, aus denen ihr den Göttern zu Ehren und auf mein Wohl getrunken habt!«

In Rom war es nichts Ungewöhnliches, bei Gastmählern Geschenke auszuteilen, aber die Becher des Petronius waren so kostbar, daß einige Gäste zögerten, das von Gold und Juwelen strotzende Geschenk anzunehmen. Andere dankten mit lautem Jubel und lobten den Spender.

»Und nun seid fröhlich, Freunde,« sagte Petronius. »Ich will euch heute ein gutes Beispiel und einen guten Rat geben! Alter und Kraftlosigkeit sind schlimme Gefährten der letzten Lebensjahre, man tut daher besser, nicht darauf zu warten, sondern früher, freiwillig zu gehen, wie ich es tue.«

»Was willst du beginnen?« fragten einige Gäste unruhig. »Ich will fröhlich sein, trinken, und schließlich bei Spiel und Gesang mit bekränztem Haupt enden! Vom Kaiser habe ich schon Abschied genommen, wollt ihr hören, was ich ihm schrieb?« Bei diesen Worten zog er einen Brief unter dem Purpurkissen hervor und las:

»Ich weiß, mein Kaiser, daß du meine Ankunft mit Ungeduld erwartest, und daß dein treues Freundesherz Tag und Nacht nach mir schmachtet. Ich weiß, du willst mich mit Liebesgaben überschütten, mich zum Präfekten der Prätorianer ernennen, den Tegellinus aber zu dem machen, wozu ihn die Götter bestimmten, zu einem Mauseselhüter. Doch ich schwöre dir beim Hades und den darin befindlichen Schatten deiner Mutter, deiner Gattin, deines Bruders und Senekas, daß ich nicht mehr zu dir kommen kann. Das Leben ist ein zu kostbarer Schatz, ich habe es verstanden, die wertvollsten Juwelen daraus für mich auszuwählen. Aber es gibt einiges im Leben, was ich nicht ertragen kann! Glaube aber niemals, daß ich darüber verstimmt bin, daß du deine Mutter, deinen Bruder und deine Gattin umgebracht, Rom niedergebrannt und alle ehrbaren Menschen deines Reiches in die Unterwelt geschickt hast. Aber meine Ohren noch länger durch deinen Gesang beleidigen zu lassen, beim Tanz deinen Domitiusbauch auf den dürren Beinen anzusehen, dein Spiel, deine Deklamation und deine Gedichte anhören zu müssen, du armer Vorstadtpoet, das übersteigt meine Kräfte und weckt in mir die Sehnsucht nach dem Tode! Rom verstopft sich die Ohren, wenn es dich hört, die Welt verlacht dich, ich aber kann nicht mehr länger für dich erröten! Lebe wohl, aber singe nicht, morde, aber mache keine Verse, vergifte, aber tanze nicht, zünde Städte an, aber schlage nicht die Zither: das wünscht dir und den letzten freundschaftlichen Rat erteilt dir der Arbiter elegantiarum!«

Die Gäste waren starr vor Schrecken, denn sie wußten, daß der Verlust seines Reiches für den Kaiser kein so grausamer Schlag sein würde, als dieser Brief. Auch wußten sie, daß der Mann, der diesen Brief geschrieben, sterben müsse, und der Gedanke allein, solche Worte angehört zu haben, überlief sie eiskalt, Petronius aber lachte,so laut und herzlich, als handle es sich um einen lustigen Scherz. »Freut euch, aber ängstigt euch nicht! Ihr braucht euch ja dessen nicht zu rühmen, den Inhalt dieses Briefes zu kennen.« Darauf winkte er seinem Arzt Theokles und hielt ihm den Arm hin. Der behende Grieche umwickelte nun den Arm mit einem Goldband und öffnete im Handgelenk die Adern. Das Blut spritzte hoch auf, über die Purpurkissen, über Eunike, die sich über Petronius neigte und seinen Kopf hielt.

»Herr!« sagte sie, »dachtest du, ich würde dich verlassen? Und wenn die Götter mir Unsterblichkeit und der Kaiser mir die Herrschaft über die ganze Welt verleihen wollten, würde ich dir dennoch folgen!«

Da lächelte Petronius, und indem er sich etwas aufrichtete und ihre Lippen mit den seinen berührte, sagte er:

»So komm mit mir!«

Sie hielt dem Arzt ihren rosigen Arm hin, und bald floß ihr Blut und vermischte sich mit dem seinen.

Petronius winkte dem Chordirigenten, und Gesang und Saitenspiel ertönte. Aneinandergelehnt lauschten beide der Musik und lächelten und wurden merklich bleich. Nach beendetem Liede befahl Petronius noch, Wein und Speisen herumzureichen, unterhielt sich mit den Gästen über geringfügige, aber angenehme Sachen, die meist das Gesprächsthema an der Festtafel bildeten. Dann rief er wieder den Arzt und ließ sich die Wunde verbinden, um noch eine Weile zu schlummern, bevor ihn der Tod in seine Arme schließe.

Als er aus seinem Schlummer erwachte, lag der Kopf Eunikes schon wie eine weiße Blume auf seiner Brust. Er legte ihn auf das Purpurkissen, worauf er die schönen Züge nochmals betrachtete und die Adern wieder zu öffnen befahl.

Die Sänger mußten ein neues Lied anstimmen, die Zithern spielten ganz leise, um die Worte nicht zu übertönen. Als die letzten Klänge verstummten, wendete sich Petronius nochmals an seine Gäste und sprach:

»Freunde, gesteht: mit uns geht unter –«

Weiter kam er nicht. Mit einer letzten Bewegung umfing er Eunike, dann sank sein Haupt zurück – er war tot.

Die Gäste betrachteten die bleichen Toten und begriffen nun, daß mit ihnen das einzige zu Grabe getragen werde, was ihrer Welt noch geblieben war – Poesie und Schönheit.

Epilog.

In Gallien war unter Vindex eine Empörung der Legionen ausgebrochen, aber sie erschien anfangs ungefährlich. Nero war erst einunddreißig Jahre alt, und niemand wagte daher zu hoffen, daß die Welt bald von ihm befreit werden könnte. Einige empfanden sogar eine gewisse Sehnsucht nach dem Imperator seit dessen Abreise nach Achaja, denn Helios und Polythetes, die während der Kunstreise Neros nach Griechenland die Herrschaft, über Rom und Italien hatten, übertrafen ihn noch an Grausamkeit, so daß niemand mehr seines Lebens und Eigentums sicher war.

Aus Griechenland kamen inzwischen Nachrichten von unglaublichen Triumphen des Kaisers, und man erzählte, daß er Tausende von Wettbewerbern besiegt habe. Er kümmerte sich auch wenig um die aufrührerischen Legionen des Vindex, und erst auf die Meldung des Helios, daß ein weiteres Aufschieben der Rückkehr ihm den Thron kosten könne, reiste er nach Neapel ab. Dort sang er von neuem und spielte Komödie und hörte gar nicht auf die beunruhigenden Nachrichten. Nur mit großer Mühe gelang es Tigellinus, ihn schließlich zur Rückkehr nach der Hauptstadt zu bewegen.

Der Einzug stellte alle bisherigen Triumphzüge in Schatten. Er fuhr in dem Triumphwagen, den einst Augustus benutzt hatte, und man zerstörte einen Bogen des Circus, um für den Einzug genügend Raum zu gewinnen. Der Senat, die Ritter und eine unübersehbare Menge gingen dem Sieger entgegen. Die Mauern erdröhnten unter dem Jubelgeschrei: »Sei gegrüßt, Augustus, sei gegrüßt, Herkules! Göttlicher! Olympischer! Pythischer! Unsterblicher! Sei gegrüßt!«

Hinter dem Triumphwagen trug man die Siegeskränze und Tafeln mit den Namen der Städte, in denen er aufgetreten war, wie auch die Namen der Besiegten. Nero war wie berauscht, und fragte die ihn umgebenden Augustianer gerührt, was des ersten Cäsar Triumphzug im Vergleiche zu dem seinen bedeute? Der Gedanke, daß ein Sterblicher gegen ihn, den Meister, den Halbgott, aufzutreten wagte, wollte ihm nicht in den Sinn, er fühlte sich als Gott und als solcher unantastbar.

Unter den Blumen und Stößen von Kränzen sah niemand den drohenden Abgrund. Noch am selben Abende waren die Säulen und Tempelmauern mit Inschriften bedeckt, worin die kaiserlichen Verbrechen aufgezählt wurden, worin man ihn verspottete und mit Rache drohte. Eine Unruhe bemächtigte sich der Augustianer, die eine ernste Gefahr vor Augen sahen.

Doch Nero lebte weiter für Musik und Theater. Er beschäftigte sich mit neu erfundenen Musikinstrumenten und ließ ein Spielwerk, das durch Wasser getrieben wurde, auf dem Palatinus ausprobieren. Völlig kindisch geworden, wollte er von keiner Gefahr etwas wissen. Tausend wirre Pläne durchkreuzten sein Gehirn. Manchmal wollte er ein wandernder Sänger werden und nicht mehr als Beherrscher der Welt, sondern als der größte Künstler der Erde verehrt werden.

So spielte er, verwarf die eben gefaßten Pläne und machte wieder neue. Er tobte und lachte und gab Befehle, um sie im nächsten Augenblick zu widerrufen. Er machte Gedichte und verwarf sie wieder. Sein Leben war eine lächerliche Komödie geworden.

Inzwischen wuchs die Wolke im Westen und wurde immer drohender. Das Maß war überschritten, die tolle Komödie näherte sich ihrem Ende.

Als die Nachricht von Galba und dem Aufstand in Hispanien zu Nero gelangte, verfiel er in Raserei. Er zertrümmerte die Becher und warf die vor ihm stehende Festtafel zu Boden, er gab Befehle, die weder Helios noch Tigellinus auszuführen wagten. Er befahl, die in Rom lebenden Gallier umzubringen, Rom wiederum in Brand zu stecken, die wilden Tiere aus den Arenen loszulassen und die Residenz nach Alexandria zu verlegen, dies schien ihm das beste.

Doch die Tage seiner Allmacht waren vorbei, und selbst die Vertrauten erblickten in ihm nur mehr einen Narren.

Der plötzliche Tod des Vindex wie auch die Uneinigkeit der aufrührerischen Legionen schienen die Waagschale wieder für kurze Zeit auf seine Seite zu neigen. Man fing schon an, Festmahle und Triumphzüge in Aussicht zu stellen, als eines Nachts ein Bote auf schaumbedecktem Rosse aus dem Lager der Prätorianer eintraf mit der Meldung, daß die Soldaten selbst in der Stadt die Fahne des Aufruhrs erhoben und den Galba zum Kaiser ausgerufen hätten.

Der Kaiser schlief, als der Bote anlangte, und als er aufwachte; rief er vergeblich nach den Wachen, die vor dem Schlafgemach aufgestellt waren.

Im Palast war es leer. Nur in den entlegeneren Räumen raubten die Sklaven, was ihnen gerade in die Hände fiel. Bei Neros Anblick stoben sie erschrocken auseinander, und er irrte einsam und verlassen durch den Palast, den er mit Jammern und Angstgeschrei erfüllte.

Schließlich kamen die Freigelassenen Phaon, Sporus und Epaphrodit herbei. Sie beredeten ihn zur Flucht und suchten ihm klarzumachen, daß alles vorbei und keine Zeit mehr zu verlieren sei. Er aber gab sich noch

immer trügerischen Hoffnungen hin. Er wollte sich in Trauergewänder hüllen und an den Senat eine Ansprache halten, seine Tränen und seine Beredsamkeit mußten das Volk erweichen. Auf eine Präfektur in Ägypten hoffte er bestimmt.

Die Freigelassenen waren zu sehr gewohnt, dem Kaiser zu schmeicheln, als daß sie gewagt hätten, ihm direkt zu widersprechen. Sie gaben ihm aber zu bedenken, daß ihn das empörte Volk in Stücke reißen würde, bevor er noch das Forum erreichen könne, und drohten schließlich, ihn ebenfalls zu verlassen, wenn er nicht sogleich das bereitstehende Pferd besteige. Phaon bot ihm seine Villa vor dem Nomentanischen Tore als Zufluchtsort an. Alle vier hüllten sich in Kapuzenmäntel, bestiegen Pferde und eilten bei anbrechendem Morgen dem Stadttore zu.

Ein außergewöhnliches Treiben herrschte in den Straßen; überall konnte man Soldaten begegnen. In der Nähe des Lagers scheute Neros Pferd vor einem am Wege liegenden Leichnam, wobei dem Kaiser die Kapuze vom Kopfe glitt. Ein vorübergehender Soldat erkannte ihn, war aber über das unerwartete Zusammentreffen so verwirrt, daß er militärisch grüßte und ihn vorüberließ. Als die vier Reiter am Lager der Prätorianer angelangt waren, vernahmen sie laute Hochrufe auf Galba.

Jetzt endlich erkannte Nero, daß alles verloren sei. Eine gewaltige Todesangst ergriff ihn, und er glaubte, in einer dunklen Wolke seine Mutter, seine Gattin, den Bruder und eine unzählige Menge anderer Gemordeter zu sehen. Sein feistes Antlitz wurde leichenblaß, und die Zähne schlugen aneinander. Die Freigelassenen verhehlten ihm jetzt auch nicht länger, daß der Tod sein einziger Ausweg sei, doch wagte er nicht, ernsthaft daran zu denken, pathetisch deklamierte er, der Augenblick sei noch nicht gekommen, zitierte Verse und jammerte dann wieder, daß ihn die Schatten von Vater, Mutter und Gattin verfolgten. Bei Tagesanbruch erreichten sie Phaons Villa.

Hier verbarg ihm der Freigelassene nicht länger mehr, daß er sterben müsse. Er gab seinen Leuten Befehl, ein Grab zu machen und hieß Nero sich auf die Erde legen, damit das Maß genau genommen werden könne.

Der Anblick der aufgeworfenen Erde erfüllte Nero mit Schrecken. Sein fleischiges Antlitz wurde weiß, auf seiner Stirn stand der Schweiß in Tropfen wie der Morgentau. Er zögerte. »O welch ein Künstler geht in mir zugrunde!« rief er aus. Da langte ein Bote mit der

146

Nachricht an, der Senat habe das Urteil bereits gesprochen, das für den Muttermörder in der für dieses Verbrechen üblichen Weise lautete.

»Wie lautet dieses?« fragte Nero mit blassen Lippen.

»Man wird dich mit einer Heugabel am Halse festhalten und in den Straßen Roms totpeitschen, den Leichnam aber in den Tiber werfen!« entgegnete Epaphrodit schroff.

Aus Furcht, ergriffen zu werden, eilte Nero nun nach einem nahegelegenen Sumpf, wo er sich mit seinen Begleitern im Schilfe verbarg. Die Gluthitze des Sommers legte zwar einen unausstehlichen Gestank über den Sumpf, allein Nero achtete darauf nicht, so überwältigend hatten Schrecken und Entsetzen ihn ergriffen. In dieser kläglichen Lage verblieb er einen Tag. Seine erdrosselte Gattin, seine erstochene Mutter und die Tausende alle, welche er schuldlos hinschlachten ließ, erhoben sich wie Rachegeister vor seiner gepeinigten Seele. Nero winselte und wimmerte, vergoß Tränen und verschmachtete in den schrecklichsten Qualen.

Gegen Morgen erschien ein Centurio an der Spitze einer Soldatenschar. Bei ihrem Anblick bat Nero seine Diener, ihn zu ermorden. Als diese sich weigerten, rief er: »So bin ich der einzige, der weder Freund noch Feind hat!«

»Beeile dich, dies selbst zu tun!« riefen die Freigelassenen.

Nero setzte nun das Messer an die Kehle und stach zaghaft zu, und es war offenbar, daß er niemals wagen würde, die Schneide tiefer zu versenken. Die Augen sprangen ihm aus den Höhlen, groß, schrecklich und mit entsetztem Ausdruck. Zuckend und stöhnend lag der Kaiser in seinem Blute, ohne sterben zu können, bis ihm Epaphrodit vollends das Messer bis ans Heft hineinstieß.

Das Blut floß von seinem breiten Nacken wie ein schwarzer Strom, seine Füße stampften das Erdreich auf, und er hauchte sein Leben aus.

Neros einstige Ammen Ekloga und Alexandria und die treue Akte hüllten den Leichnam in kostbare Gewebe und verbrannten ihn auf einem mit Wohlgerüchen besprengten Scheiterhaufen. So zog Nero vorüber, wie Sturm, Feuersbrunst, Krieg und Pest vorüberziehen, aber die Basilika des Petrus herrscht noch von den Höhen des Vatikan über Rom und die Welt.

Außerhalb der Porta Appia steht noch heute eine kleine Kapelle mit der etwas verwischten Inschrift:

Domine, quo vadis?

- Ende -

Der Attentäter
Roman von Kurt Rein Wolf

Die Seelenverkäufer
Abenteuerroman von Kurt Faber

Jenseits des Äquators
Abenteuerroman von Ferdinand Emmerich

Der Feind aus dem Dunkel
Kriminalroman von Annie Hruschka

Der Tag der Vergeltung
Kriminalroman von Anna Katharina Green

Die Yacht der sieben Sünden
Kriminalroman von Paul Rosenhayn

Das Rätsel von Ravensbrok
Kriminalroman von Hans Hyan

Spreemann und Co
Historischer Berlin-Roman von Alice Berend

Die verlorene Welt
Abenteuerroman von Conan Doyle

**Allan Quatermain und der
Zauberer im Zululand**
Abenteuerroman von Henry Rider Haggard

Attila - König der Hunnen
Historischer Roman von Felix Dahn

**Lizzie Holmes und die
Kristiana-Affäre**
Kriminalroman von Sven Elvestad

Der Chinese
Ein Wachtmeister Studer - Krimi von Friedrich Glauser

**Allan Quatermain
und die heilige Blume**
Abenteuerroman von Henry Rider Haggard

Bomben auf Monte Carlo
Roman von Fritz Reck-Malleczewen

Das Elfenbeinkind
Ein Allan Quatermain Abenteuerroman von Henry Rider Haggard

„Gibt es jemanden, der diesen Sommer eine Fahrt per Automobil von Peking nach Paris unternehmen wird?"

... fragte die Pariser Zeitung Le Matin am 31. Januar 1907. Es meldeten sich 40 Teilnehmer für das Rennen an. Aufgrund unüberwindlicher Schwierigkeiten starteten starteten letztlich doch nur fünf Teams am 10. Juni um 8:00 Uhr in Peking.

Der aus einer Patrizierfamilie stammende Scipione Borghese, der Sieger dieses Rennens, schreibt an sein Teammitglied, den Journalisten und Autor Luigi Barzini:

„Uns [...] erwartete allgemeiner Beifall, erwartete die Genugtuung, einen Augenblick lang die Begeisterung der großen Metropolen der Welt, der betriebsamen Städte, der stillen Flecken in ganz Europa erregt zu haben!

Am Punkt der Abfahrt die geheimnisvolle Hauptstadt des rätselhaften Reiches, aus dem das Geräusch des Lebens wegen der räumlichen Entfernung und des Abstandes im Denken nur gedämpft zu uns herüberklingt; am Endpunkt der lauteste Resonanzboden der Welt, Paris, von wo jeder, auch der leiseste Hauch des Lebens sich verstärkt und in tausendfachem Echo vervielfältigt über die ganze Erde verbreitet. ...

Der Telegraph und die Presse, sie sind die unmittelbare Ursache der Volkstümlichkeit, deren sich unser Unternehmen zu erfreuen hatte.

Diese beiden sind es, die Ihre spannende Darstellung überallhin verbreitet haben, die den eintönigen und für uns nur allzu häufig höchst verdrießlichen Zwischenfällen der Reise Interesse verlieh. ... Und das Publikum hat die Poesie gefühlt, die die einzelnen Kapitel dieser unserer modernsten Odyssee erfüllt."

Bibliographische Angaben:

Buchtitel:

Peking-Paris im Automobil: Die legendäre 16.000 km – Rallye 1907
Autor(en): Lugi Barzini u. Klaus-Dieter Sedlacek (Hrsg.)
Taschenbuch: 396 Seiten
Verlag: Books on Demand
ISBN 978-3-7528-3050-7
Auch als Ebook erhältlich.

Naturwissenschaft, Physik und Astronomie

– **Äquivalenz von Information und Energie.** Von: K.-D. Sedlacek
– **Das Gesetz im Zufall:** Wie sich verborgene Gesetzlichkeit manifestiert. Von: Moritz Cantor u. K.-D. Sedlacek (Hrsg.)
– **Der Widerhall des Urknalls:** Spuren einer allumfassenden transzendenten Realität jenseits von Raum und Zeit. Von: K.-D. Sedlacek
– **Einsteins Relativitätstheorie ganz ohne Mathematik.** Spezielle und allgemeine Relativitätstheorie. Von: Prof. Dr. Paul Kirchberger u. K.-D. Sedlacek (Hrsg.)
– **Freizeitvergnügen Sternenhimmel mit bloßem Auge:** Wie man Sternbilder auffindet ohne Instrumente. Von: Prof. Dr. Paul Kirchberger u. K.-D. Sedlacek (Hrsg.)
– **Phänomen Naturgesetze:** Das Geheimnis hinter den Erscheinungen der Welt. Von: K.-D. Sedlacek
– **Supervereinigung:** Wie aus nichts alles entsteht. Von: K.-D. Sedlacek
– **Die Natur psycho-physikalischer Phänomene.** Erforschung telekinetischer Vorgänge. Von: Schrenck-Notzing, A. u. Klaus D Sedlacek (Hrsg.)
– **Giganten der Physik.** Die Top10-Physiker der Menschheitsgeschichte. Von: Klaus-Dieter Sedlacek (Hrsg.)
– **Der allmächtige Informatiker:** Das Mysterium des Universums. Von Sir James Jeans u. K.-D. Sedlacek (Hrsg.)
– **Der verborgene Mechanismus des Weltgeschehens:** Neue Erkenntnisse über die Gestalten biotechnischer Systeme der Welt. Von: Dr. h. c. Raoul Francé u. K.-D. Sedlacek
– **Der erdgeschichtliche Klimawandel:** Den wahren Ursachen von Klimaschwankungen auf der Spur. Von Wilhelm Bölsche u. K.-D. Sedlacek (Hrsg.)
– **Wege zur physikalischen Erkenntnis.** Meine wissenschaftlichen Selbstbiographie, Reden und Vorträge. Von **Max Planck** u. K.-D. Sedlacek (Hrsg.)

Chemie

– **Der Stein der Weisen:** Wie die Alchemie zur Chemie wurde. Von: Wilhelm Ostwald et. al. u. K.-D. Sedlacek (Hrsg.)
– **Durchblick Chemie:** Praktische Grundlagen und Einführung in die anorganische, organische und Biochemie. Von: Prof. Dr. Lassar-Cohn, Prof. Dr. W. Löb, K.-D. Sedlacek

Natur- und Philosophie

– **Die letzten Ursachen.** Das Buch der Naturerkenntnis. Von: K.-D. Sedlacek
– **Gebundener Wille:** Wie frei ist menschlicher Wille tatsächlich? Von: K.-D. Sedlacek, G.F. Lipps et. al.

– **Jenseits der Erscheinungen:** Erkennbarkeit und Realität der Quantennatur. Von: Prof. Dr. M. Schlick u. K.-D. Sedlacek (Hrsg.)
– **Kleines Wörterbuch der Natur-Philosophie:** 1200 Begriffe, die man kennen sollte, kurz und prägnant. Von: K.-D. Sedlacek
– **Naturphilosophie:** Das Wesen von Naturgesetzen und die Erklärung des Lebens. Von: Prof. Dr. M. Schlick u. K.-D. Sedlacek (Hrsg.)
– **Vereinbarkeit von Religion und Naturwissenschaft.** Von: Kurd Laßwitz u. K.-D. Sedlacek (Hrsg.)
– **Das Konzept des Guten.** Sinnliches Empfinden – Der Ursprung unserer Wertvorstellungen. Von: Klaus-Dieter Sedlacek (Hrsg.)
– **Ist echte Erkenntnis möglich?** Einführung in die Erkenntnistheorie. Von: Prof. Dr. Erich Becher u. K.-D. Sedlacek (Hrsg.)
– **Das individuelle Ich**: Was ist der Kern des Selbstbewusstseins? Von: Th. Lipps u. K.-D. Sedlacek (Hrsg.)
– **Persönlichkeit und Unsterblichkeit:** In welcher Form existiert ein Weiterleben nach dem zeitlichen Ende? Von: Wilhelm Ostwald u. K.-D. Sedlacek (Hrsg.)
– **Die idealistischen Grundwerte unserer Kultur.** Von Johannes M. Verweyen u. K.-D. Sedlacek (Hrsg.)

Bewusstsein

– **Leben nach dem Leben:** Befreiung des Bewusstseins von den Fesseln der Zeit. Von: K.-D. Sedlacek
– **Quantenbewusstsein.** Von: N. Wrobel u. K.-D. Sedlacek
– **Synthetisches Bewusstsein.** Von: K.-D. Sedlacek
– **Unsterbliches Bewusstsein:** Raumzeit-Phänomene, Beweise und Visionen. Von: K.-D. Sedlacek

Leben und Medizin

– **Leben aus Quantenstaub.** Von: N. Wrobel u. K.-D. Sedlacek,
– **Was ist Krankheit?** Von: N. Wrobel u. K.-D. Sedlacek
– **Bewusstsein und Unsterblichkeit.** Von: C. L. Schleich u. K.-D. Sedlacek (Hrsg.)
– **Die Lebenskraft:** Wie Enzyme, Bewusstsein und quantenbiologische Effekte das Leben regulieren. Von: K.-D. Sedlacek u. N. Wrobel,
– **Die verborgene Ordnung des Weltsystems.** Neue Erkenntnisse über die schöpferischen Kräfte der Natur. Von: Dr. h. c. Raoul Francé u. K.-D. Sedlacek (Hrsg.)

– **Homöopathie und Praxis:** Naturheilkundliche alternative Medizin für den mündigen Patienten. Von: Dr. med. J. Voorhoeve u. K.-D. Sedlacek (Hrsg.)

– **Eine andere Sicht auf die Entstehung der sporadischen Form der Alzheimerkrankheit.** Von Norbert Wrobel u. K.-D. Sedlacek (Hrsg.)

PSYCHOLOGIE

– **Gestalt-Psychologie:** Einführung in die neue Psychologie vom Begründer der Gestaltpsychologie. Von: Prof. Dr. Kurt Koffka u. K.-D. Sedlacek (Hrsg.)
– **Die ersten Spuren psychischer Erscheinungen:** Das psychische Leben von Mikroorganismen – Eine Studie in experimenteller Psychologie. Von Alfred Binet u. K.-D. Sedlacek (Übers.)
– **Allgemeine moderne Psychologie:** Systematische Einführung in die Wissenschaft psychischer Prozesse. Von August Messer u. K.-D. Sedlacek (Hrsg.).
– **Strahlende Kräfte durch positives Denken:** Die Wurzeln des Erfolgs und Wege zum Glück. Von Emil Peters u. K.-D. Sedlacek (Hrsg.)

BIOLOGIE

– **Wie intelligent sind Pflanzen?** Sensationelle Einblicke in die geheime Seite des pflanzlichen Wesens. Von Prof. Dr. phil. Adolf Wagner u. K.-D. Sedlacek

– **Über Menschenaffen, Tierseele und Menschenseele:** Intelligenzprüfungen an Hominiden. Von Wilhelm Bölsche et. al. und K.-D. Sedlacek (Hrsg.)

GESCHICHTE, VOR- U. FRÜHGESCHICHTE

– **Die geheimnisvolle Kultur der alten Kelten.** Von Druiden, Fürstensitzen und der Lebensart unserer frühgeschichtlichen Vorfahren. Von Georg Grupp u. K.-D. Sedlacek (Hrsg.)
– **Der Alchemist Leonhard Thurneysser:** Die Lebensgeschichte des Goldmachers von Berlin. Von Klaus-Dieter Sedlacek (Hrsg.)
– **Es begann mit Feuerskraft.** Das Werden des Menschen und seiner Kultur. Von Carl W. Neumann u. K.-D. Sedlacek (Hrsg.)
– **Gefangen zwischen Eisschollen:** Die dramatische Entdeckungsgeschichte der Antarktis. Von Klaus-Dieter Sedlacek (Hrsg.)

RATGEBER FREIZEIT U. REISE

– **Kultur erleben mit den Wohnmobil in Frankreich:** Vierzig kulturelle Highlights, Park- und Übernachtungspätze sowie Navigationskoordinaten. Von Klaus-Dieter Sedlacek
– **Kochbuch für ganze Kerle:** Kräftige und Feinschmeckergerichte für Freizeit und Camping. Von K.-D. Sedlacek (Hrsg.)

FORSCHUNGSREISEN U. ABENTEUER

– **Meine erste Weltumseglung:** Tagebuch einer epochalen Expedition. Von James Cook u. K.-D. Sedlacek (Hrsg.)
– **Exotische Reise durch Persien:** Abenteuerlicher Bericht aus einer fremdartigen Welt des 19ten Jahrhunderts. Von Pierre Loti u. K.-D. Sedlacek (Hrsg.)
– **Mit der Beagle um die Welt:** Bericht meiner Forschungsreise zum Galapagos-Archipel. Von Charles Darwin u. K.-D. Sedlacek (Hrsg.)
– **Peking-Paris im Automobil:** Die legendäre 16.000 km – Rallye 1907. Von Luigi Barzini u. K.-D. Sedlacek (Hrsg.)
– **Mein Leben im Tropenparadies:** Fünfundzwanzig Jahre in Ceylon – Erlebnisse und Abenteuer. Von John Hagenbeck u. K.-D. Sedlacek (Hrsg.)